सात साल

सात साल

मुल्कराज आनन्द

राजपाल

अनुवाद
हंसराज 'रहबर'

ISBN : 9789350642856
प्रथम पेपरबैक संस्करण : 2014

SAAT SAAL (Novel) by Mulkraj Anand
(Hindi edition of *Seven Summers*)

राजपाल एण्ड सन्ज़
1590, मदरसा रोड, कश्मीरी गेट, दिल्ली-110006
फोन : 011-23869812, 23865483, 23867791
website : www.rajpalpublishing.com
e-mail : sales@rajpalpublishing.com
www.facebook.com/rajpalandsons

पहला भाग

सड़क

''मुझे सड़कें पसन्द हैं, गलियां और वीथियाँ पसन्द हैं और मुझे घूमना-फिरना और सैर करना पसन्द है, क्योंकि इससे विचारों को एक क्रमबद्ध सूत्र में विकसित करने का अवसर मिलता है। कई बार तो आत्मबोध और नई सूझ प्राप्त होती है और यह सब अपनी ही पदचाप के कारण। चलना-फिरना तन को स्वस्थ रखने के लिए एक शारीरिक व्यायाम-मात्र ही नहीं, बल्कि व्यक्तित्व को बनाए रखने के लिए यह एक आत्मिक प्रशिक्षण है...''

—अज्ञात

धूप स्वर्णधूलि-सी फैली हुई है। हवा में सरसराहट है, जैसे सोने के कण इधर-उधर उड़ रहे हों। झुरमुट के हरे पेड़ मियाँ मीर के सफेद दढ़ियल प्रेत पर अपनी स्निग्ध छाया डाल रहे हैं, जो माँ के कथनानुसार रहटवाले कुएँ में रहता है। हमारे मकान के एक ओर लम्बी-लम्बी बारकें हैं, जिनमें सिपाही रहते हैं और दूसरी ओर साहब लोगों के सफेद और चमचमाते बंगले हैं, जिनके साथ बागीचे हैं और जो मुझे हमेशा रहस्य की धुन्ध में लिपटे जान पड़ते हैं। बारकों और बंगलों के बीचोंबीच सड़क है, जो क्षितिज से क्षितिज तक फैली हुई है और जिसकी दोनों ओर शीशम के पेड़ हैं। मैं मुँह में अँगुली दबाए आश्चर्यचकित देखता और सोचता रहता हूँ कि यह कहाँ से आती और किधर जाती है। तब मैं उस छोटे गोल चक्कर में, जो पेड़ों के झुंड में रहट के गिर्द बना हुआ है, दौड़ने लगता हूँ, उन्माद की-सी स्थिति में खूब दौड़ता हूँ, चक्कर पर चक्कर लगाता हूँ और अपनी इस प्रसन्नता में कि मुझे खुले विस्तृत संसार में घूमने की स्वाधीनता प्राप्त है, मैं भूत और भविष्य को भूल जाता हूँ।...

यह मेरी प्रारम्भिक स्पष्ट स्मृतियों में से एक है।

मैं झुरमुट में चक्कर लगा रहा हूँ क्योंकि माँ ने मुझे कह दिया है कि अगर तुम सड़क पर न जाओ तो बाहर जाकर खेल सकते हो।

यह सड़क, जिस पर ऊँटों, घोड़ों, गधों और इन्सानों के कारवाँ हमेशा गुज़रते रहते हैं, मेरे लिए पहली रुकावट है, जिसे पार करना होगा।

माली मुझे बुलाता है, ''बेटा, इधर आओ!''

मैं सुनी-अनसुनी कर देता हूँ और चक्कर लगाना जारी रखता हूँ। तब मैं बरगद के बड़े भारी पेड़ की बाहर उठी हुई जड़ से टकराकर अचानक गिर पड़ता हूँ और रोने लगता हूँ।

माली आकर मुझे उठाता है। वह अपनी घनी मूँछों में से अजीबोगरीब आवाज़ निकालकर और मुझे हवा में उछालकर चुप कराने का प्रयत्न करता है। मैं अब भी रो रहा हूँ। वह मुझे अपनी गर्दन पर बैठाकर घोड़े की तरह उछलने लगता है। मैं उसके सिर को दोनों हाथों से कसकर पकड़ लेता हूँ क्योंकि वह उछलता है तो मैं भी उछलता हूँ और एक आनन्दमय वातावरण उत्पन्न हो जाता है। ऊपर से तो मैं 'छोड़ दो, छोड़ दो' चिल्लाता हूँ; पर मन में प्रसन्न हूँ। और जब वह अपने घास खोदने के स्थान पर लाकर मुझे समचुच अपनी नन्ही मज़बूत टाँगों के बल धरती पर खड़ा कर देता है, तो मैं चाहता हूँ कि वह मुझे फिर उठाए। लेकिन जब माली अपना काम शुरू कर देता है, तो मैं उसे चपटी खुरपी से घास खोदते और गुनगुनाते हुए देखने लगता हूँ।

''गाना मुझे भी सुनाओ।'' मैं उससे कहता हूँ।

''बदमाश, भाग जाओ—माँ तुम्हें बुला रही है।'' वह उत्तर देता है।

''माँ कहाँ है?'' मैं पूछता हूँ और अपने घर के दरवाज़े की ओर देखता हूँ।

माँ वहाँ नहीं है। मैं जानता हूँ कि वह मेरे छोटे भाई पृथ्वी को अपने साथ लिटाए दोपहर की नींद सो रही है। ''मुझे गाना सुनाओ।'' मैं फिर कहता हूँ

माली मुस्कराता है और झूमते हुए ऊँचे स्वर में गाने लगता है।

मैं भी झूमता हूँ।

तब सड़क पर से घंटियों की आवाज़ सुनाई देती है और मैं उधर भाग जाता हूँ। ऊँटों की एक कतार गुज़र रही है, उनकी नकेलें एक-दूसरे की पूँछ से बँधी हुई हैं और जब ऊँटों की कुहानें आगे बढ़ती हैं तो उन पर बैठे हुए सवार झकोले खाते हैं। मैं योंही अँगुली मुँह में डाले कारवाँ को गुज़रते देखता हूँ और ऊँटों की लम्बी-लम्बी टाँगों पर आश्चर्य करते हुए घंटियों की टन-टन में खो जाता हूँ। मैं यह जानना चाहता हूँ कि वे कहाँ से आते और किधर को जाते हैं। पर माँ ने कह रखा है, ''कृष्ण! तुम्हें सड़क पर नहीं जाना है।''

कुछ सिपाही उधर से आ रहे हैं, जिधर मुझे बताया गया है कि सदर बाज़ार है। वे अपनी बाईं ओर देखते हुए सलूट करते हैं।

एक छाया उभरती है—एक खाकी वर्दीवाले पीले मनुष्य की छाया, जो साहब का रूप धारण कर लेती है। मुझे मालूम है कि वह सड़क के उस पार हमारे घर के सामनेवाले बंगले में रहता है। वह अपनी साइकिल पर सवार फर्र से गुज़र जाता है।

जिसका डर था, जब वही चला गया तो उसके बगीचे में जाने में कोई खतरा नहीं।

और मेरे मन में सड़क पार कर लेने की उत्कट अभिलाषा उत्पन्न होती है।

मैं मुड़कर देखता हूँ कि कहीं माँ तो बाहर नहीं है। मैं कुएँ वाले झुरमुट से झाँककर इस बात की भी तसल्ली कर लेता हूँ कि माली का ध्यान तो मेरी ओर नहीं है; और मैं बिना एक क्षण रुके अपनी पहली सारी आवारगियों की हद—सड़क को अंधाधुन्ध पार कर लेता हूँ।

बस अब क्या है, मैं सीधा बगीचे में जा घुसता हूँ। फूलों के हरे-भरे पेड़ नज़रों में लहलहा रहे हैं; पर मैं वहाँ नहीं जाता बल्कि झटपट अपने सामने वाले गुलाब के निकटतम फूल पर झपटता हूँ। मेरा मन माँ की आवाज़ के आतंक से भर जाता है और मैं डाल के काँटों को भूल जाता हूँ। सहसा मुझे अपनी अँगुलियों में ज़ोर का दर्द महसूस होता है। पर मैं अपनी समस्त शक्ति से झटका मारता हूँ। फूल डाल से टूटकर मेरे हाथ में आ जाता है और मैं पीछे के मूक बंगले और आगे की चमचमाती और सरसराती हवा को बिना देखे दौड़ता हूँ। मेरा धड़ टाँगों से भी आगे है।

मैं फिर सड़क के इस पार आ गया हूँ। पर इस खुशी की तरंग में कि फूल मेरे हाथ में है, मेरे पाँव लड़खड़ा जाते हैं और टाँगें आपस में गुँथ जाने से मैं गिर पड़ता हूँ।

मेरे मुँह से चीख निकलती है और मैं तपती धूल पर पड़ा भय से रोने लगता हूँ। सूरज मेरे निकट आ रहा है और मैं ख़ूब ज़ोर-ज़ोर से चिल्ला रहा हूँ ताकि कोई मेरी आवाज़ सुन ले। धूल मुँह में भर गई है, गालों से पसीना बह रहा है और ग्लानि से मेरा शरीर तप रहा है। तब मुझे किसी के पाँव की चाप सुनाई देती है।

वह माली है। ''अरे बदमाश!'' वह झिड़कता है।

मेरे जिस हाथ में फूल है, मैं उसकी मुट्ठी खूब कसकर भींच लेता हूँ, क्योंकि वह माली है और उसे यह पसन्द नहीं कि कोई फूल तोड़े।

वह मुझे अपनी गोद में उठा लेता है और इधर-उधर डुलाते हुए अपने शब्दों और किसी निरर्थक लोरी के बोलों में मेरी सुबकियों को डुबो देना चाहता है।

माँ मेरा रोना सुनकर दरवाज़े पर आ गई है।

''यह कहाँ गया था?'' वह पूछती है।

''खेलते-खेलते गिर पड़ा है।'' माली उत्तर देता है।

''ऐ, उस गन्दे नाले में? क्या यह सड़क पर चला गया था?'' वह घबरा जाती है।

मैं अब भी सुबक रहा हूँ।

''चुप बेटा, चुप। देखो, तुमने चीटियाँ मार दी हैं।'' मुझे बहलाने के लिए माली बात बनाता है।

''मुझे अपनी टाँगें दिखाओ।'' माँ कहती है और मुझे अपनी गोद में ले लेती है।

उसकी गर्दन और चेहरे से दूध और चीनी की-सी मीठी सुगन्ध आ रही है। वह 'इससे इन्हें आराम आ जाएगा' कहते हुए मेरे घुटने चूम लेती है। वह मुझे पृथ्वी के पास चारपाई पर लिटा देती है और आप भी साथ लेटकर मुझे छाती से चिपटा लेती है।'

मैं अब रो नहीं रहा हूँ, सिर्फ रिरिया रहा हूँ। शीघ्र ही नींद, थकन की नींद, मेरी आँखें बन्द कर देती है।

दोपहर के बाद जब पिता की गोद में मेरी आँख खुलती है तो गुलाब का फूल तब भी मेरी मुट्ठी में बन्द है, और काँटों की खरोंचे सारी कहानी कह देती हैं।

2

''तुम कहाँ गए थे, कहाँ गए थे मेरे नन्हे बदमाश?'' पिता ने संगीत के स्वर में पूछा।

और उन्होंने मेरे मुख पर चुम्बनों की बौछार कर दी जबकि मैंने उनकी लम्बी घनी मूँछें पकड़ने का प्रयत्न किया। वे मूँछें ही पिता की स्पष्ट स्मृति थीं। वास्तव में पिता का समस्त व्यक्तित्व उन्हीं में केन्द्रित था। हम कच्ची दीवारों वाले जिस क्वार्टर में रहते थे, उसके आँगन में बैठकर जब वे दोपहर के बाद मुँह धोते थे तो मैं उनकी मूँछों में अटकी हुई पानी की बूँदें देख सकता था। मेरे लिए उनकी किसी दूसरी चीज़ में इतना आकर्षण नहीं था, जितना चेहरे पर उगे हुए घने बालों में। हाँ, उनकी समृद्ध मधुर ध्वनि भी एक थी, जिसे मैं उनके घर में दाखिल होने से पहले ही सुनता था। इस ध्वनि में वे इस ओर से गुज़रनेवाले सिपाहियों अथवा माली के सलाम का जवाब देते थे, सहकर्मियों से मज़ाक करते थे अथवा

मेरे दोनों भाइयों—हरीश और गणेश—को डपटते थे, जो सेना में काम करनेवाले भंगियों, धोबियों और बाजेवालों के बच्चों के साथ कंचे खेलते थे। उनकी आवाज़ कान में पड़ते ही मैं दरवाज़े की ओर लपकता। वे मुझे अपनी बाँहों में भर लेते अपनी कठोर मूँछों के नीचे से मुझपर चुम्बनों की बौछार कर देते और हँसते-मुस्कराते हुए एक गीत अलापते, जो मेरे उपनाम 'बुल्ली' से बना था :

बुल्ली, ओह बुल्ली,
बुल्ली, मेरा बेटा,
बुल्ली, मेरा पिल्ला,
बुल्ली, मेरा सूअर,
बुल्ली, मेरा बेटा, बेटा, बेटा!

यही वह टेक थी, जिसे वे बार-बार दोहराते थे, जिसमें वे मेरे प्रति अपने स्नेह का रंग भरते थे, और अपने उस असाधारण लगाव को व्यक्त करते थे, जो मैं समझता हूँ मेरी उस सामान्य चंचलता और ढिठाई से उत्पन्न होता था, जिससे मैं उनकी मूँछों के दोनों सिरे पकड़कर ज़ोर से खींचता था।

अभी मेरी उम्र चार-पाँच साल थी कि मैं पिता को एक पौराणिक नायक समझने लगा था जैसे वे राजा विक्रम के अवतार हों, जिसकी कहानियाँ माँ ने मुझे सुनाई थीं; अथवा भगवान कृष्ण के मित्र अर्जुन के अवतार हों, जिसने ऊपर बाँस पर घूम रही मछली की आँख को नीचे पानी में उसका प्रतिबिम्ब देखकर अपने तीर का निशाना बनाया था। मेरे नन्हे मस्तिष्क में पिता के जो दैविक गुण थे, उनके अतिरिक्त उनकी कुछ भौतिक विशेषताएँ भी थीं। तमाम पहाड़ी डोगरा रेजिमेंट में वही एक शिक्षित व्यक्ति थे, जिनसे सिपाही अपने खेत पढ़वाते थे और जिनसे वे अपनी अर्ज़ियाँ लिखवाते थे। मियाँ मीर, छावनी के दरिद्र भंगी, धोबी और बाजेवाले उनसे रुपया उधार माँगने आते थे; और निकटवर्ती लाहौर से हमारी जन्मभूमि अमृतसर से अथवा पंजाब के दूसरे भागों से हमारे जो सुनार सम्बन्धी मिलने आते थे, वे उन्हें हाथ जोड़कर पालागन कहते थे।

मैंने लुक-छिपकर वे बातें सुनी हैं, जो हमारे आँगन में होती थीं, जब माँ बैठी चर्खा कातती थी और पिता आरामकुर्सी में लेटे और स्टूल पर टाँगें फैलाए लोगों के शिकवे-शिकायतें और अर्ज़ियाँ सुना करते थे। बाद में इनसे उनके साहसी जीवन का परिचय मिला।

वे 38वीं डोगरा पलटन में हैड क्लर्क थे। वे पलटन की हाकी-टीम के तमाम मैचों में रेफरी बनते और सीटी बजाते, जो उनके लिखने की मेज़ की दराज से जब कभी मेरे हाथ लग जाती तो मैं उससे माँ के कानों में भयंकर शोर मचाता।

दूसरे स्त्री-पुरुषों की दृष्टि में उनका बड़ा आदर-सत्कार था, क्योंकि बहुत ही निचले स्तर से शुरू करके वे शक्ति और प्रतिष्ठा के स्थान पर पहुँच गए थे।

छावनी की अथवा हमारी बिरादरी की जो स्त्रियाँ मिलने आती थीं, उनके साथ बातचीत में माँ ने कुछ ऐसे संकेत दिए, जिनसे मैंने अनुमान लगाया कि वे एक मुसलमान फकीर की दुआ से संसार में आए। मेरे दादा और दादी इस फकीर के पास बच्चे माँगने गए थे और फकीर ने मेरे दादा से कहा था, 'तुम एक बाग लगवाओ और एक कुआँ बनवाओ ताकि मैं वहाँ आकर रहने लगूँ, और तुम अपनी बीवी के साथ सुबह-शाम वहाँ आया करना। मैं तुम्हें दो बच्चे दूँगा।' मेरे दादा, जिनका नाम चेतराम मैंने बिरादरी की स्त्रियों को संकोचसहित लेते सुना, ने वैसा ही किया जैसा कि फकीर ने कहा था। अगले साल मेरी दादी जब एक दिन सुबह कुएँ पर गई तो उसे मेरे पिता रहट की एक मिट्टी की टिंड में बैठे मिले और फिर एक साल बाद मेरे चचा फकीर की कब्र के पास, जो अब मर चुका था, एक कुंज में मिले। पिता का नाम रामचन्द और चचा का नाम प्रतापचन्द रखा गया। जहाँ मेरे पिता के आने से घर का भाग्य जाग उठा क्योंकि उस साल वे बड़े धनी हो गए, वहाँ मेरे चचा अपने साथ दुर्भाग्य लाए क्योंकि दादा की मृत्यु हो गई।

मैं जन्म और मरण का अर्थ नहीं समझता था। मैं सिर्फ भूत-प्रेतों के बारे में जानता था जैसे फकीर का भूत जो उस कुएँ में रहता था, जो मेरे दादा ने अमृतसर से बाहर जडियाला रोड पर खोदा था। फिर हरी पगड़ी, सफेद कपड़ों और सफेद दाढ़ीवाले ख्वाजा खिज़र का प्रेत, जो मियाँ मीर में हमारे घर के पासवाले कुएँ में रहता था और उन असंख्य टौमियों के भूत, जो छावनी के भिन्न-भिन्न स्थानों पर दफनाए गए थे।

घर में जो गप्पें और अफवाहें फैली थीं उनसे पिता के बारे में किस्सों और घटनाओं का पता चलता था; लेकिन भूतों, प्रेतों और फकीरों की उत्पत्ति उन सबपर छाई रहती थी, सिर्फ उनकी घनी लम्बी मूँछें थीं, जो उन्हें मेरी कल्पना में भूतों से विशिष्ट बनाती थीं; क्योंकि उनकी सफलता की सारी कहानियाँ मैं उस वक्त तक अपने मस्तिष्क में नहीं संजो सका, जब तक कि लगभग सात वर्ष का न हो गया।

मैंने तीन-चार साल की उम्र में लोगों के सिरों, धड़ों अथवा टाँगों से और उनकी बातचीत से जो अधूरे और अस्पष्ट चित्र मस्तिष्क में बनाए थे, वे लगभग पाँच वर्ष की आयु में स्पष्ट और पूर्ण होने लगे, क्योंकि यही वह अवस्था थी जब मैं दुनिया को कुछ-कुछ समझता था और उसके इतिहास और भूगोल की रूपरेखा बना सकता था।

3

उस समय जिन व्यक्तियों को मैं समझने लगा, उनमें मेरा छोटा भाई पृथ्वी, मुझसे बड़ा गणेश और सबसे बड़ा हरीश था।

पृथ्वी का जो प्रारम्भिक चित्र बना, उसमें वह एक पीला, सिकुड़ा, क्षीण प्राणी था, जो निवार के एक छोटे-से पंगूरे पर पड़ा सोता रहता था; और माँ हाथ के पंखे से मक्खियाँ हटाती थी। जब वह सोता था, उसकी आँखें तब भी आधी खुली रहती थीं। इस स्थिति में उसका लम्बूतरा चेहरा और गालों की उभरी हुई हड्डियाँ देखकर मुझे भय लगता था, और उसकी एक बूढ़े आदमी जैसी मुरझाई हुई और झुर्रियोंवाली खाल से घिन आती। मुझे यह नहीं बताया गया था कि वह तमाम दिन क्यों सोता रहता है। मुझे सिर्फ शोर मचाने से मना किया जाता था ताकि उनकी आँख न खुल जाए। जब वह माँ की छातियों से दूध पी रहा होता था तो कभी-कभी आँखें खोलकर मेरी ओर यों घूरता था जैसे कह रहा हो, 'मेरी माँ की छातियों से दूर रहो'। अक्सर मैं उसकी विलक्षण दृष्टि से इतना डर जाता कि उसके निकट जाने का साहस न पड़ता। लेकिन कई बार जब वह आँखें बन्द किए एक स्तन को चूस रहा होता, मैं दूसरा स्तन चूसने लगता। तब वह सहसा चौंककर मुझे नोचता और अपनी थाती से दूर हटाता। मैं भी ज़िद पकड़ लेता, धृष्टता से माँ की गोद में घुसकर दूध पीने लगता; जबकि पृथ्वी मुझे अधिक भयंकरता से नोचने और मारने लगता। मैं कुछ समय के लिए हट जाता, लेकिन शीघ्र ही भूल जाता और फिर माँ के स्तन की ओर लपकता।

मगर अब माँ दोनों के दूध पीने से तंग आकर चिढ़ जाती। उसने हम दोनों से पिंड छुड़ाने के लिए अपनी छातियों पर लाल मिर्च का लेप करना शुरू कर दिया। मैं अब भी बाज़ न आता। मुझे याद है कि मेरी यह आदत छुड़ाने के लिए आखिर उसे बहुत सख्त कदम उठाना पड़ा।

अगर छोटे भाई पृथ्वी की ओर मेरा व्यवहार भय, घृणा और ईर्ष्या का था तो बड़े भाई गणेश की ओर शुद्ध और स्पष्ट ईर्ष्या का था। उसका माँ के निकट आना मुझे एकदम असह्य था, और मैं यह प्रयत्न करता कि पिता कभी उसे अपनी गोद में न उठाएँ; इसीलिए मैं उन्हें देखते ही लपकता और सबसे पहले उनका स्वागत करता। चूँकि माता-पिता का मुझ पर विशेष अनुग्रह रहता, इसलिए मैं समझता हूँ कि गणेश ने इस ओर से अपना ध्यान ही हटा लिया और वह अपना मन बहलाने के लिए बाहर जाकर छोटे मुलाज़िमों के बच्चों के साथ खेला करता।

गणेश को विनीत, शान्त और गम्भीर देखकर माता-पिता कहा करते कि उसने अपने-आपको उपेक्षा से बचाए रखने के लिए एक विचित्र कठोर खाल ओढ़

ली है और अपने चपटी नाकवाले सरल मंगोलियन चेहरे पर जो विचित्र मुखौटा पहन रखा था, उससे यह बात बिलकुल स्पष्ट थी। आगे चलकर इस मुखौटे ने एक कृत्रिम विनम्रता का रूप धारण कर लिया, जो उसके विकट स्वभाव की क्रूरता को सफलतापूर्वक छिपाए रखती थी और वह ऊपर से साधु जान पड़ता था। उसके कान ऊपर से तिकोने थे और उसके बारे में यह बात प्रसिद्ध थी कि एक भीख माँगने आए साधु ने उसे माँ को उपहार में दे दिया था। गालों के शुष्क दागों और भद्दे कानों से वह मुझे एकदम शैतान जान पड़ता था। बड़े लड़कों के साथ खेलते समय चूँकि वह प्राय: मेरी उपेक्षा करता था, इसलिए मैं भी उसकी शिकायत का कोई अवसर हाथ से नहीं जाने देता था ताकि पिता उसे डाँटें, डपटें और मेरा बदला लें।

वह अपने चेहरे पर विनम्रता, दीनता और भद्रता का जो कृत्रिम भाव बनाए रखता था, उससे मुझे विशेष चिढ़ थी, क्योंकि इसी कारण लोग उसे भलामानस समझते और मुझे बुल्ली या बदमाश कहते थे। सिर्फ एक ओवेन साहब थे, जिन्होंने उसे सही समझा था, क्योंकि मेरी 'बुल्ली' उपाधि के मुकाबले में वे उसे 'बर्बर' पुकारते थे और छोटे नन्हे भाई पृथ्वी को 'बिट्टी' कहते थे। मुझे इस बात से भी चिढ़ थी कि बिरादरी का जो भी आदमी आता वह गणेश के लिए सगाई का संदेश लाता, साथ ही मिठाई और मेवे होते, जिन्हें वह अकेला ही खा सकता था। हम मुँह देखते रह जाते और 'ओह कुछ' माँगते, जिसका अभिप्राय उस मिठाई से था जो माँ लकड़ी के बड़े सन्दूक में रखती थी और दोपहर बाद खाने को देती थी। इसके अलावा वह घर की बिल्ली का आप ही मालिक बन बैठा था और मैं उसे छूने तक को तरस जाता था। अब चूँकि उसे देवता समझा जाता था, इसलिए वह अपने द्वेष को बनावटी देवतापन में सफलतापूर्वक छिपा सकता था, इससे उसके प्रति मेरी अवज्ञा और भी तीव्र हो जाती थी।

अपने बड़े भाई हरीश के प्रति मेरे मन में श्रद्धाभाव था। शायद इसलिए कि वह लम्बा और दुबला था और दोपहर के बाद जब वह अपनी साइकल पर लाहौर से आता तो मेरे लिए फलों और खिलौने के उपहार साथ लाता और वह मुझे अपनी साइकिल पर आगे बैठाकर स्कूल के हाकी-मैच में साथ ले जाने का वादा भी हमेशा किए रखता। मुझे उस समय उसके हाथ की सफाई पर भी स्पर्धा होती जब वह खुती और कंचों के खेल में छोटे मुलाज़िमों के लड़कों को हरा देता। मैं गेंद-बल्ले में उसकी दक्षता का प्रशंसक था और उन खेलों का प्रशंसक था जो वह अपनी साइकल पर उसे आध घंटा बिलकुल खड़ी रखकर दिखाता था। जब उसे पलटन की हाकी-टीम में खेलने को कहा जाता, तो वह सुन्दर धारीदार कमीज़ और नीले जाँघिये में क्या ही भला लगता! फिर जब वह मुझे

फौजी बाज़ार में हलवाई की दूकान पर दूध-जलेबी खिलाता तो मैं सर्वथा उसका हो जाता। मुझे याद है कि उस समय मैं कितना रोया था जब एक बार पिता ने उसे पढ़ने और स्कूल का काम करने के बजाय भंगी-लड़कों के साथ आवारा घूमने और खेलने के लिए क्रिकेट की विकिट से पीटा था।

हरीश मेरी मौसी अक्की के पास शहर में रहता था, क्योंकि वहाँ से स्कूल नज़दीक पड़ता था; इसलिए वह घर कभी-कभी आता था और मैं उससे घनिष्ठ मित्रता स्थापित नहीं कर पाया। हमारी अवस्थाओं में जो अन्तर था, उसके कारण भी हम अलग-अलग रहे और उसके प्रति मेरी श्रद्धा बनी रही। निश्चय ही जीवन के आरम्भिक वर्षों में पिता के बाद हरीश मेरा नायक था।

4

मौसी अक्की मेरी माँ की सबसे छोटी बहन थी। पर वे दोनों एक दूसरे से इतनी भिन्न थीं कि बहनें जान नहीं पड़ती थीं। माँ का रंग साँवला, चेहरा अंडाकार, आँखें गहरी भूरी, चमकदार और ठुड्डी भारी थी जबकि मौसी अक्की का चेहरा पीला, गोल, आँखें चुँधी और होंठ चपटे थे। वे न सिर्फ शक्ल-सूरत से भिन्न थीं, बल्कि मैंने देखा, क्योंकि लोगों को पहचानने की वह मेरी पहली सूझ थी, कि वे सूँघने में भी भिन्न थीं। मेरी माँ, जैसा कि मैं पहले कह चुका हूँ, दूध और चीनी थी; लेकिन मौसी अक्की दही की सुगंध के सदृश थी।

मौसी अक्की के प्रति मेरी पहली प्रतिक्रिया यह थी कि मैं लजाकर भाग गया था। मुझे याद है कि मैं आश्चर्यचकित अँगूठा मुँह में डाले दूर खड़ा था और कनखियों से उसकी ओर देख लेता था जबकि वे बरामदे में बैठी माँ से अपनी विपदा की कहानी सुना रही थी। शब्द जो हवा के नरम झोंकों के सदृश उसके मुँह से निकल रहे थे, उनसे मुझे पता चला कि उसके पति, मेरे मौसा जयसिंह ने फिर शराब पी, उसे पीटा और घर से निकाल दिया। अब वह शहर से यहाँ तक सारा रास्ता पैदल चलकर हमारे घर आई थी; और क्या माँ उसे मेरे पिता से कुछ रुपया दिला देगी ताकि वह शहर लौटकर अपने लिए अलग घर बसा सके?

जब वह अपनी करुण कहानी सुना रही थीं, तो उनका स्वर मुझे उस शीतल और उदास समीर-सा लगता था, जो दोपहर के बाद सड़क पर शीशम के पेड़ों में सरसराती थी और जो आहों और सुबकियों की भांति छावनी से परे वाले मैदान से झोंकों में आती थी और आँखों को नींद से बोझल कर देती थी। लेकिन तब

उसका समतल स्वर धूप से परेशान पक्षी की आवाज़ की भाँति तेज़ चीख में बदल जाता था और बातचीत के दौरान कभी-कभी उसकी आँखों में आँसू चमक उठते थे।

थोड़ी देर में माँ के हाथ से रूई की वह पूनी गिर पड़ती थी जो वह कात रही होती और लगता कि वह भी सुबक रही है।

इस समय मुझे अपनी आँखें फड़क रही महसूस होतीं; और मौन के उन क्षणों में, जब माँ साड़ी के पल्लू से अपनी आँखें पोंछ रही होती, मैं उसके नज़दीक सरक जाता क्योंकि मुझे एकाकीपन बहुत खलता था।

"मेरा नन्हा बुल्ली कहाँ जा रहा है?" मौसी अक्की कहती और माँ के पास जाने से पहले ही मुझे पकड़कर अपनी बाँहों में दबोच लेती।

वह मुझे अपनी गोद में भरकर पुचकारती, दुलारती और साथ ही गाती :

ओह, बुल्ली, मेरा बेटा,
बुल्ली, मेरा पिल्ला,
बुल्ली, मेरा सूअर,
बुल्ली, मेरा बेटा, बेटा, बेटा!

और मेरे नथुनों में एक विभिन्न प्रकार की सुगन्ध भर जाती, दही की सुगन्ध, जिसमें वह मोटी चीनी मिली हुई होती जो माँ मुझे दोपहर के बाद बासी रोटी के साथ खाने को देती थी। जब मौसी अक्की मुझे चूमने को झुकती तो मुझे उसकी बगलों के पसीने की दुर्गन्ध आती और मैं उसकी बाँहों से निकल भागने का प्रयत्न करता। दूसरे ही क्षण में एक समृद्ध, मधुर युवा शरीर की भावना से ओतप्रोत हो जाता, जिसमें मीठे क्रीम-केकों की सुगन्ध होती, जो कृतज्ञ सिपाही और दूकानदार उपहारस्वरूप हमें दे जाते थे।

इस घटना के उपरान्त वह मुझे कितनी सुन्दर जान पड़ती थी! कितनी स्निग्ध और सुखद और कितनी समृद्ध! क्योंकि वह हमेशा अपने आँचल के सिरे की गाँठ खोलकर मेरे हाथ में चाँदी का एक चमचमाता रुपया थमा देती, हालाँकि मैं जानता था कि वह हमारे घर पैसों के लिए आई है, इसलिए अमीर नहीं है। मेरे उपनाम का गीत अलापते हुए उसका स्वर मृदु हो जाता और इस विचार से कि उसने मुझे उठा रखा है, मैं अपने भीतर एक गुप्त सिहरन-सी महसूस करता और उसे चाहने लगता। फिर माँ ने जो चाहे उनकी निन्दा की, मेरा व्यवहार उनके प्रति तनिक भी नहीं बदला...यह जानकर भी नहीं बदला कि वह दरिद्र, अकिंचन और गंदी स्त्री और एक शराबी ठठेरे की पत्नी है, और इस बात से भी नहीं बदला कि उसने कोई जादू करके 'हमारे' हरीश का मन मोह लिया है।

वास्तव में उस समय मैं कुछ डर गया था, जब मेरा बड़ा भाई मुझे साइकल पर बैठाकर एक दिन उसके घर ले गया। हमें एक तंग गली में एक भैंस के पास से गुज़रना पड़ा था और सीढ़ियाँ ऊबड़-खाबड़ और अँधेरी थीं जिनमें पेशाब और खून की दुर्गन्ध थी, जो माँ के कथनानुसार उस काले जादू के आवश्यक तत्त्व थे, जिससे मौसी ने मेरे भाई को अपने वश में कर रखा था। पर जब उसने मुझे और हरीश को मिठाई खिलाई और शर्बत पिलाया, तो मेरा सारा भय जाता रहा। इसके बाद मैं हमेशा उसके घर जाने का इच्छुक रहता और साथ चलने के लिए ज़िद करता।

मैं उसके शराबी पति जयसिंह से भी हिल-मिल गया। उसका गोरा और नन्हा व्यक्तित्व बड़ा ही प्यारा था, और उदार इतना कि हमेशा वह अपनी धोती की तहों से चाँदी के सिक्के निकालकर मुझे और हरीश को दिया करता था। वह कसेरा बाज़ार में लकड़ी के छोटे-से घोड़े पर बैठा ताँबे के बर्तन बनाता और उनके शोर-शराबे में गन्दी-गन्दी गालियाँ बकता; लेकिन उसकी मुखमुद्रा इतनी निरीह थी कि वह मुझे प्यारा लगता और स्वतन्त्र, निश्छल जीवन का प्रतीक जान पड़ता जो हमारे छावनी के दूरस्थ सूने घर के जीवन से कहीं आकर्षक था, क्योंकि वहाँ हथौड़ों की ठक-ठक नहीं थी अथवा वह क्षणिक धूम-धमक्का नहीं था जो पिछली रात के जुए या शराब के दौर और कलह से उत्पन्न होता था।

मेरी मौसी अक्की और शराबी ठठेरे जयसिंह का नन्हा बेटा, जिसका नाम झंडासिंह था, मेरा दोस्त बन गया, क्योंकि उसने मुझे मेरी ज़िन्दगी की पहली पतंग खरीदकर दी और मुझे अपने साथ मकान की छत पर ले गया, जहाँ उसने पतंग को ऊपर आकाश में चढ़ाकर मेरे हाथ में थमा दिया।

जब कभी इन तीनों विचित्र व्यक्तियों में से किसी एक से भेंट होती थी, मुझे लगता जैसे मैं आकाश में उड़ रहा हूँ।

5

एक दूसरा व्यक्ति, जिसे मैं बचपन ही से जानने और प्रेम करने लगा, गुरदेवी थी। वह बाबू चत्तरसिंह, जो मेरे पिता की पलटन में क्वार्टर मास्टर क्लर्क था, की पत्नी थी। वह शान्त, गम्भीर और उदास मुखवाली छोटे कद की स्त्री थी, जिसका स्वर फाख्ता की कू-कू की भाँति मधुर था। वह सीने-पिरोने अथवा फुलकारी काढ़ने का काम लेकर हर दूसरे दिन हमारे घर आती और माँ के पास बैठ जाती, जो पृथ्वी को गोद में लिटाए चर्खा कातती। वे दोनों खुसर-फुसर धीरे-

धीरे बातें करतीं। शुरू-शुरू में तो मेरी समझ में कुछ नहीं आया, पर बाद में पता चला कि बातें गुरदेवी के बच्चा न जन सकने के बारे में होती थीं। मुझे याद है कि मैं किस तरह दोपहर के बाद जागते रहने का प्रयत्न किया करता था ताकि वे बातें सुन सकूँ और यह समझ सकूँ कि आखिर गुरदेवी को रोग क्या है और उसकी उदासी का कारण क्या है। लेकिन माँ और गुरदेवी के कोमल और मृदु स्वर, चर्खे की घूँ-घूँ और बरामदे में मंडरा रहे कालेबरों के कारण वातावरण इतना निद्राजनक होता कि मेरा सिर घूमने लगता और अंग-अंग में भारीपन भर जाता, जो मुझे सुलाने का प्रयत्न करता। पर मैं जब सो न पाता तो गुरदेवी मुझे गोद में लिटाकर हिलाती-डुलाती और लोरी गाकर सुलाने लगती।

मैं उसकी गर्दन से बह रहे पसीने में तरबतर हो जाता लेकिन उसकी जंघाओं पर लेटने का सुख भी अनुभव करता। मैं गुरदेवी के घर लौटने तक बड़े आराम से सोया रहता। जिस तरह वह मुझे सुलाने के लिए लोरी गाती थी, उसी तरह मेरे जागने पर भी एक लोरी गाती। पहले से बड़ा और बलवान मैं एक ऐसी दुनिया में आँख खोलता, जिसमें सूरज छिप रहा होता और आकाश पर संध्या की लालिमा छाई होती। मैं अपने उस बचपन में भी गुरदेवी के आलिंगन का इन्द्रियजनित सुख अनुभव करता। ओह, उन क्षणों की मादकता जब आदमी दोपहर की नींद के बाद जागे और अंगड़ाई लेते हुए गर्मी की संध्या की शीतलता का अनुभव करे!

कई बार गुरदेवी मुझे अपने साथ घर ले जाती ताकि सिपाहियों से जो उसे देखकर सीटी बजाते और आवाज़ें कसते थे, उसकी रक्षा हो सके। मेरी इस वीरता के बदले वह उतने ही बड़े सन्दूक से, जितना हमारे घर में था और जिसमें से माँ हमें 'ओह कुछ' देती थीं, वह मुझे 'कुछ' देती। जब मैं बैठा मिठाई अथवा सूखी अंजीरें या खजूरें खा रहा होता, तब बाबू चत्तरसिंह दफ्तर से घर आता। वह मुझे उठाकर हवा में उछालता और मेरे उपनाम की लोरी गाता :

बुल्ली, बुल्ली
बुल्ली, मेरा बेटा...

सिख होने के नाते चत्तरसिंह के मुख पर बड़ी-बड़ी काली दाढ़ी थी। वह मुझे इतनी प्यारी लगती कि मैं दोनों हाथों से पकड़कर खींचता और तब छोड़ता जब वह मुझे अपनी पीठ पर सवारी करने देने का वादा करता। यों हम दोनों उस समय तक खेलते और बड़े प्रसन्न होते जब तक कि मुझे पिता की आवाज़ सुनाई न देती और मैं उनके स्वागत को न दौड़ जाता।

प्रसन्नचित्त और आह्लाद में भरा मैं पिता के कन्धों पर सवार हो जाता और लगभग आकाश को छूने लगता।

मैं उन्हें जल्दी-जल्दी एक ही साँस में दोपहर के बाद की घटनाएँ सुनाता और यह बताता कि गुरदेवी की मिठाई कितनी अच्छी थी और बाबू चत्तरसिंह की पीठ पर सवारी में कितना मज़ा आया। सुनाते-सुनाते मैं आनन्दविभोर हो जाता। पिता की नसीहत इस आनन्द को फीका कर देती, क्योंकि वे मुझसे कहते कि मैं गुरदेवी और बाबू चत्तरसिंह को उनके नामों से न पुकारूँ, बल्कि उन्हें अपनी 'छोटी माँ' और 'छोटा पिता' समझूँ।

मुझे याद है कि पिता की इस नसीहत के बारे में मैं अपने भीतर एक अस्पष्ट-सी उत्सुकता अनुभव करता और बाद में मैंने अन्दाज़ा लगाया कि इसका सम्बन्ध उस रहस्यमय बातचीत से है, जो गुरदेवी की बच्चा जनने की असमर्थता के बारे में उसमें और माँ में हुआ करती थी, और मेरा मन इस गर्व से भर गया कि वे मुझे ही अपना दत्तक पुत्र बनाएँगे। तब मुझे इन बुज़ुर्गों के प्रति अपने व्यवहार में सुधार की ज़रूरत महसूस हुई और तुरन्त आवश्यक परिवर्तन करके उन्हें अपनी उस नन्ही दुनिया में, जिसे मैंने समझना शुरू ही किया था, उचित स्थान दिया।

6

उस सड़क जिस पर कारवाँ और इन्सान बराबर गुज़रते रहते थे, की तपती सुबहों और खामोश दोपहरों के स्निग्ध एकान्त में जो समृद्ध और प्रसन्न जीवन बीत रहा था, उस पर एक दिन अदृश्य और भयप्रद वस्तु की जिसे 'मृत्यु' कहते हैं, परछांई पड़ी। मैं इस परछांई का नाम नहीं जानता था। मैं इसे देख नहीं सकता था। मैंने सिर्फ उन लोगों से जो हमारे दरवाज़े पर इकट्ठे हो गए थे, यह नाम धीमे स्वरों में फुसफुसाते हुए सुना। तब मैं और मेरा भाई गणेश बाबू चत्तरसिंह के बरामदे से लौटे थे, जहाँ हम तमाम सुबह एक चारपाई पर लेटे रहे जबकि 'छोटी माँ' गुरदेवी पंखा झलती रही।

दोपहर बाद का सूरज कच्चे घर की दीवारों के पीछे चला गया और घर में बिलकुल सन्नाटा था। जब हम आए तो माता-पिता दोनों कहीं दिखाई नहीं देते थे। गणेश मेरी अँगुली पकड़कर मुझे आँगन के पार ले गया। जब हमने बरामदे में वह पंगूरा खाली देखा, जिसपर पृथ्वी सोया करता था और दोनों रिहायशी कमरों के दरवाज़े बन्द पाए, तो मुझे किसी विनाश की आशंका हुई और मैंने रोना शुरू कर दिया।

गणेश मुझ से अधिक साहसी था। उसने मुझे चर्खे के पास माँ की पीढ़ी पर बैठाया और हत्थी घुमाकर मुझे बहलाने लगा।

''मैं माँ के पास जाऊँगा।'' मैंने रोते हुए कहा।

गणेश ने कुछ ऊन ली और उसकी मूँछें लगाकर पिता के रूप में मुझे बहलाने का प्रयत्न किया।

इसने उलटा मुझे डरा दिया और मैं चिल्लाया।

सौभाग्य से उसी समय पिता आ गए। उनके पास दूध का पतीला था।

हालाँकि उनकी मुद्रा गम्भीर थी लेकिन फिर भी मैं उन्हें देखकर खुश हुआ। गणेश के पास बैठे हुए मुझे एक अनूठी सुरक्षा अनुभव हो रही थी। पिता रसोईघर में गए, पोने पर रखे हुए गर्म दूध के दो प्याले लाए और हमें दे दिए, तब वे खुद पीतल की बाटी लाए और दूध पीने लगे। उनकी मूँछों के दोनों सिरे बाटी में डूबे हुए थे। घूँट भरते हुए उन्होंने हमें सीख दी कि हम दूध सुड़कने के बजाय घूँट-घूँट पिएँ। अब मुझे विश्वास आया। 'ये मेरे पिता हैं,' मैंने अपने-आपसे कहा, 'और मेरे पास बैठे हैं।' लेकिन मुझे चर्खे की घूँ-घूँ का अभाव खटका, इसलिए मैंने पूछा, ''माँ कहाँ है?''

''वह अभी आएगी, बेटा।'' उन्होंने उत्तर दिया, ''तुम दोनों दूध पीकर छोटी माँ गुरदेवी के घर खेलो। वह तुम्हें 'कुछ' खाने को देंगी। चलो, मैं छोड़ आऊँ।''

तब वे उठ खड़े हुए। पीतल की बाटी एक ओर रख दी। उन्होंने मुझे गोद में उठा लिया और गणेश को साथ चलने के लिए कहा।

मुश्किल से चन्द कदम चले होंगे कि हमने माँ को देखा। उसकी गीली साड़ी शरीर से चिपकी हुई थी। मौसी अक्की के कपड़े भी गीले थे। वे गलियारे से घर में दाखिल हो रही थीं। उनकी आँखें लाल थीं और वे बहुत थकी हुई जान पड़ती थीं।

''तुम उन्हें गुरदेवी के घर से क्यों लाए?'' माँ ने पिता की भर्त्सना की।

''कोई बात नहीं!'' मौसी अक्की ने उसकी थकी हुई देह को सहारा देते हुए कहा।

''उन्हें मेरे पास मत आने दो,'' माँ चिल्लाई, ''क्योंकि मुझे मृत पृथ्वी की सूत लगी हुई है।''

''आओ, सुन्दरई आओ, बैठकर आराम करो और उस बच्चे के बारे में सोचो जो तुम्हारे पेट में है।''

''माँ को क्या हुआ है?'' मैंने तीखे स्वर में पूछा जबकि गणेश जाकर उसकी टाँगों से लिपट गया।

''तुम्हारी माँ की तबीयत ठीक नहीं।'' पिता ने कहा।

''मुझे उसके पास जाने दो, जाने दो।'' मैंने कहा।

मैं उनकी बाँहों से कूदकर माँ से चिपट जाना चाहता था।

वह अपने आप बरामदे में आ गई और मुझे अपनी गोद में ले लिया।

''ओह, पृथ्वी की मौत से घर कितना सूना लगता है!'' वह चिल्लाई और मुझे अपने ऊपर लिटाकर माथा पीटने लगी।

अब अक्की ने अपनी छाती नंगी की और दोहत्थड़ मारकर चिल्लाई, ''हाय, हाय शेरा!''

''यहाँ सियापा मत करो।'' पिता ने उसे समझाया, ''यह अमृतसर नहीं छावनी है और साहबों के बंगले करीब हैं।''

''अच्छा जीजा,'' अक्की ने कहा और आँखें पोंछ लीं, ''यही ढारस है कि पृथ्वी तो चाहे चला गया पर उसके बाद शीघ्र ही दूसरा बच्चा होगा।''

मेरे पिता आरामकुर्सी में स्थिर बैठे अपनी मूँछों को बट दे रहे थे। उनमें और मेरी माँ के गर्म शरीर में, जिसे मैं स्पर्श कर सकता था, कोई सम्बन्ध नहीं जान पड़ता था।

''आओ गणेश, तुम्हें सदर बाज़ार में घुमा लाऊँ।'' पिता ने कहा।

गणेश तैयार हो गया। आँगन के छते हुए भाग में चिड़ियों ने चूं-चूं का शोर मचा रखा था।

माँ ने जब अपने आँसू रोके तो उसकी पलकें काँप रही थीं।

''भगवान उसकी आत्मा को शान्ति दे!'' पिता ने चलते हुए कहा।

''आने वाला बच्चा ही एकमात्र ढारस है।'' मौसी ने सहानुभूति जताई, ''शायद वह लड़की हो।''

मुझे हवा गूँजती हुई महसूस हुई। मुझे पृथ्वी का शरीर अपने से अलग दीख पड़ा। वह सुप्त अवस्था में मेरे मस्तिष्क की आँखों के सामने घूम रहा था। मेरे लिए मृत्यु का अर्थ निद्रा था। जब मैंने महसूस किया कि माँ की गोद में, जहाँ मैं लेटा हुआ हुआ हूँ, वह अक्सर सोया रहता था और अब नहीं है, तो मुझे लगा कि माँ मेरी अपनी माँ नहीं है। मैं डर गया। मैंने अपनी आँखें बन्द कर लीं, क्योंकि मुझे ऐसा लग रहा था कि पृथ्वी जिस दूर देश में गया है, उससे मेरी ओर आ रहा है, क्षण-क्षण आगे बढ़ रहा है, चूँकि मुझे विश्वास था कि वह आएगा। अँधेरा छा गया और फिर नींद ने सब कुछ लील लिया।

7

पृथ्वी की मृत्यु का समाचार सुनकर बहुत-से लोग हमारे घर आए। उनमें से दो का व्यक्तित्व तुरन्त मेरे मन पर अंकित हो गया। उनमें एक चाचा प्रताप और दूसरी चाची देवकी थी।

वह एक शानदार जोड़ी थी। चाचा प्रताप उतने ही सुन्दर थे जितनी कि चाची देवकी। उनके व्यक्तित्व ने मुझपर ऐसा जादू डाला कि वे सारी बुरी बातें भूल गईं जो उनके बारे में मैंने अपने घर में प्रचलित कथा-कहानियों द्वारा सुन रखी थीं। उन्होंने मुझे लेकर बड़ा हो-हल्ला मचाया। वे मेरे उपनाम का निरर्थक गीत बार-बार गाते, मुझे उछालते-चूमते, छाती से लगाते और वापसी पर अपने साथ अमृतसर ले जाने की बात कहते थे। दोपहर के खाने के साथ गोश्त पका और चाची देवकी ने उसमें से एक बोटी मुझे दी । तब तो मैं पूर्ण रूप से उन्हीं का हो गया क्योंकि माँ अपने हाथ से रसोई में कभी गोश्त नहीं बनाती थी। अब मैं उस समय की प्रतीक्षा करने लगा जब वे मुझे अपने अमृतसर के घर में रहने के लिए साथ ले जाएँगे—यह घर प्रकाश की जगमगाहट से परे स्वर्ण नगर के स्वर्ण मन्दिर की भाँति विशाल जान पड़ता था।

दोपहर बाद जब चाचा प्रताप सरसराते शीशम के पेड़ों की छाया में सड़क के किनारे सोया करता, मैं बार-बार यह पूछकर कि तुम कब जाओगी चाची, देवकी की नाक में दम किए रहता। मेरे मारे उसे खुद बात करने का भी अवसर न मिलता, इसलिए वह कह देती कि जाओ तुम तैयारी करो, हम शाम को चलेंगे। अब माँ की शामत आ जाती, क्योंकि मैं उससे अपने नये कपड़े माँगता ताकि जाने के लिए उनकी गठरी बाँध लूँ।

वह मुझे यह कहकर टालने का प्रयत्न करती कि जब तुम जाओगे तो मैं सारी चीज़ें दे दूँगी। जब मैं न मानता तो वह मुझे भीतर के कमरे में ले जाती और मुझे पृथ्वी के पंगूरे पर सुलाने का प्रयत्न करती। मैं न सिर्फ वहाँ लेटने से डर जाता बल्कि मुझे दिन में सोने की आदत ही नहीं थी और इसीलिए माँ अक्सर कहा करती थी, 'इसकी आँखों में नींद ही नहीं!' फिर उस दिन तो सोने का सवाल ही पैदा नहीं होता था। माँ जहाँ एक ओर देवकी को सुलाने के लिए लोरियाँ और थपकियाँ दे रही थी, वहाँ धीमे स्वर में उनकी निन्दा करते हुए कहती थी कि वे तो हर रोज़ मांस खाएँगे, शराब पिएँगे और जाने किस-किसको अपने घर बुलाएँगे। उनके साथ गया तो मुझे दो दिन में नानी याद आ जाएगी। इससे चाची और चाचा के साथ जाने का मेरा निश्चय और भी दृढ़ हो जाता क्योंकि मैं देवकी के पकाए हुए मांस की बोटी का स्वाद चख चुका था। तब माँ मुझे पीटती और सुबकते हुए उस कोने में छोड़कर धमकी देती कि अगर रोओगे तो तुम्हारे पिता से शिकायत करूँगी। वे तुम्हें इतना पीटेंगे कि सारी ज़िद और बदमाशी निकाल देंगे।

माँ ने मुझे ज़िन्दगी में पहली बार पीटा था और मैं बहुत ही डर गया। मैंने अपनी सुबकियों को बहुतेरा दबाया क्योंकि मुझे पिता के हाथों उस विकिट

से पिटने का डर था जिससे उन्होंने एक दिन मेरे बड़े भाई को पीटा था, क्योंकि उसने सारा दिन अरदलियों के बच्चों से खेलकर समय नष्ट किया था; लेकिन मैं अपना रोना नहीं रोक सका।

चाची देवकी ने आकर मुझे अपनी गोद में उठा लिया और 'बुल्ली...बुल्ली...' गाते हुए इधर-उधर हिलाने-डुलाने लगी। तब चाचा प्रताप ने आकर दूध की लस्सी बनाई और गिलास-भर मुझे भी पीने को दी। इससे मैं कुछ शान्त हुआ। मैंने उखड़े स्वर में चाचा-चाची को वे सारी बातें बता दीं जो उनके साथ अमृतसर जाने से मना करते हुए माँ ने मुझसे कही थीं। चाची तो ये बातें सुनकर हँसी, लेकिन लगता था कि चाचा प्रताप को अखरीं। चाहे माँ ने बात बनाई और स्थिति को सुधारने का प्रयत्न किया, पर चाचा प्रताप ने दृढ़ मौन भाव धारण कर लिया, जो उनके चरित्र की विशेषता थी, जबकि चाची देवकी गाड़ी के छूटने के समय की बातें करने लगी।

सौभाग्यवश उसी समय पिता दफ्तर से लौट आए और उन्होंने उसी ऊपरी आनन्द और प्रसन्नता का प्रदर्शन किया जो वे मेहमानों के आने पर सदा करते थे।

चाची देवकी ने मुझे अपराध से मुक्त करने की ज़िम्मेदारी अपने ऊपर ली क्योंकि शायद मैं उसके लिए पिट सकता था। उसने घूँघट में से मेरे पिता को सुनाने के लिए सस्वर कहा कि वह मुझे अपने साथ अमृतसर ले जाना चाहती थी, लेकिन माँ ने 'नहीं' कह दिया है और इस बात का उन्हें बड़ा दुःख है।

पिता जो मुझे प्यार करते थे और जिनके लाड़ ने मुझे बिगाड़ दिया था, चाची की बात सुनकर हँसे और अपनी बाँहों में उठाकर बोले :

''क्यों ओ बदमाश, तुम चाचा-चाची के साथ जाना चाहते हो?''

मैं माँ की मार से इतना सहम गया था कि कुछ भी कहने का साहस न हुआ, लेकिन मेरे भाई गणेश ने साहस का परिचय दिया और विनीत भाव से कहा कि अगर आप लोग आज्ञा दें तो मैं चाचा-चाची के साथ अमृतसर जाने को तैयार हूँ।

''यह तुम्हारा है। इसे जहाँ भी चाहो ले जाओ।'' पिता ने गणेश को चाचा प्रताप की ओर धकेलते हुए कहा।

''इसकी वह उम्र भी हो गई है जब इसे अपना धन्धा सीखना चाहिए।'' चाचा प्रताप ने कहा।

मैं बाकी दिन की उस मधुर स्मृति में डूबे रहना चाहता हूँ जब चाची ने मुझे अपनी गोद में भरकर थपथपाया और घूँघट में से अपना गोरा-चिट्टा अंडाकार मुख झुकाकर कहा कि वह गणेश की बजाय दरअसल मुझे अपने साथ ले जाना

चाहती थी। पर अब पिता का आदेश मानना होगा, जिसे उसके पति ने भी स्वीकार कर लिया है। मैं उसके सौन्दर्य के प्रकाश में नहा उठा और उसे हृदय से प्रेम करने लगा। मुझे लगा कि माँ की दूध-चीनी की, मौसी अक्की की दही की और छोटी माँ गुरदेवी की सूखी सौंधी घास की सुगन्ध, चाची देवकी की मोतिया और मौलसिरी की मिश्रित सुगन्ध की तुलना में कुछ भी नहीं हैं जबकि बड़े पृथ्वी के सम्बन्ध में शोकपूर्ण बातें कर रहे थे मैंने चाची देवकी से गुप्त सन्धि की कि वह एक दिन मुझे अमृतसर अवश्य ले जाएगी। जब उसने मुझसे वादा किया तो उसका स्वर शीशम की टहनियों में समीर से उत्पन्न होनेवाली सरसराहट की तरह मधुर था; अपने साथ सटाकर जब उसने मुझे पुचकारा तो उसकी छातियाँ दो आमों की तरह कठोर थीं; उसके चुम्बनों में मेंह की शीतल बूँदों का आह्लाद था और जिस अन्दाज़ से वह मेरे ऊपर झुकी हुई थी, उस दृश्य को मैं कभी नहीं भूल सकता।

8

चाहे मुझे अपने भाई गणेश से कुछ भी प्यार नहीं था; फिर भी उसके चाचा प्रताप और चाची देवकी के साथ चले जाने से मुझे अपनी दुनिया सूनी-सूनी लग रही थी। कारण, पृथ्वी की मृत्यु के बाद मेरा कोई खेल का साथी नहीं रह गया था। गणेश कम से कम सुबह के उन घंटों में तो मेरे साथ खेल लेता था, जब छोटे मुलाज़िमों के लड़के अपने माता-पिता का हाथ बंटाने में व्यस्त रहते थे।

मुझे याद है कि मुझपर एक विचित्र उदासी छाई रहती—एक ऐसी उदासी जो कभी खत्म न होनेवाले समय के शून्य और हमारे घर के बाहर रहटवाले कुएँ के झुरमुट से परे फैले हुए खेल के मैदान की विशाल रिक्तता जैसी भयंकर थी। उन दिनों के अनुभव से मैं कह सकता हूँ कि बचपन इतना मधुर और सुखद नहीं है जितना कि बड़ी उम्र की विपत्तियों को भुलाने के लिए भावुकतावादियों ने उसे बना दिया है। अगर उनके लिए कोई नर्सरी किंडर-गार्टन या झूला न हो और साथ खेलनेवाले बच्चे न हों, तो इसमें भी वह दीर्घ एकाकीपन होता है जब बच्चे बड़ों की दुनिया से निर्वासित अपनी ही सूक्ष्म भावनाओं में बन्दी रहते हैं और मन बहलाने के उपाय सोचते हैं। यह सच है कि इन परिस्थितियों में एक अकेले बच्चे में स्वस्थ चिन्तन का विकास होता है और वह अपनी प्रसन्नता के लिए कल्पना का सहारा लेता है। यद्यपि अन्त में इससे लाभ होता है, पर इस प्रारम्भिक प्रयास का बोझ उसके लिए असह्य है, जब उसकी कोमल आत्मा को

पुष्प-कुंज के स्वप्निल अस्तित्व से बार-बार वास्तविकता की उस दुनिया में जाना पड़ता है जहाँ माता-पिता के भोजन और दोपहर की नींद के अतिरिक्त कुछ नहीं।

एकान्त में दु:ख के अतिरिक्त मुझे इस ज़माने से एक लाभ भी हुआ और वह यह कि मेरे स्वभाव में एक विचित्र शक्ति आ गई। मैंने अपनी ही दुनिया में रहना सीख लिया। इस दुनिया में झुरमुट के घने पेड़ों की छाया थी जहाँ मैं घूमा करता था; साहबों के बगीचों की घास और फूल थे, जहाँ मैं कभी-कभी चला जाता था और सड़क का क्षण-क्षण बदलनेवाला जीवन था—सड़क, जिसे मैं हवा से सरसराते शीशम के पेड़ों की एक कतार की आड़ से पार करके दूसरी तक जाता था; सड़क, जिसकी धूल में मैं लेटा करता था; सड़क, जहाँ मैं पशुओं, पक्षियों और इन्सानों से बातें करता था; सड़क, जो अपने अज्ञात भूत और अबूझ भविष्य के साथ मेरे समस्त जीवन पर छाई हुई थी। चाहे उस रहस्यमय निस्तब्धता से, जिसमें मुझे बताया गया था कि उन लोगों की, जो स्वर्ग में नहीं जा सके, प्रेतात्माएँ मँडराया करती हैं, मुझे कुछ भय लगता था, फिर भी अपने गिर्द फैले हुए मौन का मैं एक अंग बन जाता था। मैं तोते की भाँति वे शब्द दोहराता जो मैंने सीख लिए थे, चूहे की तरह उन नालियों पर घूमता जिनमें रहट का पानी बहता था और गीली धरती खोदकर केंचुए पकड़ता। बे-रीढ़ के ये लचकदार जीव मुझे बहुत ही अजीब लगते, जो माली रामदीन की खुरपी की चोट से टुकड़े-टुकड़े हो जाने पर भी चलते रहते और मुझे याद आता कि माली ने उन्हें अपनी बंसी के सिरे पर लगाकर कितनी मछलियाँ पकड़ी हैं।

इन क्षणों में मैंने आँगन में बिछी चारपाई पर लेटे-लेटे नीले आकाश के बादलों की परिधि में देवताओं, भूतों और जिन्नों के अस्पष्ट रूप देखना सीखा। उस समय ऊपर से धरती पर जो ठंड उतर रही होती वह मुझे अत्यन्त कोमल जान पड़ती और लगभग ठोस रूप धारण कर लेती, जैसे कोई अप्सरा मेरी माँ की प्रार्थना सुनकर चली आ रही हो। माँ एक दैवी आकृति की तरह मंडल के पास चौकड़ी मारे बैठी माला जपा करती। वे मेरे निकट होते हुए भी दूर...बहुत दूर और भयप्रद जान पड़ती।

इस एकान्त में कोई प्रसन्नता नहीं थी, पर कोई साथी न होने के कारण मैं विवश था। आखिर इस अभाव के कारण मुझे चुप रहने की आदत पड़ गई। यह आदत मेरे चंचल स्वभाव के सर्वथा विपरीत थी। मैं तो बड़ा ही नटखट था और हमेशा ऊधम मचाता था। उन दिनों मुझे पुरुषों के चेहरे गम्भीर और स्त्रियों के स्वर उदास जान पड़ते। उन दिनों आकाश और धरती फैले हुए लगते, मेरी पलकों पर भारी-भरकम परछांइयाँ छा जातीं और आँखों के सामने भूत नाचते।

9

एक दिन डमरू बजाता हुआ एक मदारी उधर आ निकला। उसके पीछे एक कद्दावर काला रीछ आ रहा था और कँधे पर झोली लटकी थी। मैं अपने घर के दरवाज़े पर खड़ा उसे देख रहा था।

''ओह, नच के दिखा दे लधिया!''

इस आशा में कि मैं तमाशा देखूँगा, वह अपनी मोटी आवाज़ में गाने लगा। जब देखा कि मैं भागा नहीं तो वह भी ठहर गया और अपनी झोली उतारकर रख दी। अब वह ज़ोर-ज़ोर से डमरू बजा रहा था, और तब तक रीछ को लाठी चुभोता रहा जब तक कि वह पिछली टाँगों पर खड़ा होकर नाचने नहीं लगा।

रीछ जब भद्दे और मनोरंजक ढंग से शरीर हिलाता और ऊपर-नीचे कूदता था तो उसके पाँव के घुँघरू बजते थे। रामदीन माली और सिपाहियों की एक भीड़ तमाशा देखने जमा हो गई।

मदारी अपने साथी से बेसिर-पैर की संगीतमय बातें कर रहा था :

''ओह, इन्हें नाच दिखाओ, देवताओं का नाच, लधिया! देखो, झुरमुट में पत्ते कितने हरे हैं और पेड़ों में से छन-छनकर प्रकाश तुम पर पड़ रहा है, स्वर्ग का प्रकाश!''

''ओह मेरे लधिया, ओह मेरे भालू, नाचो, नाचो, हवलदार तुम्हें अपना पुराना कोट देंगे! वे अपना पाप उतारने के लिए अपने सिरों पर से वारकर मुझे तेल देंगे, और वे मुझे बासी रोटियाँ देंगे जिन्हें कोई दूसरा नहीं खाता! धोबिन के लहंगे पर तिरछी निगाहें मत डालो, वह बड़ी कर्कश है। मैं तुम्हें दुल्हन ला दूँगा जो तुम्हारी तरह काली-कलूटी होगी और जिसके शरीर पर बाल होंगे, उसकी थूथनी भी तुम्हारी तरह सूअर जैसी लम्बी होगी।''

''ओह, नाचो लधिया नाचो! अपनी टेढ़ी नज़र भंगिन से दूर रखो और मुझे सरकारी फौजी वर्दी कमा लेने दो। ओह, अपनी गन्दी हँसी बन्द करो...''

ये शब्द इतने अजीब थे कि मुझे याद हो गए और मैं उन्हें दोहराने लगा। हालाँकि उनमें निहित धूर्तता को मैं बिलकुल नहीं समझता था।

मैं उसके भारी-भरकम शरीर और धौंकनी की तरह चलती हुई साँस के नीचे घुँघरुओं की छन-छन और मज़बूत नन्हीं टाँगों का नाच देख रहा था। पर होशियार मदारी ने, जो पूरा तमाशा दिखाने से पहले अपनी आमदनी निश्चित कर लेना चाहता था, सहसा डमरू बजाना बन्द कर दिया। रीछ भी नाच बन्द करके चारों टाँगों पर खड़ा हो गया और धरती पहले की तरह हमवार दिखाई देने लगी।

''सूम जाएँ और सखी खड़े रहें, जो फकीर साईं को रोटी, कपड़ा और पैसा

दे!'' मदारी ने स्पष्ट स्वर में कहा।

कुछ सिपाही चले गए।

''सूम जाएँ!'' मदारी ने 'सूम' शब्द पर विशेष बल दिया।

एक सिपाही, जो जा रहा था, पलटकर खड़ा हो गया और क्रोध में भरकर बोला कि अगर मदारी दोबारा ऐसी गुस्ताखी करेगा तो मैं अर्दली से कहूँगा कि वह उसे गर्दन से पकड़कर यहाँ से बाहर निकाल दे।

मदारी ने इस धमकी का उत्तर गाली में दिया। उनमें लड़ाई हो जाती, मगर उसी समय माँ आटे से भरा प्याला हाथ में लिए बाहर आई। मदारी अपनी झोली फैलाए इस ओर दौड़ा।

चूँकि रीछ भी उसके साथ आया, इसलिए मैंने सहमकर माँ की साड़ी पकड़ ली और उससे चिपट गया।

''गुरु गोरखनाथ आपका और सन्तान का भंडार भरा रखे!'' मदारी ने आशीर्वाद दिया।

''साईं, बताओ क्या गुरु गोरखनाथ हमसे प्रसन्न हैं?'' माँ ने साड़ी को सिर से आँखों पर खींचते हुए पूछा।

मुझे यह सब नीरस लगा इसलिए माँ से कहा कि वह मदारी से रीछ नचाने को कहे।

''ठहरो, बेटा!'' उसने मुझे एक ओर हटाते हुए कहा।

इसी समय पिता दफ्तर से लौटे। उन्हें देखकर मैं चिल्लाया, ''पिताजी, मदारी आया है। उसे कहो भालू को नचाए।''

और इनाम पाने की आशा में मदारी ने फिर तमाशा शुरू किया। वह डमरू बजा रहा था और अंट-शंट गा रहा था :

''आ, लधिया आ, इन्हें अपना नाच दिखा। तू पर्वतों की साँसों पर पला और जंगली फूलों के डंठल खाकर जवान हुआ है। तेरे क्या कहने, तू तो देवलोक का जीव है! तुझे गुरु गोरखनाथ ने सिधाया है। तू अपना नाच दिखा!..''

रीछ ने फिर अपनी अगली टाँगें ऊपर उठा लीं। उसकी नन्हीं आँखें अजीब अंदाज़ से झपक रही थीं, उसका भारी शरीर इधर-उधर हिल रहा था, बाल घास की नाईं सरसरा रहे थे और मुझे धरती-आकाश एक दिखाई दे रहे थे।

''आ, लधिया आ, अपना नाच दिखा क्योंकि तू पुरुषों के दुख-दर्द हरता और स्त्रियों के हृदय जीत लेता है।

''नाच, नाच! क्या हुआ अगर तेरा शरीर काला है, माथा तो सफेद है और दिल भी सफेद है!

''हाँ, नाच, लधिया नाच! बदी को भगाकर नेकी ला, सूमों को भगा दे

और सखियों को रहने दे...क्योंकि तू पशुओं में शहज़ादा है, काला शहज़ादा!''

भालू नाच रहा था। उसका दम उखड़ गया था पर थकने का काम नहीं था; वह पसीने से तरबतर था, पर अघाता नहीं था और उन्माद की स्थिति में धरती रौंद रहा था। मैं उसके नाच से इतना मुग्ध हुआ कि पृथ्वी की मौत के बाद दिल खोलकर हँसा।

बचपन! ओह बचपन! आदमी बचपन में कितनी जल्दी प्रसन्न और कितनी जल्दी उदास होता है? क्या बचपन जैसा आह्लाद और पल-भर में भागने वाला विषाद कहीं होगा! उन दिनों में कौन-सा जादू था जो अब नहीं?...क्या यह आत्मा की निरीहता थी या शरीर की दृढ़ता?

10

मुझे दिन के प्रकाश में नींद नहीं आती थी। इसलिए दुखद एकान्त से बचने के लिए मैंने मैदान के उस पार बसनेवाले छोटे मुलाज़िमों के लड़कों में साथी खोजने शुरू किए।

मैं जाने कितने दिन तक कुएँवाले झुरमुट की छाया में खड़ा विस्तृत मैदान के उस पार क्षितिज की ओर ताकता रहा, जहाँ छोटे मुलाज़िमों की कच्ची झोंपड़ियाँ बनी थीं और जिनपर उन दो सुर्ख चिमनियों से उठनेवाले धुएँ के बादल छाए रहते थे, जिनमें सिपाहियों के पाखाने की सूखी गिलाज़त जलाई जाती थी। जब मैं वहाँ खड़ा क्षितिज की ओर देखा करता था और कभी झुरमुट में झींगुर की आवाज़ सुनता था, तो मैं जानता था कि मुझे किसी साथी का इन्तज़ार है।

एक दिन मैंने अली को देखा। वह पलटन में नफीरी बजानेवाले अब्दुल का बेटा था। वह धीरे-धीरे पाखानों से परेवाले टीले की ओर बढ़ा और कीकर के पेड़ तले लेट गया। मैं माली की आँख बचाकर अली की ओर भागा और मैंने मुड़कर झुरमुट की ओर नहीं देखा। जब मैं उसके पास पहुँचा तो वह एक ढेले से मिट्टी खा रहा था। उसकी नाक चल रही थी और उसने जो सुर्ख तुर्की टोपी पहन रखी थी उसमें से पसीना निकल-निकलकर उसकी लम्बी गर्दन और गालों पर बह रहा था। उसने पुरानी धारीदार कमीज़ और मैली सलवार पहन रखी थी।

"लो, यह खाओ।" उसने धीरे से कहा। आवाज़ उसकी तोते जैसी लम्बी नाक में से निकल रही जान पड़ती थी जिसकी गिलाज़त लगभग उसके होंठों पर आ गई थी।

मैं बहुत खुश हुआ क्योंकि अली मेरे भाई गणेश का मित्र था और उसने यह शर्त लगा रखी थी कि जब वे दोनों खेलते हों तो मैं उनके पास न फटकूँ मैंने ढेले से एक ग्रास लिया और मुझे उसका मीठा भुरभुरा स्वाद अच्छा लगा, जैसे मेरे स्वाद से उसका विशेष सम्बन्ध हो।

''बेवकूफ, बैठ जाओ वरना मेरी माँ हमें देख लेगी।'' उसने मेरी कमीज़ पकड़कर मुझे खींचते हुए कहा।

मुझे भी यह चिन्ता थी कि कहीं मेरी माँ मुझे न देख ले। इसलिए उसकी बात मानकर चुपचाप बैठ गया।

''वादा करो, किसी को नहीं बताओगे कि मैंने तुम्हें मिट्टी खिलाई।'' उसने कहा।

''मैं वादा करता हूँ।'' मैंने उत्तर दिया।

और जिस ढेले को वह चूहे की तरह कुतर रहा था उसमें से एक ग्रास मुझे और दिया।

''चलो, अब हम थूहर खाएँ। ठोस मिट्टी के बाद उसका रस बड़ा अच्छा लगता है।''

जब वह थूहर के पेड़ की ओर चला तो मैं भी उसके साथ था। जबकि वह टाँगों और हाथों के बल घिसट रहा था, मैं उठ-उठकर फुदक रहा था।

''लेट जाओ, मैं जो तुम्हें कहता हूँ।'' उसने मुझे खींच लिया और मुँह पर ज़ोर की चपत दी।

मैं रोने लगा।

उसने मेरे मुँह के आगे अपनी हथेली रख दी और धीरे से कहा, ''खुदा के लिए रोओ मत, बुल्ली, वरना मैं पिट जाऊँगा। देखो, मैं तुम्हें क्या देता हूँ।...''

और उसने अपने बायें हाथ से बैंगनी लाल रंग का एक फल तोड़ा, कुछ देर उसे धरती पर रगड़ा और फिर उसकी टूँटी खोली। फल में से गहरे लाल रंग का रस निकलना शुरू हुआ। वह उसे चूस रहा था और आनन्द में झूम रहा था जैसे आम चूस रहा हो।

''मुझे भी तो दो!'' मैंने कहा। और उसने तुरन्त फल मुझे चूसने को दिया।

वह स्वादिष्ट और गर्म था। यद्यपि दाँतों को कुछ तेज़ लगा।

''पसन्द आया?''

''हाँ।'' मैंने उत्तर दिया।

और दूसरे ही क्षण मैं झुँझलाया हुआ अपने होंठ मल रहा था और जो रस पिया था उसे थूक रहा था।

''पागल! गधा!'' अली चिल्लाया, ''तुमने उसके छोटे काँटे भी निगल

लिए हैं?''

मैं भय के मारे घबरा गया और ज़ोर-ज़ोर से चीखने लगा।

''चुप रहो, साले!'' उसने गाली दी।

लेकिन मुझे चैन नहीं था क्योंकि छोटे-छोटे काँटे, जिन्हें वह धरती पर मल नहीं पाया था मेरे होंठ और जीभ पर चुभ रहे थे।

''लो एक घूँट और लो।''

हालाँकि उसके क्रोध की अपेक्षा मैं काँटों से अधिक डर गया था, फिर भी तुरन्त उसका कहा माना। मैंने फल दोबारा चूसा तो उसके तेज़ काँटे सुइयों की तरह चुभ गए और मैं पहले से भी अधिक रोने और चीखने लगा। इतना तो मैं कभी उस समय भी नहीं रोया था जब मेरी माँ मेरा दूध छुड़ाने के लिए अपने स्तनों पर लाल मिर्चों का लेप कर लिया करती थी।

अली के पास अब इसके सिवा कोई चारा नहीं था कि वह मुझे अपनी झोंपड़ियों की ओर घसीट ले चले।

जब मेरा कोमल शरीर मैदान की तपती और खुरदरी मिट्टी पर रगड़ खाता था, तो मैं पहले से अधिक चीखता था।

मेरी आवाज़ सुनकर भंगी का लड़का बक्खा हमारी ओर दौड़ा आया; क्योंकि वह एक लाल चिमनी को फावड़े के साथ कूड़ा-करकट से भर रहा था।

''तुम इस बेचारे को ऐसे क्यों घसीट रहे हो?'' उसने अली से कहा।

''यह साला मेरी माँ को जगा देगा और मैं उसे सोते देखकर घर से खिसक आया हूँ।'' अली ने कहा, ''देखो तो सही, मैंने इसे थूअर का रस पीने को दिया और उसका इनाम मुझे यह मिल रहा है।''

''साले, इसे चोट लगी है!'' बक्खा ने कहा, ''नन्हे, मुझे बताओ, बात क्या हुई?''

मैंने दायें हाथ की पाँचों अँगुलियों से मुँह की ओर संकेत करते हुए कहा ''काँटे!''

''तुम साले बेवकूफ!'' बक्खा ने अली की बगल में फौजी बूट की ठोकर मारते हुए कहा। उसका भारी पग्गड़ खुल गया था, खाकी कमीज़ और निक्कर धूल और पसीने से चिक्कट थी और बाजेवाले के लड़के पर गुर्रा रहा था।

''मैं तुम्हें उठा नहीं सकता।'' उसने मुझसे कहा, ''लेकिन तनिक रुको, मैं छोटा और रामचरण को बुलाता हूँ।''

''इसने मुझे मिट्टी भी खिलाई।'' मैंने कहा, लेकिन उस समय जब बक्खा चला गया था।

''चुप रहो साले!'' अली चिल्लाया और मुझे एक और ज़न्नाटे की चपत रसीद की।

मैंने चीखकर आसमान सिर पर उठा लिया।

बक्खा ने ठहरकर छोटा और रामचरण को पुकारा जो कच्ची झोंपड़ियों की छाया में कंचे खेल रहे थे। लौटकर उसने अली को कान से पकड़ लिया और कहा कि इससे पहले कि तुम्हारी मरम्मत की जाए, नाक साफ करो। अली ने चूँकि आदेश का पालन नहीं किया इसलिए बक्खा ने उसकी टोपी उतारी और उससे नाक पूँछ डाली।

बंसरी बजानेवाला छोटा और गुलाबो धोबिन का लड़का रामचरण, अली की मरम्मत होते देख बड़े खुश हुए।

''साले, अली के बेटे, बक्खा का कहा मानो।'' छोटा दूर ही से चिल्लाया।

''ठीक है।'' रामचरण ने अपनी आँखों को तेज़ धूप से बचाते हुए कहा।

''हरामी देखना,'' अली बोला, ''मैं भी बदला लूँगा। पहले तो इस भंगी बदमाश ने मुझे छूकर नापाक किया है और फिर मेरी तुर्की टोपी से नाक पूँछकर मेरा मज़हब बिगाड़ा है...'' वह बक्खा की गिरफ्त में तड़प रहा था और क्रोध के मारे उसके मुँह से झाग आ गया था।

मैं कभी हँसता और कभी रोता था। लेकिन थूहर की डौडी के काँटे जब जीभ से चुभते थे तो मैं ज़ोर से चीखता था।

''चुप रहो साले!'' छोटा ने कहा, ''तुम्हें कोई हलाल तो नहीं कर रहा। रामचरण, इसे उठा लो।''

अब मैं ज़मीन में लोटने लगा और रामचरण के पास जाने से इनकार कर दिया क्योंकि उसकी नाक में गिलाज़त भरी थी और आँखें पीप-भरे फोड़े दिखाई देती थीं।

बक्खा ने खुद मुझे नहीं उठाया क्योंकि वह जानता था कि भंगी होने के कारण लोग उससे बिगड़ेंगे और विशेषकर जब मेरी माँ को मालूम होगा तो वह बहुत नाराज़ होगी। आखिर वह अपने भारी बूटों से थप-थप करता झोंपड़ियों की ओर बढ़ा और मुझसे कहा, ''नन्हे, चुप रहो। मैं किसी दूसरे आदमी को बुलाता हूँ, जो तुम्हें उठा ले।''

उसके जाने की देर थी कि अली चीते की भाँति रामचरण पर झपटा। जब वे दोनों धरती पर गुत्थमगुत्था हो रहे थे तो छोटा उन्हें अलग कर देने का प्रयत्न कर रहा था। लेकिन जब अली ने उसे हाथ पर काटा तो वह भी लड़ाई में शामिल हो गया।

आखिर बक्खा क्लेटन को साथ लिए लौटा। वह पलटन के बैंड में नफीरी बजानेवाला एक ईसाई था और कभी मेरे पिता का अर्दली भी रह चुका था। उसने मुझे गोद में उठाया और पुचकारते-दुलारते घर ले आया।

मेरी माँ सो रही थी। वह कुंडी के खटके से हड़बड़ाकर उठी और जब मुझे मिट्टी में लथपथ रोते देखा तो चिल्लाई। और मैं ज़िन्दगी में दूसरी बार उसके हाथों खूब पिटा; सिर्फ एक अजनबी क्लेटन ही था जो मुझे पिटने से बचा सकता था। जब उसका गुस्सा उतर गया तो उसने मुझे नहलाया और बड़े प्रेम और धैर्य से पोंछा। अली, छोटा, रामचरण और बक्खा को उसने जी भरकर कोसा, जिन्होंने उसके नन्हे-मुन्ने को मिट्टी खाने और थूहर का रस पीने जैसे खतरनाक खेलों में उलझाया।

"देखो लोगो, दुनिया में कैसा अँधेरा छा गया है!" वह बड़बड़ाई, "कमीने आसमान को छूने लगे हैं।"

और मैं खिन्न भाव से झोंपड़ियों की ओर देख रहा था जो गोबर से अटी हुई थीं और जिनपर मक्खियाँ भिनभिना रही थीं। हवा में धुएँ की कड़वाहट थी और ऊबड़-खाबड़ धरती पर धोबिनों और भंगिनों ने उपले थाप रखे थे जिनके बीच कुत्ते और बिल्लियाँ मरी पड़ी थीं।

11

इस घटना के बाद पिता ने गणेश को अमृतसर से बुला लिया। एक तो मेरे लिए साथी की ज़रूरत थी और दूसरे वे उसे स्कूल में डालना चाहते थे। जैसा कि मुझे बाद में मालूम हुआ, पारिवारिक धन्धा सिखाना तो बहाना मात्र था। चाचा प्रताप की अपनी कोई सन्तान नहीं थी; इसलिए पिता चाहते थे कि वे गणेश को गोद ले लें ताकि पूर्वजों की सम्पत्ति में से चाचा को जो हिस्सा मिला था वह लौट आए।

गणेश पहले से प्रसन्न और स्वस्थ लौटा। उसने शहरी लाला की तरह नई धोती और सदरी पहन रखी थी। कुछ दिन उसका व्यवहार मुझसे बड़ा अच्छा रहा और उसने मेरा मन जीत लिया। उदाहरणतः, उसने मुझे मलमल का एक रूमाल और कपड़े में बँधी हुई कुछ इकन्नियाँ रखने के लिए दे दीं। वह मुझे मिट्टी के उस घोड़े से भी खेलने देता था जो उसके अपने कथनानुसार चाचा प्रताप ने एक दिन दरबार साहिब जाते हुए खरीद दिया था। इसके अलावा उसने मुझे बताया कि जब घर में मांस बनता था तो चाची देवकी बोटी खाते हुए मुझे अक्सर याद करती थी। अमृतसर में कूचा फकीर खाँ में हमारा जो घर था, उसके पास ही शाम को अपने घर के छज्जे में बैठे हुए चाची ने उसे बहुत-सी कहानियाँ सुनाईं। मेरी माँ ने गणेश से खोद-खोदकर पूछा कि उनके घर कौन-कौन आता-

जाता था। इस प्रकार उसे जो जानकारी प्राप्त हुई उससे निस्संदेह चाची के चरित्र के बारे में उसकी शंका दृढ़ हो गई।

हमारे घर का वातावरण एक नई चहल-पहल और चिड़ियों की चूँ-चूँ के सदृश एक संगीतमय कलरव से ओतप्रोत हो गया। पृथ्वी की मौत के बाद से वातावरण कुछ घुटा-घुटा-सा रहता था। मैं और गणेश अपने-अपने खज़ाने, खाने की 'किसी चीज़' में अपने भाग के लिए अथवा खेल-खेल में कभी लड़े-झगड़े नहीं थे। इसके अलावा बड़े भाई हरीश ने अभी-अभी मैट्रिक पास किया था और वह हमें मिलने अक्सर घर आता था। फिर माँ का शरीर भीतरवाले बच्चे से बढ़ गया था और जब वह मुझे अपने पेट से सिर सटाकर लिटा लेती थी तो मैं उसकी गतिविधि देख सकता था।

इस स्थिति में गणेश मेरे साथ खेलने को सहमत हो गया। उसके लिए और कोई चारा भी नहीं था, क्योंकि मेरे साथ जो घटना घटित हुई थी, उसके बाद माता-पिता ने उसे छोटे मुलाज़िमों के बच्चों के साथ खेलने से मना कर दिया था।

लेकिन हमारी इस दोस्ती का परिणाम अली वाली दुर्घटना से कहीं भयंकर निकला।

हमारे घर में जो बिल्ली थी, उसने बच्चे जने। कई दिन तक उसने मेरी माँ के अतिरिक्त किसी को अपने टोकरे के पास नहीं फटकने दिया। दूसरी ओर बिलूँगड़ों को देखने और उनसे खेलने की मेरी उत्सुकता दिनोंदिन बढ़ रही थी, क्योंकि मुझे बिल्ली के टोकरे के पास जाने से मना किया गया था। आखिर मेरे धैर्य का बाँध टूट गया।

एक दिन बिल्ली कहीं गई हुई थी और मैं ऐसे समय की ताक में था। मैं झट टोकरे के पास गया और देखा कि कछुवे जैसे बिलूँगड़े एक-दूसरे के ऊपर बैठे हुए हैं। तीन ने अपनी आँखें खोल ली थीं और दो उनके बीच अँधे, पँगु और विवश पड़े थे।

मैंने गणेश से सन्धि की कि तुम बड़े होने के नाते दो बिलूँगड़े लो और मैं एक लेता हूँ। और मैंने यह भी प्रस्ताव रखा कि हम उन्हें बगीचे में ले जाकर माली को दिखाएँ।

माली तो कहीं दिखाई नहीं दिया, हम उन्हें इधर-उधर चलाकर खेलने लगे।

चूँकि वे अभी चलने-फिरने में समर्थ नहीं थे, इसलिए हमने तय किया कि उनके गलों में अपने रूमाल बाँधकर इस तरह खींचे जिस तरह साहबों के अर्दली पट्टेवाले कुत्ते और कुतियों को खींचते हैं। लेकिन बिलूँगड़े खींचने से चलने के बजाय पीड़ित स्वर में म्याऊँ-म्याऊँ करने लगे।

तब हमने तय किया कि कुएँ पर जाकर बिलूँगड़ों को उनके प्रतिबिम्ब दिखाएँ।

हम कुएँ के चबूतरे पर खड़े होकर और उसकी मुंडेर पर झुककर पानी में उनकी हिलती हुई परछाइयाँ देखने लगे। हमें कुएँ की गहराई में अपनी आवाज़ की प्रतिध्वनि भी सुनाई दे रही थी। इसलिए हम यह देखने के लिए चुप हो गए कि क्या हम बिलूँगड़ों की म्याऊँ-म्याऊँ की गूँज भी सुन सकते हैं। उनकी आवाज़ की प्रतिध्वनि अत्यन्त मन्द थी।

सहसा गणेश ने मुझे उकसाया कि मैं अपने बिलँगूड़े को कुएँ में फेंक दूँ। ''तब,'' उसने कहा, ''हम म्याऊँ-म्याऊँ की प्रतिध्वनि साफ सुन सकेंगे।''

मैंने उससे कहा कि तुम अपने बिलँगूड़े भी फेंकना क्योंकि तब अधिक म्याऊँ-म्याऊँ होगी। वह सहमत हो गया। मैंने कहा कि पहले तुम फेंको, क्योंकि तुम्हारे पास दो हैं। लेकिन बड़ा भाई होने के नाते उसने आदेश दिया कि पहले मैं फेंकूँ।

अधिक बखेड़ा न करते हुए मैंने अपना बिलूँगड़ा कुएँ में फेंक दिया। वह चीखता हुआ नीचे गिरा और एक-दो बार उसने अपना सिर पानी से ऊपर उठाकर म्याऊँ-म्याऊँ किया और डूब गया।

अब गणेश चाहे तो डर गया और चाहे अपने बिलूँगड़े कुएँ में फेंकने का उसका पहले ही इरादा नहीं था, वह तुरन्त वहाँ से भागा और घर आकर सारी घटना माँ को बता दी।

माँ घर से दौड़ती हुई आई और उसी प्रकार सियापा करने लगी जिस प्रकार पृथ्वी के मरने पर किया था और इस पाप के लिए मुझे कोसने लगी। उसने माली को बुलाकर कहा, अगर सम्भव हो तो वह कुएँ में उतरकर बच्चे को बचाए।

माली अपने हाथ में एक टोकरा लेकर रहट की ज़ंजीर द्वारा कुँए में उतर गया। जब वह ऊपर आया तो मरा हुआ बच्चा टोकरे में था।

मालूम नहीं कि मैं पिटने से कैसे बचा, लेकिन इतना याद है कि माँ मुझे बार-बार जताती रही कि एक मासूम नन्हे बिलूँगड़े को कुएँ में डुबोकर मैंने हिन्दू धर्म के अनुसार कितना बड़ा पाप किया है। बिल्ली बेचारी ममता की मारी कई दिन तक दु:ख से चिल्लाती और जो बच्चे शेष थे, उनकी सतर्क निगरानी करती रही। मेरी माँ ने सोने का एक बिलूँगड़ा बनवाया और प्रायश्चित्त के रूप में उसे पंडित बालकृष्ण के मन्दिर में चढ़ाया।

उस समय मैंने अपनी इस शरारत की भयंकरता को महसूस नहीं किया, लेकिन मैं बहुत दिनों तक पानी में डूब रहे बच्चे की म्याऊँ-म्याऊँ और बेचारी माँ का करुण रुदन सुनता रहा। मैं अपने मस्तिष्क की अँधेरी रिक्तता में भगवान

की आवाज़ें सुनता रहा और वह अपना दढ़ियल चेहरा मेरी ओर बढ़ाकर कहता था, 'देखना, मैं तुम्हें इस पाप का क्या दण्ड देता हूँ।' इससे मेरी चंचलता को बड़ा आघात पहुँचा। कई साल बाद मैं यह समझ पाया कि किस तरह गणेश ने मुझे यह भद्दा काम करने के लिए उकसाया, और उसने मुझे जो धोखा दिया उसके लिए मैं उसे कभी क्षमा नहीं कर पाया।

12

इस घटना के बाद मैं अपने-आपको विशेषकर अपनी माँ की दृष्टि में बड़ा ही अपमानित अनुभव करने लगा। न सिर्फ यह कि उसके मन में मेरे पाप की ग्लानि थी, बल्कि यह भी क्षोभ था कि मन्दिर में बिलूँगड़े की मूर्ति चढ़ाने के लिए सोना खरीदना पड़ा। वह स्पष्ट तो कुछ नहीं कहती थी, लेकिन जब बिल्ली की म्याऊँ-म्याऊँ सुनती थी तो इस असावधानी के लिए मुझे डाँटती थी।

मगर पिता का प्यार वैसा ही बना था। वे मुझे पहले की तरह पुचकारते, दुलारते और निरर्थक लोरी गाते हुए हवा में उछालते थे; अपनी मूँछें मुझसे खिंचवाते और अंधविश्वास और रूढ़िवाद के लिए माँ का मज़ाक उड़ाते थे। मुझे पिता के शब्द और माँ के उत्तर याद हैं, यद्यपि मैं उनका अर्थ नहीं समझता था।

"तुम्हारी माँ पागल है," वे कहते थे, "देखो तो सही, देवता की प्रसन्नता के लिए सोने का बिलूँगड़ा खरीदा। निश्चय ही खिलौने से पंडित बालकृष्ण की जेब गरम हुई। बिलूँगड़ा मर गया और बात खत्म हुई। बच्चे का कोई अपराध नहीं, क्योंकि उसे कोई समझ ही नहीं; और पगली सुन्दरई के मन में आज तक पाप का सन्ताप है।"

"तुम्हें इतना निश्चिंत नहीं होना चाहिए।" माँ पिता के मज़ाक का प्रतिवाद करते हुए कहती, "भगवान की माया बड़ी विचित्र है और जो कुछ हम करते हैं वह सब देखता है। हम एक चींटी को भी सताएँ, वह तब भी देखता है और याद रखता है। मैं नहीं चाहती कि हम उसके कोप के भाजन बनें, विशेषकर तब जबकि वह पृथ्वी को छीनकर हमारे दुष्कर्मों का दण्ड दे चुका है। मैं अपने इन बेटों की और होनेवाले बच्चे की दीर्घ आयु चाहती हूँ और मैं चाहती हूँ कि तुम ठिठोली बन्द कर दो, क्योंकि तुम्हारे पाप का दण्ड मुझे मिलेगा।"

"अजीब दलील है!" पिता कहते, "यह भगवान कितना फिज़ूल है जो इतना प्रतिहिंसक है।"

"अशुभ मत बोलो," माँ कहती, "अगर तुम सर्वशक्तिमान भगवान को

इस प्रकार गाली दोगे, तो मुझे हर पूर्णमासी को एक पंडित दस साल तक जिमाना पड़ेगा।''

पिता आँखें मिचकाकर हँसते और हम सबको इकट्ठा करके रहट पर नहाने ले जाते।

वे हमारे जीवन में दिनोंदिन अधिक दिलचस्पी ले रहे थे क्योंकि वे जानते थे कि माँ बीमार रहती है और हमारी देखभाल नहीं कर सकती।

स्वभावत: हम बड़े प्रसन्न थे क्योंकि वे हमारे लिए किसी देवता से कम नहीं थे। पहले वे थोड़ी देर गुदगुदाकर और चोंचले करके हमें घर में छोड़कर चले जाते थे, जबकि खाने, पहनाने और नहलाने की बाकी सब ज़िम्मेदारियाँ माँ पर थीं।

पिता का जो हँसाने-परचाने का ढंग था उसपर उनका कोई अधिक पैसा खर्च नहीं होता था। उदाहरण के लिए जब उन्हें सौदा खरीदना होता तो छावनी के बाज़ार में मुझे और गणेश को अपने साथ ले जाते। वहाँ हमें बनिये की दुकान पर झूंगे का गुड़, फलवाले से आम या सेब या हलवाई की दुकान से क्रीम-केक अथवा गुलाबजामुन मिल जाता और हम खुश हो जाते। पिता चूँकि पलटन में प्रभावशाली व्यक्ति थे, इसलिए दुकानदार ये चीज़ें सहर्ष देते थे ताकि वे दे भी दें और रिश्वत भी न जान पड़े। हम चीज़ें लेते और पिता चुपचाप आगे निकल जाते, उन्हें तो मानो पता ही उस वक्त लगता जब हम बाज़ार में पीछे छूट जाते। तब वे हमें फल और मिठाइयाँ अपने रूमालों में बाँधने को कहते ताकि उन्हें कल या परसों के लिए 'ओह कुछ' सन्दूक में बचाकर रखा जा सके।

हमारे घर से सड़क के उस पार जब वे आफीसर-मेस में स्टोर के निरीक्षण को जाते तो हमें भी जान-बूझकर अपने साथ ले जाते; मगर जब स्टोर-कीपर हमारी झोलियाँ चाकलेट, टाफियों और पिपरमेंट से भरता तो वे दूसरी ओर देखा करते। उन्होंने हमें सिखा रखा था कि खाने की कोई भी चीज़ लेने से पहले हम तीन बार विनम्रतापूर्वक इनकार कर दिया करें। लेकिन जब सफेद दाढ़ीवाला बूढ़ा खानसामा, अल्लाहबख्श मेस की बेकरी से हमें गरमा-गरम केक या डबलरोटी देता तो वे खुद ही यह नियम तोड़कर हमें लेने को उकसाते। गाय का मांस खाने वाले मुसलमानों और ईसाइयों द्वारा पके हुए भोजन के प्रति माँ के मन में जो विरोध था उसे वे बड़े ही दर्प से व्यर्थ की बकवास और मूर्खता कहकर झुठलाने का प्रयत्न किया करते।

स्वभावत: इन स्वादिष्ट उपहारों को पाने की हमारी भूख बढ़ती रही। इसलिए बाज़ार और आफीसर-मेस में हर हफ्ते या हफ्ते में दो बार जाना हमारा नियम बन गया।

इसी पर बस नहीं। मेरी आकांक्षाओं ने और भी पाँव पसारे। जब एक सैनिक

अफसर कैप्टेन ओवेन हाकी के मैदान में पिता को अपने साथ लिवाने आते थे तो मैं उनकी टमटम में सवारी करने और वह फेनदार शर्बत पीने के लिए उत्सुक रहता था, जो मैंने अपने भाई हरीश के साथ क्रिकेट के मैदान में एक बार साहबों को पीते देखा था।

पिता को इस बात का विश्वास नहीं था कि साहब मुझे साथ ले जाना पसन्द करेगा, इसलिए वे मुझे साथ ले जाने से मना कर देते और कहते कि मैं हरीश के साथ साइकिल पर आऊँ अथवा गणेश के साथ पैदल आऊँ। मैं उनका कहना विनम्रतापूर्वक मान लेने का बहाना करता, लेकिन साहब के आने के समय मैं बड़ी चालाकी से सड़क के मोड़ पर जा खड़ा होता। जब साहब वहाँ से गुज़रता तो मैं बाँहें ऊपर उठाकर टमटम में सवार होने की इच्छा प्रकट करता। साहब अपने साईस को हुक्म देता कि वह मुझे उठाकर अपनी काली घोड़ी की पीठ पर बैठा दे। मेरा ख्याल है कि वह ऐसा मज़ाक में करता था क्योंकि वह देखना चाहता था कि मैं डरूँगा, पर जब मेरे मुख से भय का कोई चिह्न प्रकट न होता तो वह मुझे उठाकर अपने पास आगे की सीट पर बैठा लेता। पिता जब टमटम में सवार होने आते तो मुझे पहले ही वहाँ साहब के दुशाले में लिपटा हुआ आराम से बैठा देखकर आश्चर्यचकित रह जाते। तब घर से मैदान तक के सारे रास्ते में साहब से उनकी बातचीत का विषय मेरी शरारत होता। मुझे यों शान से मैच में पहुँचा देखकर पलटन के दूसरे लड़के आपस में कानाफूसी करते। मैच के बाद जब लेमनेड की पूरी बोतल मुझे पीने को मिलती, तब मेरी विजय की पराकाष्ठा होती।

अब जब गणेश अपने और दूसरे लड़कों के साथ मुझे भी हाकी-मैच देखने के लिए पैदल ले चलने को कहता तो मैं उसका प्रस्ताव घृणा से ठुकरा देता। हरीश के साथ साइकिल पर जाना भी मैं तभी स्वीकार करता जब किसी दिन ओवेन साहब को मैच देखने न जाना होता। ऐसे अवसरों पर भी मैं उस फिटिन में जाना पसन्द करता, जो हाकी-टीम के सिपाहियों को ले जाती थी। टीम का कैप्टेन चरतसिंह एक बार हमारे घर आया तो मैंने उससे दोस्ती गाँठ ली थी और फिटिन में पहले-पहल उसी दिन सवार हुआ था। बग्घी में चढ़ना तो और भी अच्छा लगता था। रेजीमेंट के किसी भी उत्सव पर मेरा उपस्थित होना अच्छा शकुन माना जाता था, क्योंकि जब मैं पहली बार फिटिन में सवार होकर मैदान पहुँचा था तो पलटन की टीम सौभाग्य से जीत गई थी। जितनी जल्दी मैं एक मंगलकारी बालक प्रसिद्ध हुआ था उतनी ही जल्दी मुझे सूरज का बेटा, सौभाग्यशाली, हँसता-चहकता, प्रफुल्लचित्त बालक समझा जाने लगा, जो बातें बनाने में तोता और उछलने-कूदने में लंगूर था।

13

अधिक लाड़-प्यार से बिगड़ा हुआ तो मैं था ही, अब मेरे दम्भ का ठिकाना न रहा। मेरी यही इच्छा रहती थी कि पिता मुझे अपने अधिक से अधिक मित्रों के पास ले जाएँ और उनसे कहें कि इससे अच्छा और बेहतर लड़का कोई दूसरा नहीं है, ताकि मैं लौटकर छोटे मुलाज़िमों के ईर्ष्यालु लड़कों से कह सकूँ कि देखो मैं कितना भाग्यशाली हूँ जिसे तुम छोटा समझकर अपने साथ खिलाते तक नहीं। पलटन के लिए मंगलकारी बन जाने की एक हानि यह हुई कि खुद मुझे अनुशासित होना पड़ा। मुझे एक यान्त्रिक खिलौने की भाँति शरीर के अधिकाँश भाग को स्थिर और अचल रखकर हाथ और सिर से कुछ संकेत करना सिखाया गया जैसे मैं एक प्यारी चहेती गुड़िया हूँ। फिर भी इस प्यार-दुलार का मैं इतना आदी हो गया कि हर सुबह माता-पिता से पूछता था, "आज मुझे कहाँ ले जाना है?" वे एक-दूसरे की ओर देखकर मुस्कराते और यद्यपि, पुरानी दुनिया के उन माता-पिता की भाँति जो अपने बच्चों की प्रसन्नता में प्रसन्न होते हैं और बुर्जुआ ढंग से रहते हैं, मन ही मन एक विशेष आनन्द अनुभव करते; पर मुख पर प्रौढ़ गम्भीरता लाकर मेरे बाल-सुलभ प्रश्न को टाल जाते।

धीरे-धीरे जब बाज़ार की दुकानों, आफीसर-मेस और हाकी-मैच का आकर्षण फीका पड़ गया तो मेरे मन में नई और अधिक शानदार दुनिया के अभियानों की कामना उत्पन्न हुई। इसलिए मैं बार-बार यह पूछने लगा कि सड़क के उत्तर और दक्षिण में ऐसे कौन-से स्थान हैं, जहाँ जाया जा सकता है। हमारे आँगन में बैठकर स्त्रियाँ जो गपशप करती थीं उससे मैंने लाहौर में और उसके इर्द-गिर्द कुछ विचित्र स्थानों के नाम सुन रखे थे। वे मेरे कानों को इतने मधुर लगे कि उनके नाम शाहआलमी गेट, शाहदरा, नीला गुंबज, अनारकली, शालीमार और शीशमहल आदि दिन-भर दोहराया करता था। मैंने इनमें से कोई भी स्थान नहीं देखा था, और चाहे मैं कितनी ही कोशिश करता, कल्पना-मात्र से उनकी विशालता और सौंदर्य को जान लेना सम्भव नहीं था। इससे मेरे मस्तिष्क में ऐसे ही रंग-बिरंगे चित्र उभरते थे जैसे बच्चों की दूरबीन अथवा सहरा में सूरज की चमक से उभरते हैं।

मुझे ख्याल आता है कि माता-पिता दोनों एक-दो बार चुपके-चुपके शहर गए और ये स्थान देख आए, लेकिन हमसे कह दिया कि वे रिश्तेदारों से मिलने गए थे। मैं अपने मन से कभी यह फाँस नहीं निकाल सका कि वे मुझे अपने साथ क्यों नहीं ले गए। माँ ने हमें मिठाई अथवा 'ओह कुछ' सन्दूक से कुछ फल देकर खुश कर लिया, जबकि पिता ने मुझे इस वादे से सन्तुष्ट किया कि जब उन्हें दफ्तर से छुट्टी होगी तो वे हम सबको भारत के तीर्थों की यात्रा पर

ले जाएँगे। यह बात सुनकर माँ की आँखों में तो एक खास चमक आ गयी थी; लेकिन हमारे लिए इसका कुछ भी महत्त्व नहीं था। मैंने अब भी शाहदरा, अनारकली या शालीमार देखने के लिए हठ की और इन शब्दों का उच्चारण इस ढंग से किया कि पिता ने प्रसन्न होकर स्वर्ग भूमि पर उतार लाने का वचन दिया। मैं खुशी के मारे उछलने-कूदने और चक्कर लगाने लगा और पिता ने यह कहकर लोटन कबूतर बनने से रोक दिया कि ऐसी हरकतें गाँव के घामड़ लड़के करते हैं, जिन्हें दौलेशाह का चूहा कहते हैं।

एक दिन पिता ने घोषित किया कि वह हम सबको लारेंस बाग के मोंटगुमरी हाल में होनेवाली प्रदर्शनी देखने ले जाएँगे। माँ ने हमें खूब नहला-धुलाकर आँखों में सुरमा डाला और नज़र लगने से बचाने के लिए मेरे माथे पर कालिख का टीका लगाया। हमें नये कपड़े तो पहनाए, पर किसी प्रकार के आभूषण नहीं ताकि कोई चुराकर न ले जाए। हम सब एक फिटिन में बैठकर प्रदर्शनी में पहुँचे, जो फूलों, बेलों और छायादार पेड़ों से भरे बाग में हो रही थी।

अजीब बात है कि प्रदर्शनी में मुझे जो वस्तु सबसे अधिक महत्त्वपूर्ण जान पड़ी, वह एक बड़ा भारी बूट था। मैंने इतना बड़ा बूट ज़िन्दगी में पहली बार देखा था। वह बरामदे में एक चबूतरे पर रखा हुआ था। मुझे और गणेश को उसके भीतर उतार दिया गया। मैंने अपने बड़े भाई को इस विचित्र राज्य से निकाल देने के लिए लड़ना शुरू किया। उसपर मैं अपना एकमात्र अधिकार समझ रहा था क्योंकि छावनी की बारकों से सड़क के इस पार उत्तर में जो अनूठी और सुन्दर दुनिया थी, उसमें आने के लिए मैं ही आग्रह करता रहा था। इसके बाद मुझे याद है कि हम बड़े-बड़े कमरों में से गुज़रे, जिनमें विचित्र आभूषणों, खिलौनों और कपड़ों से भरे हुए सन्दूक थे। उनमें झाँकने के लिए मुझे कभी-कभी ऊपर उठाया जाता था। अपनी पलटन के कुछ सिपाहियों से भी हमारी भेंट हुई। माँ का कहना था कि इन चीज़ों को देखकर, जो काँगड़ा और होशियारपुर की शुष्क पहाड़ियों में नहीं होती थीं, उनकी आँखें फटी जा रही थीं। लेकिन मुझे बर्फ की उस कुल्फी का स्वाद अब भी याद है, जो मैंने बाग में माँ की गोद में बैठकर पहली बार खाई थी।

खोमचेवाला अपने करीब पड़े हुए मिट्टी के मटके में हाथ डालकर आर्डर के अनुसार टीन की छोटी या बड़ी कुल्फी निकालता। ऊपर का आटा खुरचकर वह ढकना अलग करता था और फिर कुल्फी को दबाकर बर्फ यों निकालता था जैसे बकरी दुह रहा हो। बर्फ पीतल के प्याले में उँडेलकर वह उस पर थोड़ा-सा फलूदा डालता था और फिर एक गुलाबदानी से गुलाब छिड़ककर गाहक को थमा देता था। ओह, कुल्फी देखकर या कुल्फीवाले की आवाज़ सुन मेरा दिल

हमेशा बल्लियों उछलने लगता था। ओह, मलाई की बर्फ की टिकिया देखकर मेरे मुँह में कैसे पानी भर आता था! उसकी तुलना में आधुनिक रसमलाई अथवा मालपुआ भी कुछ नहीं।

कुछ सिपाहियों ने कहा कि नुमायश में आने से पहले उन्होंने चिड़ियाघर देखा है और बच्चों को वह ज़रूर देखना चाहिए। अब मैंने रट लगाई कि चिड़ियाघर देखने चलें।

माँ ने अवज्ञा में भरकर कहा कि सिपाही तो अपने भाई-बन्द बन्दरों को देखने गए थे। हम किसलिए उन्हें देखने जाएँ?

पिता ने कहा कि नुमायश देखने के बाद हम बहुत थक जाएँगे और देर भी हो जाएगी, इसलिए चिड़ियाघर देखने हम फिर किसी दिन जाएँगे।

उनके इस वादे के बाद ही मैंने अपनी हठ त्यागी, वरना मैं धरती पर लोट रहा था और चीख-चीखकर चिड़ियाघर चलने को कह रहा था।

ठुड्डी के नीचे तनिक चुटकी लेने की देर थी कि मेरा चेहरा खिल उठा और मैं प्रसन्नता के पंखों पर नीले आकाश में उड़ने लगा।

14

मैं पिता को उनका वादा याद दिलाता रहा। और एक दिन सवेरे-सवेरे हम सब फिटिन में बैठकर चिड़ियाघर देखने चले।

माँ अब बहुत ही भारी-भरकम जान पड़ती थी और मुझे अपनी गोद में नहीं बैठा सकती थी। इसलिए मैंने कोचवान के साथ गद्दी पर बैठने के लिए हठ की, जहाँ से मैं इर्द-गिर्द की विस्तृत दुनिया देख सकता था।

हम तारकोल की उसी पक्की सड़क पर चल रहे थे, जो हमारे घर के सामने फैली हुई थी, जो मेरे लिए शुरू में चुनौती बनी हुई थी, क्योंकि मैं उसे पार नहीं कर सकता था और उसपर लगातार ऊँटों और गधों के कारवाँ और टाँगे और बग्घियाँ गुज़रा करते थे। अब मैं भी उसी पर यात्रा कर रहा था। कोचवान ने, जो एक रोबदार आदमी था और जिसकी राजपूती दाढ़ी ठुड्डी पर दो हिस्सों में बंटी हुई थी मुझे बताया कि सड़क का जो भाग हम पार कर चुके हैं, उसे ग्राँड ट्रंक रोड कहते हैं, वह भाग जिसपर हम नहर पार करने के बाद से चल रहे हैं ठंडी सड़क कहलाता है।

दरअसल यह हिन्दुस्तानी शब्द ठंडा 'माल' के शुष्क विशेषण के बजाय, जो मुझे बाद में मालूम हुआ, सड़क के वातावरण को ठीक व्यक्त करता है, क्योंकि

इस लम्बी सड़क पर उगे कीकर के पेड़ों की दो पंक्तियों से उसी शान्ति का बोध होता है, जिसका सम्बन्ध छाया से है। और सड़क के दोनों ओर बने बंगलों के सुन्दर और बड़े-बड़े बागों की झाड़ियों पर से जो हवा तरल पदार्थ की नाईं बहकर आती है, उससे भी उन घरों और कुंजों के विश्राम का भान होता है।

हमारे चिड़ियाघर पहुँचते-पहुँचते ट्रैफिक बढ़ गई, और ज़िन्दगी चौराहे पर घूम रही जान पड़ी। जब हम दरवाज़े पर पहुँचे तो आवेश के कारण मेरा सिर घूम रहा था। गद्दी से गिर पड़ने का भय भी अब मुझे सीट पर बैठे नहीं रख सकता था। पिता ने मुझे नीचे उतारकर अपनी अँगुली थमा दी जबकि अपना हाथ गणेश को थमाया।

तब हम एक तंग रास्ता पार करके छोटी-छोटी सड़कों पर चलने लगे, जिन पर पक्षियों के जंगले बने हुए थे और जो पेड़ों और फूलों में दुबके बैठे थे। मैं कितना उल्लास में भरकर तमाम पशुओं और पिता के कथनानुसार 'बिरादरी' का स्वागत करता था! ओह, आश्चर्य और कौतूहल में भरकर चिल्लाना! इस दुनिया को देखने का उत्साह बयान से बाहर है।

और मेरे माता-पिता यह देखकर हैरान रह गए कि मैं शेरों और चीतों के दहाड़ने से तनिक भी नहीं डरा; हाथी की पीठ पर चढ़कर दूसरे बच्चों के साथ हौदे में बैठ गया और बन्दरों को अपने हाथ में मूँगफली खिलाता रहा, जो उनके देवता हनुमान का कोप शान्त करने के लिए माँ विशेष रूप से अपने साथ लाई थी। बन्दर उसी की सेना समझे जाते हैं।

बन्दरों का एक परिवार था, जिसमें माँ बच्चे के सिर से जुएँ निकाल रही थी और बाप माँ के सिर में जुएँ खोज रहा था। इसमें मुझे कुछ भी अजीब नहीं लगा क्योंकि झोंपड़ियों की भंगिनें इसी तरह एक-दूसरी के सिर में जुएँ खोजा करती थीं।

गोरिल्लों को देख मैं कुछ घबराया। कारण यह है कि वे आदमी जैसे भी थे और आदमी से भिन्न भी थे। वे अपने भयंकर धड़ और कमानीदार टाँगों के साथ कितने अद्‌भुत जान पड़ते थे और एक पिंजड़े से दूसरे पिंजड़े में चक्कर काट रहे थे। फिर वे पंजे फैलाकर और लाल-लाल भयंकर आँखों से यों झाँकते थे जैसे अभी आक्रमण कर देंगे।

"क्या पशु भी वही भाषा बोलते हैं जो हम बोलते हैं?" मैंने पिता से पूछा।

"नहीं, उन्हें बोलना नहीं आता," पिता ने उत्तर दिया, "सिर्फ तुम्हारे जैसे तोते ही 'कुतर, कुतर' बोल सकते हैं।"

"तो क्या तोते हमारी तरह बोलते हैं।?"

"हाँ, लेकिन वे जो कुछ कहते हैं उसे समझते नहीं।"

उनके इस जवाब से मैं बड़ा हैरान था और मैंने अपने निरीह मन में सोचा कि दुनिया की प्रत्येक वस्तु किसी न किसी रहस्य में लिपटी हुई है और जिसे मैं जानता-समझता नहीं, वह अवश्य मुझ पर प्रकट होगा। जो उत्तर नहीं मिलते थे, उन्हें पाने के लिए उत्सुक मैं सोचता, अनुमान लगाता और जिन बातों को मैं नहीं समझता था उनके बारे में कल्पना करके सपनों के बादल बनाता रहा, जो मेरे सिर पर विभिन्न प्रकार की शक्लों में मंडरा रहे थे।

मैंने एक लम्बी गर्दनवाला ज़ेबरा देखा और मुझे अपनी आँखों पर विश्वास नहीं आ रहा था।

एक कंगारू का जोड़ा था जिनके पेट पर की थैलियों में उनके बच्चे आराम से बैठे थे और बड़े अच्छे लग रहे थे।

रीछ मेरे जाने-बूझे पुराने मित्र थे क्योंकि मैं उन्हें मदारी के पास देख चुका था।

खरगोश और उसके बच्चों को मैं सहला सकता था।

नन्हीं चिड़ियाँ जंगले में बन्द अपने बच्चों को चुग्गा दे रही थीं। वे जिस विचित्र ढंग से अपने मुँह की खुराक बच्चों के मुँह में डालती थीं, उसने मेरी आत्मा को एक अनूठी कोमलता से ओतप्रोत कर दिया। घने पेड़ों में से छन-छनकर आ रहे प्रकाश में भूरे रंग की चिड़ियों को जंगले के एक कोने से दूसरे कोने में फुर-फुर आते देखकर मैं आश्चर्य से झूमने लगा।

जब मैं चलते रहने और देखने से थक गया तो माँ ने पिता से कहा कि वे मुझे फिर उठा लें। माँ मुझे उस क्षण, जब उसने अपना पीला मुख मेरे सिर पर झुकाकर पूछा कि क्या मैं गोदी चढ़ना पसन्द करूँगा, कितनी सुन्दर जान पड़ी!

पर मैं नहीं माना और बराबर चलता रहा। जंगलों में बन्द पशु, उनपर झुकी हुई बड़ की पुरानी टहनियाँ, जंगली फाख्ताओं की मुधर ध्वनि, तोतों की टें-टें और कोयल का सतत संगीत—सब कितना भला लग रहा था! उन दिनों मेरी आँखों में कभी न बुझनेवाली आग की ज्योति थी और मेरे नन्हे अस्तित्व में ज्वालामुखी पर्वत की शक्ति थी।

जब देखा कि चिड़ियाघर के लम्बे रास्ते पर चलते-चलते मैं वाकई थक गया हूँ तो मेरे इनकार की परवाह न करते हुए पिता ने मुझे गोद में उठा लिया। मेरी आत्मा की घबराहट समझकर, जो उनकी चुप्पी के कारण थी और मेरे एक प्रश्न से अचकचाकर जो मैं बार-बार पूछ रहा था कि क्या मैं यहाँ 'बिरादरी' के साथ रहने आ सकूँगा, पिता ने मुझे एक कहानी सुनानी शुरू की।

''सुनो!'' बोले, ''एक दिन जंगल के पशु-पक्षी एक मैदान में इकट्ठे हुए। जंगल के राजा शेर ने उन्हें बताया कि एक आदमी आकर उनमें रहने लगा है और वह निश्चित रूप से उन्हें हड़प जाएगा, अगर वे पहले उसे नहीं हड़प लेंगे।''

''वह उन्हें क्यों हड़प जाएगा?'' मैंने 'हड़प' शब्द से चौंककर पूछा!

''क्योंकि आदमी उन्हें बन्दूक से मार सकता है और हड़प सकता है, जैसे तुम बोटी हड़प लेते हो।''

मैं 'हड़प' की आवाज़ से भयभीत हो गया।

लेकिन मैंने पूछा, ''फिर क्या हुआ?''

''जंगल के राजा की बात आदमी सुन रहा था।'' पिता ने बात आगे चलाई, ''बस, उसने अपनी बन्दूक ली और सब पशु मार डाले। इसलिए अगर तुम्हें यहाँ आकर रहना है तो तुम्हें अपने साथ बन्दूक लानी होगी, वरना पशु तुम्हें हड़प जाएँगे।''

मैं सहसा रोने लगा।

''ऐसी कहानियाँ सुनाकर इसे डराओ मत।'' माँ ने कहा।

मैंने अपने दायें हाथ का अंगूठा सहजभाव से मुँह में डाल लिया और पिता की चाल के हमवार झकोलों ने मुझे थपथपाया। मुझे ऐसा लगा जैसे मैं बाग में नहीं, शाम के समय किसी बड़े जंगल की कन्दराओं में हूँ। स्त्रियों और पुरुषों के गिरोह एक विचित्र रेशमी धुँध में लिपटे हुए मेरे दोनों ओर आ-जा रहे थे। थोड़ी ही देर में सब कुछ सुनाई देना बन्द हो गया, सिर्फ कभी-कभी पशुओं का दहाड़ना, गुर्राना और तोतों के चहकने का स्वर सुनाई देता था। तब शाम को धुँधलका मुझपर छा गया और उसने मेरी आँखें बन्द कर दीं। मुझे लगा जैसे मैं ऊपर ही ऊपर उठता चला जा रहा हूँ, जैसे पिता की लोरी ने मेरे भीतर जो शोला जगा दिया था, उसके विचित्र कर्कश संगीत ने मुझे आकाश से परे किसी शहर से पहुँचा दिया हो।...

15

मुझे ठीक मालूम नहीं कि हमने मियाँ मीर कब छोड़ा। लेकिन इतना याद है कि जब हमारी पलटन चलने की तैयारी कर रही थी और उसका सामान स्थानीय खच्चर कोर की लोहे की गाड़ियों में लादकर लाहौर छावनी के स्टेशन पर पहुँचाया जा रहा था, तो मैं घंटों सड़क के किनारे खड़ा बराबर चलते रहने वाली गाड़ियों को देखा करता था। अपने-आप ही एक अजीब ढंग से कुछ घटनाएँ मानव-मस्तिष्क पर गहरी अंकित हो जाती हैं और बाद में कल्पना द्वारा विशेष भ्रान्तियों का रूप धारण कर लेती हैं। इसी प्रकार वह सड़क जो मेरी पहली स्पष्ट स्मृति और मियाँ मीर का अन्तिम प्रभाव था, बाद में मेरे लिए एक स्थायी वास्तविकता

बन गई। आँखें बन्द करने की देर थी कि मैं उसका वह एक-एक कण देख सकता था जो गाड़ियों, ऊँटों, बकरियों, घोड़ों और इन्सानों के पीछे उसपर उड़ा करता था। उसके मध्य की तपती धरती और किनारों पर की ठंडी धूल, जिस पर शीशम के पेड़ संगीतमय ढंग से सरसराते थे, महसूस करता था और उस पर क्षितिज से क्षितिज तक रवां-रवां ज़िन्दगी का अवलोकन करता था। इसके अतिरिक्त मेरे बाल-मस्तिष्क पर वे कथाएँ और कहानियाँ तैरती रहती थीं, जो उसपर से गुज़रनेवाले लोगों के बारे में माँ ने मुझे सुनाई थीं।

एक बार सूर्य देवता इस मार्ग से धरती पर आया था। जब उसने धरती सुखा दी तो इन्द्र देवता ने जो मेंह बरसाया, तब नदियों के विभिन्न देवता इसके किनारों से उठे...और तब पवन देवता ने चलना शुरू क्या। फिर प्राचीन काल के राजा अपने रथों में सवार इधर से गुज़रे। वे कौरव, पांडव, राम, कृष्ण, सिकन्दर, राजा रसालू, विक्रमादित्य और अकबर बादशाह आदि थे। मुगलों की फौजें और लश्कर इस पर से गुज़रे। इसके बाद काने सिख राजा रंजीतसिंह और उनका जनरल हरिसिंह नलवा आया और इन सबके बाद में फिरंगी फौजें इस पर से गुज़रीं। हमारी डोगरा पलटन भी सारजंटों और हवलदारों की 'लेफ्ट-राइट, लेफ्ट-राइट' की ध्वनि पर चलती थी।...

जब मुझे अपने घर के आँगन में सोने के लिए लिटा दिया जाता था तो इन पौराणिक पुरुषों के अस्पष्ट चित्र उन जिन्नों और भूतों के सदृश मेरी आँखों में उभरते थे, जो मेरे सिर पर मँडरानेवाले बादलों के क्षण-क्षण रूप बदलने से बनते थे। कभी मैं स्थिर दृष्टि से ताकते हुए सोचता और इनकी एक सशक्त और निश्चल सेना से भयभीत हो जाता, जिसके सिर गाजर की गाँठों अथवा लौकी जैसे होते। और इस सड़क पर से जो इनसान गुज़रे थे, पाँच वर्ष तक देखे गये दृश्यों और सुनी हुई ध्वनियों से उनके रूप बनते थे। इसके अतिरिक्त उनके बारे में कल्पना का कोई मापदंड नहीं था।

ये सब बातें थोड़ी-थोड़ी उस समय मेरे मस्तिष्क में आतीं, जब मैं बड़ों की बातचीत सुनता अथवा कुएँ वाले झुरमुट में खेला करता। तब मैं माँ द्वारा गाई गई लोरी की धुन पर राज्य बनाता और ढहाता। सड़क पर आने-जाने वालों का चाहे कितना ही शोर होता, माँ पुकारती रहती, 'कृष्ण, तुम कहाँ हो, इधर आओ!' माली रामदीन चिल्लाता कि बेलों का सत्यानाश मत करो और पिता अपनी अँगुलियाँ ज़ोर-ज़ोर से चटखाते, पर मैं अपना अशब्द गीत गाने में मस्त रहता। उसमें कुछ भी बाधा न बन पाता। लगता कि सड़क का बड़ा जिन्न मुझ में आ घुसा है। और उन सब भूत-प्रेतों ने कब्जा जमा लिया है, जो कथा-कहानियों में आते थे और जिनका उल्लेख पारिवारिक बातचीत में हुआ करता था।...

और इन विचारों का प्रभाव मुझ पर इतना गहरा था कि मैं रात को स्वप्न देखता। मृत भाई पृथ्वी का चित्र विशेष रूप से उभरता और मैं राक्षसों की लड़ाइयाँ देखते-देखते पसीने में सराबोर जाग उठता और नींद में बड़बड़ाता।

नौशहरा छावनी जाने की तैयारियाँ ज़ोरों पर थीं और सड़क जीवन से ओत-प्रोत थीं। धूल उड़ती। फौजी बूट और देसी जूते उसे रौंदते। आदर-सम्मान तो क्या होना था, सभी उसकी उपेक्षा करते। सिर्फ एक मैं था, जो श्रद्धाभाव से उसकी चहल-पहल देखता, जैसे सड़क मेरे भीतर हो और इर्द-गिर्द की दुनिया नीहारिका के सदृश दूर—बहुत दूर, मीलों तक फैली हुई हो।...मैं आश्चर्यचकित अँगुली मुँह में डाले खड़ा रहता और आँखें उस कौतूहल से पूरी खुली होतीं जो बाद में अच्छी वस्तुओं और सौन्दर्य के लिए भूख और तृष्णा में बदल गया।

निस्सन्देह उन दिनों मैं राजा था, अपनी अनूठी कल्पना और विचित्र सपनों द्वारा निर्मित राज्य का एकमात्र शासक।

दूसरा भाग

नदी

"...नदियों के सदृश जो पुरानी सीमाएँ तोड़ देती हैं; बस्तियों, फ़सलों और मनुष्यों को अपनी बाढ़ में बहा ले जाती हैं; सिंचाई के लिए नई नहरें बनाती हैं और अब तक बंजर पड़े खेतों को हरे-भरे कर देती हैं और नई उर्वर मिट्टी फैलाकर वीरान ज़मीनों को समृद्ध बनाती हैं। ऐसे चमत्कारों की कोई निन्दा या प्रशंसा नहीं करता, सिर्फ उनके परिणामों को देखता और कारणों को समझने का प्रयत्न करता है।..."

—अज्ञात

गर्मी की दोपहर ढल रही थी। नौशहरा छावनी में हमारा जो क्वार्टर था, माँ उसके बरामदे में बैठी चर्खा कात रही थी और मैं उसके पास लेटा हुआ था।

"माँ, तुमने मुझे कहाँ से पाया? मैं कहाँ से आया हूँ?" मैंने पूछा।

माँ ने विनोद भाव से मेरी ओर देखा। वह मुस्कराई और अपने होंठ बजाकर अर्धहास्य और अर्धगम्भीरता से परियों की कहानी के अन्दाज़ में व्याख्या करनी शुरू की :

"तुम एक रहस्य की भाँति मेरी आत्मा में निहित थे। तुम मेरे शरीर में थे, जैसे सीपी में मोती। तुम मेरी आंतरिक आकांक्षा थे। मैंने तुम्हें पाने का प्रयत्न किया। लेकिन मैंने तुम्हें बहुतेरा खोजा और तुम मुझे कहीं दिखाई नहीं दिए। इसलिए मैंने तुम्हें भगवान से माँगा। और भगवान बड़े दयालु हैं। मेरी प्रार्थना पर उसने तुम्हें बनाया और हमारे पेशावरवाले घर के छोटे घिरौंचे में डाल गया।..."

"माँ, भगवान को किसने बनाया है?" मैंने पूछा।

"मुझे मालूम नहीं, बेटा! लेकिन तुम्हारी दाई को मालूम है।" माँ ने मुस्कराते हुए उत्तर दिया। पर वह कुछ विचलित हो उठी थी। फिर दूसरे ही क्षण भावातिरेक में डूबकर बोली, "तुम्हारी धर्ममाता, परी। भगवान ने उसे हमारे घर भेजा और उसने तुम्हें घिरौंचे से निकालकर मेरी गोद में लिटा दिया।"

''मेरी धर्ममाता परी! मेरी धर्ममाता परी!'' मैं बालसुलभ गीत की लय में चिल्लाया, ''माँ, मेरी धर्ममाता परी कहाँ है?''

''बेटा, वह अपने घर वापस चली गई,'' माँ ने उत्तर दिया, ''वह समुद्र पार विलायत लौट गई।''

''मेरी धर्ममाता परी! मेरी धर्ममाता परी!'' मैं उसके तकले से खेलता हुआ लगातार गाने लगा लेकिन थोड़ी ही देर में फिर जिज्ञासा जागी और मैंने चाँद को पाने के लिए रोने जैसा मुँह बनाकर कहा, ''माँ, मैं अपनी धर्ममाता को देखना चाहता हूँ। मैं उससे मिलना चाहता हूँ।''

''अच्छा, अच्छा, एक दिन जब तुम समुद्रपार विलायत जाओगे, तब तुम उससे मिलोगे।'' माँ ने मुझे बहलाने के लिए कहा, ''अब तुम सो जाओ; और अगर तुम्हें नींद नहीं आती तो जाओ, खेलो।''

मैं उठा और सोने का अभिनय करते हुए माँ की गोद में बैठ गया। जब वह भोजन बनाती, खाती अथवा कात रही होती तो मुझे उसकी गोद में बैठना पसन्द था। और जब वह घर में दूसरे काम किया करती तो मैं उसकी साड़ी पकड़े साथ-साथ चलता। मैं उसके स्तन चूसना और उसे अपने साथ चिपटा लेना चाहता था। लेकिन पहले ही की तरह वह मेरे चिपटने से चिढ़ती थी। मैं जानता था कि यह छोटे भाई शिव के कारण था जैसे पहले पृथ्वी के कारण होता था। एक कारण यह भी था कि मैं अब बड़ा हो गया था, पाँच साल से ऊपर था। इसलिए उसने मुझे अपने से दूर रखने के लिए फिर अपनी छातियों पर लाल मिर्च और सिरके का लेप करना शुरू किया। यह उपाय सफल सिद्ध हुआ। लेकिन गोद से परे रखने का तो कोई उपाय नहीं था सिवाय इसके कि वह नाराज़ हो। कई बार वह नाराज़ भी हो जाती, पर अक्सर मुझ पर दयालु रहती। अब जबकि उसने मुझे खेलने या सोने के लिए कहा था, मैं जानता था कि उसकी वास्तविक इच्छा यह नहीं कि मैं जाकर खेलूँ, बल्कि वह चाहती थी कि मैं उसकी गोद में पड़कर सो जाऊँ, क्योंकि उसे मेरी बातें पसन्द थीं।...मैं लाड़ला बच्चा था। मेरी आँखों में नींद नहीं थी।

''बेटा, सो जाओ, सो जाओ।'' उसने कहा और मुझे अपने साथ चिपटाकर लोरी गाने लगी।

कोमल-मधुर संगीत पहले धूप के सुगन्धित धुएँ की तरह जहाँ-तहाँ से टूटा हुआ धीरे-धीरे उड़ने लगा, फिर लगा जैसे उससे सारा कमरा भर गया हो, दम घुट रहा हो, और वह खुले दरवाज़े से बरामदे में और कच्चे घर के आँगन में जाने लगा हो।

मैं एकटक माँ की ओर देखने लगा। मैं नहीं जानता कि आया वह मुझे

सचमुच सुलाना चाहती थी या मेरे 'क्यों' और 'क्या' की बौछार से ऊब गई थी। उसके स्वर में कटुता और मृदुता का जो सम्मिश्रण था उससे उसके चिड़चिड़ेपन का ठीक-ठीक अनुमान लगाना सम्भव नहीं था। मैं आँखें फैलाकर और गाल फुलाकर बराबर उसकी ओर देख रहा था।

उसके धूमिल मुख पर एक विचित्र ज्योति थी, आधी चपल और आधी गम्भीर, जो उसकी तिकोनी छवि को अत्यन्त आकर्षक बना देती थी। उसकी मुस्कान बड़ी कुटिल थी, जो निचले होंठ के बजाय सीधी नाक पर होती थी, जो गालों के बजाय दृढ़ ठोड़ी पर नाचा करती थी और जिससे मैं अपने प्रति उसके स्नेह का अन्दाज़ा लगाया करता था। जब वह क्षुब्ध होती तो मुझे उसका साँवला-नुकीला चेहरा अच्छा न लगता; उसके बजाय देवकी का गोरा अंडाकार चेहरा दृष्टि में उभर आता। पर जब वह आनन्द की मुद्रा में होती तो मेरी माँ एक स्निग्धता थी जो मुझे पसन्द थी। फिर उसके अंगों में एक सुगन्ध बसी थी, जो नन्हे शिव जैसी थी और उसके व्यवहार में एक उदार स्वाभाविकता थी, जिसके कारण मैं अपने-आपको हमेशा उसके इतना समीप पाता जितना किसी और के नहीं।

जब उसका ऊँचा स्वर धीरे-धीरे हलका पड़ता तो लगता कि ढलती दोपहर की धूप ने उसे थका दिया है। अपना दायाँ हाथ चर्ख़े की हत्थी पर रखे-रखे और बायें में पूनी थामे वह ऊँघ जाती।

मैं चाहता था कि अपने हाथ से उसकी आँखें खोल दूँ। जब वह दिन में सोती थी तब भी मेरे मन में यही इच्छा होती थी, क्योंकि मैं अपने को अकेला महसूस करता और चाहता था कि वह मेरे साथ खेले; पर आँखें बन्द होने के कारण मैं उससे डर जाता था। मैं भयभीत-सा धीरे-धीरे उठता और कमरे से बाहर भाग जाता ताकि उसके भजन का भगवान अथवा उसके सिर का भूत मुझे पकड़ न ले और मेरा गला न दबा दे।

मैं बरामदे के उस कोने में चला जाता, जहाँ ईंधन रखा रहता था। मैं वह बाँस उठा लेता जो पिता की मसहरी में इस्तेमाल होता था और उसे घोड़ा बनाकर दौड़ने लगता।

"कृष्ण!" सहसा माँ की आवाज़ सुनाई देती।

मैंने अपने लकड़ी के घोड़े को बरामदे में दौड़ाना शुरू ही किया था और यों लग रहा था कि जैसे मैं उस सचमुच के घोड़े की सवारी कर रहा हूँ, जिस पर 44वें घुड़दस्ते का अर्दली पिता को डाक देने आता था। मैंने उत्तर नहीं दिया।

"कृष्ण!" माँ फिर चिल्लाई। उसके स्वर में चिन्ता और घबराहट थी क्योंकि जब उसकी आँख खुली तो मुझे वहाँ न देख उसे ऐसा लगा जैसे मैं हवा में उड़ गया हूँ।

"मैं यहाँ हूँ।" मैंने तीखे स्वर में कहा और उसकी ओर चला।

"अच्छा, अच्छा!" वह बोली, "मुझे पता नहीं था कि तुम कहाँ हो। जाओ, खेलो। धूप में मत जाना और नन्हे को न जगाना।..."

लेकिन अब तक मैं अपने कोतल घोड़े पर सवार होकर आ पहुँचा था और जिस नीली फौजी दरी पर वह बैठी थी, उस पर अपने नंगे मैले पैरों के साथ चढ़ने ही वाला था।

"जाओ बच्चे, बरामदे में खेलो," उसने कहा, "और मुझे तुम्हारे पिता के लौटने तक कुछ देर चर्खा कातने दो।...जाओ, देखो कि तुम्हारे भाई और भाभी आ रहे हैं। उन्हें बाजार गए बहुत देर हो गई।"

लेकिन अब मैं घोड़े की सवारी का अधिक उत्सुक नहीं था बल्कि यह देखना चाहता था कि जब लकड़ी का पहिया घूमता है तो तकला चलने से माँ के हाथ की पूनी में से धागा कैसे निकलता है।

"जाओ बेटा, खेलो।" माँ ने तनिक चिढ़कर कहा।

अब मैं अपने घोड़े को एक चक्कर में इतनी तेज़ी से घुमा रहा था कि मेरे कोड़े से चर्खे का तार टूट गया और मैं अपने पीछे मृत्यु और विनाश के चिह्न छोड़ता हुआ विजय-भाव से आगे बढ़ा। माँ मुझे कोस रही थी और टूटे हुए तार को पूनी के साथ अपने थूक से जोड़ रही थी।...

लेकिन मैं अपने रणक्षेत्र—बरामदे में पहुँचा ही था कि ड्योढ़ी में, जो आँगन से परे थी कदमों की चाप सुनाई दी। मैं अपना लकड़ी का घोड़ा फेंक-फांककर 'भापाजी! भापाजी!' कहते हुए दौड़ा, क्योंकि मैं पहचान गया था कि हरीश और गणेश आए हैं।

लेकिन वे मुझसे मिलने के इतने उत्सुक नहीं थे जितना कि मैं था। मैं दौड़कर हरीश भाई की टाँगों से लिपट गया; पर उसने चिढ़कर और नाक सिकोड़कर जो नीरस, शुष्क और अस्पष्ट शब्द कहे, उनसे मैं समझ गया कि उसके मन में मेरे प्रति कुछ भी उत्साह नहीं है। पतले-दुबले और आन्तरिक क्षोभ से नीले पड़े हुए हरीश के मुख की सिकुड़न दूर नहीं हुई। लेकिन उसके आँगन में आते ही मैं उसकी टाँगों से लिपट गया था और उन्हें इतना कसकर पकड़ लिया था कि उसके लिए आगे बढ़ना सम्भव नहीं था।

"नन्हे, चलो, छोड़ो।" उसने क्रुद्ध भाव से कहा और जीभ से चटकारी लगाकर मेरे अनुराग की अवहेलना की, "नन्हे, आँगन तप रहा है और तुम्हारे पाँव-नंगे हैं!"

"भापा! पहले वह मुझे दो जो तुम मेरे लिए लाए हो।" मैंने आग्रह किया।

उसके क्रोध और पाँव तले तपती हुई धरती की किसे परवाह थी, क्योंकि सवाल मिठाई का था जो वह मेरे लिए लाया होगा।

''आओ नन्हे, आओ।'' माँ ने कहा। वह झगड़े की सम्भावना से बरामदे में आ गई थी।

पर मैं नहीं माना।

यह सोचकर कि सिर्फ समझाने के बजाय लालच से काम बनेगा, उसने कहा, ''आओ बेटा, आओ। भाई तुम्हारे लिए खिलौने और अच्छी-अच्छी मिठाइयाँ लाए हैं। वे तुम्हें तभी देंगे जब तुम उन्हें छोड़ोगे।''

इस आश्वासन पर मैंने हरीश को छोड़ दिया।

माँ ने देख लिया था कि मेरे पैर नंगे हैं और उसने हरीश से कहा, ''नन्हे (हम सब उसके लिए 'नन्हे' थे और बड़े होकर भी रहे), इसे उठाकर छाया में ले आओ। तुम्हारी बीवी और छोटा भाई कहाँ हैं?''

उसने मुझे अपनी बगल में लटका लिया और माँ के सवाल के जवाब में सिर झुकाकर और होंठ भींचकर कहा, ''आ रहे हैं।''

हरीश ने जब बरामदे में आकर मुझे निवाड़ के पलंग पर बैठा दिया तो माँ ने विक्षोभ कम करने के लिए कहा, ''मैं तुम्हारी बलिहारी जाऊँ। क्या तुम चलते-चलते थक गए हो?''

चारपाई के सिरे पर बैठते हुए हरीश ने नकारात्मक भाव से सिर हिलाया। उसकी मनोदशा समझने की मेरी उम्र नहीं थी; लेकिन बड़ा होकर जो कुछ सीखा, उसी से अन्दाज़ा लगा रहा हूँ।

माँ ने स्नेह और करुणा से उसकी ओर देखा। वह जानती थी कि उसका बड़ा बेटा बचपन ही से शान्त और गम्भीर है। लेकिन बचपन और लड़कपन की चुप्पी एक प्रकार का दब्बूपन था, जो पिता के गाली-गुफ्ते, डाँट-फटकार और विकिटों की मार से पैदा हुआ था। यह नई चुप्पी, जिसने बेटे को नीला-पीला बना दिया था, माँ को अजीब लग रही थी। इसका कारण निश्चित रूप से आन्तरिक क्षोभ था जो बाहर नहीं आ रहा था। 'यह क्या हो सकता है?' वह सोच रही थी। लेकिन जैसा कि मुझे बाद में मालूम हुआ, वह वास्तव में इसे जानती थी। हरीश कहता था कि इसके लिए माँ ही दोषी है, क्योंकि माँ ने पन्द्रह वर्ष की उम्र में उसकी शादी कर दी और फिर सम्बन्ध भी अच्छा नहीं ढूँढ़ा।

उसकी पत्नी मूढ़ और अपढ़ थी। पत्नी के कारण ही उसे मेडिकल स्कूल की पढ़ाई छोड़ देनी पड़ी। अब उसका उत्तरदायित्व कन्धे पर लादे वह घर लौट आया था और नहीं जानता था कि क्या करे।

माँ इसमें अपना दोष नहीं समझ पाती थी। सात-आठ साल की उम्र में

सगाई का रिवाज था। दरअसल एक समृद्ध परिवार में, जैसा कि हमारा था, लड़कों के पैदा होते ही रिश्तों का न पहुँचना लज्जा की बात थी। चौदह या पन्द्रह वर्ष की उम्र में ब्याह हो जाते थे, क्योंकि इससे नई-नवेली दुल्हनें घर-गृहस्थी सम्भालना और बड़ों की सेवा करना सीखती थीं। और बेटे-पोते ही तो घर की शोभा हैं, उनके बिना संसार में नाम नहीं चलता। अलबत्ता उसने यह भी सुन रखा था कि आजकल के पढ़े-लिखे लड़के छोटी उम्र की शादी पसन्द नहीं करते। वह इस बारे में उनसे सहमत नहीं थी। जिस गाँव से वह आई थी, उसमें किसानों के बेटों के विवाह देर में होते थे, क्योंकि वे बेचारे अपनी गरीबी के कारण विवाह का खर्च सहन करने में समर्थ नहीं थे। इसलिए दुःख इस बात का नहीं था कि हरीश की शादी जल्दी हो गई। पन्द्रह साल की उम्र पढ़े-लिखे लड़कों के लिए भी कम नहीं है। उनके गाँवों में वकील के लड़कों के विवाह भी इसी उम्र में हुए थे। दुःख तो यह था कि हरीश को लड़की अच्छी नहीं मिली।

मैंने भी बड़े होकर महसूस किया कि वह कैसे जटिल और पेचीदा तर्कों से अपने पक्ष का समर्थन करके अपने-आपको धोखा देती थी। चाहे वह इस रीतिगत विवाह के कुपरिणामों को भली-भाँति नहीं समझती थी, फिर भी उससे हो चुकी हानि को और अपनी ज़िम्मेदारी को समझने की सहज बुद्धि तो उसमें थी ही। लेकिन अपने ग्रामीण पूर्वजों का हठी अभिमान उसे विरासत में मिला था—अभिमान जो बिरादरी के 'प्रतिष्ठित' घराने में ब्याह हो जाने से और बढ़ गया था। अपने इस अभिमान की रक्षा ही उसकी सबसे बड़ी चिन्ता थी। वह नहीं चाहती थी कि बहू बेटे को उससे छीन ले। इसलिए सारा दोष बहू पर डालकर उसने बेटे को अपना विश्वास-पात्र बनाने का प्रयत्न किया। घर में माँ का शासन था। परिवार के दूसरे सदस्य हर बात में उसी का कहा मानते थे। इसीलिए वह समझती थी कि अगर वह एक बाहरी प्राणी बहू को बलि का बकरा बनाकर अपनी गलती पर पर्दा डालेगी तो सब उससे सहमत हो जाएँगे। परिवार—एक संयुक्त परिवार की रक्षा ज़रूरी है।

माँ ने जब देखा कि हरीश का मन स्नेह से नहीं रीझा तो उसने बेटे को अपनी ओर खींचने के लिए बहू के प्रति अवज्ञा का व्यवहार अपनाया।

"हथिनी कहाँ है?" उसने पूछा।

हरीश चुप रहा।

इसी समय बहू भीतर आई। वह सचमुच औरत के बजाय हथिनी जान पड़ती थी। उसके साथ गणेश था, जिसकी नाक चपटी, गालों की हड्डियाँ उभरी हुई और कान विचित्र थे और वह पतला-दुबला था।

भाभी अभी आँगन में ही थी कि माँ ने एक ऐसी तीखी दृष्टि उस पर डाली

जिसमें एक ईर्ष्यालु सास के हृदय की तीव्र घृणा भरी थी। अगर वह बिजली होती तो अपने इस शत्रु को वहीं भस्म कर देती। इसके बजाय वह काला स्याह कोयला थी और चूँकि वह जल या धधक नहीं सकती थी, इसलिए सिर्फ राख में बदल सकती थी।

भाभी ढेर का ढेर बरामदे में आ बैठी। शिष्टाचार के नाते उसने घूँघट निकाल रखा था।

माँ ने उसकी ओर घूरकर देखा।

सास और बहू आमने-सामने थीं।...

पर शीघ्र ही तनाव कुछ कम हो गया। कच्चे घर के बाहर पिता का उच्च समृद्ध और परिचित स्वर सुनाई पड़ा। वे किसी से ठठोली कर रहे थे।

''तुम्हारे पिता आए हैं।'' माँ ने कहा।

मैंने उसी समय बल्कि माँ से भी पहले पिता की आवाज़ सुन ली थी। मैं अब भी उनका लाड़ला बेटा था। उनकी आवाज़ कान में पड़ते ही मैं माँ की गोद से निकल कर भागा और आँगन और ड्योढ़ी पार करके बाहर चला गया।

पिता के मुख से वही निरर्थक लोरी फूट निकलती और सारे पड़ोस में गूँज उठती :

बुल्ली, बुल्ली,
बुल्ली, मेरा बेटा,
बुल्ली, मेरा पिल्ला,
बुल्ली, मेरा सूअर,
बुल्ली, बुल्ली,
बुल्ली मेरा बेटा, बेटा, बेटा...

मुझे अपने उपनाम का संगीतमय उच्चारण भला लगता। पिता अब भी मेरे आदर्श नायक थे। मैं दौड़कर उनकी टाँगों से लिपट जाता।

दयालु और आनन्द-विभोर पिता मुझे गोद में उठा लेते और अपनी बड़ी-बड़ी मूँछों के नीचे से चूमते हुए मेरे उपनाम का गीत अलापने लगते। जब वे घर के आँगन में प्रवेश करते तो खुद एक बच्चा जान पड़ते—बड़ी उम्र का एक निरीह और खिलवाड़ी लड़का।

बड़े होकर मेरे मस्तिष्क में उनका जो चित्र बनता था, उसके अनुसार वे इस समय अधेड़ उम्र से कम थे और कद भी दरमियाना था। वे एक खुली सूती सलवार, कलफ लगे कालरोंवाली सफेद सूती कमीज़, विक्टोरियन तर्ज़ की खाकी जाकेट और बिस्कुटी रंग की गोल क्रिस्टी टोपी पहनते थे और पाँव में देसी जूता, जो क्वार्टर-मास्टर हवलदार सुजानसिंह ने उन्हें दिया था। भारतीय सभ्य समाज

का मुख्य पहरावा, अँग्रेज़ी और भारतीय वस्त्रों का यह एक विचित्र सम्मिश्रण था, न विशुद्ध भारतीय और न ही पूरी नकल। अच्छा-बुरा जो भी हो, यह एक प्रकार का समझौता था जिसमें विदेशी शासकों की अँग्रेज़ी ड्रेस के कुछ अंश भारतीय वेश-भूषा में अपना लिए गए थे। यों यह पोशाक एक ओर आधुनिक भारत का प्रतीक थी, जिसमें मशीनी यूरोप और सामंत युगीन एशिया गडमड था।

वे इतने प्रसन्न थे और गीत की लय में डूबे हुए थे कि कुछ क्षण उन्होंने परिवार के दूसरे सदस्यों को देखा तक नहीं, जो दोपहर बाद की ठंडी हवा खाने के लिए अब छायादार बरामदे में बैठे थे।

बुल्ली, बुल्ली,
बुल्ली, मेरा बेटा!

निरर्थक गीत पाँचवीं बार समाप्त हुआ। पहली बार यह उन्होंने ड्योढ़ी से बाहर गाया था। काफी देर चूमने और दुलारने के बाद पिता ने मुझे चारपाई पर बैठा दिया।

मैं दौड़ता हुआ माँ के पास गया। मेरी खुशी का ठिकाना न था। पिता जब मुझे पुचकारते-दुलारते थे तो मैं इसमें विशेष महत्त्व और गौरव अनुभव करता था। मुझ में अभिमान की यह भावना लाहौर ही में उत्पन्न हो गई थी। अब उसमें वह वास्तविक स्नेह भी सम्मिलित हो गया था, जो मैं दूसरों के प्रति अनुभव करता था।

''बेटा, क्या तुम शहर हो आए?'' उन्होंने अपनी टोपी सावधानी से चारपाई पर रखते हुए हरीश से पूछा।

''जी हाँ!'' हरीश ने फुसफुसाकर होंठ भींच लिये। वह अब भी खोया-खोया, विरक्त और उदास था।

लगता था कि पिता भावना की सूक्ष्मताओं पर ध्यान नहीं देते। पलटन के दफ्तर में हेड क्लर्क, 'छाया कर्नल' की मानसिक कूटनीति के अलावा मैंने बड़ा होकर महसूस किया कि सैनिक जीवन की सूक्ष्मताओं ने उनमें एक प्रकार की निष्ठुरता उत्पन्न कर दी थी, जो उन्हें अनुभूति के प्रारम्भिक साधारण स्तर से काफी देर तक ऊँचा न उठने देती। मुझे विश्वास है कि उन्होंने हरीश की उदासी को भाँप लिया था; पर इससे अधिक कुछ नहीं। वे बेटे की भावनाओं का विश्लेषण करने में असमर्थ थे, क्योंकि जिन परिस्थितियों में जीवन बीत रहा था, उनमें वे अपना ही विश्लेषण नहीं कर पाते थे। एक ओर उन्होंने अँग्रेज़ी दफ्तरी ज़िन्दगी के आचार-व्यवहार को अपना लिया था और दूसरी ओर ठठेरा बिरादरी के रीति-रिवाज और उन मान्याताओं को अपनाए हुए थे, जो उन्हें विरासत में मिली थीं।

दोनों का समन्वय नहीं कर पाए थे।

यह सच है कि वे शिक्षित समुदाय में रहते थे और नौशहरा आर्यसमाज के प्रधान थे। यह संस्था विधवा-विवाह, जातिवाद हटाने और ब्याह की उम्र बढ़ा देने आदि के पक्ष में थी लेकिन उस समय के अधिकांश शिक्षित व्यक्ति अपनी जाति और बिरादरी के जाल में फँसे और अशिक्षित सम्बन्धियों की भावनाओं में जकड़े होने के कारण कहते एक बात थे और करते दूसरी थे। ऐसे व्यक्ति, जो प्रगतिशील संस्थाएँ बनाते थे, वे चुहलबाज़ी के केन्द्र, उठने-बैठने के क्लब और कई बार तो जुए, शराबखोरी और दुराचार के अड्डे बनकर रह जाते थे, जहाँ पेशेवर लोग प्रतिष्ठित अवसरवादी अपने बड़े परिवारों और बड़ी ज़िम्मेदारियों से क्षणिक छुटकारा ढूँढते थे। छावनी और आर्यसमाज के अधिकांश मित्र पिता को 'चाचा' कहकर पुकारते थे। इस शब्द से उनके चरित्र की विशिष्टता व्यक्त होती थी। इसलिए चाहे वे 'ट्रिब्यून', 'सिविल एंड मिलिटरी गज़ेट' और आफीसर-मेस के पुस्तकालय से अँग्रेज़ी उपन्यास लाकर पढ़ते थे, लेकिन इसका उद्देश्य दफ्तर की उकताहट के बाद मनबहलावा-मात्र होता था। जब परिवार और जात-बिरादरी की कोई बात होती, तो वे अपने आनन्दमय जीवन और धर्म के सारे सिद्धान्त ताक पर रख देते।

हरीश के बारे में उन्हें अगर कोई चिन्ता थी तो यह कि वह शादी के कारण मेडिकल स्कूल की पढ़ाई जारी नहीं रख सका और डिग्री से वंचित रह गया। जब से लार्ड मैकाले ने हिन्दुस्तान को 'लेज़ आफ एंशंट रोम' का उपहार दिया था और शिक्षा-प्रणाली का उद्देश्य अँग्रेज़ी पढ़े-लिखे बाबू तैयार करना बन गया था, दूसरे लोगों की तरह मेरे पिता भी डिग्री को ही शिक्षा समझते थे। डिग्री हो तो किसी सरकारी विभाग में नौकरी पा जाना सहज था। पिता हरीश से इसीलिए नाराज़ थे कि उस पद और प्रतिष्ठा की सम्भावनाएँ समाप्त हो गईं, जो तीन साल तक पढ़ने और बाबू या डॉक्टर बनने से प्राप्त होतीं। मगर वे इसके लिए उसे कुछ नहीं कह सकते थे। लड़के के विवाह की अनुमति देकर उन्होंने जो भूल की थी, वह कहीं न कहीं उनके मस्तिष्क में निहित थी। वे उसे सामने लाना नहीं चाहते थे। इसलिए हरीश की उदासी को देखा-अनदेखा कर दिया।

"क्या लड़कों ने कुछ खाया?" वे माँ से मुखातिब हुए।

'कुछ' शब्द सुनते ही मेरा चेहरा खिल उठा।

"मुझे 'कुछ' दो, मुझे कुछ दो।" मैंने कहा।

"नन्हे, ठहरो," माँ ने परोसने के लिए उठते हुए कहा, "पहले अपने बड़े भाइयों को खा लेने दो। वे सारा दिन बाज़ार में व्यस्त रहे हैं।"

"क्या मैं व्यस्त नहीं रहा?" मैंने मुँह बनाकर कहा।

पिता हँसे और मेरी ओर पलटकर बोले, ''तुम, बदमाश! इधर आओ। तुम काहे में व्यस्त थे? क्या करते रहे?''

''यह मुझ से अजीब-अजीब सवाल पूछता रहा।'' माँ मुस्कराई, ''इसने मुझसे पूछा कि यह कहाँ से आया है? हमने इसे कहाँ पाया?''

''हो-हो...हा-हा-हा!'' पिता खिलखिलाकर हँसे और लपककर मुझे पकड़ लिया।

''तुम छँटे हुए बदमाश हो, शैतान हो और एक छोटे-से गधे हो।''

''बड़ा ही खराब लड़का है। यह सवाल पूछकर सारा दिन मेरा सिर खाता रहा और मेरा चर्खा छेड़ता रहा।'' माँ ने शिकायत की और साथ ही मुझे क्रीम-केक, किशमिश और मूँगफलियाँ खाने को दीं।

''हरीश की माँ, तुमने क्या उत्तर दिया?'' पिता ने कहा।

''मैंने बताया कि एक मेम इसे लाई थी।'' माँ ने कहा, ''पर यह बड़ा ज़िद्दी है। कहने लगा कि मैं उसे देखूँगा; इसलिए मैंने इससे फिर कहा कि तुम उसे तब देखोगे जब समुद्र पार विलायत जाओगे।''

''यह एक सौभाग्यशाली लड़का है जिसकी अँग्रेज़ी धाय है।'' पिता ने सगर्व कहा, ''तुम्हें याद है, इसके जन्म पर हमने बड़ी दावत दी थी। पेशावर के सब खान, सरदार और साहब आए थे। यह एक मंगलकारी बालक है। यह विलायत ज़रूर जाएगा...''

''हाँ, यह मंगलकारी बालक है।'' माँ ने कहा, ''तुम्हें याद है, आगा खाँ उस समय पेशावर में थे। जब मैं इसके जन्म से ग्यारहवें दिन उनके दर्शन को गई तो उन्होंने इसे गोद में लेकर चूमा और आशीर्वाद दिया। वे कहते थे कि यह मेरा सच्चा चेला होगा और किस्मतवाला बनेगा...''

आगा खाँ का नाम सुनते ही पिता ने नाक सिकोड़कर मुँह दूसरी तरफ फेर दिया। आर्यसमाजी बन जाने के कारण वे अब आगा खाँ को बिरादरी के अपने भाई-भतीजों की तरह धार्मिक गुरु नहीं समझते थे।

''माँ, आप भी अजीब बातें करती हैं।'' हरीश भी बड़बड़ाया। उसने दयानन्द एंग्लो वैदिक स्कूल, लाहौर में शिक्षा पाई थी, जहाँ आर्यसमाज का प्रभाव सबसे अधिक था। ''आगा खाँ के आशीर्वाद को महत्त्व देना बिलकुल बेकार है।'' उसने त्योरी चढ़ा सिर झुका लिया।

अपने अहं को सन्तुष्ट करने के लिए विलायत जाने की बात माता-पिता बार-बार दोहराते थे, इसलिए वह असंगत जान पड़ती थी। लेकिन मेरे जैसे चंचल और महत्त्वाकांक्षी बालक के लिए यह भविष्यवाणी थी और जब लोग चुप थे तो मैं इसे ध्वनित-प्रतिध्वनित होते सुन रहा था। यह एक ऐसा क्षण था जब एक

शब्द, एक विचार, एक विचित्र भावना, चाहे वह कितनी ही तुच्छ हो, कल्पना को पंख लगा देती है और मनुष्य एक दूसरी ही दुनिया में उड़ने लगता है, जो हमारी इस दुनिया से भिन्न होती है। इस समय की निरीह और असंगत मनोभावना सारे जीवन को प्रभावित करती है। उसे निर्णयकारी दिन की जहाँ मुझे और बातें याद हैं, वहाँ विलायत जाने की बात खास तौर पर याद है। यह मेरे बाद के जीवन को प्रभावित करती है। उस निर्णयकारी दिन की जहाँ मुझे और बातें याद हैं, यह मेरे बाद के जीवन-इतिहास की कुँजी है। जैसे-जैसे मैंने बचपन की दहलीज़ को पार करके स्कूल, कॉलेज और विस्तृत संसार में प्रवेश किया, मेरी आँखें पश्चिम पर लगी रहीं। यह देखना ऐसा नहीं था जैसे कोई शुष्क, नीरस और परिचित परिस्थिति से घबराकर 'स्वर्ग दीप' की ओर देखता है, बल्कि अपनी सरलता में मैं यूरोप का जो चित्र बनाता था उसमें हैट, टाइयाँ, हाकियाँ, बल्ले, निकरें, पतलूनें, साइकिलें, सिगरेटें, पुस्तकें, पिस्तौलें और ऐसी ही चीज़ें थीं जो पश्चिम का उपहार थीं और आधुनिक भारत में खूब पुजती थीं।

"क्या बहू ने खाना खा लिया?" पिता ने मेरी माँ से पूछा।

"मेरे कोई दस हाथ तो नहीं।" स्नेहमयी माँ ने कर्कश सास का रूप धारण करते हुए कहा, "लड़के निपट लें तो वह भी खा लेगी।"

घर में निस्तब्धता छा गई। यह घृणा की निस्तब्धता थी, जो वहाँ होती है जहाँ सब चिढ़े हुए हों।

पिता ने नन्हे शिव को छोड़ दिया जिसे वे पंगूरे में थपक-थपककर सुला रहे थे और नहाने चले। वे सुबह और दोपहर बाद दो बार शौच जाते थे और उनकी यह आदत थी कि पाखाने में कम से कम आध घंटा बैठते थे। वहाँ बैठे वे पिछले दिन का 'सिविल एंड मिलिटरी गज़ेट' पढ़ते, जो डाक-अर्दली उनके लिए आफिसर-मेस से लाता था और शायद बवासीर के बाजजूद वे शौच-क्रिया में आदिमयुगीन सहज आनन्द भी महसूस करते थे।

जितनी देर वे पाखाने में रहे, घर में निस्तब्धता...नितान्त निस्तब्धता छाई रही। मुझे नींद आ रही थी, इसलिए माँ मेरे पास आकर मुझे थपकने लगी। हरीश हमेशा की तरह मूक था। गणेश अपनी स्कूली प्राइमर पर झुका तत्परता दिखा रहा था, यद्यपि वह खाली-खाली और सहमी-सहमी दृष्टि से चोरी-छिपे इधर-उधर देख लेता था। मेरी भाभी द्रौपदी अपने आँचल में लिपटी हुई कोने में उस पंगूरे के पास बैठी थी, जिस पर शिव सो रहा था।

अब पिता बाहर आए।

"हरीश, अगर तुम थक नहीं गए हो, तो आओ, हाकी-मैच देखने चलो।" उन्होंने कहा, क्योंकि वे जानते थे कि हरीश को हाकी देखने का बड़ा शौक है।

''चलो,'' उन्होंने बात जारी रखी, ''यहाँ बड़ी गर्मी है और तुम्हें ताज़ा हवा चाहिए।''

''अच्छा जी!'' हरीश बड़बड़ाया, अपनी जगह पर तनिक हिला, ऊपर देखा और घूमकर फिर चुप हो रहा।

पीतल के लोटे में पानी लेकर पिता अपने हाथ और अँगुलियाँ मिट्टी से मल-मलकर धोने और स्याही के धब्बे उतारने लगे; क्योंकि उन्हें प्राकृतिक साधनों पर विश्वास था, इसलिए साबुन बहुत ही कम इस्तेमाल करते थे। जब वे हाथ-मुँह धो चुके तो उन्हें तौलिये से पोंछा; फिर अपनी चाँदी की मूठवाली फौजी छड़ी उठाई, हरीश को पुकारा और चल पड़े।

सामान्य स्थिति में मैं भी साथ चलने को कहता, अगर वे न ले जाते तो रोता और जिद्द करता, परन्तु आज की नितांत निस्तब्धता ने मुझे भयभीत कर दिया और मैं हिला तक नहीं।

लेकिन गणेश धूर्त कुत्ते की भाँति, जो पूँछ टाँगों में दबा लेता है, उनके पीछे खिसक लिया।

जब पिता के हास-परिहास की ध्वनि-प्रतिध्वनि सुनाई देना बन्द हो गई तो माँ उठी। सामने मिठाई और फलों का एक थाल सजाया और द्रौपदी के आगे यों रख दिया जैसे वे मेहमान हो। तब माँ हिल रहे नन्हे के पास गई और उसे दूध पिलाने लगी। मैं चारपाई पर उठ बैठा और 'सिविल एंड मिलिटरी गज़ेट' को ऐसी पूरी स्वतन्त्रता के साथ, जिसे बाद में भी मैं अक्सर पाना चाहता रहा हूँ, नीली पेंसिल से रंगने लगा।

थोड़ी देर बाद जब माँ ने शिव को दूध पिलाकर और थपककर फिर सुला दिया तो उसने बहू की ओर झाँककर देखा कि द्रौपदी स्थिर बैठी है और उसने भोजन छुआ तक नहीं।

''बहू, तुमने खाया क्यों नहीं?'' माँ ने फटकारा और अवज्ञा भाव से कहा, ''क्या हमारा यह भोजन तुम्हारी नाक तले नहीं आया!''

द्रौपदी ने 'हाँ' या 'ना' कुछ भी नहीं कहा। इससे माँ और भड़क उठी। वह जाकर थाल उठा लाई।

''इधर खुली हवा में आ जाओ, बहू! वहाँ कोने में बड़ी गर्मी है। तुम बीमार पड़ जाओगी।'' इस बार माँ ने स्वर में स्नेह भरकर कहा।

द्रौपदी न अपने स्थान से उठी और न उसने उत्तर दिया।

''बात क्या है? तुम इतनी ढीठ क्यों हो?'' माँ गुर्राई, ''मुझे बताओ; मैं तुम्हारी सास हूँ और मैं तुम्हारी सहायता करूँगी।''

"कुछ नहीं," द्रौपदी बोली, "मुझे मेरा पति चाहिए, मैं कॉलेज की पढ़ाई पूरी होने तक इन्तज़ार नहीं कर सकती। उन्हें कोई नौकरी ढूँढ़ दो और मुझे दे दो।"

मैंने माँ से जले-कटे शब्द सुने, यद्यपि मैं उनका अर्थ नहीं जानता।

लेकिन बड़े होकर मैंने महसूस किया कि सारे हिन्दुस्तान में किसी भी नई नवेली दुल्हन ने यों मुँह फाड़कर ऐसी बात नहीं कही होगी। माँ ने जीवन-भर उस दिन के स्वप्न देखे थे जब घर में एक जवान बहू आएगी और वह उसपर शासन करेगी। इसी कारण तो हरीश की शादी इतनी जल्दी की थी। उसने उन सब बातों का ध्यान रखा था जो ऐसे विवाह-सम्बन्ध से पहले की जाती हैं। उसने लड़की देखने के लिए नाइन भेजी थी और उसकी जन्मपत्री मंगवाकर पंडित से पढ़वा ली थी। उसे यह ख्याल नहीं आया कि नाइन थोड़े-से धन के लालच में एक कुरूपा कन्या को अत्यन्त रूपवती कह सकती है और पंडित जन्मपत्री में मंगल ग्रहों का योग बताकर उसे दुनिया-भर की सौभाग्यवती बहू घोषित कर सकता है। माँ का पुरोहित में विश्वास था और पुरोहित का पुराने रीति-रिवाज की पवित्रता में। ये रीति-रिवाज प्राचीन ऋषियों ने बनाए थे, उनमें एक महर्षि मनु भी थे। उनका माननेवाला गलत नहीं हो सकता।

लेकिन द्रौपदी न सिर्फ सतयुग बल्कि त्रेतायुग के भी बहुत बाद कलियुग में पैदा हुई थी, जब यहाँ फिरंगियों का राज था। वह पढ़ना-लिखना नहीं जानती थी। वह पाश्चात्य जीवन से भी परिचित नहीं थी। लेकिन वह अपने हाथ पीयर्स साबुन से धोती थी, बालों में बढ़िया सुगन्धित तेल लगाती थी और अँग्रेज़ औरतों की भाँति माँग एक ओर को निकालती थी। उसका पिता भगतराम, जो मेरे पिता की भाँति ठठेरा जााति का था, पब्लिक वर्क्स डिपार्टमेंट के नहरी विभाग में बाबू था। वह भी एक बाबू से ब्याह करना चाहती थी, ताकि जहाँ उसकी नौकरी हो वहीं जाकर रहे। नौकरी के बारे में वह सिर्फ इतना ही जानती थी कि आदमी का 'इंट्रेंस पास' होना काफी है। 'इंट्रेंस' का अर्थ उसे नहीं आता था। उसने सिंधी की वर्णमाला सीखी थी। आगा खाँ सम्प्रदाय की धार्मिक पुस्तक इसी भाषा में लिखी गई थी और उसके घरवाले आगा खाँ को अपना धार्मिक गुरु मानते थे। वह एक भावुक, नीरस, हठी और मूढ़ लड़की थी। अँग्रेज़ों के प्रारम्भिक शासनकाल में बेचारे बाबुओं की लड़कियाँ ऐसी ही होती थीं। मेरी माँ अगर यह आशा करती थी कि यह लड़की उसके सपनों की आज्ञाकारी बहू बनकर संयुक्त परिवार की मर्यादा का पालन करेगी, तो यह उसका भ्रम-मात्र था।

साँवली सुकोमल स्त्री, आंतरिक द्वेष और घृणा के कारण बहू के सामने हमेशा क्षीण, वृद्धा और अप्रतिभ जान पड़ती, माथे पर चिन्ता की त्यौरियाँ, आँखों की

ज्योति बुझी-बुझी और ठुड्डी में दृढ़ता का स्थान शिथिलता ने ले लिया था। उसका चेहरा एक ऐसे मुखौटे से ढंका रहता, जो सहानुभूति के तनिक स्पर्श से टूट जाता।

इन दिनों माँ हमें अपने जीवन की कहानी भी सुनाया करती थी। उसका ब्याह भी छोटी उम्र में हो गया था। अपने माता-पिता के ग्रामीण परिवार में वह उद्दंड लड़की थी और सबसे पहला बच्चा थी। वह तब तक नंगे सिर और नंगे पाँव घूमती रही जब तक कि छोटे भाई-बहनों की देखभाल की ज़िम्मेदारी उस पर न आ पड़ी। फिर उसे माँ-बाप से बिछोह का आभास हुआ, क्योंकि आठ साल की उम्र ही में उसकी सगाई मेरे पिता से हो गई। उन दिनों ब्याह के लिए तैयार होने की ज़िम्मेदारी लड़कियों को बुरी तरह आ दबोचती थी, क्योंकि उन्हें आगे चलकर अपनी गृहस्थी संभालनी होती थी। पर वह चुपचाप अपने कर्तव्य का पालन करती रही, क्योंकि उसका जन्म एक धार्मिक परिवार में हुआ था। उसका पिता पक्का सिख सुनार और भगवान का भक्त था। साधु-सन्त अक्सर उनके घर में आकर ठहरते थे। परिवार के सदस्य उन्हें खिलाते-पिलाते और सेवा करते थे। इसलिए माँ ने बारह-तेरह साल की अवस्था ही में उनसे बहुत-सी अच्छी बातें सीख ली थीं। वातावरण ने भी बहुत कुछ सिखाया। दूध जैसे स्वच्छ आकाश के तले, हरे-भरे खेतों के पास बरामदों और आँगनोंवाले ऊँची चौकी के कच्चे मकान थे। पौ फटते ही गाएँ दोहना, दूध बिलोना, रोगनाशक गोबर से आँगन लीपना, भोजन बनाना-खिलाना, चर्खा कातना, बुनना और कपड़े धोना—इतना कठिन परिश्रम था कि उसका शास्त्रीयकरण ही उसे दासता, नीरसता और मलिनता के दलदल से ऊपर उठाता था।...

"सावित्री बनो," पिता माँ को सीख देता, "गुरु की सतियों की तरह मरते दम तक पतिव्रता रहो।" उसकी माँ उसे देवी-देवताओं और पतिव्रता स्त्रियों की कहानियाँ सुनाया करती थी। कर्तव्यशीलता की भावना जो नौजवान दुल्हनों को रीति के अनुसार सीखनी होती थी, वह उसे घुट्टी में मिली थी। उसे बताया गया था कि पति के घर को वह मन्दिर समझे। जब वह दुल्हन बनकर विदा हुई तो उसने रोते-रोते इन सब बातों के पालन करने का वचन दिया था। अलबत्ता इस समय जो वह सचमुच महसूस कर रही थी, वह किसी को नहीं बताया था। यह अजनबीपन की भावना थी, क्योंकि वह एक ऐसे पुरुष के साथ जा रही थी, जिसे वह पहले बिलकुल नहीं जानती थी। चूँकि वह सुन्दर नहीं थी इसलिए मन में आशंका थी कि शायद पति उससे घृणा करे और शायद वह उसे छोड़ दे। सिर्फ माता की इस सीख, कि बिना किसी बदले की आशा के वह पति भगवान की सेवा करे और उन्हें पाल-पोसकर प्रसन्न रहे, का वह अब तक पालन करती आई

थी। वह यह भूल गई थी कि वह कभी एक अल्हड़ रमणी थी, जो भावी सन्तान के प्रति कर्तव्यशीलता के बजाय प्रेम पाकर जीना चाहती थी।

जब वह डस्का गाँव के विस्तृत आकाश और हरे-भरे खेतों से कूचा फकीर खाँ, अमतृसर की एक तंग गली में पति के चारमंज़िला मकान में आई, तो वह लज्जाशील रमणी थी। पहले उसे वातावरण ने चौंकाया और फिर सास और पति के व्यवहार ने। मेरे पिता तब स्कूल में पढ़ते थे। उनके पिता का देहान्त हो चुका था और घर में उनकी माँ का शासन था। वह दृढ़ निश्चय की एक पहाड़ी औरत थी और लोगों का ख्याल था कि वह जादूगरनी थी। वह मेरे पिता से इसलिए नाराज़ थी कि वह बाप-दादा का पेशा छोड़कर पढ़ने लगा था। घर में चूँकि उसी की चलती थी, अत: अपना यह क्रोध वह माँ पर निकालती थी। पिता का छोटा भाई प्रतापचन्द दादी को चाहता था क्योंकि उसने बुढ़िया का कहा मानकर ठठेरे का धन्धा सीखा था। यह अलग बात थी कि उसने दादी का बहुत-सा रुपया विलासिता में उड़ा दिया था, लेकिन चाचा के दुराचार के लिए दादी उसकी पहली पत्नी कुन्ती को दोषी ठहराती थी, जो कुरूप थी और तपेदिक से मर रही थी।

शादी जैसी भी थी, उसके माता-पिता ने मेरे पिता के माता-पिता से तय की थी, क्योंकि अपने बच्चों का माता-पिता से अधिक हितचिन्तक और कौन हो सकता था। माँ सुबह-सवेरे से आधी रात तक एक दासी की भाँति सास के आदेशों का पालन करती थी और उसके उकसाने पर मेरे पिता की मार भी सहती थी। पिता ने जब उसे पहली बार ईंधन की लकड़ी से पीटा था तो वह भय से काँप उठी थी। पर उसने अपने-आपको मिट्टी बना लिया था। पिता जब स्कूल से अथवा क्रिकेट के खेल से लौटकर खाना खाने बैठते तो माँ घूँघट निकाले उन्हें पंखा झलती। पर दादी को अपने बच्चों की शान्ति से घृणा थी; इसलिए वह माँ को किसी न किसी बहाने गालियाँ देती और रसोई में जाकर काम करने को कहती। भोजन जो उसे मिलता था—एक रोटी, मसूर की दाल की एक कड़छी और चोरी-छिपे आम के आचार की फांक।

कठोर और निष्ठुर दादी मेरी माँ और चाची से बजाजों के लिए फुलकारियाँ कढ़वाती और उसका जो पैसा मिलता, वह अपने पास रख लेती। हालाँकि उसके पास हज़ारों रुपये पीतल की गागरों में भरे रखे थे, सैकड़ों अशर्फियाँ घर के कोनों में दबी रखी थीं और वह आधा दर्जन मकानों का किराया वसूलती थी।

माँ ने अपने हाथ से जो सुन्दर फुलकारी काढ़ी थीं, उनका जिक्र वह अक्सर करती थीं। उसे एक फुलकारी विशेष रूप से पसन्द थीं, जो उसने बहुत बढ़िया कपड़े पर विभिन्न रंग के रेशम से काढ़ी थी। वह इसे देना नहीं चाहती थी और साथ ही सास से यह कहते डरती थी कि वह उसे बजाज से खरीदना चाहती

है। ''आजकल लड़कियाँ फुलकारियों पर महीन कढ़ाई नहीं करतीं,'' माँ सास के अभिमान में भरकर अपनी चपटी छोटी नाकवाली बहू के प्रति अवज्ञा व्यक्त करते हुए कहती, ''अगर करती हैं तो कपड़ा विलायती डिब्बों के रंग से रंगा हुआ होता है।'' वाकई वे दिन बीत चुके थे जब ग्रामीण स्त्रियाँ कपड़े को तेल में तर करती थीं और जाने किन-किन उपायों के द्वारा विभिन्न फूलों से तरह-तरह के रंग निकाला करती थीं। ज़माना सचमुच बदल गया था।

माँ यह आशा और प्रार्थना करते हुए सास की निष्ठुरता सहन करती रही कि कभी तो बुढ़िया के मन में दया आएगी। उसके मुख से शिकायत का कभी एक शब्द तक नहीं निकला। आखिर मेरे पिता ने 'इंट्रेंस' पास कर लिया और 32वीं डोगरा पलटन में, जो नई बनी थी, हेड क्लर्क भर्ती होकर सियालकोट चले गए। जिस साल पिता ने नौकरी की, उसी साल हरीश का जन्म हुआ। माँ को सास के निष्ठुर व्यवहार में कुछ अन्तर जान पड़ा। इसका कारण उसे मालूम नहीं था। उसने सिर्फ यही देखा कि दादी अब नर्म थी—बच्चे को प्यार करती, उसे नये-नये कपड़े और आभूषण पहनाती थी। इससे माँ बड़ी प्रसन्न हुई। वह अब बड़े उत्साह से सास की आज्ञा का पालन करती, रात-रात-भर उसकी सेवा में रहती, क्योंकि दादी अब बराबर बीमार रहती थी। उसे बड़े बेटे के वियोग का दुःख था और छोटे बेटे के व्यसन और दुराचार ने जीवन कटु बना रखा था, क्योंकि यह एक के बाद एक वेश्या लाकर दुकानों के चौबारों में रखता था, जबकि उसकी क्षयग्रस्त पत्नी घर के दरवाज़े पर बैठी चक्की पीसा करती।

आखिर कई महीने बीमार रहकर और कष्ट सहकर दादी मर गई। लोगों का कहना था कि उसने बीमारी से तभी मुक्ति प्राप्त की जब उसने अपनी आत्मा फूँक मारकर एक बिल्ली के कान में डाल दी। थोड़े दिनों बाद कुन्ती भी चलती बनी। वह सास की निष्ठुरता और पति की उपेक्षा का शिकार हुई थी।

माँ देवकी से प्रताप की शादी होने तक अमृतसर ही में रही। चाचा ने मेरे माता-पिता की इस भलाई का बदला यह दिया कि चुपके-चुपके सारी पैतृक सम्पत्ति पर कब्ज़ा कर लिया और उसका अधिकांश भाग एक साल के भीतर शराबनोशी और रंडीबाज़ी में उड़ा दिया।

जब माँ पिता के पास फीरोज़पुर छावनी में गई, जहाँ पलटन बदल दी गई थीं, तब गणेश का जन्म हुआ। दो साल बाद मैं पेशावर में पैदा हुआ। पृथ्वी, जो मेरे एक साल बाद पैदा हुआ था, चार साल का होकर लाहौर में मर गया। नन्हा शिव सबसे छोटा था।

''क्या तुम्हारी सास फिर बच्चा जननेवाली है?'' द्रौपदी की माँ ने उससे पूछा और आगे कहा, ''इससे सम्पत्ति में तुम्हारे पति का भाग कम हो जाएगा।''

अगर गप्पें सच हैं तो वे माँ और उसके परिवार के बारे में गप्पें हाँकतीं और कहतीं कि क्या उसके बच्चे गलतियों का नतीजा हैं, क्योंकि जब वे पैदा होनेवाले थे तब वह गर्भपात नहीं करा सकी। ''कुत्तियाँ—जलती हैं।'' माँ कहती, ''गन्दी कुत्तियाँ! आखिर मैं अपने कुछ लड़के तो चाहती ही थी। वे जो हर साल गोल का गोल जन देती हैं! क्या उनकी सन्तान उनके पतियों की शराबी उमंग का नतीजा नहीं हैं! ठठेरों की गन्दी बिरादरी! मेरी बातें इसलिए करती हैं कि हम अमीर हैं। बका करें, मैंने अपनी बच्चेदानी निकलवा दी है!''

यों मन की भड़ास निकालने के बाद भीतर के चोर पर दृष्टि पड़ती। अड़ोस-पड़ोस के बच्चों की भाँति उसके अपने बच्चे भी प्रमाद का नतीजा थे। दरअसल उसने बच्चेदानी का आपरेशन यही सोचकर कराया था कि पति के बार-बार के तकाज़ों का अब और दंड न भुगतना पड़े।

''वे मेरे बच्चों के बारे में अब कुछ कहकर तो देखें,'' वह चंडी का रूप धारण करके कहती, ''मैं सबको कच्ची चबा जाऊँगी।'' और वह त्रुटियों की उपेक्षा करके और सुखद परिस्थितियों को बढ़ा-चढ़ाकर अपने गिर्द सम्पूर्णता का मंडल बनाने का प्रयत्न करती, क्योंकि वह परिवार की उन्नति और समृद्धि चाहती थी। यह भावना सद्बुद्धि का परिणाम थी और इसके लिए एक दृढ़ आधार भी था, क्योंकि एक ओर पिता को रुपया जुटाने की लगन थी और दूसरी ओर माँ एक बड़े परिवार में रानी बनकर रहना चाहती थी। उन दोनों ने तलाक की बात कभी सोची तक नहीं थी, क्योंकि उन दिनों हिन्दू कानून में तलाक था ही नहीं। बेमेल से बेमेल जोड़े विवाह को भाग्य का विधान समझकर ज्यों-त्यों निर्वाह कर लेते थे। मेरे माता-पिता ने उसे पिंजड़े को स्वीकार कर लिया था जिसमें उन्हें बन्द कर दिया गया था। उनकी शादी इतनी बेजोड़ भी नहीं थी। माँ अपने पति और स्वामी की आज्ञा का पालन करती थी और पिता ने उसकी आराधना स्वीकार कर ली थी क्योंकि और कोई चारा नहीं था। यों उसे दासी की स्थिति से उठकर एक प्रकार के कल्पित सिंहासन पर बैठा दिया गया था।

पति तो नाम ही के स्वामी थे। घर में माँ का शासन था—नाममात्र ही को सही। पति घर के चपल देवता थे। जब कभी माँ धृष्टता दिखाती तो वे बिगड़ खड़े होते और उनका क्रोध भयंकर कलह का रूप धारण कर लेता। यों वे अपना स्थान बदलते रहते थे। कभी पिता अपने आदेश का पालन करवाते और कभी माँ अपनी बात मनवाती। अगर उनकी ज़िन्दगियों का पूरा लेखा-जोखा किया जाए तो अक्सर पिता ही एक बच्चे की भाँति नम्र पड़ जाते। संसार में पुरुषों की कोई जाति इतनी जोरूभक्त नहीं होगी जितनी कि हिन्दू जाति।

अब इस बहू, द्रौपदी, ने समय से पहले आकर घर की सारी योजनाएँ अस्त-

व्यस्त कर दी थीं। माँ छोटी उम्र की शादी को एक तरह की सगाई समझती थी। फेरे हो जाने के चार साल बाद तक पति-पत्नी में शारीरिक सम्बन्ध स्थापित नहीं होता था। और उस समय तक हरीश ने मेडिकल स्कूल की शिक्षा समाप्त कर ली होती। लड़के और लड़की में भावनात्मक सम्बन्ध के अभाव की बात तो उसने कभी सोची ही नहीं थी। इसलिए वह इस शादी के बारे में कुछ भी तय करने और सोचने के बारे में असमर्थ थी। वह अपने संकीर्ण ग्रामीण विचारों की परिधि से बाहर नहीं निकल सकती थी। जब वह विचार करती तो उसे द्रौपदी अपने गाँव की लड़कियों से अधिक मूढ़ और छिछली जान पड़ती। इससे अपने-आप में और परिवार की श्रेष्ठता में उसका विश्वास दृढ़ हो जाता।

"इस लड़की के आने से मेरा परिवार टूट रहा है।" वह कहती। और वह सोचने लगती कि अगर अपने लड़कों के विवाह कहीं न कहीं अपने ही परिवार में कर सकी तो अवश्य करेगी, क्योंकि तब उसे बहुओं के लिए दूसरे लोगों के घर नहीं जाना होगा। बहुओं से वह और कुछ नहीं सिर्फ लड़के चाहती थी— लड़के जो उसके अपने पोते होंगे। बहुओं का अपना कोई महत्त्व नहीं था। दुनिया में लड़कियों की क्या कमी थी, माँगी और मिल गईं। उन्हें दुःख सह-सहकर ज़िन्दगी को समझना होता है। क्या उसने दुःख नहीं झेले? और अब सब ठीक हो गया था क्योंकि वह लड़कों की माँ थी। अब उसका कुल फूलेगा-फलेगा। निस्संदेह, गृहस्थ-धर्म का पालन करते हुए दुःख झेले, निष्ठुर व्यवहार से उसके प्राणों पर आ बनी, लेकिन इसके अतिरिक्त प्रसन्नता क्या है?...

पलटन के मन्दिर में आरती शुरू हुई। घंटे बज उठे थे और पुजारी मन्त्रों का उच्चारण करने लगे थे। आकाश कुछ टिमटिमाते हुए तारों से आलोकित था।

माँ बरामदे के पास आँगन के एक छोटे-से आसन पर बैठी रसोई तैयार कर रही थी। पीतल के बर्तन इधर-उधर बिखरे पड़े थे और उनमें डूबते हुए सूरज की किरणें प्रतिबिम्बित हो रही थीं। मन्दिर के घंटे की आवाज़ सुनते ही उसने आँख बन्द करके सिर झुका लिया और हाथ जोड़कर कोई प्रार्थना गुनगुनाने लगी।

मैं चिढ़ गया, क्योंकि लगता था कि वह मुझसे अलग होकर दूर चली गई है, जैसे दोपहर को सोते समय चली जाती थी। कुछ देर मैं चारपाई पर पड़ा-पड़ा रूई के गोलों की तरह बिखरे हुए बादलों के टुकड़ों को मनुष्य और पशुओं के रूप धारण करते देखता रहा। लेकिन फिर उनसे उकताकर माँ की ओर देखा। वह अब भी आँखें बन्द किए और सिर झुकाए बैठी थी।

"माँ!" मैं नींद और थकन से चिल्लाया।

माँ ने कोई उत्तर नहीं दिया; लेकिन दूर से फिर पिता की आवाज़ आई।

माँ की प्रार्थना भंग हुई और उसमें यह देखने के लिए कि आया मसूर की दाल गल गई है या नहीं, पीतल की बड़ी कड़छी मिट्टी की हाँडी में डाली। उसने एक दाना अँगुलियों में मसलकर देखा।

''हो गई, अब इसमें छौंक और लगेगा।'' माँ ने स्वतः कहा।

उसने चूल्हे में से लकड़ियाँ तनिक बाहर निकाल लीं और गुंधे पड़े आटे की ओर देखा।

भाभी अब भी घूँघट निकाले कोने में सिकुड़ी बैठी थी। शायद वह रो रही थी।

पिता हँसते-बोलते मेरे दोनों भाइयों के साथ भीतर आए और आते ही उन्होंने अपनी पाटदार आवाज़ में पूछा, ''हरीश की माँ, क्या भोजन तैयार है?''

''हाँ,'' माँ ने शान्त भाव से उत्तर दिया, ''दाल तैयार है। मैं छौंककर रोटी उतारती हूँ। तुम इतने नहा आओ।''

''अच्छा, हम नहाने जाते हैं।'' पिता ने सिर हिलाकर कहा, ''गणेश आओ, हरीश आओ। हम बाहर कुएँ पर नहाएँगे। कृष्ण, तुम कहाँ हो? मेरा शैतान बुल्ली बेटा कहा है? तुम भी आओ...हरीश की माँ! मैं बच्चों के लिए एक बड़ा तरबूज़ लाया हूँ। द्रौपदी इसे पसन्द करेगी। वह कहाँ है, लेकिन...! वह वहाँ क्यों सिकुड़ी बैठी है, क्या तुम इतना नहीं कह सकतीं कि वह कोने से उठकर खुली हवा में आ जाए। वहाँ गर्मी है और मच्छर भी होंगे।''

''वह नाराज़ है।'' माँ ने धीरे से कहा।

''तुम क्या कह रही हो?'' पिता गरजे। वह वाकई गर्मी महसूस कर रहे थे, द्रौपदी के बारे में परेशान थे और एक कान से कुछ ऊँचा सुनते थे।

''वह नाराज़ है।'' माँ ने दोहराया। हर शब्द पर बल देते हुए भी ऐसा उपेक्षाभाव अपनाया जैसे समझाते-समझाते तंग आ चुकी हो।

''नाराज़?'' पिता ने झुंझलाकर कहा, ''वह नाराज़ क्यों है?''

''वह कहती है कि मेरा पति मुझे दे दो।'' माँ ने उत्तर दिया।

अब जो बातें हुईं मैं नहीं समझ पाया, लेकिन मैंने शब्द सुने और वातावरण में तनाव अनुभव किया।

जब पिता रसोई में बोरी पर भोजन करने बैठे तो माँ ने सब बातें उनसे कह दीं जो घर में और घर से बाहर हुई थीं। वे द्रौपदी को बिना देखे अथवा उससे बिना बात किए ही जानते थे कि वह क्या चाहती है। जब बात धीरे-धीरे उनके दिमाग में बैठी और घर में फैले क्षोभ को अनुभव किया तो उनकी आँखें क्रोध से लाल हो गईं।

''वह उसे ले ले!'' पिता गरजे, ''लेने से रोकता कौन है? मैं तो बेटे के प्रति अपने कर्तव्य का पालन कर रहा था। उसे डॉक्टर बनाना चाहता था। मगर

उसकी पत्नी नहीं चाहती, तो न सही। मैंने तुम्हें बताया नहीं, जेल-विभाग के इंस्पेक्टर जनरल ने कर्नल साहब से कहलवाया है कि वह हरीश को नायब दरोगा की नौकरी दे सकते हैं। मैंने कह दिया है कि वह कर लेगा। तनखाह पैंतीस रुपये महीना है; लेकिन इस नौकरी में इज़्ज़त बड़ी है।''

''अच्छा हरीश, इस बारे में तुम्हारी क्या राय है?'' पिता ने क्रोध में उसकी ओर पलटकर पूछा।

हरीश सदा की तरह चुप था। वह हाथ पर हाथ रखे और सिर झुकाए बरामदे में चारपाई पर बैठा था। उसके कँधे सिकुड़े हुए थे, धड़ और टाँगें अँधेरे में थीं।

''मैंने अपना फर्ज़ पूरा कर दिया।'' कोई उत्तर न मिलता देख पिता ने हाथ झटककर कहा, ''बहू के लिए चूँकि यहाँ रहना मुश्किल है और डाक्टरी की पढ़ाई समाप्त होने तक वह अपने मायके भी नहीं रह सकती; इसलिए बेहतर है कि वह अपने पति को लेकर लाहौर चली जाए। मैंने उसके लिए नौकरी ढूँढ़ दी है।''

सब चुप थे। वातावरण शान्त था। घर के बाहर, जहाँ रसोई का पानी जाकर इकट्ठा होता था, पिता ने वहाँ क्यारी बनाकर सब्ज़ी बो दी थी। इस क्यारी से आनेवाली झींगुर की आवाज़ और मेढ़कों की टर्र-टर्र ही रात की निस्तब्धता को भंग कर रही थी।

''आओ गणेश, आकर नहा लो। पिता ने अपनी बैठक की ओर जाते हुए कहा, ''कृष्ण को जगा दो, वह भी नहा ले।'' नहाने की बात सुनकर मैंने सोने का बहाना कर लिया था।

गणेश अगले दिन के लिए जल्दी-जल्दी अपना बस्ता तैयार कर रहा था। क्योंकि गर्मी के मौसम में हम रात का खाना खाते ही सो जाते थे और उसे सुबह होते ही स्कूल जाना होता था।

पिता चलते-चलते एक क्षण के लिए उसके पास रुके और अपने उत्तेजित मन को शान्त करने के लिए विषय बदलकर कहा, ''सुनो बच्चो, अगले हफ्ते से कृष्ण को भी अपने साथ स्कूल ले जाया करना। यह सूअर भी अब पढ़ने लायक हो गया।...''

2

जब मैं अपने दायें हाथ में गणेश की छोटी अँगुली पकड़े और बायें हाथ का अगूँठा चूसते हुए स्कूल जाने के लिए घर से निकला तो मैं बड़ा प्रसन्न था। मुझे बड़े

चाव से नई सूती सलवार और ट्विल का खाकी कुर्ता पहनाया गया था। एक चमकीले रंग का पेशावरी रेशमी रूमाल मेरे गले में बँधा हुआ था, पाँव में रबर के वे काले जूते थे, जो मैंने हरीश के ब्याह पर पहने थे और उसके बाद खास-खास अवसरों पर पहनने के लिए रख छोड़े थे। ये जूते रास्ते के कंकड़-रोड़ों से मेरे पावों की रक्षा कर रहे थे। मैं वाकई उत्साह और आवेश से भरा हुआ था।

पिछला सारा साल स्कूल जाना मेरे जीवन की अभिलाषा बना रहा। प्रत्येक दिन जब मैं बड़े भाई को स्कूल जाते देखता था तो मैं भी जाने की कामना करता था। गणेश और पलटन के दूसरे लड़के स्कूल जाते हुए कैसे जंगली झड़बेरियों से बेर तोड़कर खाते हैं, टिड्डे और तितलियाँ पकड़ते हैं और ऐसे खेल खेलते हैं, जिनके नियम सिर्फ उन्हीं को मालूम हैं—मैंने यह सब सुन रखा था। जितना सुनता था, उतनी ही उत्सुकता बढ़ती थी और इन सब खेलों में भाग लेने के लिए मन ललचाता था। मैं कई महीने पिता का सिर खाता रहा कि वे मुझे स्कूल भेजें।

'बेटा, अभी तुम स्कूल जाने लायक नहीं हो', वे हमेशा कह देते, और मैं तर्क करता कि नहीं, मैं जा सकता हूँ। पर जो वास्तविकता थी उसे मैं समझता था और मन ही मन में भगवान से प्रार्थना किया करता था कि वह किसी तरह मुझे गणेश जितना बड़ा बना दे। इसमें सिर्फ एक ही भय था कि अगर भगवान ने मेरी प्रार्थना स्वीकार करके मुझे एक ही रात में गणेश जितना बड़ा बना दिया तो कहीं मेरा शरीर भी गणेश की तरह तिकोना, नाक चपटी और कान भद्दे न हो जाएँ। लेकिन मैंने जितनी प्रार्थना की उस अनुपात में मेरा कद नहीं बढ़ा। इसलिए मैं रोने लगा।

''अब तुम स्कूल जाने के लिए रो रहे हो,'' पिता ने कहा, ''पर देखना, जब जाने लगोगे तो घर रहने के लिए रोया करोगे।''

मैं इसका कारण समझने में असमर्थ था। अपना मनोरथ साधने के लिए मैंने एक दूसरा ढंग अपनाया। गणेश जैसे घर पर अपना पाठ याद किया करता था, मैंने शाम को पिता के सामने उसकी नकल उतारनी शुरू की। मैं उसकी पुस्तकें, स्लेट और कापियाँ निकाल लेता और उसी की तरह प्रयत्न करता। जब तोते की तरह उर्दू का कायदा पढ़ता अथवा पहाड़े रटता तो पिता हँसते। जब कहीं गणेश भूल जाता तो मैं अहं से तनकर वही बात दोहराता। पिता प्रसन्न होकर मेरी पीठ थपथपाकर मेरे अहं को बढ़ावा देते।

आखिर पिता इस निष्कर्ष पर पहुँचे कि मैं जितना पढ़ने के लिए उत्सुक हूँ, उतना ही पाठ कंठस्थ करने में पटु हूँ और उन्होंने मुझे घर पर पढ़ाना शुरू किया। चन्द महीने में मैं कायदा खत्म करके भाई की दूसरी की किताबें पढ़ने लगा। अब गणेश की ईर्ष्या जागी और उसने मुझे अपनी पुस्तकें छूने से मना कर

दिया। इसपर हम दोनों भाई खूब लड़ते-झगड़ते, नोचते-खरोंचते और रोते-चिल्लाते।

अब यही हो सकता था कि मुझे स्कूल भेज दिया जाए।

लेकिन जिस सुबह मैं घर से तैयार होकर निकला, बड़ा भाई मुझे साथ ले जाने के लिए कुछ अधिक उत्सुक नहीं था। वह मुझे बोझ समझता था और अप्रसन्न था।

''सूअर, जल्दी-जल्दी चल।'' जब हम घर से थोड़ी दूर आ गए तो वह मेरे हाथ से अपनी अँगुली छुड़ाकर चिल्लाया, ''बीमार, अपनी इन छोटी-छोटी टाँगों और पैरों को ज़रा तेज़ कर। मैं पहले ही लेट हो गया हूँ।''

मैं इस व्यवहार से चिढ़ गया। गालियों की परवाह नहीं थी, लेकिन गणेश का अँगुली छुड़ाना मुझे विश्वासघात लगा। मुझे यह महसूस हुआ कि वह मुझे पीछे छोड़े जा रहा है और मैं स्कूल नहीं पहुँच सकूँगा। स्कूल जाने की प्रसन्नता का स्थान आँसुओं ने ले लिया। मेरे कान जल रहे थे। और मैं रोता-चिल्लाता बड़े भाई के पीछे भाग रहा था।

इस डर से कि कहीं पिता मेरी चीखें न सुन लें, गणेश एक क्षण के लिए रुका; लेकिन मुझे अपने पीछे आता देख फिर चल पड़ा।

मैं थोड़ी दूर दौड़ा, लेकिन गणेश को दौड़ते देख हताश हो गया और पिता को पुकारा, ''बा' जी!''

गणेश ने पलटकर देखा कि हम घर से काफी दूर आ गए हैं और मेरी आवाज़ वहाँ नहीं पहुँच सकती।

मैं डाह से धूल में लोटनेवाला था; लेकिन गणेश कहीं नज़र नहीं आया, इसलिए धूल में लोटना व्यर्थ समझकर मैं पहले से तेज़ दौड़ने लगा।

मेरी साँस फूल गई और पसीना भी बहुत आया, पर मैं गणेश के पास पहुँचने में सफल हो गया।

''साले!'' मैंने गाली दी और उसकी अँगुली पकड़ने का प्रयत्न करते हुए कहा, ''तुम मुझे पीछे क्यों छोड़ रहे हो?''

''छोड़ो, मुझे मत पकड़ो।'' गणेश ने कहा। उसके गाल भय और क्रोध से तमतमा रहे थे, ''अली और दूसरे लड़के जा चुके होंगे। अगर तुम न होते तो मैं भी उनके साथ जाता।'' और उसने दोबारा अपनी अँगुली छुड़ाकर दौड़ना शुरू किया।

''ओह ठहरो, मुझे अपने साथ ले चलो!'' मैंने रुँधे स्वर में कहा और प्रयत्न करके भागने लगा, क्योंकि मेरी खुली सलवार में हवा भर गई थी।

गणेश दौड़ कर कोई पचास गज़ गया होगा कि उसने अली को, जो बाहर खड़ा धूप सेंक रहा था, अपने घर में घुसते देखा। इसलिए वह मुझे साथ मिलाने

के लिए रुक गया।

मैं रोता हुआ एक छोटी गली के नुक्कड़ पर पहुँचा। गली की एक ओर बारकों की छोटी कच्ची फसील थी और दूसरी ओर एक कमरे के छोटे-छोटे घरों की कतार थी, जिनमें बाजेवाले, वे कुछ विवाहित सिपाही जिन्हें अपनी पत्नियाँ लाने की आज्ञा मिल गई थी और पलटन के धोबी, नाई, मोची और भंगी रहते थे।

''अली की माँ, क्या अली स्कूल चला गया?'' गणेश ने वह टाट हटाकर पूछा जो कच्चे घर के दरवाज़े पर लटका हुआ था, क्योंकि मुसलमान बाजेवाले अपनी औरतों को पर्दे में रखते हैं।

''नहीं, वह हरामी अभी यहीं है।'' भीतर से अली की माँ का तीखा स्वर सुनाई पड़ा, ''वह अभी सोकर उठा और बाहर धूप सेंकने चला गया। स्कूल का तो उसे ध्यान ही नहीं है। आओ और उस बदमाश को तैयार हो जाने दो।''

गणेश ने सुख की साँस ली। अली अगर साथ न हो तो अपनी मानसिक दुर्बलता के कारण उसे यह डर रहता था कि स्कूल में देर से आने के कारण मास्टर से अकेले ही पिटना पड़ेगा। अगर पलटन के दूसरे लड़के भी पिटते थे तो वे एक-दूसरे की दृष्टि में कम लज्जित होते थे।

पहले गणेश भीतर गया।

एक अजनबी घर में घुसने से डरते और सकुचाते हुए मैं उसके पीछे चला लेकिन अन्दर जाते ही मेरी नज़र एक सुन्दर मुर्गे पर पड़ी जो दीवार पर बैठा 'कुक्डूं-कूं' बोल रहा था और आँगन में बने मुर्गीखाने में दर्जनों चूज़े देखे। बस, अब क्या था, मेरा सारा भय, सारी लज्जा दूर हो गई।

''देखो! देखो!'' मैंने गणेश का कुर्ता खींचते हुए कहा, ''इन नन्हे चूज़ों को देखो!'' और मैं एक को पकड़ने के लिए दौड़ा जिससे घर में कयामत मच गई, क्योंकि मुर्गियाँ फड़फड़ाती और चख-चख करती इधर-उधर दौड़ीं और उनके पीछे उनके चूज़ों की लम्बी कतार।

''अरे, उन्हें बैठे रहने दो।'' अली की माँ ने मुस्कराते हुए हिन्दुस्तानी में कहा, क्योंकि वे लोग अलीगढ़ के नज़दीक के रहनेवाले थे, ''तुम हिन्दुओं को चूज़ों की हत्या नहीं करनी चाहिए, उन्हें हम मुसलमान ही खाते हैं।''

मैं बरामदे में खड़ा चूज़ों को देख-देखकर खुश हो रहा था, जो आँगन के दायें कोने में रखे हुए अपने डिब्बे से निकल-निकलकर इधर-उधर भाग रहे थे।

गणेश खड़ा अली से बातें कर रहा था, जो ज़मीन पर बैठा एक ताँबे के लोटे से पानी लेकर अपने हाथ और मुँह यों धो रहा था, जैसे उसे पानी से डर

लग रहा हो और डर का कारण यह था कि इस्लाम में नित्य स्नान धार्मिक नियम नहीं है।

''लड़को, अन्दर आ जाओ।'' अली के बाप अहमद ने कहा। वह तेल से चिक्कट रज़ाई में लिपटा हुक्का पी रहा था और जिस बड़े पलंग पर वह लेटा हुआ था उसने आधा कमरा रोक रखा था। पाँच प्राणियों का यह परिवार इसी छोटे अँधेरे कमरे में रहता था, यहीं सोता था, यही उनका रसोईघर और यही स्टोर था।

गणेश और मैं कमरे के भीतर गए और पलंग से लगकर खड़े हो गए।

अली अब अपनी बहन आयशा और छोटे भाई अकबर के साथ भोजन करने बैठा। उनके सामने रोटियों की एक टोकरी और शोरबे से भरा हुआ प्याला था। वे रोटी का एक ग्रास तोड़ते थे और उसे शोरबे में तर करके अपने मुँह में डाल लेते थे। अली को स्कूल जाना था, इसलिए वह अपने मुँह में रोटी और गोश्त इतना ठूँस लेता था कि उसका कोई एक गाल गेंद की तरह फूल जाता था और वह इसे बिना चबाए ही निगल लेता था।

शुद्धता और पवित्रता का बहुत अधिक ध्यान रखनेवाली माँ ने हमारे मन में जो धार्मिक दम्भ भर दिया था, उसके कारण मैं इस सम्मिलित भोजन से नज़र हटाकर दूर देखने लगा।

लेकिन चूल्हे से धुएँ के भबूके उठ रहे थे। अली की माँ लकड़ी की फूँकनी से फूँक-फूँककर आग जलाने का प्रयत्न कर रही थी; पर वह जलने ही में नहीं आती थी क्योंकि अली का बाप हाल ही में जो लकड़ियाँ तोड़कर लाया था, वे गीली थीं। इसके अतिरिक्त हवा में प्याज़ और लहुसन की तेज़ गन्ध थी। मेरा सिर चकराने लगा।

''बैठ जाओ।'' अली की माँ ने मेरी ओर देखकर कहा।

मुझे अपने नये कपड़ों का गर्व था इसलिए मैं हिचकिचाया। ''लो, इसपर बैठो।'' अली की माँ ने एक पुरानी चटाई मेरी ओर सरकाते हुए कहा और गणेश को उसके उपनाम से सम्बोधित करते हुए फिर बोली, ''तुम भी बैठ जाओ, ब्रूट!''

जैसीकि 'शिष्ट' बालकों से अपेक्षा की जाती है, हम दोनों संकोच के साथ और चुपचाप बैठ गए।

मैं यहाँ पहले कभी नहीं आया था और मुझे यह घर अपने घर की तुलना में बहुत ही गन्दा लग रहा था। हमारा घर एक हिन्दुस्तानी अफसर का क्वार्टर था जिसमें दो बड़े-बड़े कमरे, एक किचन, एक गुसलखाना, एक पाखाना और एक खुला आँगन था। पिता को यह क्वार्टर इसलिए मिल गया था कि वे छोटे कर्नल थे और अधिकृत अफसर की 'प्रतिष्ठा' रखते थे। यहाँ पीतल के बर्तन भी

नहीं थे। जहाँ मेरी माँ की रसोई पीतल, काँसे और चाँदी तक से जगमगाया करती थी वहाँ इनके अधिकांश बर्तन मिट्टी और एलमोनियम के थे। मैंने घृणामय श्रेष्ठता महसूस की क्योंकि माता-पिता बाजेवालों को 'नीच पुर्बिये' कहते थे।

"तुम कुछ खाओगे?" अली की माँ ने अपने गोल शरीर को हिलाते हुए पूछा, जिसपर उसने गहरे रंग के फटे हुए वस्त्र और चाँदी के बहुत-से आभूषण—बालियाँ, हार, कड़े और कंगन आदि—पहन रखे थे।

"नहीं, हम खाना खा आए हैं।" मैंने और गणेश ने एकसाथ कहा, क्योंकि जब कहीं और विशेषकर गो-माँस खानेवाले मुसलमानों के घर में भोजन करने को कहा जाता था तो हमें यही उत्तर सिखाया गया था जो हम तोते की तरह दोहरा देते थे।

"मैं तुम्हें पान नहीं दे सकती क्योंकि तुम स्कूल जा रहे हो।" अली की माँ ने कहा और गीले कपड़ों में लिपटा हुआ पान का एक पत्ता निकालकर उसपर ताँबे के गोल डिब्बे से चूना और कत्था लगाया। वह जो पान पहले चबा रही थी, उसकी पीक से मुँह भर गया था, जिसे उसने दीवार पर थूक दिया और नया पान अपने गन्दे, मैले और भूरे दाँतों में भर लिया। "पान में भी पानी लगता है," उसने बात जारी रखी, "और जब तुम्हारी माँ को मालूम होगा कि तुमने हमारे पानीवाली कोई चीज़ खाई है तो वह तुमपर बिगड़ेगी।" लेकिन उसने क्रीम-केक, जलेबियों और शक्करपारों की एक प्लेट भरकर हमारे सामने रखते हुए कहा, "ये खाओ, ये सूखी हैं।"

हमने स्वभावगत इनकार से सिर हिलाए।

मैं पान खाना चाहता था; पर मन में धार्मिक ग्लानि थी और दीवार से जो पीक टपक रही थी, वह भी मुझे अच्छी नहीं लगी।

"अच्छा, तुम पाक-पवित्र हिन्दू!" अली की माँ ने व्यथित स्वर में कहा।

उसकी शिकायत से मेरा मन खिन्न हो गया और पीक के दृश्य से वमन की जो इच्छा उत्पन्न हुई थी उसे मैं भूल गया। मुझे याद था कि माँ ने गणेश को अली के घर की कोई चीज़ खाने से खास तौर पर मना किया है। लेकिन अब मेरा मन ललचाया था और मैं अली के सामने रखा शोरबा खाना चाहता था। मुसलमान के हाथ से सूखी चीज़ खाने और पीनेवाली चीज़ खाने में माँ ने जो अन्तर बताया था, वह मेरी समझ से बाहर था। कोई मुसलमान के हाथ का क्यों न खाए? क्या इसलिए, जैसा कि माँ ने हमें बताया था कि वे गो माता का मांस खाते हैं, या इसलिए कि वे जूतों-समेत रसोई में घुस जाते हैं? मुर्गियों ने बरामदे में जो बीठें कर दी थीं, अली उन पर से चलकर आया और किचन में खाने बैठ गया। यह गन्दी बात थी।

जहाँ तक मांस का सम्बन्ध है, बकरी के मांस से गो का मांस कैसे अलग पहचाना जाए? मैंने सोचा कि शायद माँ मुसलमानों को इसलिए पसन्द नहीं करती कि वे एक ही टोकरी और एक ही प्याले से इकट्ठे खाना खाते हैं। खाने से पहले वे हाथ भी नहीं धोते। लेकिन मैंने दीवार पर अली की माँ की पीक देखी। पहले तो वह बिल्लौर की तरह लटकी रही और फिर धुएँ से हिलकर चूल्हे के पास रखे हुए बर्तन के किनारे पर आ गिरी। मेरा निर्णय हो गया, यह बुरी बात थी। मेरी अपनी माँ ऐसा नहीं करेगी। वह गुसलखाने में मंजन और कुल्ला करती थी और पिता सुबह घर से बाहर दातुन करते थे।

''रंडी के पूत, जल्दी कर।'' अली की माँ ने क्रोध से बेटे को कहा।

मैंने महसूस किया कि वह मेरे और गणेश के मिठाई न खाने से नाराज़ थी और गुस्सा बेटे पर निकाल रही थी। ''यह लो,'' उसने एक छोटी-सी पुड़िया अली की ओर बढ़ाते हुए स्नेह भाव से कहा, ''इन्हें आधी छुट्टी में खा लेना, ये हिन्दू तो नहीं खाएँगे। और यही तुम्हारा जेबखर्च है। तुम्हें देने के लिए आज मेरे पास पैसा नहीं है।''

मैं उसके प्रत्येक शब्द और संकेत को ध्यान से देख रहा था और अपनी माँ से उसकी तुलना कर रहा था। माँ ने मुझे स्कूल भेजने से पहले कहा था कि तुम्हें आधी छुट्टी में कुछ खाने का स्वभाव नहीं डालना। उसने कहा था कि घर से बाहर मिठाई पर पैसे खर्चना अच्छी आदत नहीं है। जब तुम स्कूल से लौटकर आओगे तो मैं तुम्हें अपने सन्दूक से 'कुछ' दूँगी। पर उसने यह नहीं कहा था कि उसके पास देने को पैसे नहीं। मेरे पिता के पास पैसा बहुत होता था, विशेषकर महीने के अन्त पर, जब वे अपनी तनखाह लाते थे और उसे गिनकर मेज़ पर रख देते थे। क्या वे बाजेवालों, भंगियों और सिपाहियों और धोबियों को उनके चाँदी के ज़ेवर गिरवी उधार नहीं देते थे? याद आया कि एक बार अली का बाप भी मेरे पिता से उधार माँगने आया था। मैंने सोचा, अली की माँ गरीब होगी। लेकिन बेटे को पैसा देने में वह कितनी उदार थी और मेरे माँ-बाप कितने कृपण थे, जो हमें कोई न कोई बहाना और 'कुछ' का वादा करके टाल देते थे। मुझे पैसा लेना पसन्द था, अगर न खर्चूं तो कम से कम अपने पास तो रख सकूँ।

अली ने रोटी के कुछ टुकड़े उसी टोकरी में डाल दिए, जिसमें चपातियाँ पड़ी थीं और वह मिठाई की पुड़िया को अपने हाथ में थामे हुए उठ खड़ा हुआ। उसके छोटे-से सिर पर लाल तुर्की टोपी थी; सूती लम्बा कुर्ता और सलवार थी जो भद्दी काट से स्पष्ट लगती थी; कि घर पर सिली है।

''जल्दी करो वरना तुम लेट हो जाओगे।'' अली को सूनी आँखों से इधर-उधर कुछ खोजते देखकर उसकी माँ चिल्लाई, ''तुम ढूँढ़ क्या रहे हो?... क्या?

अपना बस्ता...फिर वही बात? नमकहरामी! जब तुम स्कूल से लौटते ही अपना बस्ता फेंक देते हो, तब तुम क्या सीखोगे? हरामी, चारपाई के नीचे देखो!''

अली घुटनों और हाथों के बल झुककर एक-दो मिनट अँधेरे में खोजता रहा। यह सब व्यर्थ था क्योंकि उसने सिर बाहर निकाला और घूरकर माँ की ओर देखने लगा। ''ओहो,'' वह चिल्लाई, ''पीछे कोनों में देखो, चूहे खींच ले गए होंगे।''

वह फिर चारपाई के नीचे घुसा और पेट के बल लेटकर हाथ से धरती पर टटोला और दूसरे ही क्षण रूई का एक थैला निकाला, जिसमें किताबें, कापियाँ और स्लेट थीं।

''चूहों ने इसे निगला तो नहीं?'' उसकी माँ चिल्लाई। यह देखकर कि उसका कुर्ता और पायजामा मिट्टी से सन गया है, वह आपे से बाहर हो गई, ''अरे, मैंने कपड़े धोए और तुमने उन्हें आज ही मिट्टी में भर लिया?''

अली लड़ने के लिए तैयार पशु की भाँति उसका सामना करते हुए बोला, ''चुप, कुतिया! कंजरी!''

वह चूल्हे से एक जलती हुई लकड़ी लिए उठी और कोसती और गालियाँ देती हुई उसके पीछे दौड़ी। लेकिन वह उसकी पकड़ से दूर सहन में और दरवाज़े के बाहर निकल गया।

गणेश और मैं उसके पीछे चले। इस कांड ने हमें सटपटा दिया; फिर भी शिष्टता नहीं भूले। हमने अली के पिता को सलाम किया, जो इस बीच में शान्त और अविचलित बैठा रहा था और अली की माँ को भी सलाम किया, यद्यपि कुछ सहमे-सहमे। ''मेरे बेटो, तुम्हारी उम्र लम्बी हो।'' अली की माँ ने अपने उत्तेजित स्वर को हमवार करके कहा, और दुखी भाव से बोली, ''मेरा कलेजा पानी हो गया।''

मैंने धूप में आकर सुख की साँस ली। दरअसल अब मुझे निश्चय हो गया कि अब मैं स्कूल जा रहा हूँ।

लेकिन काई से ढके हुए एक गन्दे छप्पड़ के पास, जिसमें छोटे मुलाज़िमों के घरों का पानी आकर गिरता था, कुछ बाजेवाले बैठे धूप सेंक रहे थे। इनमें हवलदार मौलाबख्श था, जिसे मेरे पिता स्नेह से 'काला देवता' कहते थे, क्योंकि वे दोनों पलटन में एक साथ भर्ती हुए थे। घसियारा जिम्मी था, जो ईसाई बन गया था और नफीरी बजाता था और काला धूत, हिजड़े जैसे मुखवाला क्लेटन था, जो पलटन के नाटकों में स्त्री बना करता था। वह हरीश का मित्र था और

जब दफ्तर में उसकी अर्दली की ड्यूटी होती थी तो हमारे घर अक्सर आया करता था। उन्होंने मुझे पकड़ लिया और 'ओह बुल्ली, बुल्ली, बुल्ली, मेरा, बेटा!' गा-गाकर मुझे चिढ़ाने लगे। मैंने विरोध किया और अपने-आपको उनके हाथ से छुड़ा लिया। इस समय मैं अपने को बड़ी उम्र का प्रतिष्ठित व्यक्ति महसूस कर रहा था और मैंने ऐसा भाव बनाया जैसे मैं उन्हें जानता ही नहीं, यद्यपि इससे पहले मैं उनसे खूब खेलता था।

अली बैंडमास्टर के लड़के अब्दुल्ला को बुला रहा था, जबकि गणेश पलटन के दर्ज़ी रमजान के बेटे अख्तर की ओर चला गया था। वे दोनों निराश लौटे, क्योंकि वह पहले ही स्कूल चले गए थे। इसलिए मुझे लेकर उन्होंने जल्दी-जल्दी कदम बढ़ाए।

कुछ दूर हम तीनों साथ-साथ चले।

लेकिन लगता था कि अली को मेरा साथ पसन्द नहीं था, क्योंकि मेरे रहते वह और गणेश बातें नहीं कर सकते थे।

शहर और पलटन के दरमियान नदी का जो पुराना तल था, वहाँ तक पहुँचते-पहुँचते मैं थक गया था और भाई की अँगुली के सहारे घिसट रहा था।

सूरज को ऊँचा चढ़ आए देख गणेश को लगा कि हम स्कूल के लिए लेट हैं। वह और अली 44वें दस्ते के डॉक्टर घसीटाराम के लड़के, प्यारेलाल और मिस्त्री सदरदीन के बेटों, रहमतुल्ला और इस्मतुल्ला के पैरों के निशान ढूँढने लगे। अगर रास्ते की मिट्टी में निशान होंगे तो वे अभी गए हैं और हम लेट नहीं हैं और अगर निशान नहीं हैं तो वे अभी नहीं गए और निश्चित रूप से अभी समय है।

पैरों के निशान नज़र नहीं आए, इसलिए उनकी चिन्ता बढ़ी और उन्होंने कदम और भी तेज़ कर दिए, लेकिन मेरे पाँव धीरे-धीरे उठ रहे थे और मेरी दृष्टि पथरीले खड्डों से होती हुई स्वात पर्वतशृंखला की लाल-खुरदरी चट्टानों पर घूम रही थी। सूरज की चढ़ती धूप में क्रुद्ध बंजर भूमि, जिसमें इक्का-दुक्का शाहब्लूत और थूहर का पेड़ उगा हुआ था, भयंकर और सूनी-सूनी लग रही थी और मैं अपने-आपको छोटा और अकेला महसूस कर रहा था।

"सूअर, जल्दी चल!" गणेश कोई सौ गज़ आगे एक टीले पर से चिल्लाया, "क्या तुम नहीं जानते कि देर से पहुँचने के लिए हमें बेंतें लगेंगी?"

"साले को पीछे रहने दो।" अली ने गाली दी। मेरी कोई बहन नहीं थी, जिससे शादी करके वह यह सम्बन्ध स्थापित करता, फिर भी मुझे गाली अखरी।

मैंने कदम तेज़ किए, लेकिन फिर कछुवे की तरह धीमे चलने लगा, क्योंकि जैसे-जैसे रेत, पत्थर, रेल का पुल, जिस पर से गाड़ी नौशहरा स्टेशन से पेशावर को जाती थी, काँटेदार पेड़ और झाड़ियाँ मायावी चित्रों की भाँति मेरी आँखों के

सामने से गुज़र रही थीं, शरीर पीछे पड़ता जा रहा था।

जब वे ईंटों की ढलवाँ छतवाली उस नई इमारत के पास पहुँचे, जो ईंधन की टाल के पास बनी हुई थी और एक-दो बार अर्दली की गोद में चढ़े नौशहरा सदर बाज़ार को जाते हुए जिसकी ओर संकेत करके पिता ने बताया था कि वह स्कूल है, तो सहम गए। कारण, स्कूल का अहाता खाली और शांत था जिससे वे समझ गए कि घंटी बज चुकी है और वे लेट हैं।

मैं नि:संकोच आगे बढ़ा।

अली यों भागा जैसे जान पर आ बनी हो।

गणेश ने पलटकर देखा कि मैं कितना पीछे रह गया हूँ। उसे रुकना पड़ा, क्योंकि उसे मुझे औपचारिक ढंग से स्कूल में दाखिल कराना था।

''आओ नन्हे, जल्दी आओ!'' उसने स्नेह से कहा।

मैं उसके इस स्नेह का कारण समझता था। मुझे दाखिल कराने के लिए पिता का पत्र हेडमास्टर को दिखाना था। अगर स्कूल में देर से आने के लिए पिटने की आशंका हुई तो गणेश यही पत्र अपने मास्टर को भी दिखा सकता था। यों मैं बोझ होने के बजाय उसके लिए सहायता बन गया।

''तुमने मुझे पीछे क्यों छोड़ा?'' मैंने उसके पास पहुँचकर कहा और मैंने ऐसी मुद्रा बनाई जैसे मैं हड़ताल करनेवाला हूँ।

''आओ, आओ, क्या तुम मेरे नन्हे भाई नहीं हो?'' उसने अपनी अँगुली मेरी ओर बढ़ाते हुए कहा।

लेकिन मैं तो माँ-बाप का लाड़ला बेटा था। अब, जबकि मैं स्कूल पहुँच चुका था, मुझे गणेश की कोई आवश्यकता न जान पड़ी और जबकि हेडमास्टर के नाम पिता का पत्र भी मेरी ही जेब में था।

''ओहो, मुझे माफ कर दो।'' गणेश ने हाथ जोड़कर कहा।

तब मैंने उसकी अँगुली पकड़ी और वह मुझे साथ लेकर हेडमास्टर के दफ्तर के बाहर खड़े चपरासी की ओर चला।

गवर्नमेंट प्राइमरी स्कूल के नीले कोटवाले चपरासी बुंदे खाँ ने मेरे पिता का पत्र लिया और नंगे पाँव चुपचाप दफ्तर में चला गया। भीतर अब्दुल गफ्फार खाँ हेडमास्टर लिखने की मेज़ के पीछे एक ऊँची कुर्सी पर बैठा था।

दूसरे ही क्षण चपरासी लौटकर आया और हमें अपने पीछे आने का संकेत किया।

गणेश ने जब हेडमास्टर को फौजी ढंग से सलाम किया, जो उसने सिपाहियों को अपने अफसरों को करते देखकर सीखा था, तो वह कुछ भयभीत जान पड़ता था। मेरी आँखें हिन्दुस्तान के उस नक्शे पर थीं, जो वहाँ दीवार पर लटक रहा था।

''हेडमास्टर साहब को सलाम करो।'' गणेश ने अपने स्वभावानुसार मुझे कुहुनियाकर कहा।

''सलाम मास्टरजी!'' मैंने तब कहा, जब हेडमास्टर पत्र पढ़ने में व्यस्त था।

''सलाम!'' उसने अपनी शानदार मूँछों को बल देते हुए प्रसन्न होकर कहा। वह ऊँचे लम्बे कद का गोरा-चिट्टा पठान था। तुर्रेदार लुंगी, कलफवाली सलवार और कमीज़ और अँग्रेज़ी तर्ज़ की जाकेट में उसका बड़ा रोब और दबदबा था।

लेकिन मैं उससे डरा नहीं, बल्कि निर्भीकता से उसकी कुर्सी के पीछे दीवार पर लगे हुए कलेंडर पर वायसराय की तस्वीर देख रहा था।

''इस लड़के को मास्टर दीनगुल के पास ले जाओ,'' हेडमास्टर ने चपरासी से कहा, ''और कहो कि इसका नाम रजिस्टर में लिख लें।'' फिर गणेश से कहा, ''नन्हे, तुम आधी छुट्टी में आकर बाबू साहब के नाम मेरा जवाब ले जाना।''

गणेश ने सादर सिर हिलाया, दोबारा फौजी सलाम किया जिससे मैं चिढ़ गया, और चपरासी के पीछे बाहर चला।

हेडमास्टर दरवाज़े पर आया और मेरे ऊपर झुककर मेरा गाल खींचते हुए बोला, ''अरे, तुम बुजुर्गों का इतना अदब नहीं करते जितना तुम्हारा भाई करता है। मैं तुम्हारे वालिद को बताऊँगा।''

मुझे मालूम था कि अब्दुल गफ्फार खाँ पिता को जानता है, क्योंकि वे नौशहरा के मुट्ठी-भर शिक्षित लोगों में थे।

अपने प्रति उसके इस विशेष अनुराग पर मैंने बड़ा गर्व अनुभव किया और मुस्कराता हुआ चपरासी के पीछे दौड़ा।

गणेश अपना बड़प्पन जताने के लिए दूसरी कक्षा के दरवाज़े पर ठहर गया और मुझे कहने लगा कि तुम घबराओगे तो नहीं? इससे उसका उद्देश्य मास्टर को यह दिखाना था कि वह बड़े महत्त्वपूर्ण काम में व्यस्त है। यों वह सिर्फ देर से आने के अपराध से बल्कि दिन में होनेवाले किसी और गलती से भी बच जाएगा।

चपरासी मुझे पहली कक्षा के कमरे में ले गया। मास्टर दीनगुल, अली और कुछ दूसरे लड़कों को देर से आने के लिए बेंतें लगा रहा था। उसका सिर घुटा हुआ था; लेकिन चेहरे पर खमदार मूँछें थीं, आँखें गरुड़ जैसी थीं, पर कबीले के अधिकांश व्यक्तियों की तरह नाक बाज़ जैसी नहीं थी। उसने खादी का कुर्ता और खादी की सलवार पहन रखी थी। वह भेड़ की ऊन के कम्बल में लिपटा हुआ एक छोटी-सी दरी पर बैठा था और उसकी गाय की खाल की भारी-भारी नोकदार जूतियाँ, जिनकी एड़ियों में खुरियाँ थीं, करीब ही पड़ी थीं। वह पेड़ की एक अनघड़ टहनी को छड़ी के तौर पर घुमा रहा था और उसे निर्दयता से लड़कों

की हथेलियों पर मार रहा था।

कमरे में नितान्त स्तब्धता थी। लड़कों को पिटता देख सहसा मेरा मन भी भय से भर गया। अब अली की बारी थी। बेचारा दुबला-पतला लड़का हाथ बगलों में दबाए खड़ा था और छड़ी के निकट आने से पहले ही डर के मारे रो रहा था।

''कुत्ते के बच्चे, हाथ बाहर निकालो!'' मास्टर चिल्लाया।

''मुझे बख्श दो, मुझे बख्श दो मास्टर जी! माफ करो, मैं फिर कभी ऐसा नहीं करूँगा।'' अली ने रोते-रोते कहा। उसने अपने हाथ बगलों में और अधिक छिपा लिए और शरीर को यों सिकोड़ने का प्रयत्न किया जैसे किसी चमत्कार से अदृश्य हो जाएगा।

''हरामज़ादे, हाथ बाहर निकाल!'' दीनगुल ने फिर कहा

लेकिन लड़का डरते-डरते पीछे हट गया।

इसपर मास्टर अपने कम्बल को झटककर बाहर आया और अली को दायें-बायें, टाँगों पर, कमर पर और कंधों पर—दरअसल जहाँ भी हो सका मारना शुरू किया। और साथ ही वह कह रहा था—गधे के बच्चे, हाथ बाहर निकालो!''

लड़के ने अँगुलियाँ बाहर निकालीं; लेकिन कठोर और निष्ठुर प्रहारों के भय से पीछे हट गया। इससे गुलदीन और भी निष्ठुरता से मारने लगा। आखिर उसने जबर्दस्ती अली की हथेलियाँ एक-एक करके बाहर निकालीं और उसकी अँगुलियों के सिरे अपने हाथ में थामकर ज़ोर-ज़ोर से बेंतें लगाईं।

''अब जाओ और अपना सबक याद करो!'' मास्टर गरजा।

अली अपनी जगह की ओर मुड़ा। उसने हाथ बगल में दबा रखे थे, मुख पर वेदना अंकित थी और सूरत गीदड़ जैसी भद्दी थी; लेकिन अचरज यह था कि उसकी आँखों में आँसू नहीं थे।

''कल का सबक सुनाने की तैयारी करो!'' दीनगुल ने जमात के सब लड़कों से कहा जो कमरे की दीवारों से लगे नंगी ज़मीन पर बैठे थे।

अब वह और चपरासी मेरी ओर पलटा।

चपरासी हेडमास्टर का सन्देश दीनगुल को देकर चला गया।

''इधर बैठ जाओ।'' मास्टर ने अपने दाईं ओर इशारा करते हुए कहा। उसने एक हरे रंग का रजिस्टर खोला जो उसके सामने पड़ा था और फिर एक पुराने कलमदान से सरकंडे का एक कलम निकालकर मुझसे पूछा :

''तेरा नाम क्या है, ओय नढे?''

''कृष्णचन्द्र।'' मैंने उत्तर दिया।

दीनगुल ने नाम रजिस्टर में लिख लिया।

"तुम्हारा बस्ता कहाँ है? कायदा कहाँ है?" उसने पूछा, "मैं देखना चाहता हूँ कि आया तुम साल के आखिर में दाखिल होने लायक हो।"

"मेरे पास अभी कायदा नहीं है, मास्टरजी।" मैंने उत्तर दिया, "मेरे बाबूजी ने कहा है कि वे इस हफ्ते खरीद देंगे। लेकिन मैं अपने भाई के पुराने कायदे से पढ़ता रहा हूँ, जो अब फट गया है।"

"अपने बाबूजी से कहना कि वे कल नया कायदा खरीद दें, वरना मैं तुम्हारी मरम्मत करूँगा।" दीनगुल ने कहा, "अब अपने पड़ोसी का कायदा देखकर सबक सुनाने की तैयारी करो।"

मास्टर के आदेश पर लड़कों ने कल का पाठ रटना शुरू कर दिया था; पर अब जोश ठंडा पड़ गया था और उनका ध्यान किंडर गार्टन डिजाइनों, चूहों, कुत्तों, खरगोशों, घोड़ों और मुर्गों के चित्रों और दीवारों पर लटक रहे दूसरे चार्टों में था। मास्टर ने छड़ी उठाकर खट से दरी के पासवाली चटाई पर मारी, जिससे बहुत-सी धूल उड़ गई। लड़कों ने आप ही आप सिर हिला-हिला कर ऊँचे स्वर में पाठ रटना शुरू कर दिया। ऊँचा स्वर ही हमारे ध्यान का प्रमाण था। इस बीच दीनगुल कुछ लिखने लगा।

मगर उसके लड़कों पर से नज़र हटाने की देर थी कि उनके सिर हिलाने बन्द हो गए और शोर ध्यान की कमी के कारण मन्दा पड़ने लगा। मास्टर की छड़ी फिर खट से दरी पर पड़ी और धूल का बड़ा-सा बादल उठा। लड़कों की टूटूं-टां फिर शुरू हुई।

लेकिन मास्टर को लिखते कुछ अधिक समय नहीं हुआ था कि कमरे के पिछले कोने से चीख सुनाई दी।

मैंने देखा कि दो बड़े लड़के अपने सिरों से बकरियों की तरह लड़ रहे थे।

मास्टर नंगे पैर उधर लपका। वह दोनों अपराधी लड़कों को उनकी गर्दनों से पकड़कर अपने सामने की खुली जगह पर लाया।

"कान पकड़ो, गधो!" वह चिल्लाया, उसकी आँखें गुस्से से लाल थीं।

दोनों लड़के झुके और टांगों में से हाथ निकालकर कान पकड़ लिए। उन्हें शरीर को सन्तुलित करके यों अपने पैरों पर बैठना था कि आगे या पीछे लुढ़क न जाएँ। उनके चेहरे लाल पड़ गए और असुखद स्थिति के कारण माथे की धमनियाँ फूल गईं और गालों से पसीना बहने लगा। उनमें कोई गज-भर का फासला था। लड़ाई में जो शत्रु थे, अब उनमें एक प्रकार की मित्रता स्थापित हो गई थी एक-दूसरे के प्रति सहानुभूति भी।

"तुम सब हरामियो, अपनी-अपनी किताबें बन्द कर दो!" मास्टर चिल्लाया,

‘‘और दोस्त मुहम्मद, खान के बेटे, तुम उठो और अपना कल का सबक सुनाओ! जल्दी करो, क्योंकि अगर तुम न सुना सके तो तुम्हारा तहसलीदार बाप भी तुम्हें मेरे डंडे से नहीं बचा सकेगा।’’

कतार का पहला लड़का उठा। उसका मुख सहसा पीला पड़ गया और उसने कविता की पहली पंक्ति सस्वर दोहराई। लेकिन छड़ी के भय से दूसरी पंक्ति स्मृति से उतर गई। सिर हिला-हिलाकर पढ़ना एक उथली-पुथली क्रिया थी। उसके मस्तिष्क की भीतरी तह में कोई भी अगली पंक्ति नहीं थी जो सिर खुजलाने से ऊपर आ जाती।

‘‘गधे के तुख्म, इधर आकर कान पकड़ ले।’’ मास्टर दीनगुल ने शान्त भाव से कहा। तब उसने दूसरे लड़के को संकेत किया कि वह सुनाए।

दोस्त मुहम्मद, लम्बे कद और अच्छे वस्त्रोंवाला लड़का, एक बछड़े के सदृश पंक्ति से बाहर आया और उन लड़कों के समीप जाकर उसने कान पकड़ लिए, जिन्हें बकरियों की तरह लड़ने का दंड मिल रहा था।

दूसरा लड़का उठा। वह आँखें फाड़े विमूढ़-सा खड़ा था। बोलने का बहुतेरा प्रयत्न किया, पर वह पहली पंक्ति सुनाने में भी असमर्थ रहा। लगता था कि उसने पाठ की ओर कभी ध्यान ही नहीं दिया। कुछ क्षण के बाद उसने प्रयत्न भी छोड़ दिया और मानो स्वेच्छा से दंड भुगतकर अपने अपराध को कम करने के लिए वह दीनगुल के सामनेवाली खुली जगह पर आया और कान पकड़ लिए।

अगला लड़का अपने-आप उठ खड़ा हुआ। उसने तीन पंक्तियां यों दोहराईं जैसे वह किसी प्रेत के प्रभाव में हो। लेकिन चौथी पंक्ति किसी तरह याद न आई। उसने भी बाहर आकर कान पकड़ लिए।

इसी प्रकार अगले, उससे अगले और उससे अगले—हर एक लड़के ने एक-दो पंक्तियां सुनाईं, अधिक से अधिक तीन और उसके बाद चुप हो गया। तीव्र स्मरणशक्तिवाला एक ही लड़का कविता की नौ पंक्तियां सुनाने में सफल हुआ, बाकी लड़कों में से कोई दूसरा इतना भी नहीं कर पाया। सिर्फ उस लड़के को छोड़कर जिसने नौ पंक्तियाँ सुनाई थीं, बाकी सबने आकर कान पकड़ लिए। जिन लड़कों ने शुरू में कान पकड़े थे, वे अब तक अपने ही धड़ों के बोझ तले काँप रहे थे और कुछ तो सुबक रहे थे, रो रहे थे और उनके आँसू पसीने में मिल रहे थे।

मुझे अपने सहपाठियों पर दया आ रही थी और लगता था कि आँखों में सहानुभूति के आँसू डबडबा आएंगे। कारण दरअसल सहानुभूति नहीं, मास्टर का भय था।

‘‘ओ बाबूजी के बेटे, मसूर की दाल खानेवाले, इधर आओ।’’ मास्टर ने मुझे सहसा चौंका दिया, ‘‘अगर तुमने कायदा घर पर पढ़ा है तो नज़्म सुनाओ।’’

जब से मैंने गणेश की नकल करना शुरू की थी, माँ और बच्चे की यह कविता मुझे ज़बानी याद थी। जब से मैंने उसे पिता से कायदे में पढ़ा था, मैं समय–असमय प्रत्येक व्यक्ति को सुना चुका था। फिर भी मैं भय से इतना घबरा गया था कि मेरे मुँह से एक शब्द भी न निकला।

''बाबूजी, इधर आकर कान पकड़ो!'' मास्टर ने हुक्म दिया।

यह सुनते ही मानो आत्मरक्षा की भावना से अनुप्रेरित होकर, मैंने मास्टर से कहा कि मुझे कविता आती है और मैंने सुनाने का प्रयत्न किया। एक बार शुरू होने की देर थी, फिर तो शब्द फर–फर मुँह से निकलते रहे और जैसा कि घर पर दोहराते रहने से आदत पड़ गई थी, मैंने कविता भावुकतापूर्ण संगीतमय स्वर में सुना दी। जल्दी–जल्दी पढ़ने के कारण मेरा उच्चारण ठीक नहीं था और तीन पंक्तियाँ भी छूट गई थीं, जिन पर मास्टर ने ध्यान नहीं दिया।

मास्टर दीनगुल ने मुझे बैठने का इशारा किया। खुद वह उठा और लोहे की खुरीवाला अपना एक भारी जूता उठाकर कान पकड़नेवालों के बीच गया और गरजा, ''ऊपर, ऊपर, अपनी कमरें, अपने चूतड़ ऊपर उठाओ, गधो, कुत्ते के तुख्मो!'' और जो ऊपर उठे हुए नहीं थे, उन्हें अपनी जूती से पीटता हुआ वह पंक्ति के एक सिरे से दूसरे सिरे तक घूम गया।

मैं बैठ गया, मन कुछ स्वस्थ था। थोड़ी देर मैंने बाहर कुछ नहीं देखा। मैं अपनी सफलता में मग्न था और इस बात पर खुश था कि कविता–पाठ में जो तीन पंक्तियाँ छूट गई थीं और जो अब मुझे याद आ गई थीं, मास्टर का उन पर ध्यान नहीं गया। सुबह से जो परेशानी उठानी पड़ी थी, मुझे वह सब भूल गई और मेरा मन उत्साह और गर्व से भर गया।

''छोटे हिन्दू इधर आ!'' मास्टर ने पुकारा। मेरी तंद्रा टूटी और मैं आत्मश्लाघा के जिस संसार में उड़ रहा था, वह नष्ट–भ्रष्ट हो गया।

यह सोचते हुए कि अब क्या नई मुसीबत आने वाली है, मैं भयभीत–सा हड़बड़ाकर उठा।

''इन सबको पाँच–पाँच चपत लगाओ।'' मास्टर ने घोषणा की और साथ ही लड़कों से कहा, ''गधो, उठकर अपनी–अपनी जगह पर जाओ। यह मसूर की दाल खानेवाला छोटा–सा लड़का तुम्हें शर्मिन्दा करेगा, ताकि तुम कल अपना सबक अच्छी तरह याद करके आओ।''

मैं असमंजस में पड़ गया। जहाँ लड़कों को चपत लगाकर अपना महत्त्व बढ़ जाने की खुशी थी, वहाँ दूसरी ओर डर भी था। इससे पहले मैंने किसी को चपत नहीं मारी थी, उलटा गणेश हमेशा मुझे चपत लगाता था और जब कभी मैं ज़िद करता था तो माँ लगाती थी।

''जाओ और उन्हें चपत लगाओ।'' मास्टर ने कहा।

मैं दोस्त मुहम्मद के करीब पहुँचा; लेकिन उसे चपत लगाने का साहस न कर सका। मेरे होंठ काँप रहे थे और मैं इधर-उधर देख रहा था।

''लगाओ!'' दीनगुल गरजा।

मैंने पहले लड़के को एक, दो, तीन, चार चपत लगाए और जल्दी से आगे बढ़ा।

''पाँच!'' मास्टर चिल्लाया, ''तुम्हें गिनती न आती हो तो मैं सिखाऊँ।''

मैंने पलटकर दोस्त मुहम्मद को एक और चपत लगाई। तब मैंने अगले लड़के को पाँच चपत लगाई और उससे अगला लड़का अली था, क्योंकि उन्हें कद के अनुसार बैठाया गया था।

''आहिस्ता लगाना।'' अली ने मेरी ओर देखते हुए याचना और चुनौती के मिले-जुले ढंग से कहा।

मैंने उसे हलके-हलके चार चपत लगाईं और पाँचवीं मेरी अपनी इच्छा के विपरीत उसकी आँखों पर लगी। तब मैंने उससे अगले लड़के को पाँच चपत लगाई। अब मेरा अपना हाथ थक गया था और मैं लड़कों के चेहरों को अपनी हथेली से छू-भर देता था।

''छोड़ो, इधर आओ।'' सहसा मास्टर ने कहा।

मैं यह सोचते हुए मास्टर की ओर लौटा कि चलो इस काम से पीछा छूटा। पर मास्टर दीनगुल कुछ और ही सोच रहा था। 'शप, शप' दो चाँटे उसने मेरी दोनों गालों पर लगाए और कहा, ''देखो, चाँटे ऐसे लगाए जाते हैं, समझे?''

मैं चीखा और लड़खड़ाता हुआ मास्टर के कदमों पर गिर पड़ा। आँखों से आँसू बह रहे थे और गाल, जिनपर जहाँ मास्टर की अँगुलियाँ अंकित थीं, जलन कर रहे थे और मेरा खून क्रोध, भय, द्वेष और पीड़ा से खौल रहा था।

''हाय माँ! हाय मेरी माँ!'' मैं ज़मीन पर पड़ा-पड़ा इतने ज़ोर से चिल्लाया कि मास्टर दीनगुल भी विचलित हो उठा। उसने मुझे कानों से पकड़कर उठाया और मुझे मेरी जगह की ओर धकेलकर कहा, ''जाओ, तुम्हारी माँ मरी नहीं है।''

तब उसने उठकर उन लड़कों को चपत लगाई जो बच रहे थे। तमाम कमरा सुबकियों, चीखों और आँसुओं से भर गया।

''चुप करो, वरना मैं तुम्हें तीन-तीन बेंतें लगाऊँगा। आज के सबक के लिए तैयार हो जाओ!'' मास्टर ने कहा।

उस दिन जब छुट्टी की घंटी बजी तो लड़के कमरे से निकलने को उतावले थे। जब तक दीनगुल नज़र से ओझल न हो, उनके जाने का सवाल ही पैदा नहीं

होता था। लेकिन ज्यों ही वह बाहर निकला, लड़के भी दरवाज़े की ओर लपके।

मैं दरवाज़े पर आकर रुक गया और गणेश का इन्तज़ार करने लगा।

''आ साले, दाल खानेवाले, आ!'' अली ने मुझे दरवाज़े से पुकारा, जहाँ वह दोस्त मुहम्मद और कुछ बड़े लड़कों के साथ खड़ा था। ''तुम स्कूल के अहाते से बाहर आओ और मैं तुम्हें बताऊँगा कि अपने हमजमातियों को चपत कैसे लगाई जाती है!''

यह चुनौती सुनते ही मैं सिट्टी-पिट्टी भूल गया और गणेश का इन्तज़ार करने के लिए कमरे में दौड़ा। लेकिन अली और उसकी मंडली को देख भय से थर-थरा रहा था। मुझे लगा कि मैं खाली कमरे में अकेला बन्द हूँ। मैं चाहता था कि गणेश जल्दी आए। उनके शब्द कानों में गूँज रहे थे और मैं भय और घृणा से भर गया था। मैंने अली का क्या बिगाड़ा है कि वह मुझे पीटने के लिए मंडरा रहा है? मैंने तो मास्टर के कहने से चपत लगाई थी और ज़ोर से न लगाने के कारण मैं खुद पिट गया था। मुझे याद आया कि अली मियाँ मीर वाली घटना के बाद से मेरे प्रति द्वेष-भाव रखता है।

'गणेश जल्दी आ जाएगा और वह मुझे पिटने से बचाएगा।' मैंने सोचा।

फिर मुझे यह भी ख्याल आया कि गणेश, अली का दोस्त है। अली का साथ छूट जाने के भय से उसने मुझे सुबह गाली दी थी।

'मुझे घर पहुँच लेने दे, फिर उसे मजा चखाऊँगा।' मैंने अपने मन में सोचा, 'मैं बाजी' को बताऊँगा कि गणेश ने मुझे गाली दी थी, अली मुझे पीटना चाहता था और मैं उन्हें मास्टर के बारे में भी बताऊँगा। हाँ, मैं इन सबके बारे में बताऊँगा। और अगर हर रोज़ इस तरह पिटना है तो मैं फिर इस स्कूल में नहीं आऊँगा।...'

दो छोटे लड़के मुझ से हमदर्दी जताने आए।

''आओ, तुम हमारे साथ चलो।'' एक ने मुझे तसल्ली देते हुए कहा।

हमदर्दी पाकर मेरे आँसू उमड़ आए।

इसी समय गणेश आ गया।

उसे देखते ही मैं सुबकने लगा।

''ओहो, क्या हुआ? क्या हुआ!'' गणेश ने पूछा।

''मास्टरजी ने इसे तमाम लड़कों को चपत लगाने के लिए कहा, क्योंकि उन्हें सबक याद नहीं था।'' एक छोटे लड़के ने बताया, ''इसने चपत ज़ोर से नहीं लगाई, इसलिए मास्टर ने इसे पीटा। और अब लड़के अपना बदला लेना चाहते हैं।''

''चलो।'' गणेश ने सहमे हुए कहा। वह घबरा गया था।

मैं गणेश की अँगुली पकड़कर उठा और चलते-चलते अपने बायें हाथ की

मुट्ठी से आँखें पोंछ रहा था, जो रोते-रोते सूज गई थीं।

अली और उसकी मंडली कहीं नज़र नहीं आई।

गणेश ने यह कहकर कि अब कोई खतरा नहीं, मुझे जल्दी-जल्दी चलने को उकसाया।

हमदर्दी जतानेवाले दोनों लड़के अपने घरों की ओर चले गए।

गणेश और मैं अब्दुल रहमान का ईंधन का स्टाल पार करके पलटन को जानेवाली पगडंडी पर आ पहुँचे।

ज्योंही हम खुले मैदान में दाखिल हुए कि अली, दोस्त मुहम्मद और दो दूसरे पठान लड़कों ने घात से निकलकर मुझे घेर लिया।

"तुमने हमें चपत क्यों लगाई?" अली ने मुझे गणेश से छीनकर पूछा।

मैंने चिल्लाना और उससे छूटने के लिए हाथ-पाँव पटकना शुरू किया।

अली ने मेरे मुँह पर एक ज़ोर का चाँटा रसीद किया। एक पठान लड़के ने एक चपत और लगाई।

मैंने अली की टाँग पकड़ ली और उसमें अपने दाँत गहरे गाड़ दिए जो नन्हे बुलडॉग के तौर पर मेरी ख्याति के अनुसार थे।

अली ने पलटकर मेरे सिर पर ज़ोर का घूँसा मारा और दोस्त मुहम्मद ने पेट में ठोकर जमाई।

ठोकर लगने की देर थी कि मैं चकराकर धरती पर गिर पड़ा।

"एक और लगाओ!" एक पठान लड़के ने कहा।

अली मेरी ओर बढ़ा, लेकिन गणेश ने उसे रोक लिया। "लगाओ, लगाओ, एक और लगाओ!" लड़के चिल्ला रहे थे जबकि अली खड़ा दाँत पीस रहा था।

गणेश भय से पीला पड़ा मिन्नत-खुशामद कर रहा था।

दफ्तर का एक अर्दली मालकंड दस्ते की अँग्रेज़ी बारक, लालकुर्ती, से हमारी पलटन की ओर जा रहा था। उसने मेरी चीखें सुन लीं और वह मेरी सहायता को दौड़ा।

अली और उसकी मंडली भाग गई।

अर्दली ने मुझे और गणेश को पहचान लिया, क्योंकि वह साहब का संदेश लेकर हमारे घर आया करता था।

उसने मेरे कपड़े झाड़े और मुझे उठाकर चला। गणेश पीछे-पीछे आ रहा था। उसने जब सारा किस्सा सुनाया तो सिपाही को मुझपर बड़ी दया आई।

हमदर्दी पाकर मैं पहले से भी अधिक रोने और सुबकने लगा और जब रोते-रोते थक गया तो सिपाही के कन्धे से लगकर सो गया।

3

स्कूल में पहले ही दिन जो आघात लगा, उसे भुलाने में कुछ दिन लगे। लेकिन जब पिता ने मुझे अपने साथ दिल्ली ले जाने का वादा किया, तो यह प्रक्रिया तेज़ हो गई। दिल्ली में बादशाहे-इंग्लिस्तान और शाहनशाहे हिन्दुस्तान जार्ज पंचम और उनकी मलिका मेरी की ताजपोशी का दरबार था और पिता उसमें 38वें डोगरा दस्ते के साथ जा रहे थे।

मेरा स्कूल का अनुभव चाहे अच्छा नहीं रहा; लेकिन पिता का ख्याल था कि जब मैं इन महान व्यक्तियों को देखूँगा तो विलायत और साहबी के प्रति मेरा अनुराग और बढ़ेगा। जब से माँ ने मुझे बहलाने के लिए कहा था कि मेरी धर्ममाता परी विलायत चली गई है, इंगलैंड के प्रति मेरा अनुराग दिनोंदिन बढ़ रहा था।

बच्चे का अस्थिर और चंचल मन किसी भी कल्पना का रंग ग्रहण कर लेता है। लेकिन छावनी का तो समूचा वातावरण ही ऐसा था कि उस पर ऊँचे पदोंवाले साहब लोग छाए हुए थे। वे सबसे अलग-थलग ठाट से रहते थे। चिकें और ऊँची-ऊँची झाड़ियाँ मक्खी, मच्छरों और देसी लोगों से उनके बंगलों की रक्षा करती थीं। वे चुस्त और बढ़िया कपड़ों में कभी-कभी बाहर निकलते और रहस्यमय ढंग से चुपचाप इधर-उधर घूमते थे। वे कुछ ऐसे विचित्र जान पड़ते थे कि अर्दलियों, बैरों और दुकानदारों की गप्पों के अलावा उनके बारे में कुछ भी जानना-समझना मुश्किल था। मैं ज्यों-ज्यों बड़ा हो रहा था, साहबी के ऊपरी ठाट-बाट को एक हठी और उद्दंड बालक की भाँति ग्रहण कर रहा था।

हमारे घर से कोई पचास गज़ परे एक मैदान में फौजी बैंड सुबह, दोपहर और दोपहर के बाद अभ्यास किया करता था। पहले-पहल अँग्रेज़ी संगीत मुझे निरर्थक कलरव-मात्र जान पड़ा; लेकिन जब मैंने क्लेटन की उन पुस्तकों में चित्रों की लिखावट पढ़ना सीख लिया, जिन्हें देखकर वह बंसरी बजाया करता था और ड्रम-मेजर ने मुझे अपने हाथ से ढोल बजाने की छूट दे दी, तो अंग्रेज़ी नाच की धुनों पर मेरे पाँव जंगली पशु की तरह थिरकने लगे और 'होम स्वीट होम' अथवा 'गाड सेव दि किंग' आदि गीतों पर शरीर झूमने लगा। फौजी बैंड की ये ही मुख्य धुनें थीं। तमाम नफीरियाँ और शहनाइयाँ और पीतल और आबनूस के दूसरे अजीबो-गरीब बाजे बड़े ही चमकीले और सुन्दर दिखाई देते थे। जब मैं हिन्दुस्तानी ईसाई बैंड मास्टर, मिशता जान को लोहे के स्टैंडों पर खुले पड़े पन्नों पर अपनी छड़ी इधर-उधर घुमाते देखता तो वह या तो इतना भद्दा होता और या फिर इतना श्रेष्ठ कि मेरी अपनी नकलों में किसी तरह ठीक न बैठता था। मैं अपनी तेज़

चीखों, शोर-शराबे और खाली पीपे की खट-खट से सारा घर सिर पर उठाए रखता था।

इसके अलावा मैं अपने घर के पासवाले खुले मैदान में हर रोज़ सिपाहियों की परेड देखता था। परेड अँग्रेज़ी और हिन्दुस्तानी अफसर कराते थे; लेकिन पलटन के साहब हर सुबह उसका निरीक्षण करने आते थे। सूरज की पहली किरण के साथ ही मैं बगलों में हाथ दबाए अपने घर के बाहर आ खड़ा होता और सिपाहियों की परेड और कवायद देखता। कुर्तों और नीकरोंवाले भद्दे रंगरूटों को छाती निकालकर और सिर ऊँचा करके खड़ा होने को कहा जाता। अगर वे कोई गलती करते तो घुटनों पर ठोकर पड़ती या मुँह पर चपत। अपनी आँखों के सामने यह अत्याचार होते देख मैं खरगोश की तरह सहम-सा जाता। सधे हुए सिपाहियों को अफसर के आदेश 'लैफ्ट-राइट-लैफ्ट', 'क्विक मार्च', 'स्टैंड-इटीज' और 'आर्डर अप' का कठपुतलियों की तरह पालन करते देख मैं खुश होता और जी चाहता कि मैं भी सिपाही बन जाऊँ। 'होलदार' लछमन सिंह और उसके शिष्य सफेद वास्कटें और पतलूनें पहनते हुए व्यायाम के जो खेल दिखाते थे, वे बड़े ही आकर्षक और विचित्र थे। वे अपने अँग्रेज़ीपन के कारण सदर बाज़ार में होनेवाली देसी ढंग की कुश्तियों से कहीं बेहतर थे। उनका कौशल प्रोफेसर राममूर्ति की सर्कस मंडली के खेलों जैसा था, जो मैंने एक बार देखे थे और किसी सर्कस में भर्ती हो जाने की कामना की थी।

और उन साहबों से अधिक आकर्षक तो कुछ भी नहीं था जो साइकलों या फटफटियों पर आते थे। वे खाकी वरदियाँ और धूप-टोपियाँ या बढ़िया नीले-पीले सूटों और फेल्ट हैटों में आते, रेशमी रूमालों के साथ अपने माथों और गर्दनों से पसीना पोंछते और तम्बाकू की सुगन्ध में लिपटे होते। लाल चेहरे और नीली आँखें निकट से देखकर भय की मूल भावना दूर हो गई और उसका स्थान आश्चर्य और प्रशंसा ने ले लिया। धीरे-धीरे बोलते और मुस्कराते हुए-से वे मुझे सहृदय जान पड़ते थे। पिता ने हमें बता रखा था कि चूँकि उन्हें अशांत वातावरण पसन्द नहीं है, इसलिए उनके सामने या उनके निकट ज़रा भी शोर करने के बजाय दूर से सलाम करके आगे बढ़ जाना चाहिए। मेरे माता-पिता, सिपाही, बाजेवाले, छोटे मुलाज़िम, बाज़ार के बनिये और कस्बे के दुकानदार—अपने देसी लोगों की तुलना में अँग्रेज़ साहब इतने भिन्न और आकर्षक जान पड़ते थे कि मैं विलायत जाने की तरह शीघ्र ही उन जैसा बन जाना चहाता था।

वह धुन सिर पर सवार थी कि एक दिन मैंने माँ से कहा, "मुझे वह टोपी ले दो, जो साहब पहनते हैं।" उसने बच्चों के फिज़ूल तकाज़ों से विचलित न होनेवाली सांसारिक गम्भीरता से कहा कि मैं उसे तंग करने के बजाय अपने पिता

से कहूँ। बस अब क्या था, एक तो बच्चा और दूसरे सिर पर सनक सवार। मैंने पिता को दफ्तर से लौटते समय रास्ते में ही जा पकड़ा और अपनी माँग दोहराई। पिता हँसे और मुझे यह वादा करके बहला दिया कि अगर कोई साहब अपनी टोपी कभी दफ्तर में भूल जाएगा तो मैं तुम्हें ला दूँगा।

जब मैं विलायती हैट पहनने के सपने देख रहा था, मैंने अँग्रेज़ियत के बारे में एक धारणा बनाई, जिसके प्रकाश में मुझे अपने घर का समूचा जीवन घटिया और नीरस जान पड़ता था। कुछ विदेशी चीज़ें, जो हमारे घर में आती थीं, इस देशी जीवन की मलिनता को तनिक हलका कर देती थीं। बरसाती कोटोंवाले अँग्रेज़ों, छातेवाली मेमों और एटन कालर और स्कूल-वरदीवाले अँग्रेज़ बच्चों की तस्वीरें मुझे बड़ी अच्छी लगतीं और फिर बूट, जूते, पिस्तौल, छुरी और काँटे, साइकिल, मोटर साइकिल, क्रिकेट-बैट—एंग्लो-इंडियन जीवन की ये सारी वस्तुएँ और व्हाइट वे लेडला एंड कम्पनी और दूसरी कम्पनियों की सूचियों में मिलनेवाली चीज़ों की तस्वीरें जो बम्बई, कलकत्ता और लंदन से हर एक डाक द्वारा अँग्रेज़ अफसरों के लिए दफ्तर में आती रहती थीं और जिन्हें मेरे पिता सुबह अर्दली के लिए डाक छाँटते समय हमारे खेलने को रख लेते थे।

पश्चिमी सभ्यता के ये पदार्थ मेरी कल्पना का मार्ग यहाँ तक प्रशस्त करते थे कि मैंने इन्हीं के आधार पर सपनों की एक विलायत बना डाली, जिसमें मैं अँग्रेज़ी ढंग के कागज़ी वस्त्र पहनकर घूमता और ईंधन की लकड़ियों को आदमी बनाकर यों आदेश देता जैसे मैं सचमुच ही एक साहब हूँ। बचपन का यह चाव मेरे मन में इतना गहरा पैठ गया कि इसने मुझे इसी कल्पना में रंग दिया और इसके अतिरिक्त कुछ सूझता ही नहीं था। बाद में यह इच्छा चाहे इतनी छिछली नहीं रही और एक सजग प्रवृति बन गई, पर इसके कारण शुरू में जो स्वप्न देखे उन्होंने मेरे भावी जीवन का मार्ग निर्धारित किया।

पिता के साथ दिल्ली जाकर जार्ज पंचम और मलिका मेरी को देखने की खुशी इन्हीं सपनों के कारण दोबारा हो गई।

हमारे दिल्ली जाने की सारी तैयारियाँ पूरी हो चुकी थीं।

पिता अपने पद के अनुसार 'काले' हवलदार की वरदी पहन सकते थे; पर वे अपने इस अधिकार को बहुत कम प्रयोग में लाते थे। अब उन्होंने लाल जाकेट, नीला जाँघिया और पट्टियाँ और 38वें डोगरा दस्ते के पीले और नीले रंगों की पगड़ी निकालकर उन्हें हवा लगवाई। फिर जब उन्होंने यह वरदी पहनकर सब घरवालों को दिखाई तो वे इतने अच्छे लग रहे थे कि हम चाहते थे कि वे हमेशा यही वरदी पहनें। दिल्ली जाने के सम्बन्ध में सभी शकुन अच्छे थे।

पिता के ये ठाट देख मुझे बड़ा गर्व हुआ। जहाँ तक मेरा अपना सम्बन्ध

है, मैं एक अँग्रेज़ लड़के का सूट पहनना चाहता था, लेकिन घरवालों के बहुत समझाने-बुझाने पर मैंने पेशावरी टोपी, ज़रीदार जूते और वह नीली मखमली अचकन पहनना स्वीकार कर ली, जिसपर सुनहरी काम हुआ था और जो हरीश के ब्याह के समय बनी थी और अब छोटी पड़ती जा रही थी।

लेकिन रवानगी से एक दिन पहले पिता पलटन के हस्पताल में खाँसी का मिक्सचर लेने गए और डॉक्टर घसीटाराम ने उन्हें गलती से कोई ज़हरीली दवा दे दी। उसी रात वे इतने बीमार पड़ गए कि प्राण खतरे में पड़ गए। डोगरा दस्ता दूसरे दिन हमारे बिना ही रवाना हो गया।

सौभाग्य से माँ ने उन्हें कै की दवा दे दी जो शरीर के समस्त रोगों की रामबाण औषधि थी और सारा विष निकल गया।

इससे भी अधिक सौभाग्य की बात यह हुई कि मेरे पिता अधिक समय तक बीमार पड़े रहने के बजाय जल्द अच्छे हो गए और ताजपोशी से एक दिन पहले जिस स्पेशल गाड़ी में नौशहरा ब्रिगेड जनरल आफीसर कमांडिंग और उसका स्टाफ जा रहा था, वे भी दिल्ली जा सकते थे। मुझे नौकरों के डिब्बे में एक अर्दली के सुपुर्द कर दिया गया, क्योंकि जिस गाड़ी में 'जर्नेल' जा रहा था। उसमें किसी हिन्दुस्तानी बच्चे का होना सैनिक अनुशासन के विरुद्ध था; इसलिए मुझे उसकी दृष्टि से ओझल रखना था।

मैं रात-भर सोता रहा। कारण यह था कि पिता की बीमारी के कारण मैं इस चिन्ता में घुलता जा रहा था कि शायद मैं दिल्ली न जा सकूँ। फिर एकदम चलने का फैसला हो गया। इससे मैं बहुत थक गया था। सुबह जब उठा तो अर्दली ने मुझे कम्बल से ढाँपे रखा ताकि कोई साहब न देख ले। इसलिए इस लम्बी यात्रा की मुझे जो एक बात याद है, वह है, 'जर्नेलों' और 'कर्नेलों' का भय।

दरअसल दिल्ली-यात्रा के बारे में मेरी जो स्मृति है, वह किसी न किसी प्रकार का भय-मात्र है।

मुझे वहाँ नहीं ले जाया गया, जहाँ हमारे दस्ते के सिपाही ठहरे थे। उनके लिए सफेद तम्बुओं का एक नगर बसाया गया था, जो दिल्ली के इर्द-गिर्द मीलों तक फैला हुआ था। पिता का ख्याल था कि वहाँ रहने से मैं सबकी नज़रों में चढ़ जाऊँगा और शायद इतने शानदार उत्सव में एक विरोधी तत्त्व साथ लाने के अपराध में कहीं साहब उन्हें वहाँ से वापस न भेज दें। मैं देखता था कि कितने ही अँग्रेज़ बच्चे अपनी माताओं के साथ फिटनों में वहाँ जाते थे। लेकिन उस समय मुझे यह भी सिखाया गया था कि मैं हमेशा उनका छोटे साहबों के रूप में आदर करूँ। उन्हें छूना मना था, क्योंकि छूने से उनके कपड़े मैले हो सकते हैं या कोई

संक्रामक रोग लग सकता है। स्वभावत: यह सफेद नगर मुझे देवताओं का वासस्थान जान पड़ा, जहाँ सिर्फ बड़े गोरे साहब और उनके खास-खास आदमी ही ठहर सकते हैं। स्थूलकाय और भैंगी आँखवाले हवेलीराम को देखकर मुझे घिन आती थी। वह पिता का मित्र और सेक्रेटरियट में एक क्लर्क था और मुझे उसी के सुपुर्द किया गया था, क्योंकि डोगरा दस्ते के सिपाहियों के बजाय उसके बच्चों को मेरे लिए बेहतर संगति समझा गया।

ताजपोशी देखने के लिए मेरे मन में जो विशाल उत्साह और कौतूहल था उसका एकदम नष्ट होना तो सम्भव नहीं था; पर इन अपरिचितों के साथ जो अजनबीयत महसूस हुई, उससे देखने का कुछ भी आनन्द नहीं आया। जब मैं अपने अभिभावक के साथ साफ-सुथरी चमचमाती सड़क पर, जिसकी दोनों ओर गुलदाऊदी के फूलों और घास की क्यारियाँ थीं, ताँगे में जा रहा था, तो मैं पूरी खुली आँखों से इधर-उधर ताक रहा था, देख रहा था, लोगों की भीड़-भाड़ थी, सर्दी की सुहानी धूप में चमकते हुए विशाल मंडप थे और राजाओं और रईसों के कैम्पों का इतना बड़ा शानदार और चमकदार दरवाज़ा था कि मैंने पहले कभी नहीं देखा था।

जब हम जा रहे थे तो कहीं से तोपों के अनगिनत धमाकों की आवाज़ सुनाई दी। बाबू हवेलीराम ने मुझे विश्वास दिलाया कि तोपें बादशाह की सलामी में छूट रही हैं।

''चाचा, क्या उसी तरह जिस तरह नौशहरा में जर्नेल साहब को सलूट दिया जाता है?'' मैंने पूछा।

''हाँ, वैसे ही लेकिन यह सलूट दुनिया के सबसे बड़े जर्नेल बादशाह जार्ज पंचम को दिया जा रहा है।'' उसने उत्तर दिया और इसलिए कि कहीं मैं डर न जाऊँ, बात जारी रखी, ''देखो, तोपें वहाँ किले में हैं।''

मैंने उस ओर देखा जिधर हवेलीराम संकेत कर रहा था। लेकिन तम्बुओं के नगर पर और उससे परे धुंध छाई हुई थी और मोटरों से उड़नेवाली धूल के कारण कुछ दिखाई न देता था। पर सूरज ने जल्द ही धरती पर छाई हुई धुंध को छिन्न-भिन्न कर दिया और किला दिखाई देने लगा।

''मैं तुम्हारे भाइयों को वहाँ स्कूल के बच्चों में छोड़ आया हूँ।'' हवेलीराम ने शहर के दरवाज़े पर हरी, पीली और गुलाबी पगड़ियों की ओर संकेत करते हुए कहा, ''मैं तुम्हें उनके पास छोड़ दूँगा और वे तुम्हें बाद में घर ले जाएँगे।''

ताँगा रुकते ही बाबू हवेलीराम ने सन्तरी को पास दिखाया और मुझे उठाकर हाँफते हुए एक गली में से चक्करदार सीढ़ियाँ चढ़ा और दरवाज़े पर अपने बेटों के पास पहुँच गया। काले रंग का बारह वर्षीय शम्भू एक मोटे शीशोंवाली ऐनक

लगाए हुए था और दूसरा मेरा हमनाम और मेरा हमउम्र कृष्ण देखने में कुरूप था।

मेरे मन में हवेलीराम के प्रति जो घिन थी, वह उसके बेटों के प्रति विकट घृणा में बदल गई, विशेषकर इसलिए कि अपनी गुलाबी पगड़ियों के अभिमान में वे मुझे एक ऐसा अजनबी समझते थे जो उनके साथ ज़बर्दस्ती जोड़ दिया गया हो।

मैं वहाँ दक्षिण के बातूनी, चहचहाते और प्रसन्न बच्चों में खड़ा अपने-आपको अकेला और दु:खी महसूस कर रहा था। भूख और पिता के वियोग के कारण मैं अधीर हो उठा और इतने ज़ोर से रोने-चिल्लाने लगा जितना पहले कभी नहीं चिल्लाया था।

जुलूस पहले ही शुरू हो चुका था। गुलाबी पगड़ियोंवाले बच्चों का स्कूलमास्टर आया और उसने मुझे क्रोध से झिड़का कि मैं चिल्लाकर स्कूल के नारों को खराब न करूँ। अब ऐसे नाज़ुक क्षण में जब हर एक को मुस्कराना चाहिए था, मैं और भी ज़ोर से चीखने लगा। इससे मास्टर डर गया और उसने मुझे ऐसी जगह बैठा दिया जहाँ से मैं जुलूस को भली प्रकार देख सकता था; लेकिन मैं अब भी अकारण सुबक रहा था।

घंटों बाद देखते-देखते थकी हुई, आँसुओं से तर और भयभीत आँखों से मैंने विशाल जनसमूह को जुलूस के रूप में उन शानदार दरवाज़ों में से गुज़रते देखा जो सुनहरे-सफेद महीन कपड़ों और कागज़ की रंगदार झंडियों से सजाए गए थे। सबसे आगे मार्च करते हुए सिपाही, फिर तोपखाना और फुरतीले घुड़सवार थे और फिर एक व्यापक कानाफूसी की भिनभिनाहट में एक फिटिन आ रही थी। मास्टर ने लड़कों से तालियाँ बजाने को कहा। लेकिन मुझे मालूम नहीं था कि स्वागत करने का उचित ढंग क्या है। और मैं जैसे-तैसे, कलगीदार हैटोंवाले अफसरों के दरमियान, जो सलूट के लिए हाथ उठाए हुए थे और जो लगामें खींचकर घोड़ों को धीरे-धीरे चला रहे थे, दुनिया के सबसे बड़े जर्नेल बादशाह जार्ज पंचम को पहचानने का प्रयत्न कर रहा था। मैं उसे तो नहीं देख पाया, लेकिन मैंने सुन्दर सजीली अँग्रेज़ महिला, महारानी मेरी की एक झलक देख ली, जो फूलों से लदी और टोकरी जैसा हैट पहने एक खुली फिटिन में बैठी थी। उसके पीछे फीरोज़ी पगड़ियों और लम्बे सफेद कुर्तोंवाले कई महाराजे और कोचवान थे, जो बर्फ जैसे सफेद चमड़े की काठियोंवाले घोड़ों पर सवार थे।

''यह हरामी कौन है?'' मास्टर ने जुलूस निकल जाने के बाद पूछा।

बाबू हवेलीराम के बेटे इतने घमंडी थे कि उन्होंने मेरी किसी प्रकार ज़िम्मेदारी नहीं ली। दरअसल जब मास्टर लड़कों को सीढ़ियों के नीचे जानेवाले उस दरवाज़े

पर ले गया, जहाँ उन्हें मिठाइयाँ और कारोनेशन मेडल मिलना था, तो उन्होंने मुझे पीछे छोड़ दिया।

यों पीछे छूट जाने और लड़कों के संकेतों की लज्जा के मारे मैं फिर ज़ोर-ज़ोर से रोने लगा।

कुछ देर मैं वहीं खड़ा रोता रहा। तब मैंने महसूस किया कि अगर मैं चचा हवेलीराम के बेटों के साथ नहीं गया तो कभी घर नहीं पहुँच पाऊँगा।

मैं घबराया हुआ उनके पीछे दौड़ा।

मिठाई और मेडल बाँटनेवाले ने मुझे भी मेरा हिस्सा दिया।

मैं लेकर जल्दी-जल्दी सीढ़ियाँ उतरने लगा। लेकिन मज़बूत लड़कों की भगदड़ ने मुझे रोक दिया। मैं धीरे-धीरे उतरा। गुम्बज के अँधेरे में कोई मेरी मिठाई छीनकर दौड़ गया। खाली दोना मेरे हाथ में रह गया और मैं रोने लगा। कुछ दूसरे लड़कों की मिठाई भी इसी प्रकार छिन गई थी और सब रो रहे थे। लेकिन एक मास्टर चिल्लाता हुआ आया और हम रोते-चिल्लाते और गिरते-पड़ते नीचे उतरे।

गली में पहुँचते ही मैंने इधर-उधर दौड़ना और लड़कों के चेहरे देखना शुरू किया, ताकि मैं शम्भू और कृष्ण को पहचान सकूँ, जिन्हें मैंने कुछ ही देर पहले पहली बार देखा था। यह सम्भव नहीं था, क्योंकि हज़ारों लोगों की हपड़-दपड़ भीड़ में चलना कठिन था। काली टाँगों और कठोर अंगवाले दक्षिणियों की धक्कापेल से मैं एक अजनबी दुनिया में खो गया और फिर चीखना-चिल्लाना शुरू कर दिया।

पुलिस के एक सिपाही ने मुझे पकड़ लिया और पूछा कि मैं क्यों चिल्ला रहा हूँ और किसका बेटा हूँ। जो कुछ मैंने बताया, वह सब व्यर्थ था। चाहे हिन्दुस्तान का हर एक आदमी दूसरे हर एक आदमी को जानता है, पर इस सिपाही ने न तो '38वीं डोगरा के बाबू रामचन्द' का और न ही 'दिल्ली और शिमला के बाबू हवेलीराम' का नाम सुना था। सिपाही मुझे अपने साथ ले गया। उसने मुझे रोटी और दलिया खिलाया, मेरे कपड़े और ज़ेवरों की प्रशंसा करके मुझे चुप कराने का प्रयत्न किया। तब वह मुझे एक मोटे और ठिगने सुनार के हवाले करके चला गया।

अब मैं थकान और दुःख से निढाल था और मैं सुनार की दुकान में दरी बिछे गुदगुदे तख़्तों पर पड़कर सो गया।

दोपहर के बाद हवेलीराम मुझे 'ढूँढ़ने' निकला और बाज़ार में पूछता हुआ सुनार की दुकान पर आया। मुझे उसे दे दिया गया। मैं अब भी आधा सोया हुआ था, और वह मुझे अपने कन्धे पर उठाए हुए शाम के खाने के समय घर पहुँचा।

यहाँ आकर मैंने वह बढ़िया और स्वादिष्ट भोजन किया, जो दोपहर से मेरे

लिए रख छोड़ा था। हवेलीराम की पत्नी घर में नहीं थी; इसलिए उसकी छोटी लड़की ने मेरा मुँह धोया, मुझे खेल में लगाया। वह मुझपर बड़ी दयालु थी।

अब हवेलीराम के लड़कों का व्यवहार भी मैत्रीपूर्ण था। वे मेरे बहलाने को बहुत-से खेल-खिलौने लाए। अब मैं बहुत थक गया था और मुझे नींद आ रही थी; इसलिए साँप और सीढ़ी के खेल में ही मेरी आँख लग गई, जो अगली सुबह खुली।

पिता को मिलने के चाव में मैं उठ बैठा; बिस्कुटों के साथ गर्म-गर्म चाय पी और चचा हवेलीराम और उसके बेटों के साथ दरबार देखने चल पड़ा।

मोटर बाज़ारों में से घूमती और चक्कर काटती हुई चली। रंग-बिरंगे कपड़ोंवाले दक्षिणियों को हटाने के लिए बार-बार हार्न बजाना पड़ रहा था। हम दरवाज़ों और मेहराबों में से गुज़रे जो कल का जुलूस निकालने के बाद सूने और वीरान दिखाई दे रहे थे और तब हमने वह दृश्य देखा जो मेरे मस्तिष्क पर अंकित हो गया।

एक ऊँचे स्थान के आगे, जहाँ हम विशेष अधिकारयुक्त नागरिक धूप से गर्म मैदान में पंक्तियाँ बाँधे बैठे थे, एक गोलाकार में दो बड़े मंच बने हुए थे। इसकी एक ओर एक शानदार शामियाना था, जिसके आगे सशस्त्र सिपाही खड़े थे।

सहसा बिगुल और ढोल बजने लगे। मैं उत्साह और जोश में भर उठा, क्योंकि ये ऐसी आवाज़ें थीं जिन्हें मैं बचपन से सुनता आया था। साथ ही पास के कैम्पों से पलटनें मार्च करती हुई निकलीं।

''मेरे बा'जी इनमें होंगे।'' मैंने अपनी जगह से लगभग उछलते हुए गर्व से कहा।

लेकिन चचा हवेलीराम ने मुझे और अपने बेटों को, जो उत्सुकता से सवाल पूछ रहे थे, चुप करा दिया।

मेरे सामने घुड़सवार थे, जिनके भाले धूप में चमक रहे थे; पैदल दस्ते थे, जिनकी पलटनों के झंडे सुबह की हलकी-हलकी हवा में लहरा रहे थे और शानदार और चमकदार वरदियोंवाले तोपची थे। नागरिकों की भीड़ में से मैं आँखें फाड़े देख रहा था। मैं सेना की शान से प्रभावित था और मुझे यह गर्व था कि मेरे पिता भी इसमें होंगे, और मैं इस निरीह विश्वास से उन्हें खोज रहा था कि वह जो मेरी दृष्टि में हीरो था, दानवों में बड़ा दानव शीघ्र ही मुझे दिखाई देगा। मैं चाहता था कि जिस शामियाने में अँग्रेज़ बच्चे हैं, मैं भी उसमें या उसके निकट होता; और अपनी सरलता में मैं यह नहीं समझ पा रहा था कि मेरे पिता एक साधारण क्लर्क और काले हवलदार हैं, श्रेष्ठ साहबों में उनकी क्या गिनती!...

राजे-महाराजे बड़ी आकुलता से आए। उन्होंने मखमल और सिल्क की दरबारी पोशाकें पहन रखी थीं, जिनमें चमकदार हीरे, मोती और जवाहरात टंके हुए थे। लोग एक-दूसरे को बता रहे थे कि कौन कहाँ का राजा है और उसके रनिवास में कितनी रानियाँ और हथसाल में कितने हाथी हैं।

तमाम भारतीय सेना के बैंड मार्च की धुन बजाते हुए आए। सारी खुसर-फुसर बन्द हो गई और लोग वायसराय के लिए सतर्क हो गए। यह देवता आया। उसके अंगरखे के सिरे राजकुमारों ने थाम रखे थे, जो अपने सुनहरी चोगों, कलगीदार पगड़ियों और चमकदार पोशाक में इतने शानदार लग रहे थे कि ऐसे बच्चे मैंने पहले कभी नहीं देखे थे।

विचित्र उत्सुकता थी और प्रत्येक व्यक्ति साँस थामे प्रतीक्षा कर रहा जान पड़ता था।

चार घोड़ोंवाली एक शाही बग्घी हवा की तरह बिना किसी शोर के आई। घोड़ों पर और बग्घी के दायें-बायें लाल वरदीवाले सवार थे। जहाँ बड़े साहब, राजे-महाराजे और बड़े अफसर बैठे थे, धीमी-सी ताली बजी, लोग फुसफुसा रहे थे, ''बादशाह और मलिका!''

''उन पर सोने का छतर है, जैसा प्राचीन युग के देवताओं पर होता था।'' एक दर्शक ने कहा।

''उसने जवाहरात पहने हुए हैं।'' दूसरा बोला।

''वह घुटनों से नीचे नंगा है।'' तीसरे ने कहा।

लेकिन ये सारी बातें तोपों की गरज में डूब गईं और दो छोटी आकृतियाँ घेरे में प्रवेश करती दिखाई दीं। लोगों ने उठकर सलाम किया, जबकि प्रतिष्ठित जनों ने ताली बजाई।

बादशाह और उसकी मलिका ने झुककर दर्शकों के सलाम का जवाब दिया। वे मंच के पास आकर रुके, जबकि एक बड़ा यूनियन जैक रस्सों और चरखटियों से ऊपर चढ़ाया गया, जो मुझे चमत्कार-सा लगा। झंडा एक ऊँचे बाँस पर हवा में फहराने लगा। नंगी चाँदी जैसी चमकती हुई तलवारों की सलामी दी गई और बाजेवालों के जत्थों ने मधुर संगीत छेड़ दिया।

''जब दूसरे साहब नहीं पहने हुए हैं तो उसने अपना हैट क्यों पहन रखा है?'' मैंने पूछा क्योंकि मुझे यह असंगति खटकी।

''शी...'' बाबू हवेलीराम ने होंठों पर अँगुली रखकर चुप रहने का संकेत किया।

एकसाथ बहुत-सी नफीरियाँ बज उठीं, जिससे मैं और भी भयभीत हो गया।

तब जो बैंड जमा थे उनके ढोल दड़ादड़ बजने लगे और ऐसा शब्द हुआ

जो मैंने नौशहरा में एक साहब की अर्थी पर सुना था।

बादशाह, जो बैठ गया था, बोलने के लिए उठा।

उसकी अँग्रेज़ी भाषा का मंद-सुरीला स्वर लोगों की समझ में नहीं आ रहा था और कानाफूसी शुरू हुई।

''उसके हैट में जो लाल पत्थर है, वह कोहनूर हीरा है।'' एक सिख ने बाबू हवेलीराम से कहा, ''जब अँग्रेज़ों ने अलीवाल में सिखों को हराया, तब से पहले यह महाराजा रणजीत सिंह के पास था। बादशाह की दादी ने नन्हे महाराजा दिलीप सिंह को धर्म का बेटा बनाया और उससे यह हीरा छीन लिया।''

''ब्रिटिश ताज में यह सबसे चमकदार हीरा है।'' बाबू हवेलीराम ने कहा।

''क्यों?'' मैंने पूछा।

''शी...'' हवेलीराम ने मुझे चुप कराया क्योंकि बहुत-से घुड़सवार, पुलिस इन्सपेक्टर लोगों का ध्यान बादशाह के भाषण की ओर दिला रहे थे। बादशाह का मधुर भाषण समाप्त हुआ। बड़े लोगों की तालियों के बाद मौन का एक क्षण बीता।

अब राजे-महाराजे एक-एक करके उठने और अपने शहंशाह को खिराज पेश करने लगे।

लोग इस लम्बी रस्म से ऊब गए और वे आपस में बतियाने और बड़बड़ाने लगे। पुलिस-इन्सपेक्टर भी, जो अपने घोड़ों को इधर-उधर दौड़ा रहे थे, उन्हें चुप न करा सके।

सचमुच हिन्दुस्तानी बड़े ही असभ्य लोग हैं। मुझे बाद में बड़े होकर पता चला कि दिल्ली दरबार के अवसर पर भीड़ ने जो बदतमीज़ी दिखाई, अँग्रेज़ी सरकार पर उसका बड़ा खराब असर पड़ा। कहा जाता था कि न सिर्फ भीड़ ने बल्कि एक शासक, महाराजा बड़ौदा ने सम्राट का अनादर किया, क्योंकि नियम के अनुसार उसे शहंशाह को सलाम करने के बाद दस गज़ तक उलटे पाँव सिर झुकाए चलना चाहिए था; मगर वह पीठ घुमाकर और गर्दन अकड़ाकर लौटा। पिता ने बताया कि दरबार में अनुशासन का जो अभाव था, उसके कारण फौजी अफसर विशेष रूप से नाराज़ थे।

आखिर बादशाह शामियाने से निकलकर लोगों के सामने आया।

''दर्शन!'' एकसाथ बहुत-से मुखों से निकला और लोगों में स्फूर्ति की लहर-सी दौड़ गई।

सब बैंड एकसाथ बज उठे।

बस, अब क्या था, वातावरण नफीरियों और ढोलों की आवाज़ से गूँज उठा।

फिर शहनाइयों की मधुर ध्वनि सुनाई दी।

तब किसी का भाषण हुआ।

"यह लाटसाहब बोल रहे हैं।"

"क्या?" एक दर्शक ने सुनने का प्रयत्न करते हुए कहा।

वायसराय ने घोषणा की, "राजधानी कलकत्ता के बजाय दिल्ली होगी।"

"जागीरें? उसने क्या कहा?"

"वह क्या कह रहा है?"

"सुनाई नहीं पड़ रहा!"

बातचीत, कानाफूसी और पूछताछ शुरू हुई और कुछ लोगों ने सिर और धड़ उठाकर दूसरों से आगे देखने का प्रयत्न किया और पीछेवालों ने प्रतिवाद किया। कौतूहल और उत्सुकता ने भीड़ के शिष्टाचार को परास्त कर दिया। मेरे जैसे बच्चे के लिए यह सब तमाशा था।

वायसराय का भाषण समाप्त हुआ तो बैंड पर 'गॉड सेव दि किंग' की धुन बज उठी, जिसमें शोर डूब गया।

"मेरे बा' जी वहाँ हैं, मैं उनके पास जाऊँगा।" मैंने कहा और मैं कूदकर मैदान में चला गया।

पर इससे पहले कि मुझे गिरफ्तार किया जाता, बाबू हवेलीराम ने मुझे पकड़ लिया और मेरी धृष्टता से तंग आकर उसने मुझे मेरे पिता के कैम्प ले जाने का निश्चय किया।...ज्योंही उसने मुझे उठाया, उसकी भैंगी दृष्टि मेरी नंगी बाँहों पर पड़ी। मैंने सोने के कंगन पहन रखे थे और पिता ने हवेलीराम से कह दिया था कि वह उन्हें उतारकर अपने घर पेटी में रख ले। लेकिन वह कल मुझे अपने बेटों के पास छोड़ते समय उतारना भूल गया था और वे गायब थे।

"तुम्हारे कंगन कहाँ हैं?" उसने भय से काँपते हुए पूछा। अब वह मेरे कारण बहुत परेशान था।

मेरा दिल डूब गया और मुझे लगा कि पिता मुझे उसी तरह पीट रहे हैं जिस तरह हरीश को लाहौर में भंगी लड़कों के साथ खेलने के कारण पीटा था। मैं पिता के सामने जाने के क्षण को सोचकर रोने लगा। अब मैं उनके पास जाना नहीं चाहता था।

मगर मुझे जाना पड़ा, क्योंकि बाबू हवेलीराम को अपने ज़िम्मेदारी का एहसास था।

मेरे लिए भयंकर बात यह हुई कि पिता दरबार में भाग लेने के कारण फूले हुए थे; वे मुझे देखकर बड़े प्रसन्न हुए और प्यार करते हुए 'बुल्ली, बुल्ली, बुल्ली, मेरा बेटा...' की निरर्थक लोरी गाने लगे। लेकिन जब बाबू हवेलीराम

ने उन्हें अलग ले जाकर कंगन खो जाने की बात बताई तो उनका चेहरा उतर गया।

अपने दस्ते के साथ ताजपोशी में भाग लेने के कारण उन्हें जो अपनी इज़्ज़त बढ़ जाने का हर्ष और गर्व था, कंगन खो जाने की खबर सुनते ही सब फीका पड़ गया। उन्हें मुझे साथ लाने का दुःख हुआ। उन्हें कुछ तो अपने खज़ांची, मेरी माँ का डर था, जो उन्हें पैसे और ज़ेवर के बारे में पहले ही लापरवाह समझती थी; कुछ इसलिए कि वह एक थोड़ी आमदनी वाले व्यक्ति थे, जो अपनी इच्छाएँ और आवश्यकताएँ कम करके धन जोड़ते थे और फिर मैं शनि में पैदा हुआ बताया जाता था और वह अपनी तर्कबुद्धि के बावजूद इस दुर्घटना को इसी ग्रह का प्रभाव समझते थे। उनका ख्याल था कि अशुभ घटना आने वाली मुसीबतों की शुरुआत है।

इंगलैंड के बादशाह और हिन्द के शहंशाह की सेना का एक सदस्य होने के कारण पिता को जो इज़्ज़त प्राप्त थी, वह बड़े काम आई।

उन्होंने मुझे मार-झिड़ककर मेरे गुम हो जाने के समय की सारी कहानी सुनी और ठीक उस आदमी का पता लगा लिया जिसने मेरे कंगन चुराए थे। उन्होंने पलटन से सिपाहियों का एक दस्ता लिया और उस दुकान पर पहुँचे जहाँ संतरी मुझे छोड़ गया था, और दुकानदार से उसका नाम-पता पूछा। बनिया फौज के तीसरे दर्जे के तरीके तो शायद जानता था, पर अव्वल दर्जे के तरीकों से वह परिचित नहीं था। सवाल का जवाब देने से पहले ही सिपाही उसे पीट रहे थे। वह दोबारा गिड़गिड़ाया और बोला कि मैं पुलिस लाइन में चलकर संतरी को पहचान देता हूँ, क्योंकि शहर के दरवाज़े पर हमेशा ड्यूटी होने के कारण मैं उसे जानता हूँ। हिन्दुस्तान में सेना पुलिस से अपना महत्व अधिक समझती है, विशेषकर इसलिए कि सैनिक की तनख्वाह सिपाही से अधिक होती है और पुलिस की वरदी भी कुछ खास नहीं होती।

संतरी, जो सम्पत्ति को अपने कब्ज़े में रखकर रक्षा करने का आदी था, फौजी सिपाहियों के दस्ते को सामने खड़ा देख सच्चाई और ईमानदारी का अवतार बन गया। उसने कहा कि मैं कंगन अमुक गली में अमुक सुनार को संभाल आया हूँ, क्योंकि दरबार के अवसर पर दिल्ली में इतने ठग, गुंडे और भिखारी हैं कि अपने पास रखने से उनके खो जाने का भय था। उसने और स्थानीय थानेदार ने हमारे साथ मेहमानों का सा व्यवहार किया और हमें दूध और मिठाई खिलाए बिना आने नहीं दिया। संतरी बड़ा ही विनम्र था और उसने कहा कि मैं सुनार से कंगन लाए देता हूँ। लगता था कि सुनार ने गलती से तोड़-मरोड़ दिया है ताकि वह ज़ंग लगने से बचे रहें।

"सोना," उसने मेरे पिता से कहा, "ज़ेवरों के बजाय डलियों में अच्छा रहता है।"

निश्चय ही इस सीख को मैंने कभी नहीं भुलाया, क्योंकि इसके बाद मैंने कभी सोने का ज़ेवर नहीं पहना।

4

अगर मेरी जन्मपत्री के अनुसार, जो पंडित बालकृष्ण ने ज्योतिष के सब लक्षण देखकर बनाई थी, मैं शनि के प्रभाव में था तो मेरे पिता उससे कहीं अधिक अशुभ ग्रह के प्रभाव में थे, मेरी माँ उससे भी अशुभ के और मेरे बड़े भाई हरीश, गणेश और शिव बुरे से बुरे नक्षत्रों के प्रभाव में थे, क्योंकि उसके बाद घटनाओं पर घटनाएँ घटित होती रहीं, जिन्होंने हमें व्यक्तिगत और पारिवारिक रूप से प्रभावित किया। सुख और शान्ति के वे दिन, जो मेरे माता-पिता ने कभी देखे थे, फिर लौटकर नहीं आए; चाहे मेरी माँ कई साल तक मंगल के ग्रह को टालने के लिए हर मंगल के दिन नाई को तेल और शुक्र देवता को प्रसन्न करने के लिए शुक्र के दिन ब्राह्मण को भोजन खिलाती रही।

हमारे दिल्ली से लौटने के कुछ दिन बाद मेरे पिता रसोईघर में दौड़ते हुए आए। वे अपनी आदत के अनुसार शाल में लिपटे हुए 'सिविल एंड मिलिटरी गज़ट' पढ़ रहे थे। उन्होंने घबराए हुए स्वर में मेरी माँ से कहा कि बहुत ही भयानक बात हुई है।

''वायसराय की कोठी के पास सड़क पर एक बम मिला है।'' उन्होंने कहा, ''उनका कहना है कि यह वहाँ फिरंगियों को मारने या घायल करने के उद्देश्य से रखा गया था।...इससे मरा सिर्फ एक हिन्दुस्तानी सिपाही है, जिसने उसे गेंद समझकर ठोकर मारी थी...''

''तुम्हारे ख्याल में इसे किसने रखा होगा?'' माँ ने बिना घबराए शान्त भाव से पूछा।

''संदेह है कि षड्यन्त्रकारी बंगालियों ने रखा है। वे कलकत्ता के बजाय दिल्ली को भारत की राजधानी बनाने के विरुद्ध हैं। सरकार का ख़्याल है कि भारत में अँग्रेज़ी राज समाप्त करने की बहुत बड़ी साज़िश है।''

''तो?'' माँ बोली।

''अखबार ने लिखा है कि साज़िश में वही लोग शामिल हैं, जिन्होंने लार्ड कर्ज़न के बंगाल-विभाजन पर आन्दोलन चलाया था और आर्यसमाज के सदस्य।''

''इसमें भयंकर क्या है?'' माँ ने उपेक्षाभाव से कहा, ''इन अँग्रेज़ों के साथ वैसा ही व्यवहार हो रहा है जैसा कि होना चाहिए। वे भी तो अपने आगे किसी

को कुछ नहीं समझते। न उनका कोई धर्म है न मर्यादा। सिखों को कितना बुरी तरह मारा! जब उन्होंने देशद्रोहियों को इनाम बाँटा तो मेरे पिता की आधी ज़मीन उनके अन्याय के कारण हाथ से निकल गई। नीच, खसमखाने!''

''तुम मूर्ख हो!'' पिता ने चिढ़कर कहा, ''समाज...''

''क्या कोई समाजी पकड़ा गया है?'' माँ ने पूछा।

''नहीं, उन्होंने सिर्फ एक बंगाली, रासबिहारी बोस, को पकड़ा है।'' पिता ने उत्तर दिया, ''लेकिन वे समाजियों को भी जल्द पकड़ेंगे।''

''हमसे इसका कोई सम्बन्ध नहीं।'' माँ ने कहा, ''तुमने कुछ नहीं किया। क्यों? किया है?''

''तुम नहीं समझती।'' पिता ने त्यौरी चढ़ाकर कहा, ''मैं आर्यसमाज का प्रधान हूँ। ये पहाड़ी लोग, चत्तरसिंह और दूसरे हमेशा इस बात की ताक में रहते हैं कि साहब से मेरी चुगली लगाएँ। वे मुझसे जलते हैं; इसलिए शायद साहब के कान भरें।''

''मुझे तो समाज में कोई खराबी नज़र नहीं आती।'' माँ ने कहा, ''आखिर इन बाबू लोगों ने तुम्हें इसीलिए प्रधान बनाया है कि तुम उन सबको अधिक शराब पिलाते हो। तुम सब इससे अधिक बुरी बात कुछ नहीं करते कि तुम ताश या शतरंज खेलते हो और रंडियों का मुजरा देखने जाते हो।...यह मत समझो कि मुझे इन बातों का पता ही नहीं...''

''पगली औरत! आर्यसमाज के आदर्श बहुत ऊँचे हैं, जो स्वामी दयानन्द ने इसे दिए हैं।''

''शराबखोरी और रंडीबाज़ी, मेरा ख्याल है...'' माँ ने व्यंग्य किया।

''नहीं।'' पिता ने प्रतिवाद किया, ''स्वामी दयानन्द हमें वैदिक काल में ले गए। वे एक ऋषि थे। उन्होंने हिन्दुओं से कहा कि मूर्ति-पूजा छोड़ो...''

''नास्तिक!''

''मूर्ख, तुम तो ऐसा कहोगी ही। वे अँधविश्वास, छोटी उम्र के ब्याह और जाति-पांति के विरुद्ध थे, और वे चाहते थे कि हम प्राचीन आर्यों का गौरव वापस लाएँ।''

''और मेरा ख्याल है, वे फैशन के भी पक्ष में थे।'' माँ ने फिर व्यंग्य किया।

हम हँसे क्योंकि और बातचीत तो चाहे हम समझें या न समझें; पर हम जानते थे कि मीटिंगों में जो बाबू इकट्ठे होते थे, वे कालर और नेकटाई लगाते थे।

''ऐसी मूर्खता की बातें बच्चों के मस्तिष्क में मत डालो।'' पिता ने माता को झिड़का, ''तुम्हें मालूम है कि मैं पलटन में और सदर बाज़ार के पढ़े-लिखे लोगों में अपनी पोज़ीशन बनाने के लिए आर्यसमाज़ी बना हूँ। आखिर हम ठठेरों

का नीच धन्धा करनेवाले हैं और इस बिरादरी का ठप्पा हमारे साथ लगा हुआ है। इसके अलावा अगर कोई दफ्तर से आकर किसी प्रकार के क्लब में न जाए तो वह क्या करे?''

''अपने सफेद बालों को धन्यवाद दो।'' माँ ने कटुता में भरकर कहा। ''इसलिए तुम्हें सब 'चाचा' कहते हैं और तुम बाबुओं और सदर बाज़ार के दुकानदारों में अपनी लोकप्रियता की आड़ में शराबखोरी और रंडीबाज़ी को छिपा लेते हो। उन्हें कैसा अच्छा नेता मिला है!''

''मूर्ख मत बनो!'' पिता ने कहा, ''सरकार समाज को षड्यन्त्र और विद्रोह का अड्डा समझती है। तुम्हें मालूम है कि लाला लाजपतराय आर्यसमाजी हैं और 'पगड़ी संभाल ओ जट्टा' की ख्यातिवाले अजीतसिंह भी।''

माँ ने शरारत से 'पगड़ी संभाल ओ जट्टा' क्रान्तिकारी किसान-गीत गाना शुरू किया। यह किसानों से कहता है कि तुम सीधे खड़े हो जाओ और अपनी पगड़ी का ध्यान रखो, क्योंकि हिन्दुस्तान में पगड़ी ही प्रतिष्ठा का प्रतीक है।

माँ से कोई सहानुभूति न पाकर पिता हताश लौट गए।

उन्होंने उस सुबह अपना डम्बलों का व्यायाम नहीं किया और बिना भोजन किए ही दफ्तर चले गए।

दोपहर बाद लौटे तो उन्हें बुखार की शिकायत थी और वे पाँच दिन तक बीमार रहे।

यह अच्छा ही हुआ क्योंकि इस कारण वे बाज़ार नहीं गए और इस सन्देह से बचे रहे कि वे किसी संदिग्ध संस्था अथवा उसके किसी सदस्य से बात करते हैं।...

लेकिन इस बम-कांड के बारे में पिता की चिन्ता अभी दूर नहीं हुई थी कि एक और घटना घटित हुई, जिससे उनकी नींद हराम हो गई, स्वभाव चिड़चिड़ा हो गया और घर पर, जहाँ हम बच्चों की चीखें और कहकहे, उनकी अपनी भारी आवाज़ और माँ की मिन्नत-समाजत और झिड़कियाँ गूँजती रहती थीं, आतंक छा गया।

कारण यह कि कुछ पठान ऐसा स्वांग भरकर कि वे गौओं और बकरियों के रेवड़ नज़र आएँ, हमारी बारकों से परे की छोटी पहाड़ियों पर उतरे। सुबह का समय था और बारकों और पहाड़ियों के दरमियान बहने वाली नदी पर धुंध छाई हुई थी। कहा जाता था कि उन्होंने पहरा दे रहे सिपाहियों की मुश्कें बाँध मुँह में कपड़ा ठूँस दिया और मैगज़ीन से सत्तर राइफलें लूटकर फिर पहाड़ियों में जा छिपे।

‘‘ये खसमखाने कितने बहादुर हैं!’’ माँ ने कहा।

‘‘उनकी प्रशंसा मत करो, कोई सुन लेगा।’’ पिता ने उसे सतर्क किया।

‘‘क्यों नहीं? वे मेरे साथ हमेशा भाइयों का बर्ताव करते हैं। मैं आधी रात को पुल के नीचे से गुज़री हूँ और उन्होंने कभी आँख उठाकर भी मेरी ओर नहीं देखा।’’

‘‘मूर्ख! कोई सिपाही या भिश्ती सुन लेगा और फिर बात को फैलते देर नहीं लगती। क्या तुम नहीं जानतीं कि सरकार या तो बंगाली बम से डरती है या फिर सीमाप्रान्त के कबायलियों के आक्रमण से?’’

‘‘तो फिर क्यों फिरंगी आकर दूसरों की धरती पर कब्ज़ा जमाते हैं?’’ माँ ने कहा। उसे लुटेरे विदेशियों के विरुद्ध अपने पिता की बात भूली नहीं थी, जिन्होंने उसकी ज़मीन उसके देशद्रोही भतीजे हरिवंशसिंह को दे दी थी।

‘‘यह सच है कि उन्होंने दूसरे लोगों की धरती पर कब्ज़ा किया है।’’ पिता ने कहा, ‘‘लेकिन तुम यह नहीं समझतीं कि जब उन्होंने कब्ज़ा कर ही लिया तो अब मुश्किल ही से जाएँगे। वे जितनी देर यहाँ हैं, डरते हैं। यही कारण है कि हमारी पलटन यहाँ पत्थरों में पड़ी हुई है, और यही कारण है कि सीमा पर सड़क के चप्पे-चप्पे पर पुलिस का पहरा है। तमाम इलाका मेम, साहबों और उनके बच्चों के लिए बन्द था, सिर्फ हाल ही में खुला है।’’

‘‘उन्हें डर किस बात का है?’’ माँ ने किसान की सहज बुद्धि से कहा। ‘‘उनके पास फौज भी है और तोपें भी हैं। बेचारे पठानों के पास तो ले-देकर एक-दो देसी बन्दूकें हैं।’’

‘‘सुन्दरई, तुम नहीं समझतीं। वे वज़ीरियों, मुसलमानों और दूसरे कबायलियों को दबाने में कभी सफल नहीं हुए।’’ पिता ने कहा, ‘‘फिर उन्हें रूस का डर है, जिसका बादशााह उनके कथनानुसार हमारे समृद्ध देश को हथियाना चाहता है।’’

‘‘रूस के बादशाह के बारे में मैं कुछ नहीं जानती। लेकिन यह उदार फिरंगी फरीदियों और वज़ीरियों को हमेशा गोलियों का निशाना बनाने के बजाय कुछ टुकड़े और वस्त्र दें। तुम जानते हो कि गरीब हमला तब करते हैं जब वे भूखे होते हैं, लेकिन अमीर अपनी शक्ति दिखाने के लिए उन्हें दबाते हैं?’’

‘‘यह ठीक है कि अगर उन्हें कुछ भी मौका दिया जाए तो बड़े अच्छे लोग हैं।’’ पिता ने कहा, ‘‘वे बड़े स्वाभिमानी हैं, अभी हिंसक और अभी विनम्र। वे मित्र के मित्र और शत्रु के भयंकर शत्रु हैं...’’

‘‘हाँ, फिरंगियों के भयंकर शत्रु; पर उनका शत्रु कौन नहीं है?’’ माँ ने कहा।

‘‘लेकिन तुम जानती हो और मैं भी जानता हूँ कि वे पीढ़ी दर पीढ़ी लड़ते

रहते हैं। फिर वे बड़े धर्मोन्मादी और पीर की बात पर मर मिटनेवाले हैं।''

''वे धर्म का आदर करते हैं और इसीलिए पीरों को मानते हैं।'' माँ ने प्रतिवाद किया, ''लेकिन जब हमारे महाराजा रणजीतसिंह ने उन पर विजय पाई तो वे हमारे मित्र बन गए।''

''वे अपनी लुंगियों और तुर्रों से पागल एक उत्तेजित भीड़ हैं और अंधा-धुंध गोलियाँ चलाते हैं।''

''वे रेशम कातते और बुनते हैं, इतना प्यारा रेशम!'' माँ ने कहा।

''अच्छा, अच्छा, यहाँ बैठकर उनकी तारीफ मत करो।'' पिता चिढ़कर बोले, ''इन पहाड़ियों में हम सबके लिए खतरा है। यह भिड़ों का छत्ता है। काश, इस मूर्ख जनरल ने मार्च का हुक्म न दिया होता! अँग्रेज़ी सरकार लोगों पर यह सिद्ध कर देना चाहती है कि दिल्ली में हिन्दुस्तान के शहंशाह का अभिषेक हो चुका है और अब उन्होंने भिड़ों के छत्ते को छेड़ दिया है।''

''अब वे पठानों से अपनी शत्रुता का फल चखेंगे।'' माँ ने कहा और वह मसूर में से कंकड़ चुनने लगी।

''चुप रहो!'' पिता उबल पड़े, ''पलटन के साहब पेटी में पिस्तौल लगाकर सशस्त्र अर्दलियों के साथ घूमते हैं। सारी ब्रिगेड अपराधियों की खोज कर रही है, आतंक फैला हुआ है और तुम ऐसी बातें बघार रही हो। मेहरबानी करके गुरदेवी से ऐसी बातें मत करना, क्योंकि वह चत्तरसिंह को बता देगी।''

लेकिन माँ को अपना क्रान्तिकारी उत्साह दिखाने से रोकना सम्भव नहीं था। 'छोटी माँ' गुरदेवी का मकान क्वार्टर-गार्ड के बिलकुल पास था, इसलिए कबायलियों के आक्रमण के बाद माँ से उसकी घनिष्ठता और बढ़ गई थी। जब वह आती तो दोनों घुल-मिलकर बैठ जातीं और पलटन के अस्पताल के डॉक्टर घसीटाराम की पत्नी की निन्दा करके अपनी मित्रता बढ़ातीं।

दूसरे लोगों की अपेक्षा इस गड़बड़ ने मेरे पिता को ज़्यादा परेशान किया। कारण यह था कि पलटन में वे चिड़चिड़े और उत्तेजित पड़ रहे अँग्रेज़ों के अधिक सम्पर्क में आते थे और आर्मी हेडक्वाटर से हर सुबह जो नये आदेश आते थे, उन्हें पढ़कर सुनाना उन्हीं की ड्यूटी थी। फिर अपने मिलनसार स्वभाव के कारण जब-जब पलटन सीमा पर नियुक्त हुई थी, उन्होंने स्थानीय पठानों से मित्रता स्थापित की थी। वे उनके पत्र और दरख्वास्तें लिखा करते थे। इसके लिए वे हमारे घर फल, ताज़ा अंडे, ऊनी कपड़े और अपने त्यौहारों पर पूरी भेड़ भेज दिया करते थे।

चिन्ता के बहुत-से दिन बिताने के बाद पिता ने साहबों के मुख पर मुस्कान देखी, जो इस बात का प्रमाण थी कि उन पर किसी द्रोह का संदेह नहीं। और

इस भय से कि कोई ईर्ष्या के कारण उनकी चुगली करेगा, उन्हें किसी ऐसे शत्रु की आशंका रहती थी जो उनके विरुद्ध साहबों के कान भर सकता था। इसलिए वे पलटन में अपने मित्रों से मिलकर उनके साथ अपने सम्बन्ध बड़ी तत्परता से दृढ़ कर रहे थे।...

हमारे घर से कोई सौ गज़ के फासले पर एक दस्ते का हिन्दुस्तानी अफसर, सूबेदार मेजर गरकसिंह, अपने क्वार्टरों के बाहर दरबार लगाया करता था। मेरे पिता प्रतिदिन सूबेदार को प्रणाम करने जाते थे। पिता से उसका व्यवहार बड़ा ही शिष्ट था, क्योंकि कभी पिता ने उसे उन्नति दिलाने में अपने पद और प्रभाव का प्रयोग किया था और उसी के कारण वह साधारण सिपाही से सूबेदार बना था। यह हठी राजपूत, जिसका चेहरा शेर जैसा था लेकिन सिर्फ ठोड़ी के बाल यों तराशे गए थे कि बकरी–दाढ़ी नज़र आती थी, उनका पक्का मित्र बना रहा। बाबू की घबराहट देखकर वह उनके लिए गर्म चाय मँगवाता। वह उन्हें प्रसन्न करने हमारे घर आता, मुझे और मेरे भाइयों को पैसे और मिठाइयाँ देता और माँ को फल और सब्जियाँ भिजवाता था।

दफ्तर से लौटते समय वे एक और अफसर हवलदार सुरजनसिंह से भी अवश्य मिलते थे। वह इतना मोटा था कि उसकी आँखें आधी बन्द होतीं और उसकी साँस यों चढ़ी रहती जैसे अपना भारी पेट उठाए फिरने में उसे बड़ा कष्ट करना पड़ रहा हो। सुरजनसिंह पिता का 'पुराना नम्बरिया' यार था क्योंकि वे दोनों एक ही साल में भर्ती हुए थे। पिता जब मिलते तो उससे दूर ही से मज़ाक करते और फिर निकट आकर उसके पेट में अँगुलियाँ खबोते या फिर घंटों खड़े गम्भीर स्वर में बातें करते। इसलिए वह उपयोगी था और पलटन में काफी लोकप्रिय था। यह लोकप्रियता कुछ तो उसे अपनी स्थूल काया के कारण प्राप्त थी और कुछ इसलिए कि जो लोग उसके पास आकर बैठते थे। वे उसके हास–परिहास से प्रसन्न होते थे।

कई बार पिता सफाचट चेहरे और साफ–सुथरे कपड़ोंवाले पलटन के पुरोहित पंडित जयराम से भी बातें किया करते थे। लेकिन पुरोहित अपनी जाति के अधिकांश व्यक्तियों की भाँति धूर्त और पाखंडी था। जाने क्यों, पिता के प्रति वह अपने मन में द्वेष रखता था। हिन्दुस्तानी अफसरों और दफ्तर के क्लर्कों से साज़–बाज़ करके उसने अँग्रेज़ अफसरों में उनके रसूख को कम करने का प्रयत्न भी किया था। कुछ हिन्दुस्तानी अफसरों को पिता से शिकायत थी कि उनके कागज़ आगे नहीं भेजे गए और क्लर्क इसलिए नाराज़ थे कि पिता हेडक्लर्क थे और जब तक वे दफ्तर से अवकाश प्राप्त नहीं कर लेते, उनकी तरक्की रुकी रहेगी; लेकिन चूँकि उनका सीधा पिता से काम पड़ता था, इसलिए वे खुल्लम–खुल्ला उनका

विरोध नहीं करते थे। पंडित जयराम को किसी पूर्वज के श्राद्ध पर न्योता देकर खुश किया जाता था और उसकी उपद्रवी प्रवृत्तियों को प्रति-षड्यन्त्रों द्वारा वश में रखा जाता था।

पिता की रक्षा-अरक्षा दरअसल हमारे 'छोटे पिता' चत्तरसिंह, जिनका चेहरा दाढ़ी से ढपा हुआ था, के रवैये पर निर्भर करती थी। माता-पिता की गुप्त बातचीत से, जो हमें उससे और गुरदेवी से अलग नहीं करना चाहते थे, हमने यह समझ लिया था कि पिता को असल खतरा चत्तरसिंह से था, क्योंकि वह उन्हें निकालकर खुद पलटन का हेडक्लर्क बनना चाहता था। लेकिन उसकी यह अभिलाषा इसलिए पूरी नहीं होती थी, क्योंकि उसे अँग्रेज़ी भाषा पर अधिकार प्राप्त नहीं था, जिसका प्रत्येक शब्द उसकी दाढ़ी में खो जाता था। अमृतसर चर्च मिशन हाईस्कूल के हेडमास्टर श्री जेम्स फर्बर की शिक्षा के कारण मेरे पिता की अँग्रेज़ी बहुत अच्छी थी और उन्होंने गर्मियों में दोपहर के बाद और सर्दियों में शाम को अँग्रेज़ी पुस्तकें पढ़कर लिखने का भी अभ्यास कर लिया था।

फिर भी चत्तरसिंह बड़ा भारी खतरा था। पिता इस क्वार्टर-मास्टर क्लर्क के साथ अच्छे सम्बन्ध बनाए रखने का प्रयत्न करते थे। वे उसे प्रेम से सी. एस. ओ. (चत्तरसिंह ओबराय नाम के प्रारम्भिक अक्षर) कहकर बुलाया करते थे। वे उसे अपने साथ सैर को ले जाते और पाँच-सात साल में अपने अवकाश प्राप्त कर लेने की अस्पष्ट और निराधार बातें करते। माँ उसकी पत्नी गुरदेवी से घनिष्ठता बढ़ा रही थी, जो कभी-कभी उससे दूर हट जाती थी। उसने न सिर्फ पति की अभिलाषा को अपनी अभिलाषा बना लिया था, बल्कि अपना कोई बच्चा न होने के कारण वह माँ से डाह करती थी, जिसने चार लड़के पैदा कर दिए थे। मगर वह आक्रमण के बाद से माँ के पास बराबर आ रही थी और उसकी ओर से कोई खतरा नहीं था। और हम 'ओह कुछ' कभी माँ से और कभी गुरदेवी से लेकर बहुत प्रसन्न थे।

पलटन में कुछ दूसरे लोग भी थे, जिन्हें प्रसन्न रखना ज़रूरी था ताकि वे घृणा न फैलाएँ। एक पलटन का शस्त्रकार, सिराजदीन था, जिसे पिता तैमूर कहकर पुकारते थे; क्योंकि यह धर्मोन्मादी मुसलमान जिसकी दाढ़ी मेहंदी रंगी थी, तीसरे अफगान युद्ध में मोर्चे पर जाते हुए गाड़ी से गिर पड़ा था और तब से लंगड़ाकर चलता था। फिर पलटन के स्कूल का हेडमास्टर हनुमन्तसिंह था, जो लम्बे कद का गम्भीर नौजवान था और जिसकी सत्यप्रियता के कारण घनिष्ठता बढ़ाना सम्भव नहीं था। और फिर पतला-दुबला चुगलखोर बाबू घसीटाराम था, जो कम्पाउंडर से डॉक्टर बना था। वह वास्तव में 44वीं तोपखाना पलटन से सम्बन्धित था। अगर वह उस आदमी के विरुद्ध कानाफूसी शुरू करता, जिसकी आर्यसमाज में

लोकप्रियता उसे खलती थी, तो पलटन में उसका काफी प्रभाव पड़ सकता था। इसके अलावा इस छोटी-सी दुनिया में, जहाँ प्रत्येक व्यक्ति साहब का कृपापात्र बनकर ज़्यादा इज़्ज़त पाने के लिए साज़िश करता था, बहुत-से 'घास के साँप' थे।

मेरे पिता उन सम्भावनाओं पर खूब विचार करते थे, जिनके कारण वे साहबों की दृष्टि में गिर सकते थे। भोजन करते समय वे बहुत ही गम्भीर और भययुक्त स्वर में इस विषय पर माँ से बात किया करते थे। उनके सिर पर अपने पकड़े जाने की सनक सवार थी, जिसके कारण उनकी भौंह सिकुड़ी रहती थी और जिसके कारण वे हम बच्चों को कभी खूब प्यार करते और कभी क्रोध में डाँटते।

बड़े दिन का क्रिसमस का त्यौहार आया तो तनातनी कुछ कम हुई। उस दिन एक अर्दली फलों का एक टोकरा और एक रहस्यमय बक्स लेकर पहुँचा जो पलटन के आफिसर कमांडिंग ने ब्रूट, बुल्ली और बिट्टी को भेजा था।

मेरे पिता की खुशी का ठिकाना न था क्योंकि क्या यह उपहार 'कर्नल साहब' के सद्भाव का संकेत नहीं था! वे मुस्कराते-हँसते आँगन में भाग रहे थे और पुकार रहे थे, ''लड़को, आओ, और देखो कर्नल लौंगडन साहब ने तुम्हारे लिए क्या भेजा है।''

गणेश और मैं बैठक में बैठे स्कूल का काम कर रहे थे, सुनते ही तुरन्त उठकर भागे। जब हमारे और शिव के नाम का बक्स खोला जा रहा था, तो हम उत्सुकता से एक-दूसरे को कुहनियाँ मार रहे थे। जब पैकेट खुल गया तो हम उस पर टूट पड़े। पिता ने गालियाँ देकर और चपत लगाकर चीज़ों को हमारे हाथ से बचाया। पर हम कब माननेवाले थे, खोलने में सहायता करने का बहाना लगाकर चीज़ों पर से घास उतारने लगे।

शीघ्र ही खिलौने हमारे उत्सुक हाथों में थे।

सबसे पहले एक रेलगाड़ी के हिस्से निकले जिन्हें पिता ने जोड़कर एक चाभी से चला दिया। यह दृश्य देख मैं खुशी से चीख उठा और शिव को जगा दिया। तब गुलाबी मुख और नीली आँखोंवाली एक सुन्दर गुड़िया थी, जिसके बारे में माँ ने कहा कि वह मेरी भावी दुल्हन जैसी है और जिस कारण मैंने उसे छाती से लगा लिया और गणेश को छूने तक नहीं दिया। इसके अलावा मिट्टी का एक हाथी, एक ऊँट और मोम की एक बतख थी।

ये खिलौने देवताओं के देवता, 'कर्नल साहब' ने भेजे थे; इसलिए उन्हें महात्माओं की अस्थियों की तरह बाद में सादर संभालकर रखा गया। इस समय उन्होंने मुझे इतना प्रसन्न किया कि मैं गणेश से मिल्कियत के बारे में झगड़ पड़ा

और यह खतरा पैदा हो गया कि वे आगे तनिक भी आनन्द नहीं दे सकेंगे। इस विषय में सन्देह की गुंजाइश नहीं थी, क्योंकि मैं लाड़ला बेटा अधिक उपद्रवी और अधिक 'फैशनेबल' था। लेकिन ज्यों ही मैंने उन्हें भाई से छीना, माँ ने आकर कहा कि वह उन्हें देवताओं की अर्चना की खास रस्म के लिए संभालकर रखेगी। यह रस्म वह इसलिए ज़रूरी समझती थी ताकि देवताओं के कारण घर में अधिक बरकत आए।

"मैं लूँगा, मैं लूँगा! वे मेरे हैं!" मैं एक लाड़ले बच्चे की हठ से चिल्लाया और उन्हें माँ के हाथ से छीन लेने का प्रयत्न किया।

"बको मत, चुप बैठे रहो। वे तुम्हें तुम्हारी माँ की रस्म के बाद मिल जाएँगे।" पिता ने मुझे डाँटा। वे खिलौनों को पवित्र करने के बारे में माँ की योजना से सहमत थे। चाहे पिताजी आर्यसमाज के सदस्य थे, जो मूर्तिपूजा-विरोधी संस्था थी और शुद्ध और पवित्र पूजा का वैदिक युग वापस लाना चाहती थी, पर अधिकांश हिन्दुओं की भाँति मेरे पिता की अपनी कोई मान्यता नहीं थी। एक निरीह ग्रामीण स्त्री की श्रद्धा से माँ जो त्यौहार और रस्म मनाती थी, वे उसी में सहमत हो जाते थे।

मैं निराश और हताश पीछे हटकर बैठ गया। जिस क्षण भाई पर विजय प्राप्त की, मैं उसी क्षण परास्त भी हुआ और मैंने अपने लकड़ी के घोड़े पर चढ़ना शुरू किया।...

उस शाम पिता ने 'सिविल एंड मिलिटरी गज़ट' अलग फेंक दिया और वे आत्मतुष्टि से मुस्करा रहे थे। उन्होंने वह घर की बुनी दूध जैसी सफेद शाल टाँगों पर डाल रखी थी, जो वे आमतौर पर थोड़ी सर्दी से बचने के लिए ओढ़ा करते थे। एक गावतकिया सफेदीशुदा दीवार के साथ पड़ा था, पिता उस पर झुके आराम से बैठे थे और एक टीन के लैम्प का मद्धिम प्रकाश दरी बिछे फर्श पर पड़ रहा था। वे शान्ति और विनम्रता की मूर्ति-से यों बैठे थे जैसे उन चित्रों और कार्टूनों के बारे में सोच रहे थे, जो उन्होंने आफीसर-मैस के 'टैटलर और बाइस्टैंडर' की पुरानी प्रतियों से काटकर दीवार पर चिपका दिए थे। इन चित्रों में सुन्दर स्त्रियाँ थीं जो लम्बी-लम्बी पोशाकें और सिरों पर मुकुट पहने हुए थीं और घोड़ों पर शिकार की ड्रेस में लार्ड और लेडियाँ थीं, जिनके पीछे शिकारी कुत्तों की टोलियाँ थीं।

"कर्नल बहुत अच्छा आदमी है," उन्होंने मेरी माँ से सगर्व कहा, "और उसने मुझे जो टोकरा भेजा है वह मेरे तमाम दुश्मनों के मुँह पर जूता है। अब जबकि साहब मेरी ओर हैं वे जहाँ चाहें चुगली करते फिरें। और आर्यसमाजी भी अपने समाज को रखें। मैंने अब तक सरकार की नौकरी की है और मैंने उसका

जो नमक खाया है उसे हराम करूँगा।...लाओ कुछ फल खाएँ।..." और उन्होंने टोकरे की ओर यों देखा जैसे ज़िन्दगी में कभी ऐसे स्वादिष्ट पदार्थ न चखे हों। वैसे यह सच था कि उन्होंने कभी विलासिता नहीं देखी थी, क्योंकि बचपन में ओछी वृत्तिवाली बूढ़ी माँ के कारण अच्छी चीज़ों से वंचित रहे और सतर्कता के कारण खुद भी कभी महंगे पदार्थ नहीं खरीदते थे। इसलिए हमारे घर में फल कभी-कभी ही आते थे; या तो उस समय जब माँ खुद बाज़ार जाती और अधिक पके हुए सस्ते केले खरीद लाती थी या फिर जब कोई टोकरा उपहार में आता।

"तनिक रुको!" माँ ने जैसे रसोई की जेल से निकलते हुए कहा, "तुम भी बच्चों की तरह बेबस हो जाते हो।"

वह एक चौकी लाई, जो उसके मन्दिर का काम देती थी और जिस पर विभिन्न देवताओं की पीतल की छोटी-छोटी मूर्तियाँ थीं। श्यामवर्ण कृष्ण भगवान थे, जिनके कारण मेरा नाम रखा गया था, जो टाँग पर टाँग रखे राधा के पास खड़े बंसरी बजा रहे थे। हाथी के सिरवाले बुद्धि और समृद्धि के विचित्र देवता गणेश थे, जिन पर मेरे बड़े भाई का नाम रखा गया था। विष्णु भगवान थे। लोहे की एक छोटी-सी सूली से लटके हुए ईसा मसीह थे, जिनकी ज़बान बाहर को निकली हुई थी। माँ ने यह मूर्ति एक 'नन' से माँगी थी। कमल के आसन पर बैठे हुए पीतल के बुद्ध थे; और आगा खाँ का एक बड़ा चित्र था जो माँ के कथनानुसार कृष्ण, विष्णु और राम के अवतार थे और अपने-आपको हज़रत मुहम्मद के वंशधर बतानेवाले इस्माइली सम्प्रदाय के पीर थे और जो हमारी ठठेरा बिरादरी के घरेलू भगवान थे। और दूसरे छोटे देवता थे। सब पर पालिश था, सब पंक्ति में सजे हुए थे और उनके आगे जो धूप जल रही थी उसकी सुगन्ध में लिपटे हुए थे। भगवद्गीता, जपजी साहब, एक अँग्रेज़ी 'अंजील' और कुरान की एक प्रतीक प्रति, सब एक-दूसरे से सटी पड़ी थीं, बल्कि एक दूसरी को चौकी से धकेल रही थीं क्योंकि कर्नल लौंगडन के भेजे हुए खिलौने भी अब मंडल में रख दिए गए थे।

"हो-हो...हा-हा!" पिता ठहाका मारकर हँसे। जब माँगने पर भी मनचाही वस्तु न मिली तो उनकी आलोचक भावना भड़क उठी, "लड़को! देखो, देखो! तुम्हारी माँ पागल हो गई।"

माँ ने इस ओर ध्यान नहीं दिया। वह धूपदान मूर्तियों के आगे और खिलौनों और फलों पर हिलाती और मन्त्र पढ़कर प्रार्थना करती रही। अन्त में उसने हाथ जोड़े और सिर झुकाकर देवताओं को प्रणाम किया।

"हा-हा!" पिता फिर हँसे। यह हँसी आधी शरारत और आधी परेशानी की थी। "यह वाकई पागल है। यह ईसू मसीह, विष्णु, कृष्ण, कुरान और जपजी

को एक साथ पूजती है। लड़को, यह पागल है, एकदम सौदाई।''

माँ ने अपनी प्रार्थना जारी रखी। वह कभी मेरे पिता के उपहास से पीली पड़ जाती थी और कभी अन्तर्चेतना से मुस्कराती थी। आखिर अपनी घायल सरलता से उसकी आँखें डबडबा आईं।

''क्या अपनी प्रार्थना शुरू करने से पहले तुम मुझे गर्म दूध और उस क्रिसमस केक का एक टुकड़ा दोगी जो साहब ने भेजा है?'' पिता ने कहा, ''फिर तुम जो चाहो करती रहना।''

''अच्छा!'' माँ ने चिढ़कर कहा, ''लेकिन भगवान से डरो। मेरी पूजा का उपहास करने के लिए कहीं तुम्हें देवताओं का शाप न लगे। अगर तुम्हारा धर्म सिर्फ आर्यसमाज का प्रधान बनना है और जिसे तुम यह पता चलते ही कि कहीं सरकार बुरा न मान जाए, झट छोड़ने को तैयार हो, तो दूसरे को तो अपनी प्रार्थना कर लेने दो!''

''तुम इसे धर्म बताती हो?'' पिता ने कहा। ''कुरान और गीता पर फूल चढ़ाकर विष्णु की पूजा करती हो और हाथ ईसू मसीह के आगे जोड़ती हो।''

''उन सबके पीछे भगवान तो एक है।'' माँ ने संकोच से कहा।

''माँ, मैं भी अपना दूध ले लूँ। मुझे नींद आ रही है। मैं सोना चाहता हूँ।'' गणेश ने पिता का पक्ष लेने के लिए धीरे से कहा।

''यह लो!'' माँ ने अधीरता से कहा। उसने दूध जल्दी से काँसे के कटोरों में डाला और प्लेटें फल और मिठाई से भरकर हमारे सामने रख दीं।

पिता ने सुड़ककर दूध पिया। उनकी मूँछें मलाई से भर गईं। उनकी आँखों में चमक और कंठ में कहकहा था। फल और मिठाई के हर ग्रास के साथ वे अपने शत्रुओं पर विजय सिद्ध करना चाहते थे।

माँ बाहर रसोई में चली गई।

खाना समाप्त करके पिता ने कहा कि वे अब सोने जा रहे हैं।

गणेश उनके पीछे चला।

मैं अकेला बैठा खिलौनों से खेल रहा था, अब उनपर सिर्फ मेरा ही अधिकार था।

''कृष्ण, जाओ, तुम भी सो जाओ।'' माँ ने बरामदे से आकर रुँधे स्वर में कहा।

मैंने पलटकर देखा कि वह अपना चेहरा आँचल में छिपा रही है।

''माँ, क्या बात है?'' मैं पूछना चाहता था; पर मेरी आँखों से आँसू उमड़ पड़े। मैंने अनुमान लगाया कि माँ के रोने का कारण उसकी पूजा के प्रति पिता की अवज्ञा नहीं बल्कि उनके प्रति भय है। मैं नहीं जानता कि क्या था, पर उनमें किसी वस्तु का अभाव था, जो उन्हें अक्सर मलिन और क्रुद्ध बना देता था।

''मैं तुम्हारे बिना नहीं सो सकता, तुम भी जाओ।'' मैंने कहा चूँकि अब

मैंने निश्चय कर लिया था कि पिता और माता के इस झगड़े में मुझे किसका साथ देना है।

इससे पहले मैं पिता को ही हमेशा हीरो समझता था और माँ से कुछ डरता था, क्योंकि जब वह आँखें बन्द करके और तनकर प्रार्थना करती थी तो वह मुझे अपने से इतनी दूर और अलग जान पड़ती जैसे वह मेरी माँ नहीं बल्कि कोई कुरूप और मृत स्त्री हो। उसकी मूर्तियाँ यों लगतीं जैसे उनमें देवताओं की दुष्ट आत्मा का वास हो जो माँ को मुझसे छीन लेना चाहती हो। लेकिन अब मैंने महसूस किया कि उसमें और मुझमें एक प्रेम-सम्बन्ध है, जो सरल, सुन्दर, उदासीन और अविच्छेद्य है। जबकि वह चुपके-चुपके रो रही थी तो मैंने उसके गले में बाँहें डाल दीं और उसके साँवले आकुल मुख की स्निग्धता अनुभव की। देवताओं का कोई अस्तित्व ही नहीं था।...

5

हम सबके प्रति पिता के व्यवहार में अब मैंने एक विशेष परिवर्तन महसूस किया। वे कठोर और अधिक चुप रहते थे। किसी बात में कोई उनका विरोध करे तो चिढ़ जाते थे। शायद उन्हें अपने शत्रुओं द्वारा किसी नये षड्यन्त्र का पता चला था, या इसका कारण अस्थायी मनोस्थिति थी। लेकिन अब वे घर से दूर रहते थो, जबकि पहले दोपहर का भोजन करके बैठ जाते और हमें पढ़ाया करते और रात के भोजन के अध्यक्ष बनते। सप्ताह के अन्त में वे कुछ दिन की छुट्टी लेकर पेशावर या अमृतसर चले जाते और माँ अक्सर रोते-रोते सो जाती। और जब वे घर में होते तो काले बादल की घटा की तरह एक भय-सा छाया रहता।

मैं उस समय परिवर्तन का कारण नहीं समझता था। बाद में मालूम हुआ कि वायसराय की कोठी के पास बम की घटना के बाद से लोगों में और साहबों में जो तनातनी आ गई थी, इसका सम्बन्ध उसी से था। पिता ने आर्यसमाज के सामाजिक जीवन से जो सहसा सम्बन्ध विच्छेद कर लिया था, इसका उनके मन पर बड़ा बोझ था। हालाँकि उनके विरुद्ध षड्यन्त्र की सम्भावना अब भी बनी हुई थी, पर उन्होंने अपने ऊपर जो प्रतिबन्ध लगा लिए थे, उनसे वे बहुत खिन्न थे। तंग दिल अनपढ़ हिन्दुस्तानी अफसरों की संगति और पेशावर में शराब और स्त्री से इसकी पूर्ति नहीं होती थी। सेना में छोटे दिल के लोगों की तुच्छ ईर्ष्या, नीचता और षड्यन्त्रों के वे अभ्यस्त तो हो गए थे, पर उनसे घृणा करते थे।

मुझे याद आता है कि पिता के स्वभाव में इस परिवर्तन को मैंने बड़ी शिद्दत

से महसूस किया। यह मेरी बढ़ने की उम्र थी और अब लाड़ले बच्चे के बजाय स्कूल का विद्यार्थी था और दूसरे दुःखों के अलावा इस विकट स्थिति के दुःख का भी अनुभव करता था।

मैंने घर के 'बेबी' का स्थान स्वेच्छा ही से शिव को दे दिया था, क्योंकि मैं उसे चाहता था। इसके अलावा बड़े लड़के, जैसे गणेश और उसे मित्र, मुझे अपना साथी नहीं बनाते थे; इसलिए मैं नन्हे भाई के साथ खेलता था और उसके साथ बड़े भाई के विरुद्ध संयुक्त मोर्चा बना लिया था। मैंने माता-पिता से 'ये न करो' और 'वह न करो' भी एक बच्चे की उसी उदासीनता के साथ स्वीकार किया था, जो एक कान से सुनकर दूसरे कान से निकाल देता है। मैंने वही मान्यताएँ, वही विश्वास और वही पूर्वाग्रह स्वीकार कर लिए थे जो पिता ने अपने अनुभव से ग्रहण किए थे और चाहे वे अपनी बड़ी उम्र के कारण बचपन से बहुत आगे निकल आए थे, फिर भी हमें उन्होंने उनको अपनाने का आदेश दिया था, क्योंकि वे हमें अपने जैसा ही आदमी बनाना चाहते थे।

मैंने इस पारिवारिक संहिता को भी स्वीकार कर लिया था कि हम अपने परिवार के अनुरूप कार्य करके पिता की प्रतिष्ठा को बढाएँ। हमारा परिवार इज़्ज़त और सम्मान की दृष्टि से एक आदर्श परिवार था और मैं तोते की तरह माँ की नकल उतारकर गीता के श्लोक पढ़ सकता था और स्कूल में भी अच्छा था। पर अपनी मनमानी आज्ञा का तनिक भी उल्लंघन होते देख पिता जो शारीरिक शक्ति और गालियों का प्रयोग करते थे, मुझे उससे घृणा थी, हालाँकि वे इसे पितृसत्ता का अलिखित अधिकार समझते थे और उद्देश्य हमें सुधारना था।

मुझे वह समय याद है; जब पिता ने मुझे पहली बार पीटा था। कांगड़ा पहाड़ का एक सिपाही छुट्टी से लौटा था, उसने हमारे घर एक आमों का टोकरा उपहार में भेजा। मैंने उसमें से एक बड़ा पका हुआ आम चुरा लिया। हमारे क्वार्टर के पीछे पिता ने जो सब्ज़ी की क्यारी बो रखी थी, मैं वहाँ बैठा इसे मज़े से चूस रहा था कि घरवालों ने मुझे गुम पाया। पिता मुझे खोजते हुए वहाँ आ निकले और मैं सहसा रोने लगा। पिता मुझ पर झपटे और आम चुराने और उन्हें देखकर रोने के लिए मुझे दोहरी मार पड़ी। इस घटना की स्मृति-मात्र से मेरे मन में द्वेष उत्पन्न होता था। उस दिन की मार के कारण एक तो मैं हमेशा के लिए घृणा करने लगा और दूसरे इसने मुझे उद्दंड और ढीठ बना दिया। मैं एक ऐसा स्वेच्छाचारी लड़का बन गया, जिसका मन दुःख और क्षोभ से भरा रहता था। बचपन की प्रारम्भिक स्मृतियों के अतिरिक्त इस हास्यास्पद घटना से मेरे भीतर वह लावा उत्पन्न हो गया, जो मेरे लड़कपन में सक्रिय ज्वालामुखी की तरह उबलता रहा और मेरा समस्त जीवन जैसे एक निरन्तर विस्फोट बन गया।

मुझे वह समय याद है जब अन्याय की भावना के कारण इस लावे का पहला विस्फोट हुआ। एक सुबह जब मैं स्कूल जाने के लिए अपना बस्ता तैयार कर रहा था कि पिता ने आदेश दिया कि मैं जाकर नाई को बुला लाऊँ। दफ्तर जाने से पहले नाई उनकी दाढ़ी बनाने आया करता था, पर वह उस दिन अभी नहीं आया था।

''मुझे स्कूल पहुँचने में देर हो जाएगी।'' मैंने माँ से कहा, क्योंकि ऐसे समय पिता से बात करते डर लगता था।

''ओ सूअर, जा और जो मैं कहता हूँ वह कर!'' पिता गरजे।

मैंने आनाकानी की, क्योंकि मुझे डर था कि अगर मैं नाई को बुलाने चला गया तो गणेश मुझे छोड़कर स्कूल चला जाएगा। माँ जो हर रोज़ सुबह उठकर चौका-चूल्हा आदि झाड़ू-बुहारू करती थी और समय का तनिक भी ध्यान नहीं रखती थी उसके कारण भोजन देर से बनता था और जब लम्बी प्रतीक्षा के बाद खाने बैठते तो इस प्रकार के आदेश मिलने से हम स्कूल अक्सर देर से पहुँचते। ऐसे समय मास्टर की बेंत मस्तिष्क में उभर आती जो सर्दी की ठंड और धुंध में सचमुच की मार से किसी तरह कम भयंकर नहीं होती थी। स्कूल के लम्बे अभ्यास ने गणेश को इस मार का आदी बना दिया था। लेकिन मुझे स्कूल में जो दो-चार बार पिटना पड़ा था, उसका मेरे मन पर इतना आतंक छाया था कि बेंत की कल्पना-मात्र से मेरी आँखों में आँसू आ आते थे।

''तुम कहना नहीं मानोगे?'' पिता ने अपने भारी शरीर को झटककर कहा। डम्बल-व्यायाम के कारण वे पसीने से सराबोर थे। ''उठो, जाओ।'' वे गरजे और उन्होंने मुझे खड़ाऊँ की ठोकर मारी।

उनके कर्कश शब्द सुनते ही मैंने सुबकना शुरू कर दिया था। ठोकर खाकर चीखने लगा।

मुझे रोता देखकर पिता आपे से बाहर हो गए और मेरे मुँह पर ज़ोर का चाँटा रसीद किया।

''ओह, मैंने क्या किया है? मुझे क्यों पीटा जा रहा है?'' माँ की सहानुभूति प्राप्त करने के लिए मैंने चिल्लाना शुरू किया। लेकिन ऐसे समय मेरे पिता के भय से वह बीच में नहीं पड़ती थी। एक और चपत के भय से मैंने बस्ता उठाया और बिना भोजन किए बाहर दौड़ा।

निर्भरता के पिंजड़े में बन्द होने के कारण मेरे अबोध मन को यह दंड उचित जान पड़ा और मैं चुपचाप नाई को बुलाने चला गया।

लेकिन मेरे भीतर एक विवश और उद्दंड बालक का क्रोध उबल रहा था। मैं अपने-आपको सही समझता था। क्या मैं पिछले हफ्ते स्कूल में देर से पहुँचने

के लिए पिट नहीं चुका था? और देरी से पहुँचने में मेरा कुछ भी दोष नहीं होता था क्योंकि माँ भोजन जल्दी नहीं बनाती थी। ''पर इस ज़ालिम बाप ने मुझे मारा है!'' मैं रो रहा था।

'सूअर! मुझे इससे नफरत है! काश यह मर जाए।'

ये और ऐसे ही विचार मेरे मन में उठ रहे थे कि मैं पसीने में भीगा जल्दी-जल्दी चल रहा था। दुर्भाग्यवश रास्ते में पड़े एक पत्थर से ठोकर लगी। मैं चोट से बिलबिला उठा; लेकिन तब तक चलता रहा, जब तक मैंने यह नहीं देखा कि पाँव की अँगुलियों से खून बह रहा है। मैं सहसा चीख पड़ा; लेकिन चोट के दर्द से इतना नहीं, जितना कि खून बहता देखकर।

धूल में बैठकर और पाँव हाथ से ऊपर उठाकर मैंने घाव से खून चूसना शुरू किया क्योंकि दूसरे लड़कों ने मुझे बताया था कि आदमी को अपनी शक्ति की एक बूँद भी नष्ट नहीं करनी चाहिए।

''ओ मेरी माँ! हाय माँ!'' मैं चिल्लाया क्योंकि खून अब भी बह रहा था। लेकिन खून के साथ मिट्टी और कंकड़ भी मुँह में चले गए; उनसे कंठ में कुर्कुरी हुई और मैंने इधर-उधर थूकना शुरू किया। रोना बन्द हुआ और मैं सुबकने लगा।

जब मैं सुबक रहा था तो मुझे पिता के विरुद्ध एक नई शिकायत पैदा हुई। मन अवज्ञा और क्षोभ से भर गया, क्योंकि मैं उन्हें सौ मर्तबा कह चुका था कि मुझे अँग्रेज़ी बूट खरीद दो; पर उन्होंने कह दिया था कि वे समर्थ नहीं है। नतीजा यह हुआ कि हिन्दुस्तानी देसी जूता मैं पहनता नहीं था; इसलिए नंगे पैर स्कूल जाता था और कई बार ठोकर खा चुका था।

मगर मैं उठा और पिता की आज्ञानुसार नाई को भेजकर स्कूल को चला। सूरज ऊपर चढ़ आया था, रास्ता सूना और वीरान था, सिर्फ कभी कोई चिड़िया चहकती थी या कौवा काँव-काँव करता था। मुझे अपने सही होने का विश्वास था; लेकिन कुछ शंका भी थी और मास्टर का भय बिलकुल नहीं था।

स्कूल के अहाते में पहुँचते ही मेरा दिल ज़ोर-ज़ोर से धड़कने लगा, सारी शक्ति क्षीण हो गई और यह बात अनिवार्य जान पड़ी कि गलती करने वाले लड़कों के लिए हिन्दुस्तानी स्कूलों का जो कठोर दंड-विधान है, उसके अनुसार दूसरी कक्षा के मास्टर मुंशी त्रिलोकचन्द मुझे अवश्य दंड देंगे।

जब मैंने देर का कारण बताना चाहा तो मास्टर हमेशा से भी अधिक चिढ़ गया।

''मेरे बाबूजी...'' मैंने कहना शुरू किया।

''बाबू का बच्चा? तुम्हारे पिता कमांडर-इन-चीफ ही क्यों न हों, मगर तुम पास न होगे तो स्कूल-इंस्पेक्टर मेरी तरक्की रोक देगा।'' मास्टर ने कहा।

उन्होंने मुझे लकड़ी की उस छड़ी से तीन बार मारा जो महीनों से लड़कों के शरीर पर पड़ते-पड़ते अब फट गई थी।

घर और स्कूल में पिटने के कारण मैं कई दिन तक दुःखी और लज्जित रहा। मैं किसी के सामने जाते हुए झिझकता था ताकि मेरी आँखों से वह यह न देख ले कि मेरा अपमान हुआ है। मेरे लिए सारी दुनिया विक्षुब्ध और उदास थी। कोई स्थान नहीं था जहाँ मैं जा सकूँ और कोई व्यक्ति नहीं था जिसे मैं अपनी विपदा सुना सकूँ। घर से बाहर जो सिपाही और बड़े आदमी थे, उनके लिए बच्चे सिर्फ मनबहलावा थे, जिनके साथ वे कभी दिल्लगी या मज़ाक कर लेते थे। और जो बड़े लड़के थे वे अपने हमउम्रों को खेल का साथी बनाते थे और हमारे जैसे छोटे बच्चों को योंही अकेला छोड़ देते थे क्योंकि अगर उनके हिंसक खेलों में हममें से किसी को चोट आ जाए तो उन्हें खाहमखाह परेशानी उठानी पड़ेगी। मुझे 'छोटी माँ' गुरदेवी के घर अधिक जाने से मना कर दिया गया था क्योंकि माँ कहती थी 'मैं नहीं चाहती कि जो कुछ तुम घर पर सुनो, वहाँ कह डालो।' मुझे लगा कि मैं अब कभी प्रसन्न नहीं हो सकूँगा या कम से कम उस समय तक जब तक तक मैं बड़ा न हो जाऊँ।

निराशा की स्थिति में मैं अकेला ही पलटन की सूनी व्यायामशाला में चला जाता। लेकिन वहाँ जो लकड़ी की घोड़ियाँ और कूदने के तख्ते आदि थे, वे इतने ऊँचे थे कि मैं उन पर चढ़ नहीं पाता था। मैं सिपाहियों की एक कल्पित टुकड़ी की तरह तेज़-तेज़ ड्रिल करके थक जाता। तब मैं हताश लौटता और अपने छोटे, गोल शरीर को दौड़ने में असमर्थ पाता। मैं अपनी दृष्टि में और बड़े लड़कों की दृष्टि में अपने-आपको घृणित समझता। मेरा चेहरा नाई के आइने में गणेश के चपटे चेहरे की तरह शुष्क धब्बों से भरा जान पड़ता और ठेकेदार के बेटे सोहनलाल की तुलना में—जो मेरा हमउम्र था, अँग्रेज़ी ढंग के कपड़े पहनता था और साइकिल पर स्कूल जाता था और जिसे हर रोज़ दो पैसे का जेब-खर्च मिलता था—मुझे अपने हाथ छोटे और टाँगें बेढँगी जान पड़ती थीं।

मैं अपने मन में यह इच्छा और प्रार्थना करता था कि एक सुबह जब मैं सोकर उठूँ तो अपने-आपको सहसा लम्बे कद का एक ऐसा लड़का पाऊँ, जिसके साथ दूसरे लड़के उसी तरह खेलना चाहें, जिस तरह वह कर्नल साहब के बेटे जान लौंगडन के साथ खेलना चाहते हैं। वह एक आया और एक अर्दली की देख-रेख में नित्य सैर को आता था और प्रत्येक व्यक्ति उसे दूर ही से प्रशंसा की दृष्टि से देखता था क्योंकि उसके रक्षक कदाचित् यह आज्ञा नहीं देते थे कि साहब के श्रेष्ठ बेटे और गंदे देसी लड़कों में किसी प्रकार का सम्पर्क स्थापित

हो। मैं चाहता था कि उसकी तरह मैं भी बढ़िया निकर पहनूँ, स्कूल जाने के झंझट से छूट जाऊँ, जैसे एक खास ट्यूटर घर पर उसे पढ़ाता है वैसे ही मुझे भी पढ़ाया करे, और मैं चाहता था कि बड़ा होकर साहब की तरह आकर्षक बनूँ। पर यह चमत्कार नहीं हुआ। इसके विपरीत मुझे यह सीखना पड़ा कि जीवन की विभूतियाँ छावनी के अँग्रेज़ी हिस्से, लालकुर्ती में बसनेवाले साहबों के लिए हैं और देशी पलटनों के लिए अपमान है। आत्मग्लानि की कुंठा मुझे घेरे रहती जो सिर्फ शारीरिक उछल-कूद से कम होती। आह, उस लड़के का दुर्भाग्य, जिसका पिता एक सरकारी क्लर्क-मात्र हो!...

अब एक और घटना, पहले से कहीं भयंकर घटित हुई, जिसने पिता के मन को और सारे घर को अशान्त कर दिया।

पिता एक दिन यह खबर लाए कि जब वायसराय लार्ड हार्डिंग दिल्ली की गलियों में से गुज़र रहे थे तो किसी ने एक मकान की खिड़की से उन पर बम फेंक दिया। लाटसाहब की टाँग पर घाव आया और एक मुसाहिब मर गया। अभी तक अपराधियों का सुराग नहीं मिला, पर सरकार का विश्वास है कि इस घटना के पीछे षड्यन्त्रकारियों का जाल है और पुलिस को सन्देह था कि वायसराय की कोठी में बम भी इन्हीं लोगों ने रखा था। पिता ने कहा कि सरकार का विश्वास है कि अधिकांश क्रान्तिकारी आर्यसमाज से आते हैं। मेजर कार साहब ने, जो पलटन का 'अजीटन' था, उस दिन पिता को बुलाकर पूछा था कि आया वे आर्यसमाज के सदस्य हैं? जब पिता ने स्वीकार किया कि वे कुछ समय पहले इस संस्था के सदस्य थे, तो मेजर साहब ने कहा कि अगर उन्हें नौकरी करनी है तो इस संस्था से सर्वथा अपना सम्बन्ध-विच्छेद कर लें।

अब माँ भी घबराई और उसकी घबराहट देखकर हम भी घबराए। क्योंकि हम सिर्फ उनके शब्द सुनते थे और जो कुछ कहा जाता था, उसका अर्थ नहीं समझते थे।

"वे समाज से क्यों चिढ़ते हैं?" माँ ने पूछा।

पिता उस शाम को रसोई ही में रहे और अपना आन्तरिक-दुःख हम सबके सामने रखते हुए उन्होंने कहा कि सरकार इस घटना का सम्बन्ध एक विस्तृत आन्दोलन से जोड़ती है,जो आर्यसमाज से कहीं बड़े संगठन कांग्रेस द्वारा चलाया गया है। वे इसके लिए बम्बई के तिलक और एक दिल्लीवासी हरदयाल को ज़िम्मेदार ठहराती है। पिता ने हमें यह भी बताया कि हरदयाल लाहौर में एक विद्यार्थी था। उसे सरकार ने वज़ीफा देकर पढ़ने के लिए विलायत भेजा था। मगर उसने यह कहकर वज़ीफा छोड़ दिया कि जब उसके देशवासी इतनी उच्च शिक्षा प्राप्त नहीं कर सकते तो उसे भी यह शिक्षा नहीं चाहिए। वह घर लौट आया

और आम बायकाट द्वारा अँग्रेज़ी राज को समाप्त करने के लिए लाहौर में भाषण करने लगा। बहुत-से लोग उसके गिर्द जमा हो गए, जिनमें दीनानाथ नाम का एक पंजाबी और चटर्जी नाम का एक बंगाली था। वह खुद तो अमरीका चला गया, पर ये दो व्यक्ति और अमीरचन्द का नाम एक स्कूलमास्टर, देहरादून जंगल-विभाग का एक क्लर्क रासबिहारी और कुछ विद्यार्थी सरकार के विरुद्ध इश्तहार बाँट रहे हैं, जिनमें लिखा रहता है कि गीता, वेद और कुरान—सब देश के दुश्मनों को मारने की आज्ञा देते हैं। पुलिस को पूरा विवरण तो नहीं मिला पर उसका ख्याल है कि बम इन्हीं लोगों ने फेंका है।

''पर तुमने तो समाज में जाना बन्द कर दिया है!'' माँ ने पिता को उत्साहित करने के लिए कहा। उसे इस बात की अस्पष्ट-सी सम्भावना थी कि उसके पति को, जो कानून को माननेवाला वफादार आदमी है और जिसे अपनी बिरादरी में अपने पद का गर्व है, आर्यसमाज से सम्बन्ध-विच्छेद करने के बाद भी इस घटना के लिए ज़िम्मेदार ठहराया जा सकता है।

''सरकार सभी पढ़े-लिखे लोगों पर सन्देह करती है, क्योंकि तमाम राजद्रोही शिक्षित वर्ग के होते हैं। इसलिए वह बैरिस्टरों, क्लर्कों और विद्यार्थियों—सब पर सन्देह करती है। अगर वे आर्यसमाज के सदस्य हों तो खासतौर पर।'' पिता ने कहा।

''तब यह सरकार कुतिया है।'' माँ क्रोध में भरकर बोली, ''उसे लोगों पर इतना ज़ुल्म नहीं करना चाहिए और तुम्हें डरने की ज़रूरत नहीं। मेरे पिता की तरह सिख सूरमा और बहादुर बनो, जिसने ज़मीन तो खो दी, लेकिन हार स्वीकार नहीं की।''

लेकिन पिता, जो पहली ही घटना से इतने डर गए थे, अब कैसे भयमुक्त हो सकते थे। उन्हें हर समय कोर्ट मार्शल की आशंका रहती थी, क्योंकि जिन 'जी हुजूर' चापलूसों ने 'अजीटन' साहब के कान में उनके आर्यसमाज का सदस्य होने की बात डाल दी थी, वे उनके विरुद्ध कोई और षड्यन्त्र भी रच सकते हैं। उन्होंने आर्यसमाज और शहर के अपने सब मित्रों से अपने हर प्रकार के सम्बन्ध तोड़ लिए। वे अब फिर शाम को घर पर रहते और कठोर और गम्भीर घूमा करते जैसे किसी भी क्षण क्रोध से गुर्रा उठेंगे।

कहने की ज़रूरत नहीं कि हम बच्चों के लिए दूर की इस घटना में वास्तविकता सिर्फ यह थी कि हम पिता के मुख पर चिन्ता और क्रोध के चिह्न अंकित देखते थे, अखबार में इस घटना-सम्बन्धी चित्र देखते थे, या फिर पुस्तक विक्रेता मुंशी गुलाबसिंह एंड कम्पनी द्वारा प्रकाशित कलैंडर में लार्ड हार्डिंग की तस्वीर हमारे कमरे की दीवार पर लटक रही थी।

इसके तुरन्त बाद यह खबर आई कि पठानों के एक गिरोह ने रावलपिंडी के स्टेशन-मास्टर का अपहरण कर लिया और उसे वापिस देने के बदले एक लाख रुपया माँगा है।

पठानों को जब कभी अदालत जाना होता था या सरकार से कोई रियायत लेनी होती थी तो पिता उनके पत्र और कागज़ लिखा करते थे और कबाइली उन्हें अपने जिरगों-सम्मेलनों में बुलाते थे। इसलिए वे घबराए, क्योंकि साहब शायद यह समझें कि उन्हें स्टेशन-मास्टर के अपहरण का पता है।

माँ ने यह बात सुझाई कि स्टेशन-मास्टर चूँकि हिन्दू है और हमारी अपनी ही बिरादरी का व्यक्ति है, इसलिए पठानों द्वारा उसके अपहरण में पिता पर सन्देह की कोई सम्भावना नहीं। पर इस प्रकार का तर्क पिता को सन्तुष्ट नहीं कर पाता था, जिन्हें हर रोज़ अपने विरुद्ध षड्यन्त्र का भय रहता था और जिन्हें यह विश्वास था कि साहबों को अपने देसी मुलाज़िमों पर तनिक भी भरोसा नहीं है। इस स्थिति की सन्तोषजनक बात सिर्फ यह थी कि जिस व्यक्ति का अपहरण हुआ था, वह कोई अँग्रेज़ मर्द या मेम नहीं थी, बल्कि एक हिन्दुस्तानी था। अगर लार्ड हार्डिंग पर बम गिराने के तुरन्त बाद किसी साहब या मेम साहब का अपहरण होता तो सरकार इसका सम्बन्ध अपने विरुद्ध फैले हुए देशव्यापी षड्यन्त्र से जोड़ती और तब वह भारतीयों के विरुद्ध कड़ी कार्रवाई करती।

दरअसल सरकार इस घटना को कि पठान दिन-दहाड़े आने की धृष्टता करें और रावलपिंडी जैसे शहर के स्टेशन-मास्टर को, जो सीमा पर नहीं बल्कि पंजाब में स्थित है, बिना परिणाम का भय किए उठा ले जाएँ, अपने राज के लिए खतरा समझती थी। और पठान एक लाख रुपये का मुक्ति-धन माँगते थे।

जनरल ऑफिसर कमांडिंग ने हुक्म दिया कि तमाम दस्ते ग्रांड ट्रंक रोड पर मार्च करें।

''जब पठान स्टेशन-मास्टर को शायद पहाड़ियों में ले जा चुके हैं तो सिपाहियों के सड़क पर गश्त करने से क्या बनेगा?'' माँ ने सहज भाव से पूछा।

''लोगों को आतंकित करने के लिए सरकार अपनी शक्ति का प्रदर्शन करना चाहती है।'' पिता ने उत्तर दिया।

''वे अपनी छूछी शक्ति का टूटा हुआ घड़ा पीटते रहें, लोगों का इस पर कुछ भी असर नहीं होगा।'' माँ बोली।

''यह तो तुम देख लोगी।'' पिता ने क़हा।

''हाँ, मैं देख लूँगी,'' माँ ने तुनककर कहा, ''मैं देखूँगी कि सिपाहियों की वरदियाँ धूल से मैली हो रही हैं।''

उसकी बात ठीक थी। ग्रांड ट्रंक रोड पर सिपाहियों की गश्त से इसके

अतिरिक्त कुछ लाभ नहीं हुआ कि उससे बच्चों का मनोरंजन होता था। सैनिक शक्ति के सम्पूर्ण कवच पर धूल की मोटी तह जम गई और जिन सिपाहियों के पैरों में छाले पड़ गए और जो थक गए थे, विभिन्न पलटनों के बैंड भी उनके दु:ख को अपने शोर में डुबा नहीं सकते थे। अपहृत स्टेशन-मास्टर का अब भी कोई सुराग न मिला। सिर्फ पेशावर और नौशहरा की दीवारों पर ताज़ा माँग के इश्तहार दिखाई दिए जिनमें मुक्ति-धन की राशि बढ़ाकर दो लाख कर दी गई थी।

तब मैंने महसूस किया कि भूमि पर अधिकार का अभिमान अजीब है, जो शासक को अंधा बना देता है। सरकार लोगों से इतनी कट चुकी थी कि बहुत दिनों बाद यह बात उसकी समझ में आई कि सड़क पर शक्ति के प्रदर्शन-मात्र से पठान अपहृत व्यक्ति को वापस नहीं करेंगे; और वास्तविक खोज शुरू करने की बात तो सरकार की समझ में उस समय आई, जब मुक्ति-धन बढ़ाकर पाँच लाख कर दिया गया।

अब सीमाप्रान्त की पहाड़ियों और खेतों में फौज के विभिन्न दस्तों ने घूमना शुरू किया और वज़ीरिस्तान में भी सेना भेजी गई।

हमारे घर के पास सूखी नदी की रेती से परे पहाड़ी पर एक कैम्प लगा, जिसमें सूबेदार मेजर गरकसिंह की कमांड में मेरे पिता की पलटन के कई दस्ते रखे गए। इस कैम्प से सिपाहियों के गश्ती दस्ते हर रोज़ अपहृत व्यक्ति को पहाड़ों और देहातों में खोजने जाते थे।

पिता जब सूबेदार मेजर से मिलने जाते तो कई बार हम भी उनके साथ होते। इस मिथ्या बाल-सुलभ कल्पना के अतिरिक्त कि मैं एक भयंकर खोज में भाग ले रहा हूँ, मैंने इन पहाड़ियों के बदलते हुए रंगों को जानना और प्यार करना सीखा।

सुबह की धुंध के बिखरे सोने में मैंने उन्हें क्षितिज से बाग तक फैले हुए देखा है, जहाँ सूरज एक सफेद फूल की तरह चढ़ता था और दोपहर के बाद जब धरती-आकाश तप रहे होते, तो उनका रंग भूरे और लाल और ताँबे का स्वच्छ सम्मिश्रण होता, और फिर जब हम शाम को जाते तो वे अनार की कोमल कलियाँ-सी जान पड़तीं। ओह, जब सूर्यास्त उन्हें रात के आँचल में सो जाने का निमन्त्रण देता तो उनकी चुनौती कितनी काली और विचित्र होती।

सूबेदार गरकसिंह हम बच्चों को सूखे फल, गर्म दूध और तला हुआ माँस खाने को देता जब कि बड़े कबाब खाते और गटर-गटर ह्विस्की कंठ से उतारते; और यह सब एक विशाल पिकनिक-सा जान पड़ता।

कैम्प लगभग तीन महीने रहा। इस बीच मैं टेढ़े-मेढ़े पहाड़ी रास्तों से

परिचित हो गया और जहाँ-तहाँ घास में जो विचित्र जड़ी-बूटियाँ उगती थीं। उन्हें तोड़ने की कला सीख गया, और मेरे मस्तिष्क में यह गुप्त विचार आया कि छावनी के जाने-पहचाने रास्तों पर कितनी दुनियाएँ हैं? पहाड़ियों पर चढ़ने और घाटियों में घूमने के लिए टाँगों को कितनी शक्ति की दरकार थी? हमारे घर से बाहर का विस्तृत संसार कितना हिंसक था, जिसमें सिपाहियों की ऊँची-भद्दी आवाज़ और जब वे पहाड़ियों में चाँदमारी करते थे तो गोलियों की आवाज़ ध्वनित-प्रतिध्वनित होती थी।

जगमगाती पहाड़ियाँ और उनमें छिपे खज़ाने जो मेरी समझ और अनुभूति से बाहर थे, मुझे इतना हर्षोन्मत्त कर देते कि मैं अक्सर उन रास्तों पर चल पड़ता जो भीतर गहराइयों में जाते थे। दूर जाते डर भी लगता फिर भी धरती पर विजय पाने की इच्छा प्रबल हो उठती और मेरी आत्मा हवा में लहरानेवाले पौधों की तरह आनन्द से झूमती।

एक दिन यह खबर सुनी कि पठानों ने एक लाख रुपये लेकर रावलपिंडी के स्टेशन-मास्टर को सीमाप्रान्त के गवर्नर के सुपुर्द कर दिया है। इस घोषणा के साथ ही मेरे अभियानों का अन्त हो गया। जब यह मालूम हुआ कि पठान स्टेशन-मास्टर को दूर वज़ीरिस्तान में ले जाने के बजाय, उसे लेकर अटक में सिंध नदी के रेलवे पुल के नीचे महीनों तक बैठे रहे, जबकि उधर ग्रांड ट्रंक रोड पर सैकड़ों सिपाहियों की गश्त जारी रही। इससे मेरे मन पर उनके अतुल साहस की गहरी छाप पड़ी। यह जानकर वे और भी विचित्र लगे कि उन्होंने अपने सरदार को बिना किसी सुरक्षा के खुद गवर्नर के पास भेज दिया।

हमारे लोगों के दिलों से साहब की शक्ति का भय हमेशा-हमेशा के लिए निकल गया। मेरे जैसे छोटे बच्चे भी इस बात के लिए सिपाहियों का मज़ाक उड़ाते थे कि उन्होंने अँग्रेज़ी सरकार को चुनौती देनेवाले मुट्ठी-भर पठानों से हार मान ली है।

पर दुनिया में घटनाएँ अकेली नहीं आतीं।

बात यह हुई कि लार्ड हार्डिंग पर बम गिरने की घटना के कुछ दिन बाद हमारे घर में चाँदी का एक चम्मच गुम हो गया। यही वह चम्मच था जिससे बचपन में हम सबको खिलाया गया था, या अँग्रेज़ी की कहावत के अनुसार यों कहिए कि यही चाँदी का वह चम्मच था, जिसे मुँह में लेकर हम पैदा हुए थे। इसलिए माँ के मन में चम्मच का भावनात्मक मूल्य ही नहीं था, बल्कि एक वास्तविक मूल्य था जिसे हम विरासत का मूल्य कहते हैं।

जब कोई वस्तु खो जाए तो कहा जाता है कि पहले अपने घर में ढूँढ़ो।

इसलिए माँ ने पहले सारे घर को छान मारा। उसने पीतल, काँसे, ताँबे और चाँदी के बर्तन रसोई से निकाले और तन्दूर से राख लेकर उन्हें खूब माँजा कि कहीं चम्मच किसी कड़ाही या बर्तन में से निकल आए। तब उसने घर का तमाम सामान—मेज़, कुर्सियाँ, चटाइयाँ और दरियाँ आदि—आँगन में निकाल लिया जैसे वह दीवाली के दिनों की सफाई कर रही हो। लेकिन चम्मच इन चीज़ों में भी नहीं मिला। इसके बाद आँगन के एक कोने में पड़े ईंधन को कुरेदा गया। मकान का वह स्थान भी खोदा गया जहाँ मेरी माँ डाकुओं के भय से, कीमतें गिर जाने से जिनकी संख्या बढ़ गई थी, अपने ज़ेवर छिपाकर रखा करती थी। लेकिन चाँदी का चम्मच न मिलना था, न मिला। इतने बड़े मकान में चम्मच खोजना घास के अम्बार में सुई खोजने के सदृश था।

ऐसे अवसरों पर यही होता है कि अपना घर खोजने के बाद आप चोर की तलाश शुरू करते हैं।

माँ चूँकि लोगों का चरित्र समझने में बड़ी चतुर थी, इसलिए जो लोग हमारे घर आते-जाते थे, सिर्फ उनके चेहरे देखकर किसी पर सन्देह करना कठिन था। अलबत्ता बच्चों से बिना इस भय के कि उनका मान भंग हुआ है, सहज से पूछताछ की जा सकती थी। इसलिए मेरे प्रत्येक मित्र को बताना पड़ा कि क्या उसने चाँदी का वह चम्मच देखा है जिससे हमें बचपन में खिलाया गया था। लेकिन बड़ी उम्र के जो लोग हमारे घर आते थे, उन्हें शब्द, व्यवहार अथवा भौंहों के संकेत से यह जताना कि वे चम्मच ले गए हैं, किसी तरह सम्भव नहीं था।

इस स्थिति में पलटन के पुरोहित पंडित बालकृष्ण की सहायता ली गई।

कहा जाता था कि पंडित बालकृष्ण लोगों के गुप्त भेद बता सकते थे, रहस्यों का उद्घाटन कर सकते थे और जन्मपत्री बनाकर न सिर्फ इस जीवन का बल्कि भावी दस जीवनों का हाल बता सकते थे और चोरों का पता लगा सकते थे। इसके अतिरिक्त सुबह और शाम की देव पूजा करना, हर एक दावत में प्रतिष्ठित अतिथि होना, जन्म, मरण और विवाह की रस्में अदा कराना और श्राद्ध-भोज खाकर मृतकों को भोज पहुँचाने का माध्यम बनना तो सामान्य बातें थीं। इसलिए चाँदी के चम्मच के बारे में जानकारी प्राप्त करने के लिए माँ ने मुझे उनके पास भेजा।

''माँ कहती है कि मैं आपसे कहूँ कि हमारा चाँदी का चम्मच घर में खो गया।'' मैंने थोड़े प्रयत्न के साथ कहा। पंडित बालकृष्ण गाय के गोबर से पुते हुए फर्श पर कमलासन मारे बैठे थे। उनके सामने लकड़ी की एक चौकी पर हमारे धर्म के बहुत-से देवता पड़े या खड़े थे। उनमें कुछ नंगे थे। कुछ को रंगदार कपड़े पहनाए गए थे और गिलट और काँच के ज़ेवरों से सजाया गया था।

''शी...शी...'' एक भक्त ने मुझे चुप रहने को कहा।

मगर खुद पंडित बालकृष्ण, जो एक नाटा और मोटा, सफेद दाढ़ी और लाल सुर्ख गालोंवाला आदमी था, मेरी ओर देखकर मुस्कराया और विभिन्न देवताओं के नाम लेकर उसने मेरा सिर पलोसा और 'जीते रहो' का आशीर्वाद दिया। उसने मुझे बैठने को कहा जबकि खुद रेशमी पर्दे के पीछे कमरे में चला गया।

देवताओं की चौकी पर कई शंख पड़े थे। मेरे जी में आया कि जिस तरह पंडित बालकृष्ण शंख बजाकर भक्तों को सुबह-शाम की प्रार्थना के लिए बुलाते थे, मैं भी बजाऊँ।

लेकिन उसी समय पुरोहित लौट आया।

निकल की एक जादू की अँगूठी अपने दायें हाथ की बड़ी अँगुली और अँगूठे में थामकर उसने मेरे पास बैठकर कहा कि मैं अपनी दाईं आँख बन्द करके बाईं आँख से अँगूठी के नन्हे सुराख में से उसके शीशे में देखूँ।

''तुम्हें जो कुछ दिखाई दे मुझे बताना।'' उसने कहा।

मैंने उसके आदेश का पालन किया। पहले-पहल मुझे कुछ नज़र नहीं आया। तब धुँधले शीशे में एक आदमी दिखाई दिया जिसके हाथ में झाड़ू था।

''एक भंगी।'' मैंने कहा।

''क्या तुम्हें कहीं चम्मच दिखाई देता है?'' पंडित ने पूछा।

''नहीं।'' मैंने उत्तेजित स्वर में कहा।

सफेद दाढ़ी में छिपे अपने बिना दाँत के मुँह से मन्त्रों का उच्चारण करते हुए पंडित बालकृष्ण ने अँगूठी को झटका।

''दुबारा देखो और जो कुछ दिखाई दे मुझे बताओ।''

मैंने देखना शुरू किया। अँगूठी के छोटे-से सुराख में से तस्वीरें देखना ऐसा ही कौतूहलपूर्ण था जैसे वह छोटी-सी दूरबीन हो। एक क्षण बाद एक माली दिखाई दिया जिसके पास फूलों के ऐसे गमले थे जैसे शहर को जानेवाली सड़क पर बने साहबों के बंगलों में होते हैं। फिर एक मुसलमान भिश्ती दिखाई दिया जिसके कन्धे पर मशक थी।

''बाग में सक्का है।''

''क्या तुम्हें कहीं चम्मच दिखाई देता है?'' पंडित ने पूछा।

''नहीं।'' मैंने उत्तर दिया।

उसने अँगूठी को फिर झटका और वह अपने पोपले मुँह से मन्त्र उच्चारण करते हुए मुस्कराया। तब उसने जैसे कोई बड़ा आदमी बच्चे के साथ खेलते-खेलते ऊब जाए, सिर के संकेत से मुझे फिर देखने को कहा।

इस बार मुझे एक बड़ा मकान दिखाई दिया जिसकी दीवार पर कौवा बैठा था।

‘‘दीवार पर कौवा बैठा है।’’ मैंने कहा।

‘‘क्या तुम्हें चम्मच दिखाई देता है?’’ पंडित ने पूछा।

‘‘नहीं।’’ मैंने उत्तर दिया।

पंडित ने अगूँठी को अपनी धोती से पोंछा और गुनगुनाते हुए तम्बाकू की एक छोटी-सी डिबिया में बन्द कर दिया। तब उसने एक दूसरी डिबिया निकाली, जिसमें से थोड़ी-सी नसवार दायें हाथ की छोटी अँगुली पर लेकर उसे सूँघा और आँखें बन्द कर लीं।

मैंने मन्दिर में अपने-आपको अकेला महसूस किया और मैं डर गया। भक्तजन जा चुके थे, पंडित की आँखें बन्द थीं और देवता मुझे अपनी ओर घूर रहे जान पड़ते थे।

लेकिन दूसरे ही क्षण पुरोहित ने मेरे पास आकर कहा, ‘‘अपनी माँ से कहना कि अगर वह चम्मच मन्दिर को देने की प्रतिज्ञा करे तो वह उसे पूर्णमासी की रात को अपने दरवाज़े पर मिलेगा।’’

मैं दौड़ता हुआ घर पहुँचा। माँ को न सिर्फ यह सन्देश दिया बल्कि यह भी बताया कि जादू की अँगूठी में पहले मैंने एक भंगी, फिर एक भिश्ती और अन्त में मकान की दीवार पर कौवा देखा।

जो भंगी सुबह सफाई के लिए हमारे घर आता था, माँ ने उसकी तलाशी ली। बक्खा का बूढ़ा बाप लखा एक पीढ़ी से हमारे घर में काम करता आ रहा था, उसने चुपचाप तलाशी दे दी और कहा कि अगर हम चाहें तो उसके घर की भी तलाशी ले सकते हैं।

जादू की अँगूठी के चित्रों के आधार पर माँ ने अपनी खोज जारी रखी। जो ब्राह्मण हमारे लिए कुएँ से पानी लाता था और घर में बर्तन माँजता था, माँ ने अब उसकी तलाशी ली। पर चम्मच न मिला।

संदिग्ध और अनिश्चित मन से माँ ने उन तमाम कौवों को जो हमारे घर की छत पर आकर बैठते थे मीठी रोटी डालना और विनम्र भाव से प्रार्थना करना शुरू किया कि वे चम्मच पूर्णमासी की रात को हमारे घर से बाहर डाल जाएँ। कौवे मीठी रोटी तो शौक से खा लेते, लेकिन चोरी के आक्षेप पर काँव-काँव चिल्लाते और गालियाँ देते!

‘‘तुम्हारी माँ पागल है।’’ माँ को ऐसी बातें करते देख पिता कहते।

लेकिन पंडित बालकृष्ण की विद्या में उसका अटल विश्वास था। दुःख सिर्फ यह था कि अगर चम्मच मिल गया तो वह मन्दिर में दान देना पड़ेगा और वह यह निश्चय न कर पाती थी कि मुझे भेजकर पंडित को कहला दे कि देवता अगर चाँदी के चम्मच की तुच्छ भेंट स्वीकार कर लें तो वह इसे अपना अहोभाग्य

समझेगी। नाना प्रकार के सन्देह, कल्पनाएँ और शकुन-अपशकुन उसकी आत्मा को कोंचते रहते थे। अन्त में यह सोचकर कि उसके निकट होते हुए भी उसे मिल नहीं रहा, माँ से सहन न हो सका। अगर वह भगवान के हाथ में है और उसे तभी मिलेगा, जब वह उसे देवताओं को देने की प्रतिज्ञा करेगी, तो यों ही सही। उसने मुझे भेजकर पंडित को कहला दिया कि अगर चम्मच मिल गया तो वह उसे बड़ी खुशी से देवताओं को भेंट कर देगी।

इस प्रतिज्ञा के बाद पहली पूर्णमासी को चम्मच हमारे घर की ड्योढ़ी की दहलीज़ पर मिल गया और समुचित रीति से मन्दिर में भेंट कर दिया गया।

कुछ महीने की इस भययुक्त निस्तब्धता के बाद मेरे पिता ने तनिक सुख की साँस ली और हमारे घर में खुशी लौटी।

हमारी पलटन की हाकी टीम लगभग हर हफ्ते किसी दूसरी पलटन की टीम से मैच खेलती थी। यह मैच आम तौर पर ग्रांड ट्रंक रोड के साथ-साथ बह रही काबुल नदी के किनारे ऑफिसर-मेस के पास खेले जाते थे। मेरे पिता इन मैचों के रेफरी होते थे। अगर वे प्रसन्न होते तो हम उनके साथ मैच देखने जाते और अगर उन्हें घर में नाराज़ देखते तो उनके बाद चले जाते। जिन दिनों घर में सुख-शान्ति विराजती थी, हमें घूमने-फिरने की छूट रहती थी। हाल ही में हमने इम्तहान पास कर लिए थे, मैंने दूसरी का और गणेश ने तीसरी का, और गर्मी की छुट्टियाँ निकट आ रही थीं। हमें घर से बहुत दूर जाने की आज्ञा नहीं थी, फिर भी अवकाश के इन दिनों में हम पलटन के हाकी मैच देखने तो जा ही सकते थे।

ऑफिसर-मेस और ऊँची झाड़ियोंवाले साहबों के बंगलों के निकट हाकी मैदान की यह सैर हमारे लिए बड़ी आकर्षक थी। यह गर्व अनुभव करने के अतिरिक्त कि हम पिता को सीटी हाथ में लिए इधर से उधर घूमते देखते थे, हमें ब्रिगेड का सार-तत्त्व, साहबों का वैभव देखने को मिलता था जो अपनी टोकरीनुमा हैटोंवाली बनी-ठनी मेमों के साथ मोटर-साइकिलों, ताँगों और फिटिनों में आते थे।

पिता की पलटन के लम्बे बूढ़े ऑफिसर कमाडिंग, कर्नल लौंगडन साहब जब कभी मैच देखने आ निकलते, हमारे साथ मुस्करा-मुस्कराकर टूटी-फूटी पंजाबी में बातें करते। मैच देखते हुए वे हमारे साथ अपने बच्चों की बातें करते जिन्हें पढ़ने के लिए पहाड़ पर भेज दिया गया था। और राजसी उदारता से वे हमें एक-एक रुपया थमा जाते।

पलटन के भैंगे एडजूटेंट मेजर कार में मेरी विशेष दिलचस्पी थी। बिना किसी दृश्य सहारे के उसकी बाईं आँख पर एक चश्मा लगा रहता था और मुँह

में मोटा चुरट होता था। कई बार वह मुझे अपने घुटने पर बैठा लेता और दर्शकों के मनोरंजन के लिए मुझसे सिगार का कश लगवाता जिसके परिणामस्वरूप खाँसते-खाँसते मेरा चेहरा लाल पड़ जाता।

कभी-कभी कोई दूसरा साहब हमसे बात करता अथवा कोई मेम सस्नेह मुस्करा देती।

भारतीय अफसर और सिपाही जो पंक्तियों में बैठे मैच देख रहे होते, साहबों के इस बर्ताव से बहुत प्रभावित होते क्योंकि उनके लिए तो साहब द्वारा किसी-का सलूट स्वीकार कर लेना ही बहुत बड़े सम्मान की बात थी और हमें तो वे दरअसल प्यार करते थे। अपने अफसरों का अनुकरण करते हुए वे भी हमें दुलारते।

स्वभावत: हमारे अभिमान की सीमा न रही।

विशेषकर मैं तो बड़ा ही धृष्ट हो गया। जब देखता कि 'बोला' (बहरा) कर्निघम वहाँ नहीं है तो किसी भी साहब के पास जाकर बात करने में तनिक भी संकोच न करता। मैच समाप्त हो जाने पर जब पिता कुछ चुने हुए लोगों में खड़े होते तो मैं वहाँ भी निस्संकोच चला जाता और खानसामा से सोडे की बोतल माँगता, जो शैम्पियन और बीयर की बोतलें खोल रहा होता। और उस दिन मैच में जो हाकियाँ टूट गई होतीं, पलटन के दूसरे लड़कों की अपेक्षा उन पर मेरा ही अधिक अधिकार होता क्योंकि साहबों से मिलते-जुलते देख गरीब नौकरों की दृष्टि में मेरा सम्मान बढ़ जाता था जो बेचारे बड़े लोगों को दूर ही से रंगदार पेय पीते और देवताओं की भाषा में गिटमिट करते देखते थे।

मेरी इस धृष्टता के लिए पिता कभी मेरी प्रशंसा करते और कभी फटकारते। यह इस पर निर्भर करता था कि आया वे मेरे जाने से साहब की नज़र में ऊँचे उठ गए अथवा उनकी कुछ मानहानि हुई। लोगों के मन में साहबों का जो आतंक फैला हुआ था, अधिक सम्पर्क में रहने के कारण पिता के लिए वह एक प्रकार के सम्मान में बदल गया था। फिर भी यह एक भीति का रूप था, जो उनके प्रति आचरण में सतर्क और सावधान बनाए रखता था। उन्होंने हमें हिदायत कर रखी थी कि हम साहब लोगों के जाने से पहले कभी दफ्तर में न आएँ और अगर किसी विशेष काम से कभी आना पड़ जाए तो दबे पाँव चुपके-चुपके आएँ और ऊँचे बात न करें। और उन्होंने ऑफिसर-मेस और साहबों के बंगले के पास जाने से खासतौर पर मना कर रखा था। पर लगता था कि अनुशासन के अतिरिक्त उनमें मानवता की भावना भी बड़ी तीव्र है, जिसके कारण उन्होंने हमें प्यार और मुस्कान पा लेने की आज्ञा दे रखी थी, विशेषकर जब वे देखते थे कि यह बड़े का बच्चे के प्रति स्नेह है। फिर इससे उन्हें जो गर्व होता था उससे हमें उन बातों की छूट भी मिल जाती थी जिनके लिए वे हमें झिड़कते अथवा चपत लगाते थे।

हमारी मिलने-जुलने की सफलता पर उनकी प्रसन्नता की अस्थिरता और उनके भीरु व्यवहार के हमने समझ लिया था। हमें जो सदाचार सिखाया गया था, उसकी सीमाओं के भीतर हम जो चाहते थे, करते थे। कभी हम साहबों को शरारत और उद्दंडता से सलाम करते और उनके पीठ घुमाते ही हँस पड़ते। कभी हम उनके बागीचों में घुसकर गुलाब के फूल तोड़ लाते और कभी खानसामा मुहम्मददीन से डबलरोटी या अँग्रेज़ी रोटी खाने के लिए घर ले जाते।

जब कभी विचित्र और हम बच्चों के लिए पौराणिक व्यक्ति 'डम्बरी' आ जाता तो छावनी के नीरस जीवन में कुछ सरसता आ जाती। वह एक चमत्कारी भूत की भाँति बारकों में घूमा करता।

वह एक पतला-दुबला, तीखी नाक और चौड़े कँधोंवाला आदमी था। लेकिन उसकी जिस विशेषता से मनुष्य तुरन्त चकित और प्रसन्न होता था, वह उसकी टाँकियोंवाली वर्दी थी। खाकी कमीज़, नीला कुर्ता, रंगीन चीथड़े सीकर बनाया हुआ लम्बा, पुराना पायजामा, बड़े-बड़े पैरों में देसी जूते—ये सब उन कपड़ों से बने होते थे जो सिपाही उसे भिखारी के तौर पर देते थे। उसके बारे में सबसे अनोखी और विचित्र बात उसकी लकड़ी की राइफल थी, जिसपर लगभग दुनिया के हर देश के सिक्के जड़े हुए थे। उसका कहना था कि वह हिन्दुस्तानी छावनियों का जो वार्षिक दौरा करता है, उसमें यह सिक्के साहबों से इकट्ठे किए हैं।

"डम्बरी! डम्बरी! ओह डम्बरी आया है!" सिपाही उसे देखते ही चिल्लाते। वे हँसी-मज़ाक से उसका स्वागत करते, जबकि बच्चे उसके पीछे-पीछे दौड़ते ताकि उसकी राइफल लेकर उस पर जड़े हुए सिक्कों को देखें।

डम्बरी इस स्वागत का उत्तर सहसा रुककर "आर्डर अप! शो आर्म्स! टंडा-टीज!" कहकर देता था। फिर आप ही आप इन आदेशों का पालन करते हुए वह अपनी राइफल कन्धों तक उठाता और उसके कुन्दे पर इतने ज़ोर की चोट लगाता कि चिड़ियाँ और कौवे उड़ जाते। और वह राइफल को यों अकड़कर पकड़ लेता जैसे सिपाही परेड ग्राउंड में साहब के आने पर पकड़ते हैं।

अपने इन अद्‌भुत करतबों के लिए वह प्रत्येक व्यक्ति से उसकी हैसियत के अनुसार पुरस्कार चाहता था, जैसे सिपाही से इकन्नी, हवलदार से अठन्नी, हिन्दुस्तानी अफसर से रुपया और अंग्रेज़ अफसर से पाँच रुपये तक।

अगर कोई व्यक्ति पैसे के अलावा कपड़ा भी देता तो वह खुशी से उछलता हुआ राइफल के और करतब दिखाता, जो व्यायाम के अन्त में सिपाहियों द्वारा बोरों के सामान्य अभ्यास का वृहद रूप होता।

इस पर दर्शक खेल समाप्त कराने का प्रयत्न करते या फिर उसे कोई अँग्रेज़ी गीत सुनाने की प्रेरणा देते। वह नरक के जबड़ों की तरह मुँह खोल देता। या

तो किसी अँग्रेज़ी टामी गीत 'टिप्पेरेरी' या किसी डोगरा पहाड़ी गीत की हास्यानुकृति करता।

जब कोई एक बार उसे पैसा दे देता तो वह फिर वहीं जम जाता और अधिक पैसा पाने की आशा में अपनी बन्दूक के करतब बार-बार दोहराता। वह इसमें इतना मस्त हो गया जान पड़ता कि उछलते-चिल्लाते उसका चेहरा लाल पड़ जाता और पसीना बहने लगता। और तमाशा हास्यास्पद रूप धारण कर लेता।

"स्टैंड टीज़!"

"आर्डर अप!"

"लेफ्-री! लेफ्-री!"

उसकी चीखें सुनकर भीड़ जमा हो जाती। तब वह हथेलियों पर थूक लगाकर और अपनी लकड़ी की बन्दूक मज़बूती से पकड़कर कहता, "आदमी बनो! आदमी का कर्तव्य मारना है!" उसका मुँह झाग से भर जाता, चेहरा गहरा लाल हो जाता और निष्ठुर आक्रमण करने के लिए समूचा शरीर तन जाता।

"अगर दुश्मन अड़ जाए, जवाबी हमला करे तो बन्दूक का कुन्दा उसके सिर पर मारो और पेट में ठोकर लगाकर गिरा दो। तब किरच उसके पेट में खूब गहरी घुसेड़ दो और उस वक्त निकालो जब देखो कि दुश्मन के पेट में छेद हो गया और वह घाव से मर जाएगा। वन, टू, थ्री, गो..."

और वह अपने ही आदेशों के अनुसार परेड शुरू करता।

हवलदार उन्हें जो सिखाया करता था उसकी यह नकल देख सिपाही हँसने लगते। हम बच्चे यह तमाशा देखकर बड़े खुश होते और डम्बरी हमें दुनिया का सबसे बड़ा 'जनरल' जान पड़ता जो हमें मारने का गुर सिखाता। सिर्फ एक छोटा बिट्टी ही ऐसा था जो उसके करतबों से डरकर रोने लगता था।

"चाय पियो" कोई हवलदार डम्बरी का ध्यान बटाने के लिए कहता। अब यह निश्चित नहीं था कि वह तमाशा बन्द कर देगा, चाय पिएगा अथवा पैसे की तलाश में आगे चल देगा। फकीर के मन की मौज कौन जाने!

हवलदार डम्बरी और उसके तमाशों को पसन्द करते और नये रंगरूटों के सामने उसके चले जाने के महीनों बाद तक उन्हें सैनिक वीरता के उदाहरण के रूप में प्रस्तुत करते। वे उन कारनामों के बारे में नाना प्रकार की कहानियाँ सुनाते, जो उसने विभिन्न युद्धों में भाग लेकर सरंजाम दिए थे।

"वह पठान माँ से एक जनरल साहब का बेटा है," कोई कहता।

"वह मुस्लिम इलाके में कबायलियों का पीर है," दूसरा अटकल लगाता।

"उसे दिल्ली-दरबार में बादशाह जार्ज पंचम से हाथ मिलाते मैंने खुद देखा था," तीसरा बात बनाता।

"अगर वह वाकई इतना बड़ा आदमी है तो एक भिखारी की तरह चिथड़े क्यों पहनता है?" कोई रंगरूट पूछता।

इस प्रश्न का उत्तर किसी के पास नहीं था। डम्बरी की स्मृति कम से कम एक साल तक जब वह लौटकर फिर अपने खेल-तमाशों से छावनी के जीवन की नीरसता भंग करता, उस विस्मृति के धुँध में खो जाती जो धरती पर छाई हुई है और यह बात स्पष्ट हो जाती कि कोई व्यक्ति चाहे कैसा भी हो संसार में उसका एक स्थान है।

पिता कभी-कभी हमें दोपहर के बाद लुंडा नदी पर बना हुआ, नौकाओं का पुल देखने ले जाते। नौशहरा में काबुल नदी का यही नाम है क्योंकि यह एक चपल नदी है जो अटक में सिन्धु से मिलते समय विलक्षण रूप धारण कर लेती है।

स्कूल और ईंधन के स्टाल के पास से सूखी नदी की रेत में से जो पगडंडी सदर बाज़ार और पुल की ओर जाती है, मुझे पिता के पीछे-पीछे उस पर दौड़ना पसन्द था। मुझे यों दौड़ने में बड़ा आनन्द आता और जब सब लोग पिता को प्रणाम करते तो मेरा मन गर्व से भर जाता। फिर यह पगडंडी स्कूल की जेल की ओर नहीं बल्कि रंग-बिरंगी ईंटों से बने स्वतन्त्र शहर की ओर जाती थी। उसकी तंग गलियों में मोटे-झोटे लम्बे कुर्तों, मैली-कुचैली पगड़ियों, खुली सलवारों और फटी मखमली वास्कटोंवाले पठानों की भीड़-भाड़ होती और वे पंजाबी सौदागर होते जिन्होंने सीमान्त की भाषा और तौर-तरीके अपना लिए थे और पठानों ही की तरह भयंकर जान पड़ते थे। फिर पलटन के सिपाही होते, इक्के-दुक्के टामी होते जो अपने साफ-सुथरे बालों पर टेढ़ी टोपियाँ पहने और चाँदी की मूठोंवाली छड़ियाँ घुमाते हुए दो-दो की पंक्ति में चलते, किसी कबाड़ी की दुकान पर रुक जाते या फिर रंडियों के बाज़ार में घुस जाते।

पिता मित्रों और परिचितों से दुआ-सलाम करते हुए चलते और कभी रुककर ऐसे सिपाही या हवलदार से देर तक बात करते जो उनसे कोई काम करवाना चाहता था, पर हमारे क्वार्टर या दफ्तर में आने से डरता था। यों बोलते-बतलाते और हँसी-मज़ाक करते हुए वे अपाहिज घर के पासवाला बाज़ार पार करके फलों की मंडी में पहुँच जाते। यहाँ दुकानदार गंडेरियाँ बेचते जिन पर मक्खियाँ भिनभिनाती थीं और भिखारी अपने कोढ़ के घाव दिखाकर पैसे माँगते थे। जब हम ग्रांड ट्रंक रोड पर पहुँचते तो अँग्रेज़ी ढंग की दुकानों पर शीशे की अल्मारियों में केक, पेस्ट्री चाकलेट और पेपरमिंट आदि के जार रखे होते; मगर गधों के झुंड धूल के बादल उड़ाकर इन दृश्यों को धुँधला देते।

नदी की धार इतनी तेज़ थी कि लोग सिर्फ उत्सवों पर ही नहा सकते थे। उन्हें डूबने से बचाने के लिए नावें तैयार रहती थीं। मगर सदर बाज़ार से नौशहरा के पुराने गाँव जाने के लिए सौ नावों का जो पुल बना हुआ था, पिता उनमें से किसी एक नाव में बैठकर हवा खाना पसन्द करते थे।

नदी कहाँ से आती है और कहाँ जाती है; मेरे मन में इस प्रकार के आध्यात्मिक प्रश्न उठते थे। इस समय मेरी जो उम्र थी, उसमें मुझे हर एक बात जानने और समझने का नशा-सा था और मैं हर एक चीज़ को दूसरी से जोड़ने और कारण समझने का प्रयत्न करता था। पिता मुझे बताया करते कि नदी वर्षा से बहनेवाले सहायक नालों और पहाड़ों पर पिघलनेवाली बर्फ के पानी से बनती है और सिन्धु से मिलकर समुद्र में जा गिरती है।

मेरे जीवन में किसी कृत्य के भावुकतापूर्ण औचित्य को बहुत कम स्थान था। समुद्र का नाम सुनते ही मैं कपड़े उतारकर समुद्र तक तैर जाने को तैयार हो जाता। जब मुझे बताया जाता कि नदी बहुत गहरी है, समुद्र उससे भी गहरा है और मुझे तैरना नहीं आता तो मैं यह सिद्ध करने का प्रयत्न करता कि अगर मैं डूब भी जाऊँ तो बादल बनकर फिर वहीं लौट जाऊँगा जहाँ से मैं चला था। पिता मेरा ध्यान दूसरी ओर बदलते और मौनधारी गणेश मेरी कमीज़ का सिरा पकड़ लेता कि कहीं मैं सचमुच नदी में न कूद जाऊँ। अब मेरे मस्तिष्क में यह सवाल उठता कि जब समुद्र में इतनी नदियाँ गिरती हैं तो उसके पानी में क्यों सारी धरती डूब नहीं जाती। पिता मुझे बताते कि हज़ारों साल पहले एक प्रलयंकारी बाढ़ आई थी। जिस विशाल भू-भाग पर अब पानी है वह इस बाढ़ से पहले शुष्क धरती थी, और जो अब शुष्क धरती है, उस पर पहले पानी था।

अब मैं यह सोचकर परेशान हो जाता कि 'यह विशाल भू-भाग' क्या बला है। मैं सब कुछ जानना चाहता था, मगर पिता से कुछ पूछते हुए डरता था कि कहीं वे चिढ़कर यह न कह दें, "अच्छा, अब चुप बैठो और मुझे आराम करने दो।" लेकिन इससे मुझे सन्तोष न होता और मैं क्रुद्ध स्वर में कहता, "पिता, दुनिया में इतनी चीज़ें क्यों हैं। इसे किसने बनाया है? और हर बात जानना सम्भव क्यों नहीं है?" पिता मेरी उग्रता पर सिर्फ मुस्कराते और स्नेह से मेरी पीठ थपथपाते, जैसे वे मुझसे बहुत प्रसन्न हों। वे दयालु बनकर अपने-आप ही हमें सड़क पर बैठे हुए एक फलवाले पठान से तरबूज़ खरीद देने की बात कहते।

भाव-ताव होते देख हम उत्साह में भर जाते और उस क्षण की प्रतीक्षा करते जब हमें एक छोटा तरबूज़ झूंगे में मिलेगा जो हम नन्हे बिट्टी के लिए घर ले जाएँगे। पिता सौदा पटाने में आनाकानी करते क्योंकि उन्हें पैसा लगाना था और संसार का सबसे अनिश्चित फल खरीदना था। हो सकता है कि वह शहद जैसा

मीठा हो या फीका हो और शायद बकबका हो। पिता को तरबूज़ की अच्छी परख थी; इसलिए वे अपने दाएँ हाथ से एक के बाद दूसरे तरबूज़ को यों ठकोरते जैसे वे मिट्टी के घड़े का कच्चा या पक्का होना देख रहे हों। और वे इतनी हैस-बैस करते कि बताए गए मूल्य से आधे में सौदा पटा लेते और साथ ही झूंगे में एक के बजाय तीन छोटे तरबूज़ प्राप्त करते, जो हम तीनों के लिए एक-एक खिलौना होता। ऐसे पिता का बेटा होना मुझे हर्ष और गर्व की बात जान पड़ती।

आज़ादी के इन दिनों में जब मास्टर की बेंत का भय न होता, हम एक सहृदय संसार के उत्साह और अनुग्रह में रुचि लेने लगते। हम अक्सर कोई भी ऐसी शरारत करने को तैयार रहते जो हमें एक साहसिक कार्य जान पड़ती। शैतान ऐसे थे कि धरती, आकाश, सिपाही और संतरी हमें किसी भी चीज़ का भय नहीं था।

एक दिन अली और गणेश में काफी देर कानाफूसी होती रही और फिर उन्होंने मुझे भी अपना विश्वासपात्र बनाकर कहा कि हम तीनों स्कूल जाने के बजाय लुंडा नदी पर मकई के खेतों में चलें। कारण यह था कि मंदबुद्धि होने के कारण स्कूल में उनकी मुझसे अधिक ठुकाई होती थी।

''नन्हे भाई, हमने स्कूल का काम नहीं किया,'' गणेश ने सहसा विनम्र होकर कहा, ''अगर हम स्कूल गए तो पिटेंगे। और तुम्हें भी देर हो गई है। देखो, सूरज कितना ऊपर चढ़ आया, और नहीं तो तुम्हें इसीलिए बेंत लगेंगे। इसलिए हमारे साथ चलो, हम तुम्हें भुट्टे देंगे।''

''मैं तुम्हें झोली-भर लाल बेर दूँगा,'' अली ने स्नेह-सिक्त स्वर में कहा, ''मुझे एक ऐसी झाड़ी का पता है जिसे किसी ने छुआ तक नहीं।''

मैं रीझ गया और उनके साथ चल पड़ा।

पहले तो हम नदी की रेत में दौड़ते, कूदते, छलांगें लगाते और चिकने-चमकीले पत्थर जमा करते रहे और फिर हम बेरी के पेड़ों पर चढ़कर बेर तोड़ते और पक्षियों के घोंसले खोजते रहे। इसके बाद हम मकई के खेत में घुस गए ओर पसीने में तर-बतर तनिक खुली जगह बैठकर बेर खाने लगे। फिर हमने भुट्टे तोड़े और उन्हें भूनने की सोची। लेकिन हमारे किसी के पास दियासलाई नहीं थी और सूखे खेत में आग जलाना भी खतरनाक था।

जब तक हम खेलते-कूदते और फल खाते रहे तब तक तो इतने प्रसन्न थे कि हमें स्कूल का अस्तित्व ही भूल गया। लेकिन जब करने को कुछ न रहा तो हम परेशान हो उठे और समय की प्रतीक्षा करने लगे जब हम घर लौट सकेंगे। अब समस्या यह थी कि हमें ठीक उसी समय लौटना चाहिए जब स्कूल में छुट्टी

हो। पहले घर पहुँचे तो सन्देह होगा। लेकिन हम जाकर किसी से समय भी तो नहीं पूछ सकते थे क्योंकि अगर कोई सिपाही हमें देख लेगा तो वह घरवालों को बता देगा।

सूरज ने सुबह से अब तक जो फासला तय किया था हमने उससे समय का अन्दाज़ा लगाना चाहा; पर किसी नतीजे पर न पहुँच सके। तब हमने बारी-बारी खेत की नुक्कड़ पर जाकर उस रास्ते की ओर देखा जो स्कूल से बारकों को जाता था ताकि पलटन का कोई लड़का घर लौटता हुआ नज़र आए।

जब हम इन्तज़ार करते-करते थक गए और हमें इस बात का भी डर लगा कि कहीं अधिक लड़के हमें न देख लें, शस्त्रकार का बेटा रहमान अकेला जाता दिखाई दिया। हम उससे जा मिलने के लिए जल्दी-जल्दी खेत से निकले। हमारा ख्याल था कि हम उसे भुट्टों की रिश्वत देकर घर पर भेद बताने से मना कर देंगे।

लेकिन ज्योंही हम बाहर निकले, खेत के पठान मालिक ने, जो अपने गोफन से चिड़ियाँ उड़ा रहा था, हमें देख लिया और वह हमारे पीछे दौड़ा।

हमने जो भुट्टे घर ले जाने के लिए कुर्तों और सलवारों में छिपा लिए थे, वे हमें दौड़ने से रोकते थे और गिरने लगे।

अली और गणेश तेज़ दौड़कर खेत से परेवाली सड़क पर जा चढ़े। मगर मैं इतना तेज़ नहीं दौड़ सकता था; इसलिए पठान ने मुझे आ पकड़ा।

किसान ने मेरे हाथ-पाँव बाँधकर मुझे अपनी झोंपड़ी के पास धरती पर फेंक दिया। मैंने सोचा कि वह मुझे अभी कत्ल कर देगा और मैं रोने लगा।

भय से लाल, पसीने से तरबतर मैं धरती पर पड़ा सुबक रहा था और मुझे यह दृढ़ विश्वास था कि यह मेरा अन्तिम समय है। मुझे छुड़ाने के लिए रहमान ने भी बहुत मिन्नत-समाजत की पर पठान पर कोई असर न पड़ा।

लेकिन अली और गणेश दौड़ते हुए पिता के दफ्तर पहुँचे और बात बनाई कि मैं स्कूल से लौटते समय कैसे भुट्टे तोड़ता हुआ पकड़ा गया हूँ।

पिता ने आकर मुझे मुक्ति दिलाई। जो कुछ मैं भुगत चुका था, उसके अलावा अब मुझे पिता से पिटने का भय था। एक-दो चाँटे लगाने की देर थी कि मेरे लिए सच्ची बात छिपाए रखना असम्भव हो गया। इसलिए मैंने आवारगी में शामिल किए जाने की सारी कहानी कह डाली।

उस रात गणेश की हाकी से खूब मरम्मत हुई जबकि मैं कम से कम कुछ समय के लिए माता-पिता की नज़रों में चढ़ गया।

अली की माँ ने भी बेटे को घर से निकालकर उसे कड़ा दंड दिया और उसने वह रात संतरी के खोखे में बिताई।

इस घटना के बाद अली और गणेश मुझसे इतने चिढ़ गए कि न सिर्फ खुद मेरा बायकाट किया बल्कि पलटन के दूसरे लड़कों को भी ऐसा करने को कहा। और मैंने अपने-आपको पहले से कहीं अधिक तनहा पाया।

मैंने उनसे इसका बदला पिता से एक दिन यह शिकायत करके लिया कि अली और गणेश ने मेरे जूते लुंडा नदी में फेंक दिए हैं। असल में बात यह थी कि वे हाकी मैच देखने जा रहे थे और मुझे अपने साथ ले जाने से उन्होंने इनकार कर दिया था। मैंने जल-भुनकर जूते घर ही में चटाई के नीचे छिपा दिए और गणेश पर उन्हें नदी में फेंकने का झूठा आरोप लगाया। पिता एक तो हमारी शिकायतों से तंग आ चुके थे, दूसरे उन्हें जूते खो जाने का मलाल था, इसलिए उन्होंने गणेश को खूब पीटा। जब पिटाई हो चुकी तो मैंने बहाना किया कि जूते मुझे अचानक चटाई के नीचे पड़े मिल गए हैं। मैंने यह भी कहा कि गणेश ने जूते लाकर यहाँ छिपा दिए और लुंडा में फेंकने की गप हाँक दी।

मैंने चूँकि बड़ों को आपस की बात बताकर लड़कों का नैतिक विधान तोड़ा था, इसलिए इस बार मेरा स्म्पूर्ण बहिष्कार हुआ और अब मैं बिलकुल अकेला रह गया।

फिर भी साथी मिल ही जाते थे। सिपाही मुझे अकेला खड़ा देख पैसा देते अथवा अपने साथ पलटन के बाज़ार में ले जाते और हलवाई की दुकान पर डोगरा सिपाहियों का मनभाता पकवान, दूध-जलेबी खिलाते। कोई फल खरीद देते या बनिये की दुकान से गुड़ ले देते। माँ ने मुझे ये उपहार लेने से मना कर रखा था क्योंकि उसका ख्याल था कि कोई सिपाही मुझपर जादू कर देगा। लेकिन बीमारी की चिन्ता किए बगैर मैं ये चीज़ें मज़े से खाता।

मैं लौहारे में चला जाता और क्वार्टर-गार्ड के निकट लकड़ी के फ्रेम में जड़ी हुई रेती पर लोहे के टुकड़े तेज़ करता। इतने में शस्त्रकार का बड़ा बेटा और सहायक करामतुल्ला आ पहुँचता जिसने मुझे फालतू पुर्ज़ों से ट्राईसाइकिल बना देने का वादा किया था। अक्सर इस समय वह हाकी खेला करता, पर जब मैंने उसे देखा तो वह एक मोटर-साइकिल बनाने में व्यस्त था और मुझे कल आने को कहकर टरका दिया।

मैंने पलटन के बढ़ई गोडू को मित्र बनाया। वह मेरे भाई हरीश का दोस्त था और अपने छोटे कद और चिपटी नाक के कारण गोरखा जान पड़ता था। वह साहबों के बंगलों के फर्नीचर की मरम्मत करते समय मुझसे मज़ाक में पूछता कि मेरी शादी कब हो रही है और मैं शादी के बाद पत्नी का क्या करूँगा। मैं घंटों उसकी दहलीज़ पर बैठा निरीह उत्तर दिया करता जिनके आधार पर वह नये मज़ाक करता। मैं उसे लकड़ी की तलवार बना देने को कहता। वह अपनी कठोर अँगुलियाँ

मेरी कोमल अँगुलियों में डाल देता अथवा ज़ोर से हँसता। तब वह मुझे अपनी गन्दी काली केतली से चाय का एक प्याला देता। यह केतली हर वक्त लोहे की तिपाई पर रखी रहती, उसके नीचे बुरादे की आग जलती और चाय, दूध और पानी का मिश्रण उसमें उबलता रहता। अलबत्ता लकड़ी की तलवार के बारे में वह हमेशा यह वादा करता कि कल बनाना शुरू करूँगा।

''इन सिपाहियों और छोटे लोगों के हाथ से कोई भी चीज़ कभी मत खाना-पीना और इधर-उधर घूमना भी नहीं,'' जब मैं घर लौटता तो माँ उपदेश देती। लेकिन अपनी इस उम्र में मैं बड़ों की नसीहतों पर तनिक भी ध्यान न देता। मैं मर्ज़ी से तमाम बारकों, पलटन के बाज़ार, छोटे मुलाज़िमों के घरों में और इधर-उधर जानेवाली विभिन्न पगडंडियों पर घूमता और जो कोई भी मुझे बुला लेता, उसी से गप लड़ाता। मुझे जैसे तनहा लड़के के लिए इन सम्बन्धों में कितना आनन्द था! जब मुझे मिठाई, फल और खिलौनों के छोटे-छोटे उपहार मिलते तो मैं कितना प्रसन्न होता! वे दीन-दरिद्र सिपाही, अछूत और मज़दूर मेरे माता-पिता के मुकाबले में कितने सहृदय और उदार थे! जो अपनी श्रेष्ठता पर गर्व करते हुए मुझे अपनी कोई भी चीज़ छूने से मना करते थे! निश्चित रूप से जो कुछ मैं जानता हूँ, उसका अधिकांश भाग मैंने इन्हीं लोगों से सीखा है। कहानी कहने, चाय बनाने और कोई चीज़ तैयार करने का मुझ में जो गुण है और मेरा जो व्यक्तित्व है, वह आवारगी के इन्हीं क्षणों की देन है।

मगर एक दिन दोपहर के बाद एक घटना घटित हुई जिसने ऐसी संगति के लिए मेरा उत्साह अगर हमेशा के लिए नहीं तो, कम से कम कुछ समय के लिए समाप्त कर दिया।

मेरे पिता की पलटन के कुछ छोटे अँग्रेज़ अफसर नदी से परे बर्नर की पहाड़ियों पर और बारकों की चारदीवारी के आसपास अपने शिकार की बन्दूकों से अथवा देसी गोफनों से, जो उन्हें पक्षी मारने का आकर्षक यंत्र जान पड़ता कबूतर और चिड़ियाँ मारा करते थे।

अपने शरीर की स्वाभाविक उष्णता और साहबों के प्रति अपनी विशेष कौतूहल और प्रशंसा के कारण मैं उनमें से किसी के भी पास दौड़कर चला जाता था। उनमें से अधिकांश बड़ी सहृदयता दिखाते और दूर ही से मुस्करते हुए मुझे अथवा पलटन के दूसरे बच्चों को अपने पीछे आने देते।

लेकिन एक दिन मैंने कैप्टन कनिंघम को जिसे सब 'बोला' अर्थात् बहरा साहब कहते थे, व्यायामशाला की दीवार के पीछे गोफन हाथ में लिए घूमते देखा।

मैं सलाम करके उसके पीछे-पीछे चला क्योंकि मैं भी उसी की तरह गोफन से शिकार खेलने का अभिलाषी था।

मुझे लगा कि उसने हाथ उठाकर 'जाओ' कहा है। लेकिन मैं इसका यह आशय समझकर कि कहीं मैं उन पक्षियों को न भगा दूँ जिनका वह शिकार करना चाहता है, खड़ा उसकी ओर घूरता रहा।

जब वह आगे बढ़ा तो मैं भी उसके पीछे-पीछे चला।

दिन बड़ा गर्म था। शायद साहब गर्मी के मारे परेशान था या शायद इसलिए चिढ़ गया था कि मना करने के बावजूद एक बच्चा उसके पीछे आ रहा है।

जब उसने नदी की विस्तृत रेत में प्रवेश किया तो मुझे यों जूता दिखाया, जैसे मैं बिल्ली हूँ।

हालाँकि मैं डर गया था, फिर भी इतना मूर्ख था कि बिना सोचे-समझे उसके पीछे चलता रहा।

चन्द कदम चलकर वह मुड़ा और उसने धरती पर पाँव पटका।

मैं उन पत्थरों को फलाँगकर, जो सूरज की किरणों से लालसुर्ख हो गए थे, वह रास्ता पकड़ने वाला था जो पलटन के दफ्तर की ओर जा रहा था, लेकिन चन्द कदम चलने के बाद कनिंघम साहब को लौटते देखा तो मैं भी लौट आया।

अब उसके सब्र का पैमाना भर चुका था अथवा गर्मी उसका सिर सहला रही थी क्योंकि उसने गोफन में एक पत्थर रखकर मुझे मारा, जो मेरी बाँह में लगा।

मैं भयभीत और चिल्लाता हुआ पिता के दफ्तर की ओर दौड़ा।

बरामदे में से एक अर्दली मेरे पिता को बुला लाया। वे बड़े नाराज़ हुए क्योंकि मैं ऐसे समय रोता हुआ दफ्तर आया था जब वहाँ कुछ साहब मौजूद थे। उन्हें डर था कि वे मेरा रोना सुन लेंगे।

मगर मैंने भय से काँपते और रोते हुए बताया कि कनिंघम साहब ने मुझे पत्थर मारा है।

पिता को मेरी बात का विश्वास नहीं आया और वे क्रोध के मारे आपे से बाहर हो गए। एक तो अपने दुर्भाग्य के कारण महीनों से खीजे हुए थे और ऊपर से यह साहब-सम्बन्धी अप्रिय घटना, उन्होंने मेरे मुँह पर फ़न्नाटे का चपत मारा।

''माँ, माँ!'' मैं भय से शून्य में ताकते हुए चिल्लाया। पिता ने मेरी बाँह पर निशान देखा और उन्हें विश्वास हुआ। उन्होंने मुझे उठाकर अर्दली की बेंच पर लिटा दिया जबकि कोई दूसरा आदमी मेरे पीने के लिए पानी लाया। एक दूसरे अर्दली ने एक गीली पट्टी मेरे सिर पर बाँध दी। पर मैं बराबर रोता रहा। एक साहब ने बाहर आकर मुझे पुचकारा और मेरे पिता ने उसे कनिंघम साहब के बारे में अँग्रेज़ी में कुछ कहा।

मुझे उठाकर पलटन के अस्पताल में पहुँचाया गया और मेरी बाँह पर पट्टी बाँधी गई।

जब मुझे घर लाया गया तो माँ दु:ख और क्षोभ से बावली हो गई। वह यों छाती पीटने लगी कि अगर मैं मरा नहीं तो मर अवश्य रहा हूँ।

"हम कर भी क्या सकते हैं?" पिता ने धीरज से कहा।

"लेकिन बच्चे ने क्या बिगाड़ा था?" माँ ने पूछा।

"कनिंघम साहब कहते हैं कि इसने उसे आँखें दिखाईं।...अलबत्ता दूसरे साहबों का कहना है कि 'बोला' साहब पागल है," पिता ने मेरी माँ से कहा।

माँ ने सोचा कि शायद गुरदेवी या पलटन के बाज़ार में एक बनिये की बीवी ने मुझपर जादू कर दिया है।

इसके बाद एक दूसरी घटना घटित हुई जिसने मेरे इस दुनिया में रहने की संभावना लगभग समाप्त कर दी और माँ का यह विश्वास दृढ़ हो गया कि या तो मेरे नक्षत्र अमंगल ग्रह में घिरे हैं या फिर काली देवी हमारे परिवार से किसी पाप का बदला ले रही है।

दोपहर के बाद का समय था।

सूरज सुबह से धरती को झुलस रहा था। बंजर पहाड़ी इलाके में धूप ही धूप थी, छाया का कहीं नाम तक नहीं था। शुष्क पहाड़ियों के नीचे खुले मैदान में पलटन के लड़के खेल रहे थे। सूरज की क्रुद्ध किरणों ने उनके चेहरे लगभग लाल कर दिए थे।

धरती पर लकीर खींचकर पाँच-पाँच की टोली उसकी दोनों ओर कबड्डी खेलने के लिए तैयार खड़ी थी। छोटा या बक्खा के आदेश पर जो दोनों टीमों के कैप्टन थे, विरोधी टीम का सदस्य सामने के इलाके में यों घूमता था, जैसे प्राचीन भारत में अश्वमेध यज्ञ का घोड़ा एक राज्य से दूसरे राज्य में घूमता था। वह बराबर 'कबड्डी, कबड्डी' कहता था और उसके आक्रमण की सफलता विरोधी टीम के किसी सदस्य को हाथ या टाँग से छू देने पर निर्भर करती थी। इसके विपरीत अगर दूसरी टीम के खिलाड़ी उसे पकड़कर उस समय तक थामे रखें जब तक उसकी साँस न उखड़ जाए और वह 'कबड्डी, कबड्डी' कहना बन्द कर दे तो यह उसकी सफलता मानी जाती थी।

मैं लकीर के सिरे पर एक भारी गर्म पत्थर पर बैठा हर एक टीम के आक्रमणकारी सदस्य का चिल्लाकर उत्साह बढ़ा रहा था। मैं भूल गया था कि बैंडवाले का बेटा अली और गुलाबो मेहरी का बेटा रामचरण विशेषकर मेरे विरुद्ध हैं और वे नहीं चाहते कि मैं रेफरी या खिलाड़ी के तौर पर खेल में हिस्सा लूँ क्योंकि आमतौर पर उनका कहना था कि मैं बहुत छोटा हूँ। हर्षोन्माद में मैं था कि मैं अपने-आप रेफरी बना हूँ, जिसके उत्साह और निर्णय की किसी को परवाह नहीं है। बहरहाल मैं खेल में मस्त था। जब कोई लड़का विरोधी इलाके में जाता,

मैं 'शाबाश, शाबाश' चिल्लाकर उसका उत्साह बढ़ाता और कई बार तो मैं अपने शरीर को यों हिलाता जैसे मैं खुद लंगोट कसे, सतर्क आँखों से इधर-उधर देखता और 'कबड्डी, कबड्डी' कहता हुआ आक्रमण कर रहा हूँ।...

माँ हमारे घर के दरवाज़े पर आ जाती और कुछ झण हमें खेलते हुए यों देखती जैसे मादा फाख्ता घोंसले के कोने पर खड़ी यह देखती है कि उसके बच्चे कहीं नीचे न गिर पड़ें। वह परेड के सूने मैदान में झाँकती हुई लौट जाती। उसे मेरी और गणेश की चिन्ता थी। वह चाहती थी कि हम तपती धरती पर नंगे पाँव न खेलें और घर लौट आएँ।

"आओ बेटा, कृष्ण आओ!" उसने मुझे बीसवीं मर्तबा पुकारा। ड्योढ़ी के दरवाज़े की छाया में खड़े हुए उसे बाहर की धूप बहुत ही भयंकर लग रही थी।

लेकिन मैं बैठा रहा क्योंकि रहमतुल्ला जो छोटा के कैम्प में पकड़ा गया था। छूट जाने के लिए संघर्ष कर रहा था। वह बराबर 'कबड्डी, कबड्डी' चिल्ला रहा था और उसे 'मरना' स्वीकार नहीं था।

"कृष्ण आओ, बेटा आओ!" माँ ने फिर कहा। उसने देख लिया था कि कबड्डी के मैदान में एक बड़ा लड़का चार दूसरे लड़कों के नीचे पड़ा ज़ोर लगा रहा है। माँ डर रही थी कि अगर वह कहीं झटका मारकर उठा तो ऊपर वाले लड़के मुझपर गिरेंगे और मैं उनके नीचे पिस जाऊँगा।

लेकिन रहमतुल्ला दम टूट जाने से मर गया। वह एक तरफ हटकर बैठ गया और खेल फिर शुरू हो गया। दोनों टीमों के कैप्टनों—बक्खा और छोटा ने अपनी-अपनी टीम को अगले हमले के लिए तैयार किया।

मैं माँ को यह विश्वास दिलाने दौड़ा कि मैं ठीक हूँ। लेकिन उसे वहाँ न पाकर और रामचरण को 'कबड्डी, कबड्डी' कहते सुनकर मैं फिर उसी पत्थर पर आ बैठा और इस आशा में खेल देखने लगा कि अगर विरोधी लड़कों ने रामचरण को पकड़ा तो फिर वैसा ही संघर्ष होगा।

"फाऊल, फाऊल!" रामचरण पकड़े जाने पर चिल्लाया। "बक्खा को मुझे पकड़ने का अधिकार नहीं है। वह भंगी है। उसने मुझे अपवित्र कर दिया।"

"जा बे साले।" बक्खा ने लकीर पर खड़े होकर और उसे धक्का देकर कहा।

"अरे छोटा, आओ मेरी मदद करो।" रामचरण ने बक्खा का मुकाबला करते हुए कहा, "आओ हम इस गन्दे भंगी को यहाँ से भगाएँ! माँ ने मुझे पहले ही इस हरामी के साथ खेलने से मना किया था।"

"चुप रह!" बक्खा बोला।

इस पर रामचरण ने एक पत्थर उठाया और बक्खा पर फेंका। बक्खा एक

ओर हट गया और पत्थर मेरी खोपड़ी पर आ गिरा।

मैं चकराकर गिर पड़ा। मेरे सिर से खून बह रहा था, जिसे देखकर मैं रोने लगा।

यह देखते ही रामचरण, अली, छोटा और कुछ दूसरे लड़के भाग खड़े हुए। मेरे पास गणेश, बक्खा, रहमतुल्ला और उसका छोटा भाई इस्मतुल्ला रह गए।

बक्खा ने अब लाहौर छावनी की तरह संकोच नहीं किया और मुझे अपनी गोद में उठा लिया जबकि मेरे सिर से बह रहा खून इकट्ठा करने के लिए गणेश घर से बर्तन लेने दौड़ा।

मेरी चीख सुनकर माँ दरवाज़े पर आ गई। ''हाय-हाय!'' वह छाती और माथा पीटते हुए चिल्लाई। एक तो उसे मेरी चोट का दुःख था, दूसरे यह पछतावा था कि जब वह बुला रही थी तो मैं पहले ही क्यों नहीं आया। उसने उन तमाम लड़कों को जो मेरे साथ थे, गालियाँ देनी शुरू कीं।

''वे, तुम सब मर जाओ! तुम्हें प्लेग निकले, मेरे बेटों को मारते हो। वे बक्खिया, तुम मरो, क्यों तुमने उसे अपवित्र किया—और रहमतिया, तूने उसे क्यों नहीं बचाया!''

''लेकिन माँ, ये तो नहीं थे। पत्थर तो गुलाबो के लड़के रामचरण ने फेंका था,'' गणेश बोला।

''जा वे खसमखाने!'' माँ चिल्लाई, ''मुस्टंडों की हिमायत क्यों करता है! तू ठहर, तेरे पिता को आने दे, वे तेरी हड्डियाँ तोड़ेंगे...हाय मेरा बेटा, मेरा लाल! ओह! खून के फौवारे छूट रहे हैं। मैं क्या करूँ? वह इन मुस्टंडों के साथ क्यों खेलता है?''

''लाओ मुझे दो, चाहे मुझे नहाना ही पड़े,'' माँ ने बक्खा से कहा।

बक्खा ने मुझे माँ को दे दिया। उसकी आँखों में आँसू थे।

माँ ने क्रोध, क्षोभ और भय में भरकर मेरी बगलों में घूँसे लगाए और चिल्लाई, ''न तुम जाओ और न चोट लगे। मुआ, क्यों जाता है और सारे घर पर मुसीबत लाता है?''

मैं भय से काँप रहा था और अधिक ज़ोर से चीख रहा था।

गणेश ने पीतल की बाटी वहाँ लगाई जहाँ मेरे घाव से लाल-लाल खून झटकों के साथ निकल-निकलकर धरती पर गिर रहा था।

यों ही माँ ने मुझे लेकर चारपाई पर लिटाया, खून का परनाला-सा फूट पड़ा और सारे कपड़े भर गए।

''ओह, तुम्हारा जन्म किस घड़ी में हुआ था, हमने ऐसा क्या पाप किया था?''

उसने मुझे पलट दिया और खून का बहाव रुक गया।

वह एक कपड़ा लाई और काँपते हाथों से मेरा सिर बाँध दिया। लेकिन बाल्टी-भर खून पहले ही उसके सामने पड़ा था, जिसे देखकर वह क्रोध से पागल हो गई। वह अपनी छाती पीट रही थी और गालियाँ दे रही थी, जबकि मैं आँगन में चारपाई पर लेटा चीख रहा था।

मेरी चीखों ने नन्हे शिव को जगा दिया। वह उसे चुप कराने चली गई, जब कि गणेश मुझे पंखा झलने लगा।

मैं बेसुध-सा सिर इधर-उधर पटक रहा था कि मेरी आँखों के सामने अँधेरा छा गया। इसके बाद मुझे सिर्फ इतना याद है कि मैं पलटन के अस्पताल में था। डॉक्टर मुझे घेरे हुए थे, दवाइयों की गंध और औज़ारों की खनखनाहट थी। मुझे पिता की मज़बूत बाहों का स्पर्श भी याद है, जब उन्होंने मुझे उठाकर खटोले पर लिटाया। रात की शान्त निस्तब्धता में मेरी पीड़ा की चीख ने आह का रूप धारण कर लिया था...

महीने, दो महीने मेरा जीवन खतरे में रहा। नोकीले पत्थर ने मेरी खोपड़ी में कोई आधा इंच गहरा घाव कर दिया था। चोट से और ऑपरेशन से जो खून बहा, उससे मेरे शरीर की समस्त शक्ति ही निकल गई।

तब मुझे ज़ोर का ज्वार आया, जिसके कारण मैं बेसुध पड़ा रहता था और सिर में बँधी पट्टी की दवा से जो गन्ध आती थी उसके मारे दम घुटता था। मेरे मुँह का स्वाद फीका-सीठा रहता और सिर में कमज़ोरी की जो टीसें उठतीं उनके मारे मैं कराहता और 'हाय माँ, हाय माँ!' चिल्लाकर माँ को सहायता के लिए बुलाता। मगर वह हर समय पास नहीं होती थी; इसलिए मैं पड़े-पड़े छत के शहतीरों की ओर झाँकता या सफेद दीवारों को देखता। कभी टीस इतनी तीव्र होती कि मुझे अपना गला घुटता जान पड़ता और मैं कमज़ोरी के कारण बेहोश हो जाता। इसलिए मुझे बार-बार चारपाई से उठाकर धरती पर लिटाया जाता, क्योंकि हिन्दू-रीति के अनुसार मरने वाले व्यक्ति को अपनी अन्तिम साँस चारपाई पर नहीं, धरती पर लेनी चाहिए। हम सब मिट्टी से बने हैं और फिर मिट्टी में ही मिलेंगे।

मगर प्राण कहीं न कहीं मेरी हड्डियों में अटक गए जान पड़ते थे। जब कभी मुझे उठाकर ऑपरेशन-टेबल पर ले जाया जाता और कर्नल बेली जिसे मैंने अस्पताल में अक्सर सलाम किया था, मुझ पर झुककर पट्टी खोलता, घाव में लम्बी सूई डालकर देखता और फिर पट्टी बाँधता तो मैं डर के बावजूद चुपचाप लेटा रहता; जैसे सामने खड़ी मौत को देख मैंने कराहना बन्द कर दिया हो।

इर्द-गिर्द के जीवन के बारे में मेरे अनुभव सहसा बड़े तीव्र हो गए। निर्बलता

के मद्धिम आवरण में से मैं लोगों के मुख की गम्भीरता स्पष्ट देख सकता था। मैं माँ का चेहरा पढ़ सकता था, जिस पर चोट लगने के बाद मुझे पीटने का अपराध अंकित था। चारपाई पर पड़े-पड़े मुझे उन दिनों का ध्यान आता था, जब एक बीमार बच्चे के नाते मेरे अधिकार समाप्त हो जाएँगे। तब मेरे साथ और भी निष्ठुर व्यवहार होगा। मुझ पर सारे परिवार को मुसीबत में डालने का आरोप लगेगा; जैसे कभी-कभी गणेश को पीटा जाता है, मुझे भी चपतों, विकिटों और हॉकियों से खूब पीटा जायेगा...लेकिन इन क्षणों में भी मुझे वास्तविक चिन्ता स्मरण हो आती जो मुझे उठाए हुए घर से अस्पताल आते-जाते पिता की आँखों में होती थी और माँ का दुःख स्मरण हो आता था। इससे मैं आशा करता था कि वे मेरा अपराध क्षमा कर देंगे। मुझे अपने पास बैठी माँ का रोना सुनाई पड़ता और दूर से कोई आवाज़ मेरा नाम लेकर पुकारती। यों अपने लिए मेरी करुणा माता-पिता के लिए करुणा में बदल जाती। चाहे मैं अपनी शारीरिक चोट को नहीं भूल पाता था, लेकिन मैंने अपने भाग्य को एक प्रकार के नकारात्मक प्रेम और सबके प्रति क्षमा-भावना से स्वीकार कर लिया।

मगर मेरे शरीर में जो शक्ति थी, वह धीरे-धीरे प्रकट होने लगी। उदाहरण के लिए मैं कर्नल बेली के हाथ से चमकते हुए निष्ठुर चाकू और चिमटे छीन लेने के लिए बाँह ऊपर उठाता। मुझे याद था कि जब पिछली बार पट्टी हुई तो उन्होंने मुझे कष्ट पहुँचाया था। इस बार मैंने निर्णय किया था कि उन्हें अपने पर प्रयोग नहीं होने दूँगा। मैं डॉक्टर को लम्बी सुई चुभाने नहीं दूँगा, चाहे मुझे गाली ही क्यों न देनी पड़े।

गैस के नीचे मेरा सिर घूमता और मैं एक कल्पित चाकू से कल्पित युद्ध करता। इनमें से एक युद्ध मुझे अब भी स्पष्ट याद है। एक काली कुरूप जादूगरनी, जिसके दाँत सफेद चमकदार थे, मेरी ओर आ रही थी; जबकि मैं एक उबलते हुए कड़ाहे के पास बैठा था। चूँकि मैं बहुत मज़बूत और भारी था, इसलिए वह मुझे इस तख्ते पर से धकेलकर कड़ाहे में फेंकना चाहती थी। मगर मैंने निश्चय कर लिया कि मैं टाँग का अड़ंगा लगाकर, जैसे पहलवान सिपाही अपने विरोधी को लगाते हैं, खुद उसे कड़ाहे में गिरा दूँगा। वह आ रही थी। मैंने उसे पकड़ लिया; खूब धकापेल हुई, और लो, मैंने उसे कड़ाहे में फेंक दिया।

''अब टुम जल्दी ठीक हो जाएगा!'' कर्नल बेली अपनी विचित्र हिन्दुस्तानी में कह रहा था। स्ट्रेचर टेबल के निकट आ रहा था और मेरे पपोटों में नींद छाई जा रही थी।...बाद में जब मैं जागा तो मुँह सूखा, नथने फूले हुए, दिल ज़ोर-ज़ोर से धड़क रहा था और मेरी आँखें किसी को छूने, बात करने और पकड़ने के लिए खोज रही थीं। मैं मृत्यु पर विजय पा रहा था।

"माँ, हे माँ!" मैंने पुकारा क्योंकि उस पर मेरी निर्भरता बढ़ गई थी, जो उस समय अनिवार्य भी थी।

"हाँ बेटा, हाँ!" वह पुचकारते हुए मुझपर झुक गई। उसका सारा स्नेह, सारी करुणा एक भयमिश्रित आशा में बह निकली। "क्या है! कहो, तुम्हें क्या चाहिए?" उसने प्यार से पूछा।

"पानी!" मैं उत्तर देता, क्योंकि गर्मी के दिन थे और मुझे ज्वर आता था।

माँ मुझे बार-बार गर्म दूध देती थी, जिससे मैं तंग आ चुका था; पर मैं उसका कृतज्ञ था। विशेषकर उस समय जब मैं देखता था कि वह शिव की उपेक्षा करके मेरे पास आती है, मैं महसूस करता था कि मैं अब माँ से अधिक किसी दूसरे व्यक्ति को प्यार नहीं करूँगा, क्योंकि जब मेरे प्राण संकट में थे, वह रातों जागती रही और उसके मुँह से सिर्फ एक ही बात निकलती थी—"तुम्हारी आई मुझे लगे!"

बेचारी अपढ़ स्त्री, जिसे अपनी बड़ी से बड़ी प्रसन्नता और किसी आन्तरिक हलचल पर भरोसा नहीं था, जो संकीर्ण परिधि में घूमती थी और बनी-बनाई मूर्तियों को पूजती थी, बड़ी से बड़ी मुसीबत में भी टूटती नहीं थी बल्कि चट्टान के सदृश दृढ़ रहती थी! पुरुष की व्यापक आत्मा की भाँति वह अपने भीतर अधिक ग्रहण करने की अभ्यस्त नहीं, पर अपनी सन्तान की पशुओं के सदृश रक्षा करती हैं। माँ के साहस और विषाद को सिर्फ बच्चा ही समझ सकता है। इसलिए वह उसे अपने आग्रह और हठ से अधिक कष्ट पहुँचाए बिना चुपचाप सो जाता है। इसमें कुछ भी ताज्जुब नहीं कि मानव-जाति में माँ-बेटे का मूल सम्बन्ध अपने खतरों के बावजूद अब भी कायम है, जबकि बहुत-सी दूसरी आदिम भावनाएँ ज्ञान और लज्जा का रूप धारण कर चुकी हैं।

जब गर्मी का ज़ोर टूटा और सर्दी के सुहावने ठंडे दिन शुरू हुए तो माँ मुझे खुली हवा में ले जाती और मेरे दुर्बल शरीर में शक्ति लाने के लिए तेल की मालिश करती। कई बार मैं अधिक सिर-दर्द से चिल्लाता।

"मेरे बच्चे, रोओ मत!" वह धीरज बँधाती। "यह तो मामूली चोट है, तुम्हें इससे भी अधिक सहन करनी पड़ेगी। मेरे बच्चे, रोओ मत!"

ज्योंही वह पहाड़ की ठंडी हवा महसूस करती और शाम के घटते हुए प्रकाश में पक्षियों को घर लौटते देखती, तो मेरे स्वास्थ्य-लाभ पर कृतज्ञता प्रकट करने के लिए वह अपने सब देवताओं के नाम ले-लेकर प्रार्थना करती।

मेरी इस लम्बी बीमारी के दिनों में माँ के विश्व-देवतावाद ने असंतुलित रूप धारण कर लिया था। प्रत्येक धर्म के देवताओं, मूर्तियों, प्रतीकों और धर्म के

छोटे-छोटे चिह्नों को सर्वशक्तिमान भगवान का दर्जा दे दिया गया था, जिसे मेरा घाव अच्छा करना था। इन दिनों उसे और कुछ सूझता ही नहीं था, हर साँस के साथ बस देवताओं का नाम जपती थी। कभी उसकी कल्पना यों साकार हो जाती कि वह अपना कोई सामान्य काम करते-करते रुककर किसी देवता के साथ देर तक बातें करती और फिर घुटनों पर बैठकर उसकी कल्पित प्रतिमा को कल्पित आहुतियाँ देते हुए कहती, ''मेरे बेटे की रक्षा करो!''

देवताओं की इस पूजा के अतिरिक्त हर प्रकार के जन्त्र-मन्त्र और जादू टोने में भी उसका विश्वास बढ़ गया था, जिसे पुरोहित प्रोत्साहित करते रहते हैं।

पलटन के सबसे बड़े पुरोहित पंडित जयराम को बुलाया गया। वह दाढ़ी मुंडवाता और सफेद पटका गर्दन में डाले रहता था; और साहब भी उसका आदर-सम्मान करते थे। उसने मुझपर गंगाजल छिड़का और मन्त्रों का उच्चारण करते हुए शुद्ध घी और कुछ चावल हवन की आग में डाले। इसके लिए उसे पाँच रुपये दक्षिणा के मिले। कहा जाता था कि ये रुपये देवताओं के ख़ज़ाने में जाएँगे, पर असल में इनसे उसने चीनी रेशम का नया सूट खरीदा।

'छोटी माँ' गुरदेवी ने द्वेष त्यागकर इस विपत्ति में माँ की सहायता की। वह नित्य मुझे देखने आती थी। उसने बताया कि अगर शहर का ग्रन्थी गुरुग्रन्थ साहब का पाठ करे और कड़ाह प्रसाद बाँटा जाए तो मैं निश्चित रूप से बहुत जल्द अच्छा हो जाऊँगा। पचास रुपये खर्च कर यह सब कुछ किया गया। हालाँकि श्रोता स्त्रियों में से कोई भी इस धर्म-पुस्तक का एक भी शब्द नहीं समझती थी, वे सिर्फ उसपर चंवर हिलाकर सन्तुष्ट थीं। ग्रन्थी ने कड़ाह प्रसाद का पहला भाग खुद लिया और हाथ अपनी दाढ़ी से पोंछे ताकि घी का एक कण भी व्यर्थ न जाए।

अली की माँ मुझे देखने आई। मोटा सूती बुर्का उसकी स्थूल काया को सिर से पाँव तक ढाँपे हुए था। उसने बताया कि इस्लाम के अनुसार अगर भेड़ का माँस मेरे सिर से वार कर गिद्धों को डाला जाए तो बद्दुआ टल जाएगी और मेरा घाव शीघ्र भर जाएगा।

हर बात में विश्वास कर लेनेवाली मेरी माँ ने, जो चिन्ता से घुलती जा रही थी, न सिर्फ गिद्धों को भेड़ का माँस डाला बल्कि भिक्षुकों को मेरे हाथ से छुआ हुआ तेल, भिखारियों को भोजन और मन्दिरों को दान दिया और प्रतिज्ञा की कि वह हरिद्वार जाकर गंगा नहाएगी।

इन सब उपक्रमों की बजाय मुझे डॉक्टरी इलाज ने अच्छा किया। घाव पाँच महीने में भरा। हालाँकि माँ का कहना था कि डॉक्टरों ने जो दवाइयाँ प्रयोग कीं वे भारतीय जड़ी-बूटियों से बनाई गई हैं और फिरंगियों ने जर्राही हमारे नाइयों

से सीखी है। जब से कनिंघम साहब ने मुझे रोड़ा मारा था और जिसके कारण रामचरण के पत्थर की घटना घटित हुई, अँग्रेज़ों के विरुद्ध माँ की घृणा और भी तीव्र हो गई थी।

6

जब मैं चारपाई से उठा तो इतना दुर्बल और क्षीण था, जैसे कब्र से निकलकर आया हूँ। अगर दो कदम भी चलना पड़े तो बेहोश हो जाता था। मैं विवश और लाचार बैठा-बैठा शून्य में ताकता था और मुँह का स्वाद अरुचिकर होता था।

लेकिन डॉक्टर के बताए अनुसार मछली का तेल, मुर्गे की यखनी और अन्य पौष्टिक पदार्थ खाने और माँ के विश्वास के अनुसार मालिश करके नहाने से धीरे-धीरे मेरे शरीर में जान आई।

बीमारी अपना एक स्थायी प्रभाव छोड़ गई थी। मुझे हर आदमी और हर चीज़ से अजीब डर लगता था। मैं छुईमुई के पौधे की तरह इतना भावुक हो गया था कि मामूली-सी बात पर आँसू आ जाते थे। मैं फिर कभी सुन्दर, स्वस्थ लड़का नहीं बन पाया। मुझे हमेशा मृत्यु का भय सताया करता। यह आतंक ही वह काला धब्बा था, जो इस बीमारी ने मेरी आत्मा पर अंकित कर दिया था। अनुभव के लिए मेरी उत्सुकता, मेरा आग्रह और मेरा उत्साह बढ़ गया था। मैं जीवन को दोनों हाथों से पकड़ने के लिए दौड़ता था; लेकिन इसके लिए जो शारीरिक श्रम दरकार था, वह मैं नहीं कर पाता था।

स्वास्थ्य-लाभ के दिनों में मैं हरएक चीज़ की ओर उसी प्रकार निरीह उल्लास से दौड़ता था, जैसे बच्चा रंगीन खिलौनों की ओर दौड़ता है। सुबह मैं बरामदे में पीछे एक सिरहाना लगाए खटोले पर बैठा होता, मेरी टाँगें कम्बल से ढकी रहतीं जबकि सूरज सूरजमुखी और पीले गुलदाऊदी के फूलों में आग-सी लगा देता। ये फूल हमारे आँगन के निचले भाग में मेरे पिता ने छोटा-सा एक बगीचा बनाकर 'सटन' के बीजों के उन नमूनों से उगाए थे जो डाक द्वारा इंग्लैंड से साहबों के लिए आते थे। जी में आता था कि मैं दौड़कर बगीचे में जाऊँ, कुदाल लेकर मिट्टी खोदने में पिता की सहायता करूँ या देवी-देवताओं पर चढ़ाने के लिए माँ को गुलाब के फूल तोड़कर दूँ। मैंने शिव के साथ खेलते हुए उसके बहुत-से खिलौने तोड़ दिए। मगर इससे मुझे सन्तोष नहीं होता था। जब ड्योढ़ी से बाहर लड़के गणेश को पुकारते थे तो मेरा जी चाहता था कि भागकर जाऊँ और उनके साथ खेलूँ। मैं स्कूल जाने के लिए बड़ा अधीर था।

मेरी उत्सुकता बढ़ती ही रही। जीवन का प्रारम्भिक चरण वह था, जब मैं बहुत हद तक आत्मकेन्द्रित था और संसार मुझे अपनी इच्छाओं का ही विस्तृत रूप दिखाई पड़ता था; और जब मैं लोगों को, बाहर की चीज़ों को हाथों और आँखों की स्वाभाविक उष्णता से पकड़ता था। इसके बाद मैंने बोलना सीखा; लेकिन सिर्फ अपनी ही भावनाएँ व्यक्त करता था। और अब यह तीसरा चरण था जब मैं संसार को 'क्यों' और 'कैसे' से समझने का प्रयत्न कर रहा था और अपने गिर्द रेशम का कोवा-सा बुन रहा था। मैं कोई भी बात बिना समझे छोड़ना नहीं चाहता था।

मैं माँ को दिन-भर अपने सवालों से तंग किया करता। जब वह चुप बैठी कुछ सोच रही होती, मैं प्यारा लाड़ला बच्चा बनकर चाहता कि वह मेरी बात पर अधिक से अधिक ध्यान दे। "माँ, तारे क्या हैं?" "सूरज बिना पाँव के सारा दिन कैसे चलता है?" "बादल कहाँ जाते हैं?" मैं उससे पूछता। वह सिर्फ इतना कहती, "बेटा, सो जाओ और आराम करो।" मैं बादलों में स्त्रियों, पुरुषों और पशुओं की आकृतियाँ बनते-बिगड़ते देखता और आकाश में देवता और राक्षसों के मनमाने चित्र बनाता। मुझे याद है कि माँ ने सिर्फ एक बार मेरे एक प्रश्न का उत्तर दिया था। "माँ, आकाश से परे क्या है?" मैंने उससे पूछा और उसने कहा, "बेटा, वहाँ भगवान ब्रह्मा, देवताओं और अप्सराओं के बीच रहते हैं।" मैं बादलों में जो आकृतियाँ देखता था, इससे उनमें मेरा विश्वास दृढ़ हो गया था। इसके बाद बहुत साल तक, उस समय भी जब मैंने भूगोल पढ़ लिया था, मैं अपने मन से बादलों का भय न निकाल सका, जो दोपहर के बाद और शाम की खामोशी में विशेषकर महसूस होता था।

उन दिनों की एक-दो बातें मेरे मन पर स्थायी रूप से अंकित हैं।

उदाहरण के लिए, जब नये 'बाबू डॉक्टर' बालमुकन्द की बारह वर्षीय लड़की रुक्मिणी मुझे अपनी बाँहों में उठाती थी तो मुझे जो एक प्रकार का विचित्र आनन्द अनुभव होता था, उसे मैं कभी नहीं भुला सका। वह एक पतली-दुबली लड़की थी, जिसकी गर्दन धुली हुई नहीं होती थी; पर जिसके मुख की कोमलता से सोना भी लजाता था। उसके लम्बे-लम्बे केश, जो दो चोटियों में कन्धों पर लटकते थे, उसकी आँखों के सदृश काले थे। इतनी छोटी उम्र में वासना का उत्पन्न होना एक अजीब बात थी, लेकिन जब मैं उसके गले से चिपटा होता और उसके गाल पर गाल रखे उसकी नई छातियों का दबाव और लम्बे हाथों का स्पर्श महसूस करता तो मुझे वैसा ही उग्र और विचित्र आनन्द महसूस होता जैसा कभी अस्पष्ट रूप से मौसी अक्की और देवकी की गोद में मैंने महसूस किया था।

जब मैं दोबारा चलने-फिरने और दौड़ने लगा तो मैं और रुक्मिणी ड्योढ़ी

में आँख-मिचौनी खेलते; मैं छिप जाता और वह मुझे ढूँढ़ती। मगर मुझे अधिक देर छिपे रहना पसन्द नहीं था, इसलिए मैं आप ही से खोज लेने देता क्योंकि जब भी वह मुझे ढूँढ़ने में सफल हो जाती थी तो हँसती-चहकती और खिल-खिलाती हुई मुझे अपनी बाँहों में उठा लेती थी और मैं बार-बार वही सुख महसूस करता था जिसका अर्थ मैं काफी साल बाद में समझ पाया।

रुक्मिणी मुझे वहाँ ले जाती जहाँ हम दोनों की माताएँ सर्दी में धूप सेंकती हुई सीती-पिरोतीं, चर्खा कातती, फुलकारी काढ़तीं, गाजरें खातीं या गप्पें हाँकती थीं। यहाँ वह एक कल्पित रसोई में मेरे लिए खाना बनाने का खेल शुरू कर देती। शिव के खिलौने बर्तन होते, रोटी गीली मिट्टी की बनती। कंकर, फूल और पत्ते विभिन्न प्रकार की सब्ज़ियों का रूप लेते। अगर माँ रुक्मिणी को ठीक समय पर मना न कर देती तो मैं सचमुच खा लेता।

उसके साथ खेलना मुझे इतना अच्छा लगता था कि दो पुरानी चारपाइयों को आमने-सामने खड़ा करके और उनपर चादरें तानकर मैंने एक घर बनाया। अपने इस घर में हम दोनों वे बातें करते थे जो अपने माता-पिता को करते देखते थे। अक्सर लड़ाइयाँ होतीं, जिनमें मैं रुक्मिणी के केश पकड़कर इतने ज़ोर से खींचता कि वह मेरी पत्नी बनने और इस स्वप्न-भवन में मेरे साथ रहने से साफ इनकार कर देती। एक दिन माँ को चारपाइयों की ज़रूरत पड़ गई और हमारा यह गुड़िया का घर ही टूट गया। इसके बजाय मैंने अब एक कल्पित स्कूल बनाया जिसमें मैं खुद कभी मास्टर दीनगुल, कभी मास्टर त्रिलोकचन्द और कभी ड्रिल मास्टर बनता था और बेचारी रुक्मिणी को शिष्य बनकर सब कुछ सहन करना पड़ता था।

एक दूसरा खेल, जो हम दोनों खेलते थे, वह था चिड़ियाँ रंगना। यह एक परम्परागत खेल है जो दो प्रेमियों की शादी के बाद की क्रीड़ा है और मेरा ख्याल है कि खेल का उद्देश्य नवविवाहितों में कोमलता लाना है। इसके अलावा खेल का कोई गूढ़ अर्थ हो, वह मैं नहीं जानता था और शायद रुक्मिणी जानती थी; पर जब यह खेल खेलने को कहा तो वह बिलकुल निरीह जान पड़ती थी। हमारी माताएँ अगर खेलने से मना करने के बजाय मुस्कराते हुए हमारी ओर देखती रहती थीं तो इसका कारण हम दोनों की निरीहता थी। मैंने बीमारी में सांसारिक वास्तविकताओं से दूर जो एक नई दुनिया निर्माण की थी, यह खेल भी मेरे लिए उसमें पहुँचने का एक साधन था।

इस खेल में पहले कुछ चिड़ियाँ पकड़ी जाती थीं। रुक्मिणी और मैं बरामदे में अपने सामने मसूर की दाल के कुछ दानें बिखेर देते थे। पहले कुछ दूर बिखेरते ताकि चिड़ियाँ उन्हें चुगने आएँ, फिर कुछ निकट, फिर और निकट और जब हम उनका विश्वास प्राप्त कर लेते तो अपने हाथ पर चुगाते। इस तरह हम एक चिड़िया

पकड़ लेते और प्याली में अपने घोलकर रखे रंग में उसे रंग देते। तब हम उसे छोड़ देते और वह गहरे हरे रंग में रंगी उड़ जाती। दूसरे दिन हम गहरा लाल और तीसरे दिन पीला या नीला रंग इस्तेमाल करते। सप्ताह के सात दिनों में हम सात चिड़ियाँ इन्द्रधनुष के सात रंगों में रंग देते। हमारी प्रसन्नता का ठिकाना न रहता जब ये चिड़ियाँ बारकों पर इधर-उधर उड़तीं और आश्चर्यचकित सिपाही आँखों पर हाथ रखकर इन चिड़ियों को देखते रहे जाते, जिन्होंने रात-भर में रंग बदल लिया था। जब ये चिड़ियाँ हमारे आँगन में आकर बैठतीं तो हम खुशी से चिल्लाते। हमारी माएँ भी हमारी इस खुशी में शामिल होतीं और उनके चेहरों के रंग भी आकाश में उड़ रहीं इन चिड़ियों के रंगों के सदृश बदलते थे।

लेकिन मेरे और रुक्मिणी के कहकहे धूप तक ही सीमित नहीं थे। जब मैं हथेलियों पर मसूर के दाने लिए उसके पहलू में झुका चिड़िया के आने का इन्तज़ार कर रहा होता तो मेरी निगाह उसके मेंहदी रंगे हाथी दाँत जैसे हाथों और नाक की नोक पर पसीने के नन्हे मोतियों पर पड़ती, तो जी में आता कि मैं शिकारी का संयम तोड़कर उसे चूम लूँ। बरामदे में प्रतिमा-सी बैठी हुई और मुँह से वे संकेत करती हुई, जो वह कहती नहीं थी, मेरे मुँह पर अपना सिर झुकाकर धीरे-धीरे नसीहत करती, जो मुझे संगीत की लय-सी जान पड़ती और आँखें बन्द हो जातीं, ''हिलो मत, वरना चिड़ियाँ नहीं आएँगी।''

उसके शरीर की सुगन्ध से मुझपर नशा-सा छा जाता। मैं मौन होता और पार्श्व में कही हुई बात की लज्जा मेरे होंठों पर काँपती और मेरी रुक्ष आत्मा उसकी ओर झुक जाती।

तब अगर एक चिड़िया आकर उसके हाथ पर बैठ जाती और वह उसे धीरे-से पकड़ लेती तो वह उसकी तेज़ चोंच मेरे मुख के पास ले आती और मुझे अपने हाथ की पुश्त से सहलाती। इस स्पर्श में जो कोमलता थी, उसका उद्देश्य एक ओर तो पक्षी को चुप कराना और दूसरी ओर पक्षी पकड़ने की मेरी प्रचंड इच्छा की भर्त्सना करना था।

निस्तब्धता की तरंगें-सी हमारे माथों पर से गुज़रतीं और इन मौन क्षणों में मुझे मेंहदी रंगे हाथों में पकड़ी चिड़िया को छूने और सहलाने की छूट होती। फिर जब पक्षी के फुर्र से उड़ जाने पर हमारी आँखें आपस में मिलतीं तो उनमें इतनी प्रसन्नता होती कि उसका अनुमान उनमें भरे प्रकाश ही से हो सकता था।

ज्यों ही आकाश पर धुँधलका छा जाता और शाम का अँधेरा गहरा होने लगता तो मुझे सोने के लिए चारपाई पर लेट जाना पड़ता और मैं माँ से कहानी सुनाने के लिए हठ करता।

माँ को बहुत-सी कहानियाँ याद थीं, जो उसने अपने बचपन में अपनी माँ

से सुनी थीं। देहात के कच्चे घरों की छतों पर हज़ारों साल से जाने कितनी कथाएँ, कितनी आख्यायिकाएँ, देवी-देवताओं के, मनुष्यों के, पशु और पक्षियों के कितने किस्से और कितनी कहानियाँ कही गई हैं; लेकिन सीले ईंधन से भोजन बनाने और राख से बर्तन माँजने का कठोर परिश्रम और जाने कितनी पारिवारिक चिन्ताएँ उसके जीवन को घेरे रहती थीं। ये सब धन्धे छोड़कर उसे कहानी सुनाने के लिए तैयार करना बड़ा ही कठिन था।

''ओह माँ, मुझे कहानी सुनाओ,'' मैं हठ करता।

''वे, सो जा! क्या तुझे अभी नींद नहीं आई?'' वह बार-बार उत्तर देती।

मेरे बहुत सताने पर वह अन्त में मान जाती और मुझे उस रानी की कहानी सुनाती जिसे किसी जादूगरनी ने फूल बना दिया था, या उस कछुए की जो बहुत बातें करता था, या उस सूदखोर बनिये की जिसे चालाक किसान ने धत्ता बताई थी।

माँ का कहानी कहने का ढंग इतना रोचक था और वह कहानी के पात्रों को इतना अच्छा उभारती थी कि कई बार मैं सर्वथा उसकी कहानियों में खो जाता, मेरी आँखों की नींद उड़ जाती और मैं बाद में घंटों करवटें बदलता रहता। किवाड़ों की दराज़ों में से मैं आकाश पर झाँकता जहाँ तारे शान्त और स्थिर होते, जैसे वे परियों और दानवों की स्मृति से आश्चर्यचकित और भयभीत हों। फिर मुझे उस शेर की मूर्खता पर हँसी आती जिसे गीदड़ ने धोखा दिया था और उस मगरमच्छ पर जिसे धूर्त लोमड़ी ने ठग लिया था। कभी मैं निर्भीक नायिकाओं के साहस पर चकित रह जाता और जब मेरी माँ की आधी कहानी बाकी होती, मेरी आँखें इच्छा के विरुद्ध नींद से बन्द हो जातीं।

एक कहानी जो माँ ने मुझे सुनाई राजा रसालू के बारे में थी। इसे सुनकर खून खौलने लगता था। यह उस राजकुमार की कहानी थी जो माँ-बाप की इच्छा के विरुद्ध महल से चल पड़ता है, दानवों से युद्ध करता है, संन्यासी बनता है और अन्त में परियों की एक राजकुमारी के पिता को शतरंज में हराकर परी से शादी कर लेता है।

जब माँ मुझे यह लम्बी कहानी सुना रही थी तो मैं नायक की अतुल वीरता, उच्च और श्रेष्ठ भावनाओं और साहसी कार्यों के कारण दम साधे रहा। यह मुझे इतनी रोचक लगी कि बाद में माँ ने जब कभी मुझसे यह पूछा कि वह मुझे कौन-सी कहानी सुनाए तो मैंने आम तौर पर यही राजा रसालू की कहानी सुननी चाही।

कुछ दिन बाद जब मैं गुड्डू की बनाई लकड़ी की तलवार कमर में पेटी से बाँध रहा था, माँ-बाप की आज्ञा के बिना ही मैं ठीक राजा रसालू की तरह घर से चल पड़ा। मैं घर से लगभग दो फर्लांग दूर नदी के पार पहाड़ियों पर

चला गया।

नदी के सूखे पाट में मैं पत्थरों और कंकरों पर से चलता हुआ अपने-आप से बातें कर रहा था। जहाँ तक दृष्टि जाती थी, भूरी-पीली पहाड़ियाँ फैली हुई थीं जो पठानों के दूरस्थ किलों की तरह धूप और व्यापक निस्तब्धता में लिपटी हुई थीं। एक पगडंडी द्वारा जो पठान चरवाहों ने वहाँ उगे हुए झाड़-झंखाड और घास-फूस में बनाई थी, मैं एक छोटी पहाड़ी की चोटी पर चढ़ गया। तब मैंने नाटकीय ढंग से अपना शरीर साधकर एक घाटी में उतरना शुरू किया। थूहर का जो भी पेड़ मार्ग में आ पड़ता, उससे मैं कल्पित युद्ध करता और उसे काटने-छाँटने में जिस वीरोचित कर्म का परिचय देता था, भयभीत और मूक पहाड़ियाँ उसकी साक्षी थीं। ताँबे रंग की पहाड़ियों पर मुझे जो कुछ दिखाई देता था विजय-गर्व से उस पर एक दृष्टि डालता हुआ मैं एक क्षण के लिए रुका। मेरी साँस फूल गई थी और सिर के पिछले भाग में हल्का-हल्का दर्द था और मैं किसी दूसरे सम्भव साहसी कार्य के बारे में सोच रहा था।

अपने गिर्द छाई गहरी निस्तब्धता में, जिसे सिर्फ तपती दोपहरी के बाद की मन्द वायु भंग कर रही थी, मुझे पानी की कलकल सुनाई देती थी। मैंने इधर-उधर देखा और मुझे घाटी के ढलान में स्वच्छ-निर्मल तालाब नज़र आया, जो किसी प्राकृतिक स्रोत से बना था। मैं लम्बी-लम्बी घास और झाड़ियों आदि से भरी एक छोटी-सी उपत्यका में से उसकी ओर बढ़ा। ज्योंही मैं पानी के निकट पहुँचा, मन किसी भय से पीछे हटा। पर यह स्मरण करके कि रसालू कितना बहादुर था जो जंगल और मरुस्थल से नहीं डरता था, मैंने अंजलि में पानी लेकर पिया।

अपने ही विचारों में मग्न मैं इधर-उधर घूमकर उस पक्षी का घोंसला खोजने लगा, जिसे मैंने तीखे मधुर स्वर में कू-कू करते सुना था। पर घोंसला मुझे नहीं मिला और मैं एक बेरी की छिद्रित छाया में बैठ गया। इस भू-भाग में गिद्धों की तेज़ चीखें गूँज रही थीं और वह वीरान और सुनसान मालूम होता था, विशेषकर इसलिए कि मैंने सुन रखा था गिद्ध शव खाते हैं और वीरान स्थानों में रहते हैं, जहाँ भूत होते हैं।

मैं उठकर दौड़ा।

मुश्किल से तीन कदम चला हूँगा कि मुझे सहसा हिसहिस की आवाज़ सुनाई दी और एक लम्बा साँप झाड़ी से निकलता दिखाई दिया। उसका शरीर भयंकर काला था और वह फन उठाए अपनी फटी हुई जीभ से लपर-लपर कर रहा था जैसे निर्दयता और घृणा का अवतार हो।

मैं एक क्षण के लिए अवाक् रह गया और चिल्ला भी न सका।

लेकिन साँप ने फन नीचे गिराया; उस ऊँची-ऊँची घास की ओर चला जहाँ

मेंढक टर्रा रहे थे।

मैं भय से काँपता हुआ भागा।

पहाड़ी पर थोड़ी दूर चढ़ने के बाद मेरे काँपते हुए घुटने सिकुड़ने लगे और मैंने कदम धीमा कर दिया। कभी मैं लौटकर देखता था कि कहीं साँप मेरे पीछे तो नहीं आ रहा और कभी-कभी इस भीरुता के लिए मैं अपने-आपको कोसता और बुरा-भला कहता था।

जब मैं आगे बढ़ा तो दस गज़ के फासले पर सामने पिता दिखाई दिए। वे क्रुद्ध, कठोर और चिढ़े हुए थे।

मैं पिटने के भय से रोने लगा। लेकिन पिता ने सिर्फ डाँटा और अप्रसन्न मन से मुझे उठा लिया।

जब मैं पाँच घंटे तक नज़र नहीं आया तो घरवाले घबराए और लोग मुझे इधर-उधर ढूँढ़ने निकले।

हमारे घर के करीब क्वार्टर-गार्ड के एक संतरी ने मुझे देख लिया था और उसी ने मेरे पिता को नदी के इस पार भेजा।

''हरीश की माँ, मुझे डर है,'' पिता ने घर आकर कहा, ''चोट से इस लड़के का दिमाग खराब हो गया।''

''हें! हें! ये नहीं हो सकता!'' माँ उन्मत्त-सी चिल्लाई। ''नहीं, यह नहीं हो सकता। मेरा बेटा, राजा बेटा!'' और उसने मुझे गोद में भर लिया।

''मुझे डर है कि अगर यह पागल नहीं तो मूर्ख अवश्य हो गया है,'' पिता ने फिर कहा, ''कारण, जब मैंने इसे देखा तो यह पहाड़ियों पर अकेला घूम रहा था और अपने-आपसे बातें कर रहा था। कोई भेड़िया या रीछ उठा ले जाएगा, इसका इसे कुछ भी डर नहीं था।...''

लेकिन माँ में और मुझ में एक प्रकार का गुप्त समझौता था, क्योंकि वह एक ग्रामीण स्त्री के निरीह विश्वास से मेरे परियों के कल्पित संसार में प्रवेश कर सकती थी। वास्तव में हर रोज़ कहानियाँ और किस्से सुनाकर वही मेरे इस संसार का निर्माण कर रही थी।

एक कथा मेरे अपने नाम से सम्बन्धित थी, क्योंकि उसने वह कथा मुझे बार-बार सुनाई। इसलिए वह मुझे अच्छी तरह याद है।

''मेरे बेटे, भगवान कृष्ण की, जिसके नाम पर तुम्हारा नाम रखा गया है, बहुत-सी कहानियाँ हैं। वह एक राजकुमार था, जिसका पालन-पोषण एक ग्वाले के घर हुआ। जब वह वृन्दावन में गाय चराने जाता तो दूसरे ग्वालों के साथ खेला करता था। ग्वालिनें उसके साथ नाचती-गाती थीं। कृष्ण उनका प्रेमी था...''

''माँ, एक राजकुमार ग्वालों के साथ क्यों रहने लगा?'' मैंने पूछा।

''यह ऐसे हुआ,'' माँ ने बात शुरू की, ''एक बार मथुरा में एक राजा राज करता था, जिसका नाम उग्रसेन था। उसकी रानी बड़ी सुन्दर थी। एक राक्षस उससे प्रेम करने लगा। राक्षस से रानी के एक लड़का हुआ, जिसका नाम कंस था। कंस बचपन में ही ढीठ और भयंकर था। बड़े होकर उसने अपने पिता को जेल में डाल दिया और खुद गद्दी पर बैठ गया। उसके शासन में धैर्यवान धरती भी कराहती थी। धरती गाय का रूप धारण करके देवताओं के पास शिकायत करने गई। देवता ब्रह्मा के पास गए, जिसने उन्हें शिव के पास भेजा और शिव उन्हें विष्णु के पास ले गए। भगवान विष्णु ने धरती को कंस के ज़ुल्म से मुक्त करने का वचन दिया। उसने मनुष्य के रूप में धरती पर आने का निर्णय किया और वह आया...

''कंस की एक बहन देवकी थी। जब उसका विवाह वासुदेव नाम के राजा से हो रहा था तो कंस ने एक अजीब आवाज़ सुनी—'इस स्त्री का आठवाँ बच्चा तुम्हें नष्ट करेगा।' बेटा, पिछले ज़माने में लोगों को ऐसी आवाज़ें अक्सर सुनाई देती थीं और वे उन पर विश्वास करते थे।

''इस पर कंस देवकी को मार देना चाहता था। लेकिन उसके पति ने कहा कि वे अपने सब बच्चे उसे दे देंगे। कंस ने देवकी को मारा तो नहीं, पर उन्हें अपनी कैद में रखा। कारण यह कि कंस देवताओं के क्रोध से डर गया था। बहुत डर गया था, बेटा!

''देवकी के छह बच्चे हुए। कंस इतना ज़ालिम था कि उसने एक के बाद एक बच्चा मार डाला।''

जब देवकी के सातवाँ बच्चा होने वाला था तो विष्णु ने उसके बीज को देवकी के गर्भ से लेकर वासुदेव की दूसरी पत्नी रोहिणी के गर्भ में डालने की व्यवस्था की। इस बच्चे का नाम बलराम था।

जब देवकी के आठवाँ बच्चा होने वाला था तो विष्णु ने वासुदेव से कहा, 'आज रात देवकी के बच्चा होगा। उसे नन्द ग्वाले की पत्नी यशोदा के पास ले जाना। उसके भी बच्चा होगा। अपना बच्चा उसके पहलू में लिटाकर तुम उसका बच्चा देवकी को ला देना।'

''अब जैसा विष्णु ने कहा था, वैसा ही हुआ। आधी रात को कृष्ण ने जन्म लिया बेटा, कृष्ण का जन्म हुआ...''

''कंस के पहरेदार गहरी नींद सो रहे थे। वासुदेव बच्चे को नन्द के घर लेकर चला। शेषनाग ने उसका पथ-प्रदर्शन किया। जमना नदी में बाढ़ आई थी। लेकिन चमत्कार यह हुआ कि जब वासुदेव आगे बढ़ता तो नदी टूटकर रास्ता छोड़ देती थी। वह नन्द के घर पहुँचा। बड़ी चतुराई से उसने यशोदा के कमरे में प्रवेश किया। बच्चा बदलकर वह वापस लौट आया।

‘‘सुबह जब पहरेदारों की आँख खुली और उन्होंने बच्चे का रोना सुना तो उन्होंने बच्ची लाकर कंस को दे दी। उसने बच्ची को अपनी तलवार से दो टुकड़े करने के लिए हवा में उछाला। बड़ी विचित्र बात हुई। लड़की आकाश में उड़ गई और उसने कहा—‘मूर्ख! मैं महामाया योगिनी हूँ। वह बच्चा जिसके हाथों से तेरी मृत्यु होगी, जीवित और स्वस्थ है!’

‘‘कंस भय से काँपता हुआ एक अँधेरे कमरे में चला गया। लेकिन यह सोचकर कि देवकी और वासुदेव से अब किसी भय की आशंका नहीं, उसने उन्हें मुक्त कर दिया।...

‘‘वासुदेव ने अपने बेटे बलराम को भी नन्द के घर भेज दिया, और उसने नन्द से कहा कि वह दोनों बच्चों को मथुरा से गोकुल ले जाए। नन्द उन्हें गोकुल ले गया और वहाँ की हरी-भरी चरागाहों में पशु चराता हुआ अपनी बिरादरी में दिन बिताने लगा। वे सकुशल और प्रसन्न थे।

‘‘कंस बाल कृष्ण को ढूँढने में असमर्थ रहा। वह इतना ज़ालिम था कि उसने अपने राज्य के सब बच्चे मार देने का हुक्म दिया। उसने कुरूप पूतना को बुलाया जिसकी छाती का दूध पीकर बच्चे मर जाते थे। इस राक्षसी ने कृष्ण के मुँह में अपना स्तन डाला। लेकिन कृष्ण ने उसे इतने ज़ोर से चूसा कि पूतना तुरन्त मर गई।...

‘‘जब यह खबर कंस को मिली तो वह समझ गया कि उसकी मृत्यु कृष्ण ही के हाथ से होगी। इसलिए उसने एक राक्षस भेजा और कहा कि वह कृष्ण को पकड़कर मार डाले। कंस लोगों का खून पी जाता था! बेटे, कुछ लोग बुरे होते हैं और कंस वैसा ही था।

‘‘जब राक्षस आया तो कृष्ण जंगल में घूम रहे थे। उन्होंने राक्षस को टाँग से पकड़कर सिर पर घुमाया और चट्टान से दे मारा। देवता बुरे लोगों और राक्षसों से अधिक शक्तिशाली हैं।...

‘‘तब कंस ने एक दूसरा राक्षस भेजा। उसने भयंकर कौवे का रूप धारण कर लिया और कृष्ण को अपनी चोंच में उठा लिया। बालक कृष्ण गरम हो गए और पक्षी को उन्हें छोड़ना पड़ा। तब कृष्ण ने उसकी चोंच पाँव तले कुचल डाली और उसे चीरकर दो टुकड़े कर दिए। यों उस पापी का नाश किया!...

‘‘अब एक और राक्षस भेजा गया। वह साँप था। कृष्ण जान-बूझकर उसके भीतर घुस गए और अपने शरीर को बढ़ाना शुरू किया। कृष्ण इतने बढ़े कि साँप का पेट फैलकर फट गया। मेरे बेटे, तुम्हारे हमनाम का क्रोध बड़ा भयंकर था!

‘‘कृष्ण बड़े हुए तो बहुत ही सुन्दर थे और उनका रंग बादलों जैसा था। वे ग्वालिनों से शरारतें करते थे। वे घर से दूध और दही चुरा लेते; लेकिन कहते

कि कोई और ले गया है। और दूसरे लड़कों के साथ वे ग्वालों के बागों में घुस जाते। एक बार जब ग्वालिनें जमना में नहा रही थीं, यह नटखट बालक उनके कपड़े चुराकर कदम्ब के पेड़ पर चढ़ गया। वे बेचारी नंगे शरीर बाहर आईं और कृष्ण से अपने कपड़े लौटा देने को कहा। वे बाँसुरी बहुत ही मधुर बजाते थे। वे गोपियों के साथ नाचा करते थे, विशेषकर राधा के साथ, जो एक ब्राह्मण की एक नौजवान पत्नी थी। वे राधा से प्रेम करते थे।...''

''उन्होंने बड़े होकर आसपास के तमाम राक्षसों को परास्त किया। इनमें कालीय नाग भी था, जो ग्वालों और उनके पशुओं को निगल जाता था...

''एक बार मेह-आँधी के देवता इन्द्र ने भयंकर वर्षा की। कृष्ण ने गोवर्धन पर्वत अपने हाथ पर उठाया और गोकुल को डूबने से बचाने के लिए इसे छतरी के सदृश उसके ऊपर थामे रखा।...

''ये सारी बातें कंस ने भी सुनीं और उसने कृष्ण को मारने के लिए षड्यन्त्र रचा। उसने अक्रूर नाम के एक राजा को जो अपनी भलाई के लिए प्रसिद्ध था, गोकुल भेजा कि वह उसका खेलों का मेला देखने के लिए कृष्ण और बलराम को अपने साथ लाए। अक्रूर ने यह सन्देश उन्हें पहुँचा दिया और साथ ही जाने से मना भी कर दिया। कृष्ण ने उसे आश्वासन दिया कि घबराने की कोई बात नहीं और उन्होंने जाने का निश्चय किया।''

''दोनों लड़के मथुरा को रवाना हुए और गोपियाँ उनके वियोग में खूब रोईं।

''केसिन नाम के एक राक्षस ने घोड़ा बनकर उन्हें रास्ते में आ घेरा। कृष्ण ने अपनी बाँह उसके मुँह में घोंप दी और घोड़ा फूलकर मर गया।

''उनके कपड़े फटे-पुराने थे, पर शहर के निकट पहुँचकर उन्होंने सोचा कि उन्हें साफ-सुथरे कपड़े पहनने चाहिए। उन्होंने जमना के घाट पर जाकर राजा के धोबियों से कुछ कपड़े उधार माँगे। धोबी कंस के साथ थे, इसलिए उन्होंने कपड़े देने से इन्कार कर दिया। कृष्ण ने धोबियों को धक्का देकर अलग हटा दिया और कंस की बढ़िया पोशाक पहनकर मथुरा में प्रवेश किया।''

''कंस ने दो मज़बूत पहलवानों को कह रखा था कि वे कृष्ण और बलराम को मारने के लिए तैयार रहें। अगर वे सफल न हो पाएँ तो उन्हें कुचलने के लिए एक मस्त हाथी तैयार था। लेकिन कृष्ण ने पहलवानों और हाथी को अपनी तलवार से मार डाला। सिर्फ इतना ही नहीं, उन्होंने कंस और उसके सिपाहियों को भी मार डाला। वे बहुत शक्तिशाली थे और जब क्रोध आ जाए तो भयंकर भी थे।''

''तब उन्होंने कंस के बूढ़े पिता उग्रसेन को जेल से रिहा करके गद्दी पर बैठाया।''

''इसके बाद कृष्ण और बलदेव मथुरा में रहने लगे और उनके माता-पिता

देवकी और वासुदेव भी उनके पास आ गए।...''

''कुछ साल बाद दो राक्षस राजाओं ने, जो कंस के मित्र थे, मथुरा पर आक्रमण किया। कृष्ण उनके विरुद्ध शहर की रक्षा न कर पाए और वे अपने परिवार और बिरादरी को द्वारका ले गए। द्वारका समुद्र के किनारे स्थित थी।

''यहाँ उन्होंने एक दुर्ग बनाया और बड़ी सेना इकट्ठी की। इस सेना की सहायता से उन्होंने जमना नदी के किनारे स्थित मथुरा को वापस ले लिया।

''तब उन्होंने तमाम पापी राजाओं को पराजित करके विदर्भ के राजा भीष्म की पुत्री से ब्याह किया।

''जब कौरवों और पांडवों में युद्ध छिड़ा तो उन्होंने बुरे कौरवों के विरुद्ध अच्छे पांडवों की सहायता की। उन्होंने पांडु-पुत्र अर्जुन को जो सीख दी, वह भगवद्‌गीता में लिखी है, जिसका मैं नित्य पाठ करती हूँ और तुम लोग हँसते हो।...''

मैंने चूँकि माँ से देवी-देवताओं की कहानियाँ सुन रखी थीं, इसलिए घुमक्कड़ रासधारी छावनी में जो रासलीला दिखाते थे, दूसरे लड़कों की अपेक्षा मैं उसमें अधिक दिलचस्पी लेता था।

छावनी के बाज़ार के निकट मैदान में एक शामियाना लगाया जाता था, जिसमें दरियाँ बिछा दी जाती थीं और रामानन्द बनिये की दुकान से तख्त लाकर स्टेज बनाया जाता था और रासधारियों के स्वांग भरने के लिए एक तम्बोटी तान दी जाती थी। ये तैयारियाँ देखकर ही हम समझ जाते थे कि रासधारी आए हैं। और हम उस तम्बोटी को घेर लेते थे जिसमें वे स्वांग भरते थे। रासधारी आमतौर पर हमें वहाँ से भगा देते थे क्योंकि वे यह बात प्रकट नहीं करना चाहते थे कि जिन्हें वे लड़कियाँ बना रहे हैं, वास्तव में वे लड़के हैं।

इसलिए हम जाकर दरी पर लोटते अथवा जब तक अर्दली दिखाई न पड़ता स्टेज पर कूदते।

तब हम शाम का भोजन जल्दी देने के लिए घर जाकर माँ की नाक में दम कर देते ताकि लौटकर स्टेज के निकट बैठ सकें। आम तौर पर माँ पर हमारे कहने-सुनने का कोई असर न होता। लेकिन पिता अगली पंक्ति में कुछ स्थान रिज़र्व करा लेते, जिसके कारण हम रासलीला देख पाते थे। इसके विपरीत बाजेवालों, धोबियों और भंगियों के बच्चे, दूर ही से जो कुछ दीख पाता, देखते।

लेकिन राम, सीता और लक्ष्मण की कहानी सब जानते थे जो उन्होंने अपनी माँ, चाची-चाची या बुआ से सुन रखी थी या पिछले साल जब रासधारियों की कोई दूसरी टोली आई थी, तब देखी थी। इसलिए प्रत्येक व्यक्ति नाटक में रस लेता और जो कुछ देखने-सुनने से रह जाता, उसे अपनी कल्पना से जोड़ लेता।

सिपाही चूँकि समतल धरती पर बैठते थे और उनके आगे साहबों और हिन्दुस्तानी अफसरों की कुर्सियाँ होती थीं और आपस की बातचीत का शोर होता था, इसलिए रासलीला कहीं भी अच्छी तरह दिखाई या सुनाई नहीं देती थी।

देखना और सुनना इतना आवश्यक भी नहीं जान पड़ता था, जितना कि सबका मिल बैठना। स्निग्धता और प्रसन्नता का वातावरण उत्पन्न हो जाता था, जो संक्रामक था। जब रंग-बिरंगी वर्दी और लाल नाक वाला मस्खरा अपने करतब दिखाता था तो ऐसी हँसी आती थी कि हमेशा त्यौरी चढ़ाए रखनेवाले 'कर्नल' साहब और 'अजीटन' साहब भी संयत नहीं रह पाते थे। इसी प्रकार हनुमान की कलाबाज़ियों पर प्रत्येक व्यक्ति चहक उठता था। रावण की पराजय सिपाहियों को प्रायः पागल बना देती। बैंडमैन क्लेटन सीता के भेष में जो गीत गाता था, उससे प्रत्येक व्यक्ति प्रभावित होता था।

जब लालमुँहे, अँग्रेज़ी अफसरों का यही नाम पड़ गया था, चले जाते तो वातावरण काफी शिथिल हो जाता। लेकिन उस समय हम बच्चों में से अधिकांश सो गए होते और अर्दली उठाकर हमें घर पहुँचा आते।

मगर मैं अपनी उनींदी आँखों में से रामायण के पात्रों को पहचानने का प्रयत्न करता क्योंकि माँ ने हमें रामायण-महाभारत की जो कथाएँ और कहानियाँ सुना रखी थीं, वे उनसे सम्बन्धित थे। भावुक होने के कारण मैं समझता कि सिर्फ रासधारियों का रास देख लेने-मात्र से मैं भी अभिनय करने में समर्थ हूँ।

जब कुछ दिन बाद छावनी के नाटक क्लब की ओर से वही खेल दशहरे के अवसर पर खेला जाता तो मैं उसन्न नन्हे देवदूत की भूमिका अदा करने के लिए हठ करता, जो सीता के पास खड़ा होता था।

पिता के प्रभाव के कारण मुझे यह भूमिका मिल जाती। लेकिन मुझे देवदूत बनने-मात्र का इतना अधिक चाव होता कि मैं यह भूमिका कैसी अदा कर पाता था, इस बारे में मुझे कुछ भी याद नहीं। सिर्फ इतना याद है कि मुझे बढ़िया कपड़े पहनाए जाते, बाँहों में दो पर लगा दिए जाते और चेहरे पर पाउडर और रंग लगाकर माथे और गालों पर सुनहरे सितारे चिपका दिये जाते। ज्योंही मैं सीता बने क्लेटन के साथ स्टेज पर जाकर बैठता उसके घुटने पर सिर रखकर सो जाता। देवदूतों को चूँकि तमाम रात सीता के निकट रहकर पहरा देना होता था, इसलिए मुझे बाद में बताया गया कि मेरा अनजाने सो जाना एक वास्तविक नाटकीय प्रदर्शन समझा जाता था।

स्वाभाविक रूप से इसके कई दिन बाद तक मैं अपने-आपको अतिमानव समझता और दूसरे लड़के भी ऐसा ही मान लेते।

लड़कों की मित्रता से प्रोत्साहित होकर मैं उनके साथ खेलने भी लगता।

लेकिन जब से मुझे चोट लगी थी और मैं महीनों बीमार रहा था, उनके खेल पहले से कुछ कम भयंकर नहीं थे। इस भय से कि कहीं मुझे दोबारा चोट न लग जाए और उन्हें मेरे पिता के क्रोध का भागी न बनना पड़े, वे मुझे अपने किसी खेल में शामिल नहीं करते थे। जब वे खेलते थे, मैं सिर्फ उनके पीछे-पीछे घूमता था।

अलबत्ता उनके बहुत-से खेल मेरे जाने-पहचाने थे और मैं उन्हें दूर से देखकर ही सन्तुष्ट हो जाता था। लेकिन एक दिन मैंने गणेश को छोटा, अली और रामचरण आदि के साथ नदी के पाट की ओर जाते देखा। उनके चुपके-चुपके मुझे छोड़कर बच निकलने की बात से मेरा कौतूहल बढ़ा। इसलिए ज्योंही उन्होंने विभिन्न दिशाओं में खिसकना शुरू किया, मैंने अन्दाज़ा लगाया कि वे कोई नया विचित्र और संदिग्ध खेल खेलने वाले हैं।

उनके जाने के चन्द मिनट बाद मैं उधर चला, जिधर उनके जाने की सम्भावना थी। वे बहुत दूर नहीं गए थे और अब इस डर से कि कहीं मैं पिता से उनकी चुगली न कर दूँ, उन्होंने मुझे छोड़ जाने की कोशिश नहीं की।

जब मैं उनके निकट पहुँचा तो उन्होंने सिर्फ इतना कहा कि मैं नदी के पाट में कुछ फासले पर खड़ा हो जाऊँ क्योंकि वे एक पहाड़ी के विरुद्ध, जिस कल्पित दुर्ग को उन्हें विजय करना है, तीर-कमान का युद्ध करेंगे। मैंने एक तमाशाई की भूमिका स्वीकार कर ली क्योंकि और कोई चारा भी नहीं था।

लेकिन ओह, एक बच्चे के हृदय की टीस, खेल में शामिल न किए जाने की जलन और पिता के क्रोध का डर कि कहीं मुझे फिर कुछ न हो जाए!

मेरी आँखें आँसुओं से भीगी हुई थीं और सिर लड़कों के कृत्रिम युद्ध के जोश से घूम रहा था। वे जो भयंकर संकेत और चेष्टाएँ करते थे, मैं भी करता था। और वे जो कुछ चिल्लाते थे मैं भी चिल्लाता था। इससे मेरे मन में यह धारणा बन गई थी कि मैं लाल फीतोंवाली वर्दी पहने जरनेल हूँ, और उन्हें युद्ध लड़ने का आदेश दे रहा हूँ।

मगर वे नकली बन्दूकों से नहीं लड़ रहे थे, और वे मामूली सिपाहियों की ड्रिल के नारे भी नहीं दोहरा रहे थे। जैसा कि मुझे बाद में मालूम हुआ। उन्होंने रेड-इंडियन भाषा के कुछ विलक्षण नारे ईजाद किए थे। और वे ऐसी क्रूरता से लड़ रहे थे, जो मैंने उनकी लड़ाइयों में पहले कभी न देखी थी।

दोपहर के बाद की तेज़ धूप और यह नये प्रकार का युद्ध! सब पसीने में सराबोर थे और उन पर उन्माद छाया था। आक्रमणकारी लड़के अपनी कमानें ऊपर उठाए एक पत्थर से दूसरे पत्थर की ओर भागते थे ताकि पहाड़ी के निकट पहुँचे।

जबकि सुरक्षा करनेवाले अपने बनावटी तीरों से आक्रमणकारियों को मार गिराते थे, युद्ध के स्वीकृत नियमों के अनुसार इस प्रलय के तीर के अपने निकट आते ही गिरकर मर जाते थे।

धूप की गर्मी और योद्धाओं द्वारा उत्पन्न किया हुआ उन्माद मेरे लिए असह्य था। मैं खड़े-खड़े सारा युद्ध अपनी प्रचंड आत्मा में लड़ रहा था। मैं हरएक लड़के के साथ कभी इधर झुकता और कभी उधर। मैं उनके विलक्षण युद्धघोषों को उच्च स्वर में दोहरा रहा था। अब मेरे लिए खेल से अलग रहना असम्भव हो गया और मैं युद्धक्षेत्र से तेज़ी के साथ पहाड़ी की ओर दौड़ा। मेरी ऊपर उठी हुई बाँह में जो लकड़ी सधी हुई थी वह मेरा तीर था और बाँह कमान थी। मैं यों आगे बढ़ा जैसे फासले की मुझे कुछ भी परवाह न हो।

लड़कों ने खेल बन्द कर दिया और मुझे युद्धक्षेत्र में घुसने से मना करने लगे। पर मैंने सुनी अनसुनी कर दी और मेरी आत्मा चिल्लाई, 'मैं जाऊँगा और जाकर अकेला ही किला जीतूँगा।'

हवा और नदी के सूखे पाट में पत्थरों की फसीलों के साथ मैंने एक प्रकार का सहयोग स्थापित कर लिया था, जो मुझे आगे बढ़ने में लाभदायक सिद्ध हो रहा था। मैं किले की चोटी की ओर बढ़ता चला गया।

सब लड़के, जिनका युद्ध उनके नारों और दाँव-पेंच से लम्बा हो गया था, आश्चर्यचकित मेरी ओर देख रहे थे। वे अपना युद्ध शुरू करते हुए डरते थे और इसलिए कि विरोधी सेना से नहीं बल्कि मुझ विमूढ़ नन्हे बुल्ली से युद्ध हार बैठे थे। वे मेरी ओर अवज्ञा और उपेक्षा से देख रहे थे क्योंकि वे मुझे अपना दुर्ग विजय करने से नहीं रोक सकते थे। मैं पहाड़ी की चोटी पर जा पहुँचा। चाहे मेरी साँस फूल गई थी और अंग भारी और शिथिल हो गए थे, मेरी महत्त्वाकांक्षा मेरे भीतर राग अलाप रही थी। और पहाड़ी पर खड़े होकर मैं चिल्लाया, "मैं विजेता हूँ, मैं विजेता हूँ!"

लड़के हैरान थे; लेकिन चुप थे। जो कुछ मुझे दिखाई दे रहा था मैं उस सबका सम्राट था और उन्होंने मुझे अकेला छोड़कर खिसकना शुरू किया।

इस पर मैं रोने लगा और उनके पीछे दौड़ा। लेकिन वे जा चुके थे और मैं पीछे चिल्ला रहा था, "तुम देखोगे कि मैं तुम सब पर विजय पाऊँगा।"

7

जब मैं बीमारी के बाद बिलकुल स्वस्थ हो गया तो पिता ने मुझे शाम को घर

पर पढ़ाना शुरू किया ताकि मेरी पाँच महीने की कमी पूरी हो जाए जो उनके कथनानुसार मेरी लाचारी की छुट्टी थी। कारण, पिता को जिस बात से घृणा थी, वह उनके मनोरथ के पूरा न होने का डर अर्थात् पंजाब यूनिवर्सिटी की मैट्रिक की सनद प्राप्त करने में उनके बेटों का एक साल की देरी करना था। ''मैंने स्कूल में कभी एक साल भी व्यर्थ नहीं खोया, तुम्हारे बड़े भाई ने भी नहीं खोया,'' वे कहा करते थे। ''तुम कहीं फेल होकर मेरे नाम को बट्टा मत लगाना।''

बीमारी के बाद मेरी सबसे बड़ी कठिनाई थी गणित की पढ़ाई। अपनी पहली और दूसरी कक्षाओं में मैं इस विषय के मूल तत्त्वों को खूब समझता था और मैं जोड़, बाकी और गुणा के मुश्किल से मुश्किल सवाल चुटकियों में हल कर लेता था। लेकिन जब तीसरी कक्षा में सूद-दर-सूद और अनुपात के प्रश्न समझाए गए तो मैं स्कूल से गैरहाज़िर था। सूद-दर-सूद के सवाल न निकालने के लिए मास्टर मुझे पीटता था और उसकी छड़ी के डर ने मुझे गणित में बिलकुल मूर्ख बना दिया। मास्टर यह गुर दोबारा स्कूल में नहीं समझाता था क्योंकि वह मेरी ट्यूशन रखना चाहता था। लेकिन मेरे पिता एक घंटे की ट्यूशन-फीस के फालतू पाँच रुपये देना नहीं चाहते थे। पिता को घबराहट थी कि कहीं मैं आगामी परीक्षा में रह न जाऊ; इसलिए वे मुझे घर पर पढ़ाया करते थे। ''मास्टर जो तुम्हें घर पर काम देता है वह तुम स्कूल से लौटकर दोपहर में कर लिया करो और शाम को मैं तुम्हें शुरू से आखिर तक हिसाब पढ़ाऊँगा।'' उन्होंने कहा।

बीमारी ने मेरा तमाम आत्मविश्वास नष्ट कर दिया था और जो स्वच्छन्दता बाकी थी वह पिता के उस कठोर और कटु व्यवहार ने समाप्त कर दी, जो उन्होंने पहाड़ियों पर जाने की घटना के बाद मेरे प्रति अपनाया था। मैं दब्बू बन गया और मुझे इम्तहान में फेल होने की लज्जा और बदनामी ही का ख्याल रहता था। मैं दासता की हद तक आज्ञाकारी बन गया। मैं घर आता और अक्सर बासी रोटी और मसूर की दाल खाए बिना ही स्कूल का काम करने बैठ जाता। मुझे बाहर जाकर खेलने की आज्ञा नहीं थी कि कहीं फिर चोट-वोट न लग जाए क्योंकि पिछली दुर्घटना को भी आवारगी के पाप का दण्ड समझा जाता था। मैं दिन छिपे तक काम करता। बस कभी-कभी उठकर शिव को चिढ़ाता जिसके अंडकोश हर्निया के रोग से सूज गए थे और मुझे वे बकरी के स्तन-से जान पड़ते थे जिन्हें दुहा जा सकता था। कई बार मैं पलटन का बैंड देखने जाता जो पहले की तरह हमारे घर के पीछे बजता था।

शाम के भोजन के बाद, जो सात बजे हो जाता था, पिता मुझे और गणेश को पढ़ाना शुरू कर देते। बैठक की दीवार पर मिट्टी के तेल का छोटा-सा लैम्प लटका रहता जिसपर कागज़ का शेड था।

पिता के गणित पढ़ाने का ढंग कुछ निराला था। वे सिद्धान्त की व्याख्या करके मुझे नई प्रश्नावली का एक प्रश्न निकालने को कहते जिसे वे बाद में देखते थे। सारा दिन दफ्तर में और दोपहर के बाद हाकी मैच में व्यस्त रहने के बाद उन्हें शंका थी कि वे खुद सवाल नहीं निकाल पाएँगे और वे मेरी गलतियों से लाभ उठाना चाहते थे। अगर किसी चमत्कारी उपाय से मैं सवाल निकालने में सफल हो जाता तो वे मुझे सरसरी तौर पर दूसरा सवाल निकालने को कह देते। लेकिन अगर मैं असफल रहता तो वे पूरे मनोयोग से सिखाना शुरू करते।

''इधर आ, मादर...'' वे मेरे हाथ से स्लेट लेकर चिल्लाते, ''निकम्मे बदमाश, इधर आ! तू इस साल इम्तहान में कभी पास नहीं हो सकता।''

मेरी आँखों में आँसू उमड़ आते और मैं इतना घबरा जाता कि पिता स्लेट पर समझाना शुरू करते, उसे मैं समझ न पाता। पिता के मुख से निकलनेवाले हर शब्द के साथ मैं सिर हिलाकर 'समझ गया' का संकेत करता। हालाँकि मेरा मन हिन्दसों के बजाय उस कहानी में भटक गया होता, जो मैंने 'फौजी अखबार' में पढ़ी थी।

जब पिता अपनी फौजी मूँछों में से थूक का लौंदा डालकर स्लेट पर से सवाल मिटा देते तो मैं उसे निकालने के लिए देर तक उलझा रहता।

''क्या तुमने सवाल निकाल लिया?'' पिता पूछते, ''तुम इस पर इतना समय क्यों लगा रहे हो?''

''मैं निकाल रहा हूँ,'' मैं झूठे उत्साह से उत्तर देता। मैं आशा करता कि शायद प्रकाश की कोई किरण सहसा मेरे मस्तिष्क में प्रवेश कर जाए अथवा समय टालने और सत्य-दीक्षा से बचने को कोई मार्ग निकल आए।

लेकिन पिता मेरे हाथ से स्लेट छीन लेते और यह देखकर कि मैंने आधा भी सवाल नहीं किया, वे भड़क उठते, ''सूअर के बच्चे, तुम्हारा ध्यान कहाँ है? तुम्हारे दिमाग में भुस भरा है!''

''बाजी, मैं इसे निकाल सकता हूँ'' झूठ बोलने की इच्छा न होते हुए भी मैं झूठ बोलता।

''अच्छा, बताओ यों तुम इसे क्योंकर निकालोगे?'' पिता क्रोध में भरकर कहते। उनकी मोटी-मोटी काली भवों के नीचे आँखें लाल होतीं।

मैं मौन रहता।

खट से मेरी पीठ में ठोकर लगती क्योंकि वे जिस स्थिति में घोड़े के बालों से बने गाव-तकिये के सहारे बैठे होते, उसमें हाथ से मारने के बजाय लात से मारना सहज था।

मैं रोने लगता। सुबकियाँ मेरे निचले होंठ पर काँप-काँप जातीं।

''तनिक झिड़कने पर रोओ मत। अपनी आँखें न सुजाओ,'' पिता कहते, ''आओ, दोबारा देखो। लेकिन इस बार ध्यान देना वरना मैं तुम्हारे प्राण खा जाऊँगा।''

दूसरी बार पिटने के भय से अब मैं काँपता हुआ ध्यान से सुनता।

सवाल काफी आसान था क्योंकि जब पिता ने स्लेट से मिटाया तो मैंने झट निकाल दिया।

तब उन्होंने कहा कि दूसरा निकालो।

मगर अब तक मैं शाम के तनाव से थक चुका था। मैं उस समय की प्रतीक्षा कर रहा था जब पिता के मुख की कठोरता नरम पड़े।

''बाजी, मुझे नींद आ रही है,'' यह देखकर कि पिता का चेहरा ऐंठा हुआ नहीं है, मैंने कहा।

''अभी सिर्फ नौ बजे हैं और तुम्हें नींद आ रही है, सूअर!'' पिता चिल्लाए, ''अच्छा जाओ, खसमों को खाओ!'' तब वे गणेश की ओर पलटे, ''और तुम बदमाश, तुम क्या कर रहे हो?''

पिता की गरज सुनकर मैं फिर काँपने लगा। जबकि गणेश शामत आई देख पीछे हट गया।

''यह क्या है? क्या बात है?'' मेरी माँ पूछती। वह रसोई के बर्तन माँज-धोकर लौटी थी।

''तुम क्या समझती हो?'' पिता ने अपने क्रोध को उचित समझते हुए मेरी माँ से कहा, ''मैं इनके लिए जो मग़ज़-पच्ची करता हूँ, क्या तुम समझती हो कि उसके लिए ये कुत्ते मेरे कृतज्ञ हैं? यह हठी और अभागा है और वह कूढ़-मग़ज़ है। इन्हें क्या नहीं मिलता? मैं तो अभावों में पला था। मेरे पास पहनने को कपड़े नहीं थे और माँ ने मुझे कभी एक पैसा नहीं दिया। किसी ने मुझे पढ़ाया नहीं, बल्कि मैं दूसरों के बच्चों को पढ़ाकर अपनी फीस देता था। मैं भुंजे की दुकान से दो पैसे के चने लेकर खाता था और प्याऊ पर पानी पी लेता था। हम इन्हें अच्छा खाना देते हैं और इनके हर आराम का ध्यान रखते हैं हालाँकि मुझे अपनी मामूली तनखाह से इनकी फीसें देनी होती है, पुस्तकें खरीद कर देनी होती हैं और भी सब कुछ करना पड़ता है। लेकिन क्या तुम समझती हो कि इसके लिए ये मेरे कृतज्ञ होंगे? मुझे इनके संस्कार कराने होंगे और इनकी शादियाँ करनी होंगी—और मुझे इनसे क्या मिलेगा!''

''और उस खसमखाने बड़े ने क्या दे दिया?''

''हाँ, मैंने उसके लिए इतना कुछ किया और मुझे बदले में क्या मिला?'' पिता सहमत हुए, ''मैंने उसे पढ़ाया और पाँच हज़ार रुपया मुश्किल से बचाया

था, वह उसके ब्याह पर खर्च कर दिया और अब मुझे उसके बदले क्या मिला? मैं चाहता था कि वह डॉक्टर बने; लेकिन, पत्नी की बातों में आकर उसने कॉलेज छोड़ दिया। मैंने जो नौकरी उसे ले दी है, क्या वह इसके लिए मेरा एहसान मानता है? अगर करनल साहब की सिफारिश जेलों के इंसपेक्टर जनरल के पास न जाती तो नायब जेलर का पद उसे कभी न मिलता। साठ उम्मीदवार और थे लेकिन मुझे किसी की कुछ भी मदद नहीं मिली, मैं अपनी हिम्मत से यहाँ तक पहुँचा हूँ...''

''सुन लो बेटा, तुम्हारे पिता ठीक कह रहे हैं,'' माँ ने हमसे कहा।

''खैर,'' उन्होंने हरीश के बारे में बात जारी रखी, ''मैंने अपना फ़र्ज़ पूरा कर दिया। वह जो चाहे करे। भगवान का शुक्र है कि उसकी माँ को उसकी सहायता की दरकार नहीं है। और ये आवारे, इनके बारे में भी मैं अपना फ़र्ज़ पूरा करूँगा। अगर मुझे नौकरी से जवाब या अवकाश न मिल गया तो इनकी स्कूल की शिक्षा पूरी हो जाएगी। पर मैं इनकी शिक्षा पर इतना पैसा खर्च नहीं करूँगा जितना हरीश पर किया। इनकी शिक्षा का खर्च काफी है। इन्हें अपने-आपको इस योग्य सिद्ध करना होगा। इन्हें मेहनत करके इम्तहान पास करना होगा। अगर मैं इन्हें पढ़ाने का कष्ट करता हूँ तो इन्हें इसके लिए मेरा कृतज्ञ होना चाहिए। न कि एक सवाल निकालते और एक पृष्ठ पढ़ते हुए रीं-रीं करने लगें। इन्हें हर साल इम्तहान पास करना होगा। अगर नहीं करेंगे तो मैं घर से निकाल बाहर करूँगा...''

''ये हमारी सन्तान हैं,'' माँ ने सोचते हुए कहा, ''हमें इनसे किसी बदले की आशा नहीं रखनी चाहिए। लेकिन जब भी मुझे खसमखाने हरीश का ख्याल आता है, उसकी कृतघ्नता पर दिल जलने लगता है। क्या उसने बहू को एक बार भी सेवा करने को कहा? उसने मुझे कभी कोई उपहार भेजा? कभी यह कहा, 'लो माँ, जब मैं जून की गर्मी में स्कूल से घर लौटता था तो मुझे छाछ का गिलास देती थीं, यह एक महीने की तनख्वाह मुझसे लो और अपने लिए साड़ी या कोई दूसरी चीज़ खरीद लो।' यह सोचकर मेरा कलेजा पानी हो जाता है कि वह बहू का इतना गुलाम हो गया कि हमारे बारे में सोचता तक नहीं। मेरा ख्याल है कि बहू ने उस पर जादू कर दिया है।''

''वे जहन्नुम में जाएँ,'' पिता ने सहानुभूति जताते हुए कहा, ''हमें उनका कुछ नहीं चाहिए। बुढ़ापे के लिए हमारे पास अपना काफी है। वे अपने चाचा प्रताप की तरह आवारा और बरबाद फिरें।''

उन्होंने अखबार पढ़ना छोड़ दिया और महीनों का तनाव समाप्त करके माँ से घुल-मिलकर बातें करने लगे। हँसते-बोलते और मज़ाक करते हुए उनकी माँ

से एक विचित्र एकरूपता स्थापित हो गई। वे दोनों अब एक ऐसे बूढ़े गृहस्थ जोड़े की तरह बैठे थे, जिसने अपने सब मतभेद भुलाकर जीवन को स्वीकार कर लिया हो, थोड़ी-सी पूँजी जोड़ी हो, एक परिवार का पालन-पोषण किया हो और अब अपने विवाह की रजत-जयन्ती मनाने वाले हों।

अब तक मैंने स्कूल जाने के लिए अपना बस्ता तैयार न कर लिया था और मैं चारपाई पर जा लेटा।

पीले रंग के लिहाफ में लेटकर मुझे गर्मी और आराम का अनुभव हुआ, लेकिन मैं सो नहीं सका, क्योंकि इतनी जल्दी लेट जाने के लिए मैं अपने-आपको अपराधी समझ रहा था और मैं जानता था कि मुझे यह अनुमति बीमार रहने के कारण मिली है।

दूसरे कमरे में जो कुछ हो रहा था उधर कान लगाने से मैं समझ गया कि गणेश मुश्किल में फँस गया है, क्योंकि वह मौलाना नज़ीर अहमद की लिखी हुई कविता नहीं सुना पाया।

अब मेरे लिए मौका है, मैंने सोचा और कविता-पाठ शुरू कर दिया। भाई की पुस्तक से मैंने यह कंठस्थ कर ली थी।

''सूअर, चुप रह!'' पिता ने सहज स्वर में कहा। मैं जानता था कि मैं अब भी किसी हद तक उनका लाड़ला हूँ।

लेकिन मैंने सुना कि गणेश को गालियाँ दी जा रही हैं। मेरा दिल ज़ोर-ज़ोर से धड़कने लगा और एक प्रकार की विकलता अनुभव हुई जिसका कारण गणेश के प्रति सहानुभूति नहीं बल्कि पिता अगर अधिक चिढ़ गए तो मेरे अपने पिट जाने का भय था। यह जानते हुए भी कि पिता जब मुझे झिड़कते थे तो गणेश को अफसोस होता था, मेरे मन में उसके प्रति अवज्ञा का भाव था। शायद इसलिए कि वह मुझे छोड़कर दूसरे लड़कों के साथ खेलता था। फिर उस अशिष्टता के कारण जिसे माता-पिता ने हर तरह से प्रोत्साहित किया था, मैं उसके चिपटे चेहरे, तिकोने कानों और आभाहीन आँखों से घृणा करता था। उसका धूर्त और कपटी स्वभाव भी मुझे पसन्द नहीं था क्योंकि वह अपने जेब खर्च का हरएक पैसा बचा लेता था और हमेशा उचित आचरण द्वारा लोगों की प्रशंसा प्राप्त करता था। यों वह अपने-आपको सरल और शिष्ट लड़का सिद्ध करता था जबकि मैं जानता था कि वह वास्तव में ऐसा नहीं है। इसके विपरीत मैं अपनी मूढ़ता और उद्दंडता के कारण बदमाश प्रसिद्ध था।

''इसे डाँटो, मत,'' माँ ने गणेश का पक्ष धारण करते हुए मेरे पिता से कहा।

''मोटी समझ का मूर्ख।'' पिता ने कहा।

''मोया, कल याद कर लेगा,'' माँ ने उसके अपराध को कम करते हुए कहा; लेकिन प्रेम से इतना नहीं, जितना दया भाव से, ''यह धोबियों, भंगियों और बाजेवालों के नीच लड़कों के साथ खेलकर थक जाता है।'' वह अपने इस लड़के को पसन्द नहीं करती थी और जबसे उसने भाभी द्रौपदी के बारे में, जब वह हमारे साथ रहती थी, झगड़ा किया था, वह माँ की नज़र में और भी गिर गया था। लेकिन इसी कारण वह उसके प्रति कुछ अधिक दया-भाव दिखा रही थी।

जब मैंने माँ को गणेश का पक्ष लेते देखा तो मैं चिढ़ गया और मैं इस बात का विश्वास कर लेना चाहता था कि माँ पूर्ण रूप से मेरी है। उसे पुकारने का तो साहस नहीं हुआ; लेकिन गणेश से पूछा, जिसे बैठक से झिड़ककर निकाल दिया था, ''क्या माँ आ रही है?''

''नहीं, वह रसोई में है।'' गणेश ने उत्तर दिया।

''उसे कहो कि मैं बुला रहा हूँ,'' मैंने कहा।

इस समय जब उसका अपमान हुआ था और हम घर में थे, उसने मेरी बात मान ली, वह चिल्लाया, ''माँ, कृष्ण बुला रहा है।''

''उसे कहो सो जाए,'' माँ ने उत्तर दिया, ''मैं रसोई में व्यस्त हूँ। और चिल्लाए नहीं, क्योंकि नन्हा शिव जाग उठेगा।''

''शिव ने बिस्तर में पेशाब कर दिया।'' मैंने उसे चौंकाकर अपने निकट लाना चाहा।

''ओह, उसे कहो कि चुपचाप सो जाए शोर न करे,'' पिता ने 'सिविल-एंड मिलिटरी गज़ट' पढ़ते हुए कहा, ''उस सूअर को गणित नहीं आता और बड़े को कविता याद नहीं। ये इस साल अवश्य फेल होंगे!''

''ये पास हो जाएँगे,'' माँ बोली, ''आप यों ही घबरा जाते हैं। आपका दिल कमज़ोर है। आप एक क्षण में विश्वास खो बैठते हैं। देवता इनकी सहायता करेंगे। मैं इनके लिए प्रार्थना करूँगी।''

इम्तहान के दिन माँ अपनी मूर्तियों के आगे बैठी थी और उनसे हमारी सहायता के लिए प्रार्थना कर रही थी। मगर हम उससे कह रहे थे कि वह प्रार्थना-व्रार्थना छोड़कर खाना तैयार करे ताकि हमें पहुँचने में देर न हो जाए। पर वह कब मानने वाली थी! उल्टे उसने ज़िद की कि हम भी हाथ जोड़कर उसके देवताओं के आगे बैठें और उसने पहले से कहीं लम्बी प्रार्थना की। आखिर जब पिता ने उसे आवाज़ दी तब वह उठी और झटपट भोजन तैयार किया। जब हम गरम-गरम ग्रास गले के नीचे उतारकर जाने को तैयार हुए तो उसने कहा कि

हम काजल लगवा लें ताकि रास्ते में बुरी नज़र से बचे रहें।

लेकिन वह सिर्फ इस नकारात्मक और रक्षात्मक शास्त्र-विधि ही से सन्तुष्ट नहीं हुई। अब उसने केसर में अपना अँगूठा भिगोकर हमारे माथे पर बड़े-बड़े टीके लगाए। तब उसने इस बात से सन्तोष किया कि हमारे गले में चाँदी के जो ताबीज़ हैं, जिनमें हाथी के बाल और हिरन की नाभि की कस्तूरी है, वे सुरक्षित हैं। अमंगल को टालने और इम्तहान में सफल होने के लिए शायद यह सब कुछ भी काफी नहीं था। इसलिए उसने कहार से कह दिया था कि जब घर से चलें तो वह पानी से भरा घड़ा लेकर हमें सामने से मिले। मगर दुर्भाग्य से पंडित जय राम जो दूसरे अवसर पर अत्यन्त शुद्ध-पवित्र माना जाता था, लेकिन जब कोई आवश्यक काम से जा रहा हो तो उसका मिलना अशुभ समझा जाता था, पीतल की एक छोटी-सी लुटिया हाथ में लिए पलटन के पाखाने की ओर जा रहा था। यों कहार से पहले उसने हमारा रास्ता काटा। माँ बहुत घबराई, लेकिन वह हमें वापस भी नहीं बुला सकती थी क्योंकि वापस बुलाना और भी बुरा था। इसके अलावा चाहे यमदूत ही सामने खड़ा होता, हम तब भी न लौटते क्योंकि आज इम्तहान के दिन स्कूल में देर से पहुँचने का भय उससे भी भयंकर था। हम आगे बढ़े।

जब हमने स्कूल से लौटकर अपनी टोपियाँ और बस्ते हवा में उछालकर खुशी से घोषित किया कि हम दोनों पास हो गए हैं तो माँ को विश्वास था कि उसके टोने-टोटके, ताबीज़, काले चिह्न और लाल केसर के तिलक ने ब्राह्मण की कुदृष्टि को समाप्त करके हमारा मंगल किया।

अब क्या था; पिता ने खूब शेखी बघारी और हमारी सफलता उनके लिए आत्मश्लाघा का विषय बन गई।

दोपहर के बाद सूबेदार सुर्जन, पंडित जयराम, कुछ अफसर और कुछ सिपाही एकत्र थे। मेरे पिता भी वहीं बैठे थे। हम दौड़ते हुए गए और उन्हें यह खुशखबरी सुनाई तो उन्होंने सबको मुखातिब करके गर्व से कहा, "आपको मालूम है, मैंने इन्हें घर पर खूब पढ़ाया। अलबत्ता बुल्ली को सख्त मेहनत करनी पड़ी। उसने साल-भर का कोर्स चार महीने में किया। जबकि उसका घाव अभी अच्छी तरह भरा नहीं था..."

"होशियार पिता के होशियार लड़के!" सूबेदार गरकसिंह ने कहा। यही बात थी, जो पिता सुनना चाहते थे।

"भगवान इनकी उम्र लम्बी करे!" पिता ने कहा, लेकिन यह नहीं कहा, "ताकि ये कुल की प्रतिष्ठा बढ़ाएँ।" घर पर वे इसी पर अधिक ज़ोर देते थे और इसी को बच्चों के प्रयास का उद्देश्य बताते थे। हमारे साथ घर के बजाय

बाहर उनका व्यवहार सहृदयतापूर्ण होता था और वे शिकायत भी नहीं करते थे।

अपनी प्रशंसा होते देख मैंने कहने का साहस किया, ''अब मेरी एक अभिलाषा है। मैं आशा और प्रार्थना करता हूँ कि गणेश एक साल फेल हो जाए ताकि मैं भी कक्षा में उसके साथ मिल जाऊँ।''

लोग हँसे। कुछ ने स्नेह से मेरे कान ऐंठे, कुछ ने मेरी पीठ पर थपकी दी और मुझे 'बदमाश' कहा। गर्व से मेरी छाती तन गई।

मगर यह महसूस करके कि बड़ा भाई भी मौजूद है, मैं आंतरिक भय से काँप गया क्योंकि अपनी गुप्त अभिलाषा प्रकट करने से भारी संकट की सम्भावना उत्पन्न हो गई थी।

लेकिन बीमारी के बाद से गणेश ने मेरे मुकाबले में हीन स्थान स्वीकार करना शुरू कर दिया था और इम्तहान में सफलता के कारण मेरा अभिमान बढ़ रहा था।

8

मेरे बड़े मामू शरमसिंह का ब्याह था। इस अवसर पर हम दोनों भाई इम्तहान के बाद की छुट्टियों में माँ के साथ अपनी ननिहाल डसका गाँव में गए। इस घटना को मेरी बाद की कल्पनाओं में एक सुन्दर और विशिष्ट स्थान प्राप्त है।

मामू खुद हमें लिवाने और इस शुभ अवसर के लिए पिता से रुपया उधार माँगने आए थे। इस कारण हम बच्चों ने महसूस किया कि हमारे माता-पिता और मामू शरमसिंह में कुछ चख-चख भी हुई, क्योंकि माँ ने कहा, ''उसके मैके के लोग अपने दामाद से हमेशा निर्लज्जता से पैसा माँगते रहते हैं।'' मुझे बाद में मालूम हुआ कि लोग, ''ऐसा नहीं करते।'' आखिर 'पानी से खून गहरा है' के सिद्धान्त ने अपना काम किया।

पिता ने सोचा कि इम्तहान की सख्त मेहनत के बाद हमें छुट्टी दरकार है और माँ को शिव से, जो हाल ही में बीमार रहा था, छुटकारा चाहिए। इसलिए शिव को 'छोटी माँ' गुरदेवी के सुपुर्द किया गया। हमारे अत्यन्त सुन्दर कपड़े और आभूषण ट्रंकों में रखे गए और हमें रात की गाड़ी से गुजरांवाला के लिए रवाना कर दिया गया जहाँ से हमें इक्के से डसका जाना था।

पहली बात जिसने मेरे निरीह मन को प्रभावित किया, वह नौशहरा छावनी की ओर विशेषकर लालकुर्ती की साफ-सुथरी दुनिया के मुकाबले में, जहाँ गोरे टामियों की बारकें थीं, मुझे गुजरांवाला का उपनगर बड़ा ही गन्दा और अव्यवस्थित

जान पड़ा। गुजरांवाला की घनी आबादीवाली तंग गलियाँ, टूटे-फूटे मकान, दीवारों पर गाय के गोबर के उपले और बदबूदार नालियाँ—मेरी नन्ही आत्मा घबराई। स्टेशन से बाहर ताँगों का अड्डा था और कोचवान चिल्ला-चिल्लाकर सवारियों को बुला रहे थे। मुझे उस समय चैन पड़ा जब हम किराया ठहराकर इक्के में बैठकर डस्का को चल पड़े। माँ ने बहुत समझाया कि गुजरांवाला नाम गूजरों के कारण पड़ा है, यहाँ पशु अधिक होने के कारण गन्दगी है, पर इससे मैं सन्तुष्ट नहीं हुआ।

जब शहर पीछे छूट गया तो ठंडी हवा के झोंकों और कच्ची सड़क पर इक्के के झकोलों के कारण मुझे नींद आने लगी और मैं माँ की गोद में पड़कर सो गया। लेकिन जब घंटा-सवा घंटा बाद मेरी आँख खुली तो अपने चारों तरफ हरियाली देखकर मन खिल उठा। और मेरी बालसुलभ कल्पना ने अनुमान लगाना शुरू किया कि कितने लाख हरी घास के डंठल, कितने करोड़ हरे पौधे और कितने हरे पत्ते होंगे जिनके कारण यह विशाल भू-भाग हरा दिखाई देता है। शायद पिछली रात वर्षा हुई थी क्योंकि धूल न थी और रास्ते की कीचड़ भी हरी-नीली थी। सब चीज़ें वसंत के दिन की गहरी स्निग्धता में डूबी जान पड़ती थीं। यह दृश्य उससे भिन्न था जो मैं गर्मी के दिनों में बर्नर पहाड़ियों पर देखा करता था और जो मेरे बचपन की पृष्ठभूमि थी।

जब हम गाँव के निकट पहुँचे तो दृश्य बदल गया। चारों तरफ सरसों के पीले खेत तीसरे पहर की हवा में लहलहा रहे थे जबकि स्निग्ध नीले आकाश की नीलाहट मेरे मन पर ऐसी अंकित हुई कि बाद में जब कभी मुझे इन रंगों का ध्यान आया तो मध्य पंजाब के ये खेत हमेशा मेरी कल्पना में लहलहा उठे। कारण, शायद यह रहा हो कि वाकई एक बड़ा गाँव मैंने पहली बार देखा था जो सीमाप्रान्त के किलों जैसे घरों से बने गाँवों से भिन्न था। फिर यह वह गाँव था, जहाँ मेरी माँ का जन्म हुआ था, जो उसकी तमाम कहानियों में आता था। और यह उसके पिता निहालसिंह का गाँव था, अँग्रेज़ों के विरुद्ध अन्तिम सिख लड़ाई में जिसके कारनामे निकटवर्ती नगर सियालकोट के राजा रसालू की कहानी की तरह मेरे मस्तिष्क पर अंकित थे।

कौतूहल से फैली हुई मेरी बड़ी-बड़ी आँखों ने एक ही नज़र में लम्बे स्वस्थ सिख किसानों को धरती खोदते अथवा सिरों पर घास के बड़े-बड़े गट्ठर उठाए नंगे पाँव जाते देखा जबकि उनकी औरतों के सिरों पर सरसों के ताज़ा साग के टोकरे थे और वे पशुओं को हाँके लिए जा रही थीं।

मेरा मामू शरमसिंह जो यात्रा में चुप और मौन रहा, बड़ा अभिमानी जान पड़ता था, क्योंकि उसने हम बच्चों को बताया कि वह हमें घर की भैंस का दूध पिला-पिलाकर कैसे कुछ ही दिन में मोटा-ताज़ा कर देगा। माँ को उसकी बातें

पसन्द नहीं थीं क्योंकि इसका अर्थ यह था कि हमें घर पर खाने को नहीं मिलता। मामू ने तब विषय बदल दिया और अपनी बहन को उन लोगों के बारे में बताने लगा, जिन्हें वह अपनी जवानी में जानती थी। लेकिन गणेश और मैं भैंस के बारे में उत्सुक थे इसलिए हमने मामू पर सवालों की बौछार कर दी, जैसे उसका नाम क्या है, वह कितना दूध देती है और क्या खाती है। मैं तो यहाँ तक बढ़ा कि उससे यह वादा ले लिया कि वह मुझे उसका दूध दूहने देगा, मैं उसे चारागाह में ले जाऊँगा और अपने साथ नौशहरा लेता आऊँगा।

आखिर रास्ता डसका की पुलिस चौकी के बाहर एक छोटी गली में चौराहे पर खत्म हुआ। इक्का एक तंग बाज़ार में से होता हुआ, जिसमें किसानों की भीड़ थी और जिन्होंने मेरे मामू और माँ को प्रणाम किया और हमें आशीर्वाद दिया, नाना निहालसिंह की हवेली के बाहर गली में रुका। दरवाज़े के दोनों ओर कुछ तेल डाला गया और हमने सकुचाते हुए आँगन में प्रवेश किया। जब माँ एक लम्बी, गोरी स्त्री से, जो बाद में मालूम हुआ हमारी नानी गुजरी थी, रिवाज के अनुसार गले मिलकर रोने लगी तो हम और भी सकुचा गए। अब भीतरी कमरे से नाना निहालसिंह बाहर आए। वे हृष्ट-पुष्ट बूढ़े व्यक्ति थे, उनकी नाक और आँखें बाज़ जैसी थीं, और सुन्दर, सफेद छोटी-सी दाढ़ी थी और उन्होंने सफेद वस्त्र पहन रखे थे। माँ ने घुटनों पर झुककर उन्हें प्रणाम किया। "नाना और नानीजी को 'पैरी पोना' कहो," माँ ने हमें कहा, और हम दोनों ने हाथ जोड़कर बुज़ुर्गों के पाँव छुए।

नानी ने हमें सस्नेह चूमा जबकि नाना ने हमारा सिर पलोसा और बारी-बारी हमारे चेहरे अपने हाथ की हथेलियों में थामकर पूछा कि हमने उनका साहस और वीरता कितनी अपनाई है।

मैं चूँकि लजाता नहीं था, इसलिए हम उनकी गोद में बैठ गए और पूछा कि जिस भैंस के बारे में हमें मामू ने बहुत कुछ बताया था, उसे हम अपने साथ नौशहरा ले जा सकेंगे? इसपर नाना खिलखिलाकर हँस पड़े और हमें भैंस लाकर यह बताने को कहा कि आया हम उसे पसन्द भी करते हैं? जब उन्होंने यह विश्वास दिला दिया कि 'सुचि' हमारे साथ जाएगी तो हम उनके उपासक बन गए। फिर उन्होंने भैंस सुचि और छप्पर के नीचे बँधे हुए दूसरे पशुओं के बारे में बहुत-सी बातें सुनाईं, जिनमें घरेलू मुहावरों और कहावतों का पुट है। कुछ ही क्षण में हम एक-दूसरे के ऐसे मित्र बन गए जैसे हम उन्हें अपने आप से जानते हों।

जब हम पशुओं के बाड़े से उस धुंधलके में बाहर आए जो नीले आकाश में उतर रहा था तो डसका के कच्चे मकानों पर पूर्ण निस्तब्धता छाई थी। तब से कहीं

दूर से, मकानों के नीचे से प्रार्थना की और घंटे-घड़ियालों की आवाज़ सुनाई पड़ी। नाना निहालसिंह भी अपने कंठ में कोई सिख प्रार्थना गुनगुनाने लगे। माला जपते हुए वे लम्बे-लम्बे वाक्यों में कभी-कभी हमसे बात भी करते रहते थे। उन्होंने हमारे मुँह अपनी निगरानी में धुलाए और तब हमें मोटी-मोटी रोटियाँ गोश्त और सब्ज़ियों के साथ खिलाई जिनमें ढेर-सा मक्खन पड़ा हुआ था।

तब हमें बारी-बारी से उठाकर लकड़ी की सीढ़ी द्वारा मकान की बड़ी छत पर पहुँचाया गया जहाँ चारपाइयाँ पंक्तियों में बिछी हुई थीं। जब नाना निहालसिंह ने हमें अपनी चारपाई पर लिटाया ही था कि हमारे मामू दयालसिंह और सरदार सिंह आ गए, जो नज़दीक के गाँव में गए हुए थे।

''ये तुम्हारे भानजे हैं।'' नाना ने उन्हें बताया।

''एह, ये अपने बाप के बजाय अपनी माँ पर अधिक पड़े हैं,'' मामू दयालसिंह ने कहा। वह मुस्कराते हुए चेहरे और उदार चित्त का विशालकाय व्यक्ति था।

''शायद ये मिठाई खाना पसन्द करें,'' मामू सरदारी ने कहा। उसका चेहरा सेब जैसा सुर्ख था। ''मैं बरफी लाता हूँ।'' वह कहते ही चला गया।

जाने हमारे प्रति देहातियों के व्यवहार की यह सरलता, उदारता या स्निग्धता क्या थी कि हम उन्हें प्यार करने लगे। मेरा ख्याल है कि यह उनकी स्निग्धता अतिथि-सत्कार ही थी, जिसके कारण हम उनसे हिलमिल गए। कारण, जैसे-जैसे हम बड़े हो रहे थे, माता-पिता के साथ हमारे सम्बन्ध न सिर्फ विरोधी बल्कि अधिक से अधिक शिष्टतापूर्ण और साधारण बनते जा रहे थे। इन सरल और सुन्दर आत्माओं की अकस्मात् आभा ने हमारे हृदयों को गरमा दिया, हममें एक नये उत्साह का संचार किया, जैसे हमें घूरे पर गुप्त खज़ाना हाथ लगा हो।

और इस खज़ाने का सबसे कीमती हीरा नाना निहालू था। खुद उनके बेटे भी नाना को इसी नाम से पुकारते थे। वे एक संयुक्त परिवार में इतने स्नेह, प्यार और बिना किसी नियम और आडम्बर के जीवन बिता रहे थे।

''मैं खालसा के लिए लड़ा हूँ,'' नाना ने अँग्रेज़ों के विरुद्ध अन्तिम सिख-युद्ध में अपनी वीरता की कहानी सुनाई, ''मैं जानता हूँ कि मेरी तरह तुम्हारी माँ भी बागी है क्योंकि मैंने उसके मन में फिरंगियों के प्रति घृणा भर दी है, जिन्होंने हमें हराया नहीं बल्कि गद्दारी द्वारा खरीदा है।...मैंने खालसा के लिए युद्ध किया है और मुझे आशा है कि तुम बड़े होकर मेरी और अपनी माँ की तरह फिरंगियों के बागी बनोगे। तुम अपने पिता की तरह उनकी नौकरी मत करना।...''

हमें विद्रोह की सीख देकर वे अपनी प्रसन्नता में लीन हो जाते, गुरुओं की प्रशंसा के शब्द दोहराते और माला जपते। जब मैं और गणेश ऊँघने लगते

तो वे हमें एक साहसी भाषण से चौंका देते।

''बेटो, मैं खालसा के लिए लड़ा; लेकिन मेरे चचेरे भाई हरवंशसिंह जैसे लोग भी थे जिन्होंने अपने-आपको फिरंगियों के हाथ बेचा और दूसरों की ज़मीन हथिया कर ज़मींदार बन गए। बेटो, यह मत भूलना कि गो गरीबों की रोटी रूखी है, पर वे सख्त जान हैं।...''

वे फिर अपनी स्मृतियों और कल्पनाओं में खो जाते, गुरुओं की वाणी पढ़ते और माला जपते। उनकी सफेद दाढ़ी और सफेद वस्त्र रात के अँधेरे में चमकते जबकि एक जुगनू चमचमाता हुआ चारपाइयों के पास से निकल जाता, जैसे वह रात के अन्तिम छोर की ओर बढ़ रहा हो और फिर कभी नहीं लौटेगा। पर दूसरे ही क्षण एक दूसरा जुगनू आकर मेरी आँखें चुँधिया देता और नींद उड़ जाती।

''बेटो, भाग्य कभी-कभी आता है; लेकिन जो हल चलाता और ताँबा काटता है, उसको कभी कोई अभाव नहीं सताता,'' नाना निहालसिंह फिर बात शुरू करते। ''मैंने इस इतने बड़े परिवार को बनाए रखा। मैं और तुम्हारे मामू कठोर परिश्रम करते रहे हैं। लेकिन हम प्रसन्न हैं क्योंकि जो मेहनत करते हैं वे सम्राटों की तरह खाते हैं। और तुम्हारी नानी—मैं तुम्हें कैसे बताऊँ? पुराना अनाज, ताज़ा घी और अच्छी पत्नी—स्वर्ग के तीन स्तम्भ हैं!''

''नाना, क्या स्वर्ग आकाश में है?'' मैंने पूछा।

''गुरु नानकदेव के कथनानुसार स्वर्ग वह राज्य है जहाँ मनुष्य के सब स्वप्न पूरे होते हैं। वह आदर्श जीवन...'' नाना एक बार शुरू करके गुरु नानकदेव का उपदेश सुनाना जारी रखते और ग्रन्थ साहब से शब्द पढ़कर उसकी पुष्टि करते। यह उपदेश और शब्द सुनते-सुनते हमें नींद आ जाती। मगर मुझे याद है कि उस रात मैं नींद से संघर्ष करता रहा क्योंकि जैसे-जैसे रात का अँधकार गहरा होता जा रहा था, छतों पर रौनक बढ़ रही थी। वातावरण कानाफूसी, प्रार्थनाओं और कहकहों से मुखरित था, जैसे अधिक से अधिक लोग जीवन के बहाव में बहते हुए दिन-भर के काम से रात की स्निग्ध गोद में लौटे हों और तमाम गाँव में उनके उत्साह की चहल-पहल हो।...''

मामू दयालसिंह ने हमें सुबह सवेरे जगाकर पूछा कि क्या हम खेतों में घूमने और सूरज निकलने से पहले-पहले नहर में नहाने चलेंगे। अभी नींद पूरी न होने से हमारी आँखें बोझल थीं, पर इस शब्द ने हमपर जादू का असर किया। जब से हमने लुंडा नदी के किनारे सैर को जाना और पिता के हाथों मैंने तैराकी सीखना शुरू किया था तब से तैरने के विचार में हमारे लिए जितना आकर्षण था उतना माँ के सन्दूक से 'ओह कुछ' मिठाई और मेवों के अतिरिक्त और चन्द ही चीज़ों में था। गणेश और मैं तुरन्त उठे और आँखें मलते और लड़खड़ाते हुए मामू

दयालसिंह के पीछे चले। हमें बताया गया कि नाना निहालू, मामू शरम-सिंह और मामू सरदारसिंह पहले ही 'जंगल-पानी' के लिए खेतों में जा चुके हैं।

"जंगल-पानी क्या होता है?" मैंने मामू से पूछा, क्योंकि मैं नाना से मिलने के लिए उत्सुक था। बूढ़े में कुछ ऐसी बात थी कि उनसे स्नेह-सम्बन्ध स्थापित हो गया था।

"बेटा, हम गाँव के लोग खेतों में शौच जाते हैं और फिर कुएँ या नहर पर नहाते हैं। इसी को जंगल-पानी कहते हैं।"

मुझे ये शब्द अच्छे लग रहे थे और मैं मामू के पीछे-पीछे फुदक रहा था। थोड़ी ही देर में हम गली से निकलकर खेतों को जा रही पगडंडी पर चलने लगे। रात की ओस घास और पौधों पर पड़ी थी और वह इतनी अधिक थी कि मेरा निरीह मन आश्चर्यचकित था। यह कैसा चमत्कार था कि हर पत्ती और फूलों की प्यालियों में पानी की नन्ही-नन्ही बूँदें इतनी अधिक संख्या में एकत्रित हो गईं। अपनी नासमझी में मैंने ओस को हाथों में इकट्ठा करना चाहा, शायद रहस्य को समझने का मेरा यही ढंग था।

मैं ओस से खेलता हुआ पीछे हट गया और मामू दयालसिंह नीम से दातूनें तोड़ने लगा जो मसूढ़ों के लिए गुणकारी समझी जाती थीं। जब वह दातून तोड़ और बना चुका तो उसने मुझे पुकारा और हम आगे चले। पहले ही बहुत-से मर्द, औरतें और न बच्चे नहर की ओर जा रहे थे।

हमारे शौच से निवृत होते-होते सूरज चढ़ आया और हम खेतों में से नहर की ओर चले। अब ओस की हरएक बूँद भाला था जिसके विरुद्ध तलवार की ज़रूरत थी। मैंने मामू से कुल्हाड़ी लेकर खंजरनुमा थूहरों से युद्ध किया। इस लड़ाई में व्यस्त मैं इतना अंधा-धुंध दौड़ रहा था कि उदार हृदय मामू दयालसिंह भी, जिसने अब तक मुझे नहीं झिड़का था, इस उच्छृंखलता के लिए मुझे मना करने पर मजबूर हुआ।

मगर मैं कब माननेवाला था। मेरे इस युद्ध को अब नहर में एक दूसरी शरारत का रूप धारण करना था। गणेश पहले ही कपड़े उतारकर नहर में खड़ा था और पानी इधर-उधर उछाल रहा था। मैंने झटपट कपड़े उतारे और किनारे के निकट पानी में जा घुसा। गणेश के लाख मना करने पर भी मैंने उसपर पानी फेंकना शुरू कर दिया। मेरा भाई चिढ़ गया और उसने नरमी से मुझे रोकना चाहा। मगर मैंने खेल तब तक जारी रखा जब तक उसने आपे से बाहर होकर मुझे गाली नहीं दी। अब मैं उस पर टूट पड़ा और हम आपस में गुत्थमगुत्था हो गए। जब हम डूबने ही वाले थे मामू दयालसिंह लपककर आया और उसने हमें अलग-अलग कर दिया।

''बड़े भाई से क्यों लड़ते हो?'' मामू ने मुझसे कहा।

''यह सड़ियल मिज़ाज है और मेरे साथ खेलता नहीं।''

''तुम्हें किसी से लड़ना नहीं चाहिए।'' मामू ने नसीहत की।

चाहे मैंने गणेश को छोड़ दिया, पर मैंने मामू को सहसा जो उत्तर दिया था। उससे मुझे अनजाने ही आपसी विरोध का मुख्य कारण मालूम हो गया। ये शब्द चूँकि गाँव के खुले, स्वच्छन्द वातावरण में कहे गए थे जहाँ खुद हवा भी स्निग्धता उत्पन्न करती थी और जीवन के प्रति आनन्दपूर्ण भाव उपजाती थी, इसलिए वे उसके बारे में हमेशा के लिए मेरा निर्णय बन गए।

नहर में नहाने के बाद हम कुएँ वाले कुंज की ओर चले जो गाँव के निकट पारिवारिक भूमि के मध्य में था। वहाँ नाना निहालू मूंज की चारपाई पर बैठे दरबार लगाए हुए थे। चारपाई आधी छाया और आधी धूप में थी।

उनके चारों तरफ सरसों के हरे-पीले खेत थे, सिर पर पेड़ों के हरे-भूरे पत्ते थे और कोमल सुनहरी धरती उनकी दृष्टि के नीचे दृढ़ता से बैठी थी। मैंने नौशहरा में बाबू चत्तरसिंह के मकान की दीवारों पर गुरुओं के जो चित्र देखे थे, नाना का सफेद दाढ़ीवाला गोरा और मुस्कराता हुआ चेहरा बिलकुल उन्हीं जैसा जान पड़ता था। मैंने उनके व्यक्तित्व की स्निग्धता कल शाम से भी अधिक महसूस की। वे हर एक बात को स्वाभाविक प्रमोद से स्वीकार करते थे और मनुष्य उनके सामने सहज भाव धारण कर लेता। इसीलिए उनका ध्यान आकर्षित करने के लिए मुझे शरारत की ज़रूरत नहीं पड़ती थी।

जब हम उनके पास चारपाई पर बैठ गए तो मामू सरदारी नाश्ते के लिए छाछ की बाल्टी, पूरियाँ और आम का अचार लाया।

मामू शरमसिंह और दयालसिंह खेत का काम छोड़कर नाश्ता करने आ गए। ये चीज़ें मुश्किल से हममें बाँटी गई होंगी कि एक पतला-दुबला विचित्र-सा व्यक्ति वहाँ आया। उसकी आँखें बड़ी-बड़ी और फूली हुई थीं। चाहे ऊपर के होंठ पर मूँछें नहीं थीं, पर तीखी ठोड़ी पर बकर-दाढ़ी थी। वह नाना निहालू के पास बैठ गया।

''सतश्री अकाल, ताया निहालू!'' उसने आँखों झपकाते हुए कहा, ''खाने की सुगन्ध पाकर मैं यहाँ चला आया।''

''आओ फजलू, आओ! हमारे सिर आँखों पर।'' नाना ने कहा। तब उन्होंने सरदारी से संकेत किया कि वह उसे भी नाश्ता दे।

''एह,'' फजलू बोला, ''दोस्त को मुसीबत में परखो, गाय को माघ-फागुन में और बीवी को जब कोठी में दाने न हों।''

नाना खा नहीं रहे थे बल्कि माला जपते हुए सुबह की प्रार्थना कर रहे थे। फजलू के यह लोकोक्ति कहने से वातावरण में कुछ तनाव-सा आ गया। बूढ़े ने इसे भाँप लिया और वे पलकें उठाकर सानन्द मुस्कराए। पर फजलू कुछ अधिक व्यग्र हो गया जान पड़ता था क्योंकि उसने कन्धे हिलाकर सिर से 'नहीं, नहीं' कहा लेकिन खाना लेने के लिए हाथ फैला दिए।

"ताया, ये लड़के तुम्हारे नवासे होंगे?" फजलू ने अपने मुर्गे जैसा सिर घुमाकर हमें देखा। पीली पगड़ी उसकी कलंगी थी। ग्रास तोड़ते हुए उसने फिर कहा, "बड़े ही भले लड़के हैं।" और उसने एकसाथ दो पूरियाँ निगल लीं, "छोटा बदमाश मालूम होता है। उसने नहर में अपने बड़े भाई को पीटा। यह सुन्दरई का सच्चा बेटा है। बचपन में वह भी बड़ी नटखट और लड़ाका थी। लेकिन अल्लाह मियाँ इनकी उम्र दराज़ करे...पढ़े-लिखे बाप के बेटे हैं, बाबू बनेंगे। मैं चाहता हूँ कि सुन्दरई का घरवाला भी आ जाता क्योंकि वह मेरी दरखास्त लिख देता। मैंने सुना है कि डिप्टी कलक्टर साहब बहादुर इस साल तमाम गरीब किसानों का लगान कम करेंगे। मैं भी दरखास्त दे देता।..."

"फजलू, तुमने यह कहाँ से सुना?" मामू दयालसिंह ने पूछा।

"भाई, मैं जाति का अराईं हूँ और हमारी बिरादरी के बहुत-से लोग ऊँचे पदों पर पहुँच गए हैं। तुमने शहाबुद्दीन थानेदार का नाम सुना होगा। शेख अब्दुल कादिर बैरिस्टर भी हमारी बिरादरी का है। इसके अलावा और कई आदमी हैं।...जो खबर तुम तक नहीं पहुँचती, मुझ तक पहुँच जाती है क्योंकि मैं अपने कान लगाए रखता हूँ।..."

"और आँखें खुलीं!" मामू सरदारी ने व्यंग्य किया।

"एह, छोटे भाई, तुम मुझपर हँस सकते हो, क्योंकि मेरे पास प्याज़ का छोटा-सा खेत है और तुम हवेलीवाले कहलाते हो। लेकिन मेरे पास दिमाग बहुत है, जो कभी इस्तेमाल नहीं हुआ।"

"बेशक, आपने शरीर के बजाय दिमाग इस्तेमाल किया होता," मामू दयालसिंह ने कहा।

"अगर इन्होंने दिमाग भी खराब कर लिया होता जैसे शरीर कर लिया है, तव तो मुसीबत ही आ जाती।" मामू सरदारी ने कहा।

"तुम्हारा ख्याल है कि बाबू बन जाने से मैं पागल हो जाता," फजलू ने नाराज़ होकर कहा।

"ओह, बूढ़े आदमी से मज़ाक मत करो," शरमसिंह ने अपने भाइयों को डाँटा।

''हमारा फजलू क्या है, बस हीरा है!'' नाना ने मेहमान को खुश करने के लिए कहा।

''बेशक, गुदड़ी का लाल!'' मामू सरदारी बोला।

''मुझे वह मज़ाक पसन्द नहीं जिससे किसी के जज़्बात को ठेस लगे। वैसे तुम जानते हो, थोड़ी हँसी मुझे भी पसन्द है।'' फजलू ने क्षुब्ध स्वर में कहा।

''लो, छाछ पियो और अपने-आपको ठंडा करो,'' सरदारी ने उसे खुश करने के लिए कहा।

''ज़रा रुको, मैं अपना ठूठा ले आऊँ,'' फजलू बोला और तहमद समेटकर लंगड़ी बतख़ की तरह चला।

''नाना, यह फजलू कौन हैं?'' मैंने पूछा

''बेटा, यह किसान है जिसने कर्ज़ में अपनी बहुत-सी ज़मीन खो दी। अब यह छोटा-सा टुकड़ा सब्ज़ी का बोता है और तुम्हारे मामू उस पर हँसते हैं।''

''सिर्फ मामू ही नहीं, सारा गाँव हँसता है,'' सरदारी बोला।

''सरदारी, भगवान के कोप से डरो,'' नाना ने कहा।

''बाबा, कुछ लोग इतने समय तक इन्तज़ार करते हैं कि उन्हें अपनी किस्मत को रोना पड़ता है। फजलू भी उनमें से एक है। बातें तो देखो कैसी करता है...'' सरदारी बोला।

''अपनी इन बातों के बावजूद उसके जो दिल में है, वह कह नहीं पाता,'' नाना ने उदास स्वर में कहा, ''कुछ बातें ऐसी हैं जो तुम नौजवान नहीं समझते। फजलू की इन बातों के पीछे जो मूक आत्मा है उसका भेद कोई नहीं कह पाएगा।''

नाना ने जो कुछ कहा मैं नहीं समझ पाया और यह भी नहीं समझ पाया कि फजलू की बात करते हुए वे इतने उदास क्यों थे हालाँकि 'अराईं' मुझे भी उतना ही हास्यास्पद जान पड़ता था जितना मामू सरदारी को।

''वह अपना ठूठा लिए आ रहा है!'' सरदारी बोला।

और हमने फजलू को आते देखा। वह अब भी उसी तरह लंगड़ा रहा था जैसे अपने प्याज़ के खेत को जाते हुए लंगड़ा रहा था।

''लो बेटा, तुम्हारे लिए मेरे बाग का तोहफा है।'' उसने गणेश और मुझसे कहा, और हम दोनों को एक-एक गाजर दी।

''ओह चाचा फजलू, ये शहर के बाबू हैं, बन्दर नहीं!'' सरदारी बोला।

''ये मेरे बेटे हैं,'' फजलू ने कहा, ''और यह तुम्हारी माँ के लिए है,'' उसने हमें प्याज़ की टोकरी दी।

''प्याज़!'' सरदारी ने उपहास किया।

''नहीं, ये फूल हैं।'' नाना बोले और फिर मुँह बनाकर सरदारी से कहा,

''फजलू को छाछ दो।''

फजलू ने जब छाछ ली तो उसका सिर झुका हुआ था। उसकी आँखें बाहर को उभरी होने के बजाय अन्दर को धँस गई थीं, उसका कठोर मुख पीला पड़ गया था, और दाढ़ी लगभग बालों भरी छाती को छू रही थी। मैंने जैसे एक क्षण में अराईं की उदास और बहुत-सी बातों के पीछे फजलू की मूक आत्मा को भाँप लिया।

''जाओ बेटा, कुएँ पर खेलो और गादी पर बैठकर बैलों को हाँको।'' नाना ने निस्तब्धता भंग करते हुए कहा।

मैंने महसूस किया कि फजलू की भाँति नाना भी उदास थे और उसे कुछ कहना चाहते थे। सो मैं कुएँ की ओर दौड़ा और खुश था कि लकड़ी की सीट पर बैठकर बैलों को हाँकूँगा।

गणेश मेरे पीछे आया लेकिन मैं उससे बहुत आगे निकल आया था और पहले चढ़ने का आनन्द ले रहा था।

खेतों की मेड़ों पर, जो गाँव की कच्ची दीवारों को छू रही थीं, ज्यों-ज्यों दिन चढ़ रहा था अधिक से अधिक लोग काम-काज के लिए बाहर निकलते हुए दिखाई देते थे। कुछ खंदकें खोदने जा रहे थे, उनके कंधों पर कुदालें और फावड़े और बगल में टोकरे थे। कुछ भद्दी कच्ची सड़क पर खाद के छकड़े लिए जा रहे थे, कुछ फसल कट जाने के बाद की खूँटों वाली धरती में हल चलाते अथवा पशु चराते हुए क्षितिज पर धब्बे से जान पड़ते थे। जब मैं रहट में जुते हुए बैलों के पीछे गादी पर बैठा चक्कर पर चक्कर लगा रहा था तो प्रसन्नता और उत्साह से इतना फूल गया था कि फट जाने का अंदेशा था। यहाँ नौशहरा की तरह पिता की झिड़की अथवा मास्टर की चपत के भय से सवाल निकालने अथवा पाठ कंठस्थ करने की कोई भी बात नहीं थी। यहाँ तो संसार उतना ही खुला था जितना कि आकाश, फिर भी उतना ही रहस्यमय जितनी कि किसानों की बुझारतें जो माँ कभी-कभी अवकाश के समय शाम को बूझने के लिए कहा करती थी। मनोहर दृश्य से मेरा तादात्म्य हुआ तो मैं गणेश से अपनी स्थायी लड़ाई भी भूल गया और उसे सहर्ष अपने साथ गादी पर बैठने दिया।

ज्यों-ज्यों दोपहर होती थी ठंडी सुबह गरम होती जाती थी। गणेश और मैं आँखें आधी बन्द करके कम्पित धुंध पर रंगों के बदलते हुए आकार तब तक देखते रहते जब तक कि हम थक जाते और भूख लग आती।

लगता था कि नाना के परिवार ने दिन-भर का एक नियत कार्यक्रम अपना रखा है। नानी चूँकि शरमसिंह के विवाह-सम्बन्धी सैकड़ों बातों की व्यवस्था में

व्यस्त थी, इसलिए भोजन गाँव के किसी लड़के के हाथ आया और हम सबने नाना के पास पेड़ों की छाया में इकट्ठे बैठकर खाया। मकई की स्वादिष्ट रोटियाँ थीं, सरसों का साग, मक्खन, दही और छाछ थी। यह स्वादिष्ट भोजन मैंने कितनी उत्सुकता से खाया, यह मैं कभी नहीं भूलूँगा। ज़िन्दगी में यह पहला अवसर था कि कोई हमारे कम खाने की आलोचना करे बल्कि मामू हमारी थालियों में ये सब वस्तुएँ खूब डाल रहे थे और बड़े स्नेह और उदारता से हमें अधिक से अधिक खाने के लिए प्रोत्साहित कर रहे थे।

खाना खाते ही हमें नींद-सी आने लगी और सारी धरती ऊँघती-सी जान पड़ी। यह हमारी शारीरिक तुष्टि, बढ़ती हुई धूप और खेतों की चमक का समूचा प्रभाव था। इससे पहले कि हम यह जानें कि हम कहाँ हैं, हम नाना निहालू की चारपाई के निकट पड़ी दूसरी चारपाई पर पड़े सो रहे थे।

जब हमारी आँख खुली तो दोपहर ढल चुकी थी और मामू सरदारी थोड़ा परे बैठे ठंडाई रगड़ रहे थे। हमने कुएँ के ताज़ा पानी में मुँह धोया। तब हमें बादाम की ठंडाई पीने को मिली। अपनी-अपनी पसन्द की बात है, ठंडाई मुझे अच्छी नहीं लगी जो मैंने लगभग उलट दी।

मामू अपने-अपने काम समाप्त कर चुके थे। शरमसिंह ने पानी के लिए नालियाँ खोदी थीं और सरदारी ने ठंडाई रगड़ी थी। अब वे घर चलने को तैयार थे।

''अगर तुम भैंस को साथ ले जाना चाहते हो, तो मेरे साथ आओ, और मैं तुम्हें दिखाऊँगा कि उसे कैसे नहलाया, खिलाया और दूहा जाता है।''

इस निमन्त्रण पर मेरी बाँछें खिल गईं और मैंने ज़िद की कि भैंस और बैलों के चारे में से कुछ मैं भी उठाऊँगा जबकि गणेश नाना के साथ घर जाने के लिए रुका रहा। मैं मामू शरमसिंह के साथ चला ताकि चरवाहे से, जो उसे दिन-भर चराने के लिए ले गया था, भैंस ले आएँ।

मगर भैंस सुचि के मन में कुछ और था। उसने जब देखा कि एक अजनबी और वह भी बालिश्त-भर का लड़का उसकी पीठ पर सवार है तो उसे यह बहुत अखरा। ज्योंही मैंने उसे एड़ लगाई तो वह तुरन्त दौड़कर तालाब में घुसी और मुझे डुबो देने का प्रयत्न करने लगी।

सुचि के इस निर्णय पर मामू शरमसिंह बड़ा घबराया। इस बात पर अफसोस करते हुए कि क्यों मुझे भैंस की पीठ पर बैठाया और इस भय से कि कहीं मैं डूब न जाऊँ, मामू ने मुझे एड़ लगाने के लिए झिड़कना शुरू किया। सुचि समझी कि झाड़ उसपर पड़ रही है और इसे अपना और भी अपमान महसूस किया, इसलिए उसने कदम पहले से तेज़ कर दिया और वह झूलती-झिल्लाती और नथने फड़फड़ाती हुई तालाब के मध्य में चली गई। इन परिस्थितियों में इसे चमत्कार

ही समझिए कि मैं भैंस की कोहान से चिपटा रहा। पर इसमें तनिक भी सन्देह नहीं कि मैं डर गया था और मैं भय से चीख रहा था। यह दूसरी बात है कि चीखें मेरे मुँह से बाहर नहीं निकल रही थीं।

इस समय एक देहाती लड़के ने पानी में छलांग लगाई और वह तैरकर भैंस के पास आ गया। जब तक मामू शरमसिंह कपड़े उतारकर और तैरकर मेरी सहायता को नहीं आ पहुँचा उसने मुझे मज़बूती से पकड़े रखा। मामू ने मुझे अपने कँधों पर बैठाया और तैरकर वापस आ गया। वह इस ख्याल से बड़ा नाराज़ और घबराया हुआ था कि कहीं मैं डूब जाता।

लेकिन अब मुश्किल काम सुचि को यह समझाना था कि वह एक बालिश्त-भर के लड़के के पीठ पर चढ़ जाने से इतनी नाराज़ न हो और तालाब से निकलकर घर को चले।

आधा दर्जन आदमी लाठियाँ हाथ में लिए दो घंटे तक संघर्ष करते रहे, तब कहीं भैंस तालाब के पानी, कीचड़ और दलदल से बाहर निकली।

उस दिन मेरे कारण मामू को जो परेशानी उठानी पड़ी, मेरा ख्याल है कि इसके लिए उसने मुझे कभी क्षमा नहीं किया।

"आखिर तुम हो तो एक शहरी आदमी और बाबू!" उसने व्यंग्य किया।

जब हम घर लौटे तो आँगन में ब्याह-सम्बन्धी तैयारियों की चहल-पहल थी।

सेहन के एक कोने में एक आधा नंगा और मोटा हलवाई बैठा मट्ठियाँ तल रहा था जो बिरादरी में बाँटी जाने वाली थीं। चिकने कपड़ोंवाले उसके दो सहायक कड़ाहे के पास बैठे बूँदी के लड्डू बाँध रहे थे।

ड्योढ़ी में कुछ दर्ज़ी बैठे रेशमी दुपट्टों पर अपनी-अपनी तेज़-तेज़ अँगुलियों से कशीदा काढ़ रहे थे।

औरतें मकान के दरवाज़े पर बैठी ऊँचे-ऊँचे स्वरों में बातें कर रही थीं।

मामू शरमसिंह, गणेश और मैं सुचि को हाँकते हुए तबेले की ओर जा रहे थे कि सहसा माँ की आवाज़ कान में पड़ी। वह घायल पक्षी की तरह चीख रही थी। तब मैंने उसे रोते और विरोध करते सुना जबकि बीच-बीच में दूसरी औरतें उसे टोकती थीं।

पिता जब झिड़कते थे, अथवा मेरी बीमारी में या फिर अनपढ़ द्रौपदी के साथ हरीश की शादी के विचार से जब उसका मन भर आता था तो मैंने उसे नौशहरा में रोते सुना था। पर उसकी ये निराश और हताश चीखें मैंने पहले कभी नहीं सुनी थीं।

मैं और गणेश उसकी ओर भागे। पर हम संकोच के कारण उसके नज़दीक नहीं जा सके क्योंकि औरतें पंचम स्वर में लड़-झगड़ रही थीं और एक-दूसरी की शिकायत कर रही थीं।

नानी ने आकर पूछा कि क्या हम मट्ठी खाना पसन्द करेंगे।

इसपर माँ का पारा चढ़ गया और वह बोली, ''नहीं, नहीं, मेरे बच्चे तुम्हारे घर की कोई भी चीज़ नहीं खाएँगे। मैं इस ख्याल से चली आई कि तुमने यह महसूस कर लिया होगा कि जैसा अपमान मेरा पिछली बार आने पर हुआ था, मैं बर्दाश्त नहीं करूँगी। पर मैं देख रही हूँ कि तुम मेरे सौभाग्य से और इस बात से जलती हो कि हरीश के पिता के पास तुम्हारे दूसरे दामादों से अधिक पैसा है...''

''नी, अपने खसम का धन अपने पास रख, हमें इसका ताना मत दे!'' मेरी माँ की विधवा बहन अमृतकौर ने कहा।

''खसमानूँ खानियाँ!'' माँ चिल्लाई, ''तुम्हीं इस सारी मुसीबत का कारण हो। तुमने अपने खसम को खाया और तुमसे यह सहन नहीं होता कि मेरा जीवित है। कँवारपन में भी तुम मुझसे जलती थीं क्योंकि पिता ने घर की चाभियाँ मुझे दे रखी थीं। अब मेरी छाती पर चाभियों का जो गुच्छा बँधा है, तुम उसे भी नहीं देख सकतीं। तुम्हारा पति मर गया तो यह तुम्हारी अपनी करनी आगे आई। मैं तो उसे मारने या ज़हर देने नहीं आई। जब भी वह बीमार पड़ता था तुम उसे छोड़कर यहाँ क्यों भाग आती थीं? तुम अच्छे कपड़े पहनने और माँ की दहलीज़ पर बैठकर बातें मटकाने का शौक न पालती...''

''नी, तुम मुझे नसीहत करनेवाली कौन हो?'' अमृतकौर चीखी। ''पिता को तुम इतनी प्यारी थीं कि हमारे लिए उनके पास न पैसा था न समय। तुम चूँकि बड़ी थीं, इसलिए घर का सारा ज़ेवर तुम्हारे दहेज में दे दिया। इसमें क्या बुराई है अगर उन ज़ेवरों के बदले इस घर में अब कुछ लौट आए?''

''नी, देखो तो दुनिया में क्या अँधेरा छा गया!'' माँ ने उत्तर दिया, ''हाय, अब तुम मेरी हर चीज़ से जलती हो! मेरे दहेज में कौन-से ज़ेवर मिले? सोने की दो बालियाँ और चाँदी के दो कंगना! माँ यहाँ है, उसी से पूछ लो...''

''नहीं सुन्दरई, हमने तुम्हें हार भी दिया था,'' नानी बोली।

''मैं जानती हूँ, तुम भी मेरे खिलाफ हो,'' माँ ने कहा, ''तुम्हें याद नहीं कि हार उस समय गिरवी पड़ा था। तुमने शरमसिंह की पत्नी के लिए जो दहेज तैयार किया है, उसमें हार मुझे आज ही दिखाया...हाय, ऐसा झूठ भी क्या!''

''तुम समझती हो कि हर कोई तुम्हारे खिलाफ है,'' मौसी अमृतकौर ने कहा।

''पर तुम हो, तुम हो, तुम हो!'' माँ चिल्लाई, ''जब से मैं आई हूँ तुम

मेरे खिलाफ बातें बना रही हो। ओह, मुझे इस बात का बड़ा दुख है कि मैं ज़ब भी आती हूँ, पिता के घर में मुझे गालियाँ मिलती हैं और अपमान होता है।''

और वह सिर पीटकर रोने लगी।

उसे रोता देख हम भी रोने लगे। एक तो हम लड़ाई की भयंकरता से डर गए और दूसरे माँ से सहानुभूति थी।

''आओ बेटा, चलने की तैयारी करो,'' माँ ने कहा, ''हम वहाँ नहीं ठहरेंगे, जहाँ हमारा अपमान हो। मुझे अफसोस है कि हम यहाँ आए ही क्यों!''

''जाने का बहाना मुझे मत बताओ!'' अमृतकौर बोली।

''नी, चुप रह,'' नानी ने उसे कहा।

''हाँ, हाँ, अमृतकौर, बड़ी बहन से तुम्हारा यह व्यवहार अच्छा नहीं,'' पड़ोस की एक स्त्री ने कहा, ''बहन सुन्दरई, उसकी बात छोड़ो आखिर बेचारी विधवा है...''

''विधवा हूँ इसलिए मुझपर दया मत करो!'' अमृतकौर ने प्रतिवाद किया।

माँ का धैर्य टूट गया। एक दूसरी स्त्री की सहानुभूति पाकर वह फूट-फूटकर रोने लगी।

इसी क्षण नाना निहालू आ गए। माँ की सुबकियाँ सुनकर वे उसके पास गए और उसका सिर पलोसकर बोले, ''मेरी बेटी, ये गाँवों की औरतें नहीं जानतीं कि तुम कितनी अच्छी हो। मेरे घर में साधु-सन्तों की जितनी सेवा तुम करती थीं मेरी कोई भी बेटी नहीं करती थी। जब से तुम गई हो साधु नहीं आते। और अब यह घर पवित्र नहीं रहा। तुम्हारे रहते इस घर में जो बरकत थी, वह भी अब नहीं है। ये सब तो तुमसे जलती हैं। अमृतकौर तो विधवा है और तुम जानती हो।...''

''बापू, तुमने मेरे विरुद्ध हमेशा इसी का पक्ष लिया,'' अमृतकौर ने कहा। और रोने लगी।

''नी, होश कर, इतनी बड़ी हो गई और ऐसे रोने लगी!'' नाना ने कहा।

''पर मैं तो जाना चाहती हूँ,'' माँ ने कहा।

''मेरी बेटी, भाई का ब्याह पवित्र किए बिना तुम कैसे जा सकती हो। मेरे ये नवासे! मैं कुछ दिन उन्हें अपने पास रखूँगा।''

हम अपनी आँखें मल रहे थे और सुबकियाँ भर रहे थे। हमें लड़ाई का कारण मालूम नहीं था; पर वातावरण की कुंठा से हमारी आँखों में भी आँसू आ गए।

जब नानी ने पीतल की दो प्लेटों में मट्ठी और लड्डू लाकर हमारे सामने रखे तो हमारे आँसू पुँछ गए।

हम अभी खा रहे थे कि हवेली के आँगन में अँधेरा छा गया। मिट्टी के

दिए जलाए गए। मेरी माँ विक्षुब्ध मन से चारपाई पर लेट गई और मौसी अमृतकौर अपने कमरे में चली गई। बाकी सब औरतें मकान की छत पर इकट्ठी होकर ब्याह के गीत गाने और ढोलकी बजाने लगीं।

मैं छत पर लड़कियों में जाने के लिए ज़िद करने लगा। जब वे ढोलकी बजा रही थीं, मैं मौसी अमृतकौर की बेटी और अपनी मौसेरी बहन दुर्गी की गोद में जा बैठा।

वह अपनी सुराहीदार सुन्दर गरदन आगे निकाले बैठी थी। मुझे उसकी गोद की स्निग्धता और उसके साँस की सुगन्ध आज भी याद है। जब वह गीत के टप्पे दोहरा रही थी तो मैं उसके मधुर स्वर की लय और घुटनों की मित्रता से विमुग्ध हो रहा था। उस रात चूँकि मुझे उसके घुटने पर सिर रखे-रखे नींद आ गई; इसलिए 'लच्छी' का रोमांचकारी गीत भी मेरे मस्तिष्क पर अंकित हो गया:

आखाँ नी, पिंड विच दो लच्छियाँ
छोटी लच्छी ने लोहड़ा मारया
छल्लियाँ निकल पइयाँ!
आखाँ नी, लच्छिए तेरे बंद न बणे
मुंडे मर गए कमाइयाँ करदे!
आखाँ नी, तेरे बन्द न बणे!...

मैं अपने मामू शरमसिंह, दयालसिंह, और सरदारसिंह की तरह सुचि को दूहना, थिब्बा और रौंदू बैलों के साथ हल चलाना और पशुओं के लिए गंडासे से चारा काटना चाहता था। पर उनके पास इसका एक ही जवाब था—''तुम शहरी बाबू हो।''

मौसेरी बहन दुर्गी के संगीत में मुझे सुख और आनन्द का अनुभव होता।

उम्र में मुझसे वह कुछ बड़ी थी। डस्का की मेरी पहली यात्रा के हर्ष-विषादयुक्त संस्मरणों में वह एक नन्हे विचित्र और सुगन्धित पुष्प के सदृश यों उभर आती है, जैसे वसंत में एक कली की पंखड़ियाँ खिल रही हों। पुष्प जैसे मनुष्य की जानकारी में प्रवेश करता है, वैसे ही उसने मेरी आत्मा में प्रवेश किया, व्यक्तित्व के कुछ पहलुओं के साथ नहीं, बल्कि सम्पूर्ण रूप से लगता था कि वह मेरे कानों में स्वर-माधुर्य बनकर रहती है, शरीर में स्फूर्ति वह है, मेरी आँखों में नींद वही है, मेरी नाक में उसके शरीर की सुगन्ध बसी है। जब वह इधर-उधर घूमती थी तो उसके यौवन की चेष्टाएँ उसे मेरी समस्त प्रेरणाओं में संजो देती थीं। शायद कारण यह हो कि मेरी इन्द्रियाँ उसके शरीर से निकलने वाली स्निग्धता को ग्रहण करने के लिए तत्पर रहती थीं या शायद मेरी आत्मा उसके

चुस्त गीत के संगीत में झूमती थी। अथवा क्या यह मेरी इस कोमल अवस्था में उसके प्रभाव के बहुत-से जादुओं का मेरी चेतना में संयोग-मिलन था?

उसने मुझे अपनी वह सब गुड्डियाँ दिखाईं जो उसने कपड़े के छोटे-छोटे टुकड़ों में रूई भरकर बनाई थीं। निस्सन्देह मैंने तुरन्त कहा कि वह एक गुड्डा मेरे लिए भी बना दे।

उस स्निग्धता और उदारता से, जो मेरे हम-स्कूलों में नहीं थे, उसने तुरन्त गुड्डा बनाना शुरू कर दिया। उसने अपनी माँ के चर्खे के पास पड़ी हुई छोटी-सी टोकरी में से रूई ली और उसे एक मोटे कपड़े के लम्बे चिथड़े में लपेटकर दोनों सिरों को सी दिया। इसे दो हिस्सों में बाँटकर सीवनें डाली गईं, विशेषकर ऊपर के भाग में और शीघ्र ही उसका सिर और दो लम्बी टाँगें बन गईं। एक छोटे-से काले धागे से उसका मुँह, आँखें और नाक बन गई। तब हम उसके पास गए जो शादी के कपड़े सी रहा था और उससे रेशमी टाकियाँ और सुनहरी फीता माँगने लगे। दुर्गी की तेज़ अँगुलियों ने जल्दी ही एक साफा, एक कोट और चुस्त पायजामा सी दिया और फिर सफेद गोटे की तलवार थमाकर गुड्डे को पूरा सिपाही बनाकर मुझे दे दिया।

तब वह मुझे अपने गुड़ियाघर में ले गई और मेरे हीरो को अपनी एक अप्सरा के पहलू में रख दिया और हमने उन दोनों का ब्याह रचाया।

तब दुर्गी ने दूल्हा-दुल्हन में यह बातचीत कराई :

''ओ मेरे प्रीतम, तुम कहाँ से आए हो? तुम्हारा नाम क्या है? मेरे लिए क्या उपहार लाए हो? चमेली के फूल या मौलश्री के?''

''मेरी प्यारी, मैं तुम्हारे लिए अपने-आपको लाया हूँ, मोतिया का हार लाया हूँ और तुम्हारे शरीर पर छिड़कने के लिए गुलाब लाया हूँ।''

''और मिठाइयाँ क्या लाए हो?''

''मैं तुम्हारे लिए मीठे पेड़े और गरमागरम लड्डू लाया हूँ।''

''ज़हर हलवाई का बनाया हुआ।''

''नहीं, मिठाई है, और मैं तुम्हारे लिए अपने मीठे बोल भी लाया हूँ।''

''अच्छा, इसमें मैं अपनी साँस की सुगन्ध मिला दूँगी।''

तब दुर्गी ने दोनों गुड्डियों का आलिंगन और चुम्बन कराया। उसने मुझे कुछ छन्द सुनाए। वैसे तो गुड़ियाँ एक-दूसरे को सुना रही थीं; पर वास्तव में उनका सम्बन्ध हम दोनों से था। विचित्र बात यह हुई कि मेरे मन का सारा संकोच धुल गया, दुर्गी की तरह उत्साह में भरकर मैं खेलने लगा और सारे दिन मगन रहा।

हम दोनों एकसाथ कुम्हार के घर गए और अपनी रसोई के लिए खिलौने बर्तन लाए, मिट्टी का एक छकड़ा लाए जिसमें बैल जुते हुए थे, मिट्टी की एक

सीटी, पिंजरे में बन्द एक पक्षी और किसान गृहस्थी की दूसरी चीज़ें लाए। कपड़े बनाने के लिए हम गाँव के जुलाहे से आधा गज़ कपड़ा लाए। लोहार से हलकी कुदाल लाए। ग्वाले के घर से हम दूध लाए। इस सबको पवित्र बनाने हम मन्दिर गए और एक पीपल के पेड़ के तले शेषनाग की वेदी पर दूध डाला। खेल में हम इतने खोए रहे कि दोपहर का खाना खाना भी भूल गए। हम दोनों की माताएँ चिन्तित होकर हमें खोजने लगीं। दुर्गी और मुझमें जो स्नेह पैदा हो गया था, उसके कारण वे एक-दूसरी से और घृणा करने लगीं।

हमने अपने लिए खेल और आनन्द का जो वातावरण बना लिया था, उसमें दोपहर के खाने से कुछ विघ्न नहीं पड़ा। दुर्गी के बरामदे में जो झूला पड़ा हुआ था, हम उसपर झूलने लगे। मेरी मौसेरी बहन गद्दी पर बैठी थी और मैं उसकी गोद में। कुछ गिरने के भय से और कुछ उसके स्पर्श के शारीरिक सुख के कारण मैंने उसे मज़बूती से पकड़ रखा था। जब हम पेंग चढ़ाते थे तो दुर्गी मीठे स्वर में गाती थी :

बहनो, वसन्त आया
वसन्त आया
मधुमक्खियाँ बटोर रही हैं
फूलों से शहद, बहनो!

इससे पहले कि मैं जानूँ कहाँ हूँ, मुझे नींद आ गई। एक तो मैं सुबह की दौड़-धूप से थक गया था, दूसरे दोपहर को भारी खाना खाया था और फिर दोपहर बाद की गर्मी भी नींद लानेवाली थी।

दिन ढले जब मेरी आँख खुली तो मैंने देखा कि दुर्गी के पास मेरा रिक्त स्थान गणेश ने हथिया लिया है और वह उसके साथ 'गीटे' खेल रहा है।

पहले तो मैं उनींदी आँखों से उनका खेल देखता रहा। उनमें से कोई एक गीटे हवा में उछालता और हाथ की पुश्त पर उन्हें लोकता था, दोबारा उछाल-कर हथेली पर लोकता और जो हाथ में आ जाते उन्हें जीत लिए समझता। जो गीटे बाकी रह जाते, उन्हें अपने हाथ का एक गीटा उछालने और लोकने के बीच धरती पर से उठता।

गणेश और दुर्गी के हाथ की सफाई देख मुझे भी खेल में शामिल होने का शौक चर्राया।

पर गणेश ने यह बात नहीं मानी।

और मेरी निरीह आत्मा के लिए इससे भी कठोर आघात यह था कि दुर्गी भी मुझे साथ खिलाने को तैयार नहीं थी।

मैं उत्तेजित हो उठा और मैंने गणेश के गीटे छीनकर खेल बिगाड़ दिया।

अधीरता और क्रोध से गणेश का मुँह बिगड़ गया और उसने मुझे फन्नाटे का चाँटा रसीद किया।

गणेश और मेरी छिनाल 'दुल्हन' मकान के दूसरे कोने में जाकर खेलने लगे जबकि मैं फर्श पर लेटा ज़ोर-ज़ोर से रो रहा था ताकि कोई सुने और मुझे उठाए।

जब कोई उधर न आया तो मैं आँख मलता और सुबकियाँ भरता हुआ आँगन में गया और माँ से शिकायत की कि गणेश और दुर्गी ने मुझे पीटा है।

माँ शायद कल की लड़ाई से इतनी विक्षुब्ध थी कि दुर्गी के विरुद्ध भड़क उठी, "यह विधवा की बेटी दुर्गी कौन होती है जो मेरे बेटे को मारे?"

"तुम मुझे विधवा मत कहो!" दुर्गी की माँ मौसी अमृतकौर ने कहा, "तुम मुझे खाहमखाह कोसती हो, इसे तुम्हारे अपने बेटे ने मारा होगा।"

"क्या उस खसमखाने गणेश ने तुम्हें मारा है?" माँ ने पूछा।

"नहीं, दुर्गी ने मारा है," मैंने झूठ बोला।

"सुन रही हो," माँ ने मौसी से कहा, "तुम्हारी बेटी ने मारा है। वह बिलकुल तुमपर पड़ी है।"

"जा नी, जा!" अमृतकौर चिल्लाई, "मेरी बेटी को रहने दे! तुमसे यह सहन नहीं होता कि तुम्हारी अपनी बेटी नहीं है, तुम सिर्फ लड़के ही जन सकती हो!"

यह ताना सुनकर माँ चिढ़ गई।

"तुम इस बच्चों की लड़ाई को लेकर मुझ पर क्यों चढ़ दौड़ी हो?" उसने कहा, "कल तुमने मेरे पति और मेरे घर से जलकर मेरी जान खाई, और आज तुम इसलिए खाना चाहती हो कि मैंने बेटे जने। सिर्फ इसलिए कि तुम्हारे बेटा नहीं हुआ! तुम इतनी नीच क्यों हो?"

"नीच कौन है?" अमृतकौर बोली, "तुम हो, मैं नहीं। पास न होने से कोई नीच नहीं बन जाता। सिर्फ वही लोग नीच होते हैं, जिनके पास इतना होता है जितना तुम्हारे पास है।"

"नी, मैंने तुम्हारा क्या बिगाड़ा है कि तुम मुझसे बदला ले रही हो?" माँ ने विरोध किया।

"दूसरे लोगों से पूछो, वे तुम्हारे बारे में क्या कहते हैं! माँ-जाए भाई को भी उधार नहीं दे सकतीं! अपने पति को सिखाया कि दो-तीन सौ से अधिक मत देना!"

"नी, दुनिया में अँधेरा छाया है!" माँ चिल्लाई, "हाय नी, इन हरामखोरों को देखो! मैंने हमेशा अपने पति की खून-पसीने की कमाई इन्हें दी और कभी पैसा वापस नहीं माँगा। तुम मुझपर न देने का आरोप कैसे लगाती हो?"

''ऊँचा बोल के सच्ची नहीं बन जाओगी,'' अमृतकौर ने कहा, ''सच्चाई यह है कि तुम अब हमारी नहीं रहीं। गाँव से जाकर तुम शहरी बन गईं। जिस बिरादरी में तुम्हारा जन्म हुआ अब तुम उसी से घृणा करती हो। बूढ़े पिता नहीं समझते कि तुम उनकी सहायक नहीं रहीं। तुम जिन बाबूओं, व्यापारियों और लाला लोगों में रहती हो, तुमने भी उन्हीं की आदतें अपना ली हैं।''

''है, है, तुम ऐसी बातें कैसे कहती हो?'' माँ चिल्लाई।

''वे सच्ची हैं।'' अमृतकौर ने उत्तर दिया।

''यह भी कोई मायके आना है।'' माँ ने आँखों में आँसू भरकर कहा, ''जब भी मैं इसके यहाँ आई हूँ, हमेशा रोते-झींकते लौटी हूँ।''

''अगर तुम मुस्कराती हुई आओ तब तुम हँसती हुई लौटोगी,'' नानी गुजरी ने कहा।

''अगर तुम सुसराल के बजाय मायके से अधिक प्यार करतीं तो तुम अधिक प्रसन्न होतीं,'' एक दूसरी बूढ़ी स्त्री ने कहा।

यह फटकार माँ के लिए असह्य थी। उसने सिर दुपट्टे में छिपा लिया और सुबकने लगी।

''काश, हम यहाँ न आते,'' वह चिल्लाई।

मेरी और दुर्गी की लड़ाई चूँकि माँ और उसके ग्रामीण सम्बन्धियों में कलह का कारण बनी, इसका मुझे अफसोस था लेकिन माँ और मौसी अमृतकौर ने कल जो क्रोध में भरकर एक-दूसरी को गालियाँ दी थीं, वे भी मुझे याद थीं, इसलिए स्पष्ट था कि उनकी लड़ाई का सिर्फ मैं ही कारण नहीं।

''वह मुआ गणेश कहाँ है?'' माँ बोली, ''उसे कहो कि आकर तैयार हो जाए। हम चलेंगे।''

''तुम हमें इस प्रकार की धमकियाँ मत दो,'' अमृतकौर चिल्लाई, ''अगर तुम्हें यों ही रंग में भंग डालना था तो फिर तुम आई ही क्यों?''

मौसी अमृतकौर ने जिस ढंग से अपना काला चेहरा टेढ़ा किया, मैं डर गया। उसकी आँखें लाल थीं। उसकी बांछें झाग से भर गई थीं। उसने जिस क्रोध और भयंकरता से माँ पर आक्रमण किया उसे मैं भूल नहीं सका। उस छोटी अवस्था में भी मैंने उस कटुता और द्वेष को भाँप लिया जो इस आक्रमण के पीछे हमारे परिवार के प्रति उसके मन में था। नाना, उनकी हवेली और खेतों के प्रति हालाँकि स्वाभाविक स्नेह उत्पन्न हुआ था, पर अब दुर्गी और गाँव के विरुद्ध मेरा मन आक्रोश से भर गया। अब मेरे लिए यह निर्णय करना भी कठिन था कि दुर्गी जो सुबह मेरी मित्र बन गई थी और जिसने शाम को मेरी उपेक्षा की, मैं उसके प्रति क्या रवैया अपनाऊँ।

मुझे जीवन की अस्थिरता की एक विचित्र भावना अनुभव होने लगी।

माँ ने आँखें पोंछ डालीं और सामान बाँधने के लिए भीतर कमरे में चली गई।

मैं उसके पीछे-पीछे गया और मैंने देखा कि जब वह सामान की गठरी बाँध रही थी तो सुबक भी रही थी। कभी-कभी तो वह पगला गई जान पड़ती क्योंकि वह रोते-रोते अपने-आपसे बोलती थी। शायद वह खुलकर रोना चाहती थी; इसलिए उसने मुझे पकड़कर छाती से लगाया और फूट-फूटकर रोने लगी।

तब उसने अपने-आपको संयत किया और गणेश से, जो आ गया था, गठरी उठाने को कहा जबकि सूटकेस उसने खुद उठाया। हम चल पड़े।

बिरादरी की कुछ औरतों ने माँ से कहा, ''सुन्दरई, जाओ मत! इस तरह जाना शुभ नहीं होता! बहनें आपस में लड़ ही पड़ती हैं।''

लेकिन नानी गुजरी और मौसी अमृतकौर चुप रहीं।

''वे चाहती हैं कि मैं चली जाऊँ,'' माँ ने नानी और मौसी की ओर संकेत करते हुए कहा, ''वे मेरे आने से खुश नहीं हैं। फिर मेरे रहने का लाभ ही क्या?''

मैं गहरे होते हुए अँधेरे से डर गया था, इसलिए चाहता था कि नाना या कोई मामू यहाँ आ जाए और माँ को रुक जाने के लिए कहे। मगर कोई नहीं आया। हम एक अनाथ परिवार की तरह निराश और हताश हवेली से निकले।

''इस समय गुजरांवाला के लिए इक्का मिलना सम्भव नहीं,'' माँ ने कहा, ''हम रात को मन्दिर में रहेंगे।''

ड्योढ़ी में जो दर्ज़ी काम कर रहा था, माँ ने उससे कहा कि वह हमें मन्दिर तक छोड़ आए।

गाँव की औरतें और मर्द कनखियों से हमारे छोटे-से जुलूस को देख रहे थे। कुछ लोगों ने माँ से पूछा, ''बहन, तुम इतनी जल्दी क्यों जा रही हो? अभी तो शादी भी नहीं हुई? बात क्या है?''

माँ रोने लगी और कोई उत्तर नहीं दिया।

लेकिन हम गली के नुक्कड़ तक ही पहुँचे थे कि मामू शरमसिंह, दयालसिंह और सरदारीसिंह आ गए और झुककर माँ के पाँव पकड़ लिए।

''हमें माफ करो,'' उन्होंने कहा, ''ये औरतें पागल हैं। उन्होंने तुम्हें सताया है। तुम्हारा क्रोध उचित है। लेकिन ब्याह से पहले तुम्हारे चले जाने की शर्म हम कैसे सहन करेंगे?''

''लेकिन जब मैं जानती हूँ कि मेरी अपनी माँ मेरे खिलाफ है और मुझे नहीं चाहती तो मैं कैसे ठहर सकती हूँ?'' माँ ने उत्तर दिया।

''बाबा आज उसकी खबर लेगा,'' मामू सरदारी ने कहा, ''उसने मुझे भी इसलिए घर से निकाल दिया था कि मैं अपने दोस्तों के साथ खेलने चला गया

था। बड़ी बहन, तुम चलकर मेरे कमरे में रहो।''

''नहीं,'' माँ बोली, ''मैं रात धर्मशाला में बिताऊँगी और सुबह इक्का लेकर गुजरांवाला चली जाऊँगी।''

''जब तक तुम लौटोगी नहीं, हम तुम्हारे पाँव नहीं छोड़ेंगे,'' उन्होंने कहा। कुछ मिनट तक सब मौन और स्थिर रहे।

आखिर गाँव के दूसरे लोग इकट्ठे हो गए। मेरे मामुओं के साथ वे भी मिन्नत-समाजत करने लगे और माँ की आवाज़ उनकी प्रार्थना में डूब गई।

हमारा जुलूस फिर घर लौटा।

मामू सरदारसिंह हमें अपने कमरे में ले गया। हवेली की ड्योढ़ी की छत पर यह एक छोटा-सा कमरा था, जिसमें लकड़ी की छोटी-छोटी खिड़कियाँ थीं और दीवारों पर सिख-धर्म के दसों गुरुओं के सुन्दर चित्र लगे हुए थे।

मैं और गणेश खिड़कियों में बैठकर नीचे गली में से गुज़रते हुए किसानों को देखने लगे। हम शीघ्र ही भयंकर लड़ाई की बात बिलकुल भूल गए जबकि माँ दु:ख और थकान से निढाल होकर सो गई।

मामू सरदारसिंह ने हमें प्यार किया और स्वादिष्ट मिठाई खिलाकर हमारा मन जीत लिया। चाहे वह माँ को खिलाने में सफल नहीं हो पाया, पर गाँव की बढ़िया दुकान पर से हमारे लिए मांस लाया।

भोजन के उपरान्त उसके कुछ नौजवान मित्र आ गए और उनके कहने पर उसने वारिसशाह के महाकाव्य 'हीर-रांझा' में से कुछ अंश अत्यन्त मधुर स्वर में गाकर सुनाए।

लगता था कि उसकी आवाज़ किसी विचित्र शक्ति की लाल अग्नि से निकल रही है। और वह किसानों की सरल मधुर पंजाबी में से एक अद्भुत गीत की वक्र रेखा पर यात्रा कर रही है। कमरे में जितने लोग थे, इसने उन सबके हृदय में आग-सी लगा दी और वे चिल्लाए, ''वाह! वाह!'' जब कभी वारिसशाह के वे बोल दोहराए जा रहे थे जो नायिका हीर ने नायक रांझा के वियोग में कहे थे तो कमरे में एक स्थिर मुग्धता छाई थी, जिसे शाम की लालिमा ने और भी सुखद बना दिया था।

मैं वह शाम कभी नहीं भुला पाया हूँ। चाहे मैं हीर-रांझा के प्रेम के बारे में वारिसशाह के महाकाव्य का अर्थ भली प्रकार नहीं समझ पाता था, लेकिन मामू सरदारी के स्वर-माधुर्य ने मेरे रोंगेटे खड़े कर दिए। इससे मेरे मन में पंजाबी भाषा के लिए जो प्रेम उत्पन्न हुआ, वह हमेशा बना रहा। उसकी ताल और लय इतनी आकर्षक थी कि मेरे बाल-सुलभ मन को, जो अब तक छावनी में अँग्रेज़ी

गिटपिट का आदर करता आया था, जिसने कस्बे के आम लोगों की सीधी-सादी पंजाबी की हमेशा उपेक्षा की थी, अब ऐसा लगा कि माँ के मुँह से निकलनेवाले हर शब्द की पूजा न करके मैं एक गम्भीर पाप करता आया हूँ। अपनी आत्मा में कहीं न कहीं मैंने महसूस किया कि माँ पर निर्भर होने के बावजूद हम अब तक माता की बजाय अपने पिता के बेटे अधिक थे। मामू शरमसिंह क्यों हमें 'शहरी और बाबू' होने का ताना देते थे, इसका अर्थ कुछ-कुछ अब समझ में आया। नानी और मौसी अमृतकौर के मन में माँ के प्रति और उस परिवार के प्रति जिसमें वह ब्याही गई थी, जो अवज्ञा थी उसका आधार भी अब समझ में आया।...

कुछ भी हो, मेरा खयाल है इस शाम से मेरे मन में माँ के लिए नई मुहब्बत पैदा हुई। चाहे उसके सम्बन्धी उसे गाँव की गद्दार कहते थे, पर मैं उसे इस डस्का गाँव की आत्मा समझने लगा। उस दिन वे सब कहानियाँ और कथाएँ जो उसने हमें सुनाईं, और वे गीत जो उसने गाए मेरे मन में उन कहानियों और गीतों से अधिक आकर्षक और महत्त्वपूर्ण बन गए जो मैंने अपनी स्कूली पुस्तकों में पढ़े थे। दरअसल पंजाबी की उन सरल बोलियों ने जो मामू सरदारी ने मधुर स्वर में गाईं, छावनी के क्वार्टरों की उन दीवारों को तोड़ दिया जिनमें हम रहते थे, और लालकुर्ती की बारकों और लुंडी नदी पर बने साहबों के बंगलों को नष्ट करके मुझे खेतों, पहाड़ों और पत्थरों में से, ग्रांड ट्रंक रोड पर से उसे देश की ओर ले चलीं जहाँ क्षितिज नहीं थे और अगर कुछ था तो वे मध्य पंजाब के खुले विस्तृत खेतों के दृश्य थे जिनके ऊपर विस्तृत आकाश था और जो पहाड़ों में दूर, दूर—बहुत दूर जाने कहाँ तक चले जाते थे।

गाँव और उसकी प्रसन्नताओं के बारे में मैं इतना उत्साहित हुआ कि जब मामू सरदारी ने तनिक गाना बन्द किया तो मैंने माँ से पूछा कि क्या राजा रसालू जिसके कारनामों की कहानी उसने मुझे नौशहरा में सुनाई थी, कभी डस्का में भी रहा था या वहाँ आया था क्योंकि मैं जानता था कि डस्के और सियालकोट में दस मील का अन्तर है। माँ ने मुझे बताया कि बहुत राजा और वीर पुरुष डस्का आ चुके हैं।

अपने कौतूहल के किनारे-किनारे सोचते हुए मैंने छाया-रूप देखे जो तपते हुए सूरज के नीचे पुराने दिनों की विशाल खोह में अथवा अतीत की गहरी अँधेरी रातों में विलीन हो गए थे। अपने मित्रों के आग्रह पर मामू सरदारी ने कुछ और गीत गाए। इनमें से एक गीत कवि बुल्लेशाह का लिखा हुआ था। यह गीत भी हीर-रांझा के प्रेम सम्बन्ध में होने के कारण मेरे मस्तिष्क पर अंकित हो गया। गीत इस प्रकार था :

मेरा मन प्रियतम के लिए आतुर है
कुछ प्रेमी हँसते और हँस-हँसकर बातें करते हैं
जबकि दूसरे इस वसन्त ऋतु में भी रोते हुए घूम रहे हैं
मेरा मन आतुर है...

क्या यह इसमें निहित वियोग की भावना थी या फिर इसका कारण यह था कि उस समय डस्का में वसन्त का मौसम था कि ये पंक्तियाँ मेरे मन पर अंकित हो गईं जबकि वारिसशाह की मौलिक कविता में से सिर्फ टीप के शब्द ही याद रह पाए। मेरा खयाल है इसका कारण था कविता की सरलता जबकि वारिसशाह की शैली संश्लिष्ट और कठिन थी। उदाहरण के लिए मुझे याद है कि वारिसशाह के बारे में बात करते हुए मामू सरदारी ने कहा था कि कवि ने घोड़े के खुर को बीस ढंग से बयान किया है। लेकिन कई बार आदमी एक रमणी के आँचल का किनारा छूकर ही सुन्दरता को समझ लेता है। एक बालक के मन का विकसित होना ऐसी ही विलक्षण प्रक्रिया है जैसा कली का खिलना अथवा फल का पकना; स्निग्धता का स्पर्श-मात्र उसे सूरज के सदृश चमका देता है।

जब सब चले गए तो उस रात हमने वह भोजन किया जो मामू सरदारी गाँव के तन्दूरिए की दुकान से विशेष रूप से हमारे लिए लाया था। तब हम उसके कमरे की छत पर सोने चले गए। हीर-रांझा की मुहब्बत के बारे में जो गाना उसने हमें सुनाया था उससे मैं इतना प्रभावित था कि मैंने मामू से कहा कि वह सोने से पहले हमें इस मुहब्बत की कहानी सुनाए। इस हठ के लिए माँ ने मुझे फटकारा और कहा कि मामू ने हमारे लिए इतना कुछ किया है, अब मैं उसे सोने दूँ। पर मैं कब माननेवाला था, तकाज़ा जारी रखा।

मामू सरदारी युवक, उदार और सहृदय व्यक्ति था। उसने मुझे और गणेश को पूरी कहानी सुनाई। चाहे मेरी आँखें झपक-झपक गईं, पपोटे नींद से भर गए, सिर तीन-चार बार पीछे गिरा, पर मैंने कहानी ध्यान से सुनी। उसका सुनाने का ढंग सरल था। उस समय मैं और तो कुछ अधिक नहीं समझता था, पर उसके शब्द मुझे याद हैं।

‘‘कहते हैं कि हीर उत्तरी पंजाब में एक छोटे-से राज्य के सरदार की बेटी थी। जब वह अभी छोटी-सी लड़की थी पिता ने उसकी सगाई एक पड़ोसी राज्य खेड़ा के सरदार के बेटे सैदा से कर दी।

‘‘हीर जब जवान हुई तो वह एक अत्यन्त सुन्दर रमणी थी। उसके सौन्दर्य की ख्याति दूर-दूर तक फैल गई।

‘‘एक दूसरे पड़ोसी सरदार के आठ बेटे थे। उन सबमें छोटा रांझा बहुत

ही सुन्दर था। पिता उससे प्यार करता था। इसी कारण भाई उससे ईर्ष्या करने लगे। इसलिए जब उनका पिता मर गया तो उन्होंने रांझे को सम्पत्ति में से बिना कोई हिस्सा दिए घर से निकाल दिया।

''रांझा जंगलों में घूमता हुआ चिनाब नदी के किनारे पहुँचा। वह पार जाने के लिए कोई किराये की नाव देख रहा था कि उसकी नज़र एक सुन्दर नाव पर पड़ी। उसने नाववाले से नदी पार पहुँचाने को कहा। उसने इनकार कर दिया। रांझा बहुत थक गया था इसलिए नाववाले से उसने पूछा कि क्या वह नाव में कुछ देर आराम कर सकता है। नाववाले को नौजवान पर दया आई और उसने आज्ञा दे दी। रांझा नरम-नरम बिस्तर पर पड़कर सो गया।

''कुछ देर बाद शोर से उसकी नींद खुल गई।

''रांझे ने आँखें खोलीं तो हीर सामने खड़ी थी।

''हीर ने पहले मल्लाह को डाँटा कि उसने क्यों एक अजनबी को उसकी नाव में घुसने दिया।

''रांझा हीर से मुखातिब हुआ और उसने कहा कि थके हुए यात्री पर वह क्यों इतना नाराज़ होती है? वह मुसकराई। तब उनकी आँखें चार हुई और वे एक-दूसरे से प्रेम करने लगे।

''सुन्दर हीर ने रांझे को ग्वाले की नौकरी दे दी और वह नित्य छिपकर उससे मिलने लगी।

''आखिर हीर-रांझा के प्रेम का भेद खुल गया। पिता ने हीर का ब्याह तुरन्त सैदा से कर दिया।''

''हीर को रांझे से बिछुड़ने का दुःख था और उसने अपने पति सैदा से बात तक नहीं की।

''हीर के पिता ने रांझे को अपने राज्य से निकाल दिया। इसलिए वह वहाँ से रंगपुर चला गया जहाँ हीर ब्याही गई थी। उसने जोगी का रूप धारण कर लिया था।

''उसने हीर से सम्पर्क स्थापित कर लिया और सैदे की बहन सहती की सहायता से वह एक रात हीर को वहाँ से ले भागा। सहती भी उसी रात अपने प्रेमी मुराद के साथ चली गई।''

''सैदा ने अपने आदमी प्रेमियों के पीछे दौड़ाए। सहती और मुराद तो भाग निकले; पर हीर-रांझे को पकड़कर वापस लाया गया।''

''उन्हें काज़ी के सामने पेश किया गया। रांझे को वहाँ से निकाल दिया गया जबकि हीर को पहरे में सुरक्षित रखा गया।

''जब प्रेमियों को दण्ड दिया गया तो रंगपुर शहर को आग लग गई। आग

लगने का कारण यह बताया जाता था कि हीर-रांझे की आहों ने शहर की बुनियादों को फूँक दिया है।

''हीर की शादी टूट गई, और रांझे को वापस बुलाकर हीर को उसके हवाले कर दिया गया।

''प्रेमी हीर के मायके पहुँचे। अब उनका स्वागत हुआ।

''रांझा अकेला अपने घर गया ताकि बरात लेकर आए और हीर को ब्याह कर ले जाए।

''इधर हीर के मामा कैदू ने जो रांझे से घृणा करता था, हीर से सहानुभूति जताते हुए कहा कि रांझा का राह में कत्ल हो गया।

''हीर बेहोश होकर गिर पड़ी।

''इस बेहोशी की हालत में हीर के भाई और चाचा ने उसे ज़हर पिला दिया। इससे वह मर गई।

''रांझा के पास हीर की मृत्यु का सन्देश भेजा गया।

''रांझा सच्चाई मालूम करने दौड़ा आया।

''उसे हीर की कब्र पर ले जाया गया।

''वह यह आघात सहन न कर सका और अपनी प्रेमिका की कब्र पर रोते-रोते मर गया।

नानी, मौसी और माँ में समझौता हो भी नहीं पाया था कि उनमें सुबह फिर झगड़ा हो गया।

कुछ माँ के लिए स्नेह और सम्मान के कारण और कुछ परिवार में शान्ति स्थापित करने के लिए नाना ने सुझाव दिया कि गणेश को शरमसिंह का शहबाला बनाया जाए और जब बारात दूसरे गाँव को रवाना हो तो गणेश को दूल्हे के पीछे घोड़ी पर बैठाया जाए। सुझाव चूँकि घर के बड़े ने रखा था, इसलिए सबने चुपचाप सुना और स्वीकार कर लिया। जब तक नाना आँगन में बैठे माला जपते रहे, हमारे प्रति विशेष स्नेह दिखाया गया और हमें मिठाई खाने और छाछ पीने को दी गई। ज्योंही वे खेत में कुएँ पर चले गए, अमृतकौर ने माँ पर आक्रमण शुरू किया।

पहले तो वह अपने-आप बड़बड़ाती रही। तब तक नानी से कुछ कानाफूसी की। बाद में जब माँ गणेश से कह रही थी कि वह कुएँ पर जाकर अच्छी तरह स्नान कर ले तो अमृतकौर स्वर में कटुता भरकर बोली, ''हाँ, बन्दर-मुँह, अपना शरीर खूब मल-मलकर साफ करना। यह कितना बड़ा अशकुन है कि शरमसिंह का शहबाला लंगूर बनेगा।''

''नी, अँधेर है अँधेर, दुनिया पर अँधेर छाया है! तुम मेरे बेटे के बारे में

ऐसी बातें कैसे करती हो?'' माँ बोली।

''दुनिया में कोई अँधेर नहीं,'' मौसी ने उत्तर दिया, ''यह बात स्पष्ट है कि अगर किसी के पास पैसा हो तो वह कुछ भी खरीद सकता है। इस कलियुग में सूदखोरों और बाबुओं का राज है। किसान बेचारे तो मजूरे बनते जा रहे हैं। हमारे बच्चे नंगे और मुरझाए हुए जन्मते हैं और सारी उम्र नंगे और मुरझाए रहते हैं।''

''वे जो घृणा करते हैं अपने लिए मुसीबतें सहेड़ते हैं,'' माँ ने कहा।

''तो क्या हम अपना थूक निगल लें और प्रलय का इन्तज़ार करें?'' अमृतकौर चिल्लाई।

''बहन, मैंने तो बापू से नहीं कहा था कि मेरा बेटा शरमसिंह के पीछे घोड़ी पर बैठे,'' माँ ने विनीत भाव से कहा।

''तुम जितना शिष्टता का स्वाँग भरती हो, उतनी ही तुम्हारी पोल खुलती है,'' अमृतकौर ने आक्षेप किया, ''शहर में जाकर तुम्हें धीरे बोलना आ गया है। तुम बड़ी भलीमानस बनती हो!''

''हाय रब्बा!'' माँ ने लम्बी साँस छोड़ी, ''मैं क्या करूँ यह दुनिया तो किसी तरह जीने ही नहीं देती।''

''बहन, हमारे तो जो मन में होता है हम वह साफ-साफ कह देती हैं,'' अमृतकौर ने कहा, ''साँपों को शिकायत का कोई अधिकार नहीं है!''

''बेटो, आओ हम चलें।'' माँ ने कहा और वह हताश-सी हमारे पास वहाँ आई जहाँ हम नाना की चारपाई पर छाया में बैठे थे। झगड़े में हारकर वह हथेलियाँ मलकर हमारे हाथों की मैल उतार रही थी।

''इस शुभ वातवरण को बिगाड़ो मत!'' नानी गुजरी ने कहा, ''हमें बार-बार क्या धमकाती हो? जाना है तो जाओ। तुम्हारे पिता ने तुम्हारा मिज़ाज बिगाड़ दिया। तुम अब भी यह समझती हो कि उसकी बीवी मैं नहीं, तुम हो...''

''हाय, हाय! तुम मेरी माँ होकर ऐसी बातें कैसे कहती हो?'' माँ चिल्लाई, ''तुममें इतना ज़हर क्यों भरा है?''

''अब तनो मत,'' नानी ने कहा, ''तुम्हारे तो अकल के दाँतों में ही ज़हर था। मुझे अच्छी तरह याद है...''

''फिर भी यह हमेशा चिल्लाती है कि मैं बड़ी भोली हूँ,'' मौसी अमृतकौर ने ऊपर से कहा।

माँ ये सब सहन न कर पाई और वह दुपट्टे से मुँह ढाँपकर रोने लगी।

''माँ, रोओ मत,'' मैंने उसके निकट जाकर कहा, जबकि गणेश भय और दुख से पीला पड़ा चारपाई पर बैठा रहा।

''आओ बेटो, हम चलेंगे,'' माँ ने रोते-रोते कहा। और मैं जानता था कि

यह उसका अन्तिम निर्णय है।

''तुम रोती रहो।'' मौसी अमृतकौर ने कठोर बनकर कहा, ''इसके लिए तुम खुद दोषी हो। हम पर आरोप मत लगाओ।''

''हे भगवान, मुझे शान्ति दो!'' माँ चिल्लाई।

मेरी सहानुभूति से प्रोत्साहित होकर जैसे मेरे स्पर्श ने उसमें नई शक्ति का संचार किया हो। उसने नानी और मौसी की ओर देखा और वह चिल्लाई, ''हम जा रहे हैं, हम जा रहे हैं; पर अगर कहीं भगवान है तो तुम्हें भी इसका दण्ड मिलेगा!''

''जाओ, और इस शुभ दिन पर अपनी काली ज़बान से हमें शाप मत दो,'' अमृतकौर ने चुनौती दी।

माँ अपनी जगह से उठ खड़ी हुई और रोते-रोते मुझे और गणेश को साथ लिया।

हमारा सामान कल शाम ही से मामू सरदारी के कमरे में बँधा पड़ा था। माँ पड़ोस से अपनी जान-पहचान के एक जुलाहे के लड़के को बुला लाई और हमारा जुलूस घर से चला।

नाना कुएँ पर थे और मामू ब्याह की तैयारियों में व्यस्त थे। इसलिए कोई हमें वापस बुलाने नहीं आया।

अब रोने की हमारी बारी थी, क्योंकि हमें जाने से पहले नाना अथवा मामू सरदारी से न मिलने का अफसोस था। माँ की नानी और मौसी के साथ लड़ाई ने हमें परेशान करना शुरू किया। हमें डर था कि पिता सुनेंगे तो क्या कहेंगे, क्योंकि वे तमाम झगड़ों में परिवार के लोगों के विरुद्ध दूसरों का पक्ष धारण करते थे। मैं अपने नन्हे हृदय के गुप्त स्थानों में महसूस कर रहा था कि माँ और मौसी में जो शत्रुता है उसके कारण मैं अब कभी दुर्गी के साथ नहीं खेल पाऊँगा और उसका आलिंगन नहीं कर पाऊँगा जैसे कल सुबह किया था।...

डसका पुलिस चौकी के करीब माँ ने ताँगा-स्टैंड पर कोचवान से किराया तय किया और हम ताँगे में बैठ गए। ज्योंही इक्का सड़क पर आगे बढ़ा मुझे नींद ने आ दबोचा और डसका लौटने की रही-सही आशा रात के अंधकार में विलीन हो गई।

9

डसका में थोड़े दिन खेल-कूद और रंगरेलियाँ मनाने के बाद नौशहरा में जीवन फिर हर्ष-विषाद के उसी पुराने ढर्रे पर आ गया।

जब मैं पलटकर बचपन के इस ज़माने की ओर देखता हूँ तो मेरे मन में वही भावना उठती है, जो जीवन के अन्तिम चरण में अक्सर लोगों के मन में होती है। अर्थात् हम अतीत के उन सुखद और निरीह दिनों की कामना करते हैं जब हम 'स्वर्ग' में झूलते थे। कुछ लोगों के नज़दीक बचपन का जीवन 'स्वर्णयुग' है, एक संक्षिप्त आह्लादपूर्ण अनुभव। उम्र बढ़ने के साथ-साथ जो ज़िम्मेदारियाँ आती हैं उनकी तुलना में अत्यन्त संक्षिप्त। भगवान के जो विशेष कृपापात्र रहे हों उनके लिए यह बात सत्य हो सकती है, चाहे बचपन के इस संक्षिप्त स्वर्ग को निराधार और ऐसी बातें कहने वालों के कथन को झूठा सिद्ध करने के काफी प्रमाण हैं। यह भी सत्य नहीं है कि हर एक बच्चा शहीद होता है। बच्चे में नैराश्य और एकाकीपन की भावना इतनी अधिक होती है, जिसका कारण बिना बड़ा हुए ही मान और प्रतिष्ठा पाने की उत्सुकता है, जैसे कोई पौधा शाखाएँ फूटने से पहले ही पूर्ण वृक्ष बन जाना चाहे, या फिर छोटी-सी उम्र में जीवन के बारे में सब कुछ जान लेने का प्रयत्न और वह भी अपनी ही कल्पना के अनुसार। यह बहुत कठिन है।

इस घोर दुःख का मुख्य कारण बड़ों द्वारा बच्चों का न समझा जाना है। वे अपना बचपन भूलकर बच्चों की अपेक्षा करते हैं या अपनी बालिग उम्र के अनुभवों से उन्हें मापते हैं, और बड़ों की नैतिकता बच्चों पर थोपते हैं...लेकिन उस विशाल जेल में जो हिदुस्तान उन दिनों था, विशेषकर 'सशस्त्र कैम्प जेल' में जो पिता छावनी को कहा करते थे, बचपन की अत्यन्त प्रसन्नता और अत्यन्त विक्षोभ एक विचित्र कृत्रिमता पर निर्भर करता था। कारण एक तो वह अशिष्टता थी जो छावनी के वातावरण में निहित थी और दूसरे वह कठोरता थी जो उन निष्ठुर सैनिकों के नीचे रहने के लिए आवश्यक थी जिन्हें हर क्षण कोर्टमार्शल से बचने की चिन्ता रहती थी और जिन्हें कठोर, दुर्बोध और श्रेष्ठ गोरे साहबों का कृपापात्र बने रहने के लिए खुशामद करनी पड़ती थी।

पिता की स्थिति के बारे में मुझे अस्पष्ट-सा ज्ञान था। निस्सन्देह हम सब दूसरों से कुछ श्रेष्ठ बनना चाहते हैं। पिता के प्रति मेरे मन में गर्व और सम्मान की जो भावना थी, उससे मैंने निश्चित किया था कि सुनारों और ठठेरों की बिरादरी में हमारा घराना सबसे प्रतिष्ठित घराना है और मेरे पिता एक आदरणीय और प्रभावशाली बाबू—एक शिक्षित व्यक्ति हैं। लेकिन एक निरीक्षणकारी बच्चे की निरीह और उदार आँख से मैंने अपनी इस प्रतिष्ठा की विडम्बना को शीघ्र ही भाँप लिया क्योंकि मैं देखता था कि हमारे घर में रहन-सहन का जो स्तर है छोटे दर्जे के नौकरों में बाजेवाले उससे कहीं बेहतर जीवन बिताते हैं। चाहे हमें बार-बार समझाया जाता था कि हम पारिवारिक खर्च और घर की दूसरी बातों के बारे

में किसी से कुछ न कहें लेकिन जो कोई भी मिठाई या पैसा देकर मेरा विश्वास प्राप्त कर लेता था मैं, उसे माता-पिता घर में जो कुछ कहते-करते थे, सब बता देता था।

मुझे मालूम था कि हमारे परिवार के प्रति लोग इस कारण भी कुछ अवज्ञा भाव दिखाते हैं कि हम मौलिक रूप से सैनिकों की नहीं बल्कि ठठेरों की सन्तान हैं और हमारे पूर्वज आगाखाँ को मानते थे। मैंने बाबू चत्तरसिंह के मकान और जयराम के मन्दिर में लोगों को यह गप करते भी सुना था कि फलां-फलां साहब का विश्वास प्राप्त करके मेरे पिता को नौकरी से अवकाश दिलाया जा सकता है। लेकिन मुझे इन बातों की इतनी परवाह नहीं थी जितनी इसकी कि हमें घर पर खाने को अच्छा नहीं मिलता था और मेरे साहब बनने के सपने धूल में मिल रहे थे। मुझे बार-बार यह उपदेश सुनना पड़ता था कि मैं छोटे मुलाजिमों के बच्चों के साथ खेलूँ और एक परीक्षा समाप्त होते ही दूसरी की तैयारी शुरू कर दूँ क्योंकि मैट्रिक पास करके परिवार की इज़्ज़त बढ़ाने में एक दिन अथवा एक घंटा भी नष्ट न किया जाए। कर्नल लौंगडन ने जो रंगों का डिब्बा और ब्रुश क्रिसमश के उपहार में भेजा था, मैं उनसे खेलना चाहता था, पर मुझे समय व्यर्थ खोने के लिए झिड़का जाता था। मैं खेलने के लिए बाहर नहीं जा सकता था और घर में निठल्ला घूमने की भी आज्ञा नहीं थी, कुछ न करूँ तो गणित के सवाल निकालूँ।

मेरे सारे सपने, सारी कल्पनाएँ और घुमक्कड़ विचार, जो मेरे चंचल शरीर में उमड़ते थे, कुचल दिए गए और घंटे दिनों में और दिन कभी खत्म न होने वाले आगामी दिनों में बदलते रहे। लगता था कि मुझे मनुष्य बनने और स्वतन्त्र होने के लिए सदियाँ चाहिए।...निस्सन्देह पिटने के भय के बावजूद मैं आदेशों और उपदेशों का पूर्णरूप से पालन नहीं करता था। हमें चूँकि जेब-खर्च नहीं मिलता था, इसलिए कोई अगर मुझे पैसा देता तो मैं पारिवारिक नियम का उल्लंघन करके झट ले लेता। अथवा मैं किसी भी सिपाही के साथ पलटन के बाज़ार जाता और उससे मिठाई या दूध स्वीकार कर लेता। हालाँकि माँ बार-बार समझातीं कि ये पहाड़ी भरोसे के लोग नहीं हैं और वे मुझे 'बिगाड़' देंगे। माँ ने सूबेदार गरकसिंह के अर्दली, मुंशी से कोई चीज़ लेने से खास तौर पर मना कर रखा था क्योंकि उसने एक बार मेरा चुम्बन लेकर मुझे 'बिगाड़ने' का प्रयत्न किया था। मैंने चोरी-छिपे जो साहसिक कार्य किए मेरे जीवन पर उनका गहरा प्रभाव है, पर उनमें घरेलू अनुशासन का आन्तरिक भय भी निहित है। पिता के मन पर ब्रिटिश सैनिक विधान की कठोरता और निष्ठुरता का जो प्रभाव था उसका इस अनुशासन से कुछ भी सम्बन्ध नहीं था।

हमारे घर में हमेशा रूखा-सूखा और सादा भोजन पकता था। मेरे पिता को

आठ रुपये भत्ते के अलावा 'काले' हवलदार की तनखाह और पलटन के बनिये से आटे, दाल, नमक और घी का दैनिक राशन मिलता था। पिता जेब से पैसा खर्च करके खाने की और कोई सामग्री बाजार से नहीं खरीदते थे। इसलिए परिवार का गुज़रा इस राशन में झूंगे में मिले उस मन भर आटे और दूसरी चीज़ों पर होता था, जो दुकानदार लायसेंस बनवाने और दूसरे काम करवाने के लिए रिश्वत देते थे। मेरी माँ अच्छी गृहिणी थीं, इसलिए पूरे परिवार को आवश्यक खाद्य-पदार्थ काफी मात्रा में मिल जाते थे। पर विभिन्न स्वादिष्ट और सुगंध पकवान कभी-कभार बनते थे वरना वही रोटी और मसूर की दाल और कभी कोई सब्ज़ी। उपहार में जो फलों के टोकरे आते थे, हम अधीरता से उनकी प्रतीक्षा किया करते। मगर ये भी हमें हाथ रोककर दिए जाते और आम चुराने के लिए पिता के हाथ से पिटने की घटना मैं कभी नहीं भूल सकता।

अगर कभी राशन में या ईद के त्यौहार पर जब हज़रत मुहम्मद के अनुयायी बकरों की कुर्बानी देते हैं, किसी पठान या मुसलमान बाजेवाले के घर से गोश्त आ जाता तो इसका अधिकांश भाग पिता को मिलता, क्योंकि वे परिवार में सबसे बड़े थे और समझा जाता था कि दफ्तर के काम में उन्हें अधिक शक्ति लगानी पड़ती है। इसके विपरीत हम बदमाश किस गिनती में थे, दिन-भर खेलने और घूमने के अलावा हमें काम ही क्या था। इसलिए हमें एक-एक हड्डी और थोड़ा-सा शोरबा मिलता था। नौशहरा या पेशावर से कोई शुभचिन्तक अथवा प्रार्थी अगर कभी अंडों का टोकरा भेज देता तो उस पर एकमात्र पिता का अधिकार होता। वे कुछ अंडे लाकर हमारी पहुँच से बाहर बरामदे में बँधे छींके में रख देते और हर सुबह उनमें से एक तलने के लिए माँ को दे देते। हमारे मुँह में पानी भर आता और हम ललचाई हुई नज़रों से उन्हें खाते हुए देखा करते। कभी माँ पिता के दफ्तर जाने के बाद दो अंडों का आमलेट बनाकर हममें बाँट देती। पर यह भी सम्भावना थी कि पिता ने अंडे गिनकर रखे हों। इसलिए माँ के मन में यह आशंका रहती कि अगर कहीं उन्हें पता चल गया तो शाकाहारी होने के बावजूद वे माँ पर अंडे खुद खा जाने का आरोप लगाएँगे। अलबत्ता जो सेर-भर दूध व मेरे पिता खरीदते थे, हमें उसमें से हर रात एक-एक प्याला मिल जाता था।

इसमें तनिक भी आश्चर्य नहीं कि हममें से कोई भी सैंडों पहलवान नहीं बन पाया, हालाँकि पिता की व्यायाम की पुस्तक में उसका चित्र देखकर हम भी उस जैसा बनने की कामना किया करते थे। अलबत्ता शिव जब बड़ा हुआ तो वह घर से रुपया चुराकर ले जाता और खूब खाता था। इसलिए डील-डौल में वह हमारा भाई जान पड़ता था।

भोजन की जो व्यवस्था थी, वह कपड़ों की भी थी। पिता के स्वभाव में रुपयों की बचत को अधिक महत्त्व प्राप्त था, इसलिए अपनी कंजूसी को उन्होंने 'सरलता' नाम दे रखा था। उन्होंने बस एक बार हरीश की शादी पर हमें कुछ कपड़े सिला दिए थे। वरना हम वही कुर्ते और पायजामे पहनते थे जो माँ उस सूती और खाकी टिबल से सिंगर मशीन पर सी देती थी जिसे हवलदार सुर्जन क्वाटर मास्टर स्टोर की रसीदों में गुम हो गई दिखा दिया करता था। एक बार सूबेदार गरकसिंह जॉर्ज पंचम के एडिकांग बनकर विलायत गए थे और वे माँ के लिए यह सिंगर मशीन वहाँ से उपहार-स्वरूप लाए थे।

हमारे कपड़े जानबूझकर खुले रखे जाते थे। पर हमारे शरीर बढ़ रहे थे, इसलिए ये सिकुड़ जाते थे या फिर धोबी के यहाँ फट जाते थे, जो इन्हें पत्थर की सिलों पर पटक-पटककर धोता था। जब हम नए कपड़े माँगते तो पिता हमें तब तक टालते रहते जब तक सुर्जन को खुश करने का कोई अवसर हाथ न लग जाए अथवा खुद सुर्जन स्टोर से कुछ कपड़ा लाकर उन्हें खुश करने की न सोचे। आमतौर पर सुर्जन और मेरे पिता क्वार्टर-मास्टर क्लर्क चत्तरसिंह के विरुद्ध संयुक्त मोर्चा बनाने में व्यस्त रहते थे। ऐसा अवसर हाथ आने में कई महीने बीत जाते। हम रोते और माँ के प्राण खाते। वह आखिर दिल कड़ा करके अपनी सन्दूकों में बचाकर रखा हुआ कपड़ा निकालती। वह इसे काटकर हमारे लिए नए कुर्ते-पायजामे-सी देती। चाहे हम ये घर के सिले हुए कपड़े घर के इस्तेमाल के लिए स्वीकार कर लेते, पर हम दर्जी के सिले हुए बढ़िया फैशनेबुल कपड़े चाहते थे। माँ की देहाती सूझ का इतना परिष्कार नहीं हो पाया था कि वह सर्दी के कोट काटकर अपनी मशीन पर ढंग से सी दे।

इसलिए हम तब तक माँगते और इन्तज़ार करते और फिर माँगते जब तक कि पिता सुर्जन का कोई काम कर देते और वह इसके बदले हमें खाकी ड्रिल या सर्ज ला देता। तब हमें उस समय का इन्तज़ार करना पड़ता जब पलटन का दर्जी उस्ताद रमज़ान पिता का कृतज्ञ होकर हम दोनों भाइयों के लिए एक-एक सूट मुफ्त-सी दे। रमज़ान ने हमारा माप ले लिया था क्योंकि पिता हमें उसके पास ले गए थे। बड़े बाबू के प्रति आदर-भाव के कारण कोई भी सेवा सहज में की जा सकती है। पर कोई भी मज़दूर, उस देश में भी जहाँ कृपा के रूप में मज़दूरी मिलती हो, बच्चों के कपड़े सीने पर समय नहीं लगा सकता, जबकि उसे सिपाहियों की वर्दियाँ सीने और मरम्मत करने के लिए सरकार से तनखाह मिलती हो, जबकि उसे सिपाहियों की मुफ्ती सीकर कुछ फालतू आमदनी करनी हो और जबकि उसके पास करने को इतना काम हो कि 'उस्ताद दर्जी' अपनी पलकें तक उसकी भेंट चढ़ा चुका हो।

गणेश ने और मैंने चाचा रमजान की दुकान के हफ़्तों चक्कर लगाए और उसे तंग किया। सहृदय दर्जी ने हमें अपनी सूइयों में धागा पिरोने को कहकर अपनी सहृदयता प्रकट की, पर हमारे सारे तकाजे उसकी अपनी और उसके स्टाफ की मशीनों के शोर में डूबकर रह गए। रमजान ने सिर्फ उसी वक्त हमारा कपड़ा हाथ में लिया और उस पर कुछ समय भी खर्च किया जब दफ़्तर में उसकी तनखाह रुक गई और जिसे जल्दी वसूलने के लिए उसे पिता से एडजूटेंट साहब के पास सिफारिश करनी पड़ी। कपड़े चूँकि इस संकटकाल में काटे और सीए गए थे, इसलिए उनमें कला की उस सुन्दरता का अभाव था जो हम चाहते थे। विशेषकर जाकटें! वे न अंग्रेज़ी बन पाई थीं और न देशी। दोनों स्टाइलों का कुछ विचित्र मिश्रण था। मुझे बहुत ही निराशा हुई क्योंकि मेरी साहबी की भावना को ठेस लगी थी और ये कपड़े पहनकर मैं परिहास-उपहास का कारण बना था।

जूतों की भी कमो-बेश यही कहानी थी, चाहे उसमें कुछ भिन्न तत्त्व का समावेश हो गया था। क्वार्टर-मास्टर हवलदार सुर्जन हमारे लिए स्टोर से न फौजी जूते और न साधारण देशी जूते ला सकता था जैसा कि वह पिता को ला दिया करता था। कारण यह कि वहाँ बिगुल बजाने वाले लड़कों के लिए जो जूते आते थे, वे भी हमारे पाँव से कई गुना बड़े थे। पलटन का पुराना मोची सौदागर अपना वादा पूरा नहीं कर पाया था। उसने हम दोनों के अँग्रेज़ी बूटों का माप एक साल पहले लिया था।

जबकि गणेश इसे व्यर्थ समझता था, मैं सौदागर के पास दिन-प्रतिदिन तकाज़ा करने जाता था और उसे अँग्रेज़ अफसरों के लिए चमड़े की पट्टियाँ और लम्बे बूट तैयार करने में व्यस्त पाता था। वह ऐनक चढ़ाकर अपने दढ़ियल और अनुभवी चेहरे पर चिन्ता की रेखा अंकित कर लेता और इधर-उधर व्यर्थ खोजने के बाद घोषित करता कि उससे माप गुम हो गया है। वह मेरे पाँव का दोबारा माप लेकर कहता कि अगर तुम कल आओ तो देखोगे कि मैंने जूता बनाना शुरू कर दिया है। अलबत्ता जब मैं अगले दिन जाता तो वह वही या कोई दूसरा बहाना बना देता और एक बटुवा बनाकर मुझे टाल देता। उससे अगले दिन भी मैं उसे अपने बाकी पड़े काम में व्यस्त पाता। वह मुझे पहाड़ियों पर विलक्षण पशुओं की कहानी सुनाकर बहला देता और कहता कि इन पशुओं की खाल से जो जूते, बूट और कोट बनते हैं, उन्हें पहननेवाला अमर हो जाता है। फिर वह मुझे अपने द्वारा पकड़े गए साँपों की, पकाए गए मेंढ़कों की ओर कोई दूसरी विचित्र बातें सुनाकर टरका देता।

हमारे पुराने जूते बिल्कुल फट चुके थे, इसलिए हमें पथरीले रास्तों पर महीनों

नंगे पाँव जाना पड़ा। गणेश का खयाल था कि अगर हम यों ही नंगे घूमते रहे तो हमारे पैर जल्द ही इतने बड़े हो जाएँगे कि हम फौजी बूट भली प्रकार पहन सकेंगे। पर दोपहर को धरती इतनी तप जाती थी कि हमारे पाँव जलते थे।

इन्हीं दिनों निकट के गाँव से एक मोची आ गया। उसने बारकों से बाहर वाली सड़क के चौराहे पर बैठकर राहगीरों के जूतों की मरम्मत करने की आज्ञा पलटन के आफीसर-कमांडिंग से प्राप्त कर ली और इस सिलसिले में पिता ने उसकी सहायता की। इस कृपा के बदले मोची ने गणेश और मेरा माप लिया और ज़रीदार पेशावरी जूते बना देने का वादा किया। पर उस बेचारे को लायसेंस खरीदना था, आवश्यक सामग्री खरीदनी थी और राहगीरों के जूतों की मरम्मत से रोटी ही मुश्किल से चलती थी, इसलिए वह हमारे जूते तैयार नहीं कर पाता था।

दोपहर बाद स्कूल से लौटते समय हर रोज़ हम उससे पूछते कि वह हमारे जूते बनाना कब से शुरू करेगा। इस शिथिल संसार के दूसरे दस्तकारों की तरह वह कल का बहाना बना देता। पर गरीब देहाती मोची सस्ती उजरत में जूते गाँठकर इतना कम कमा पाता था कि वह जूते बनाने के आवश्यक औजार खरीदने में भी समर्थ नहीं था। इसके बावजूद हम नित्य तकाज़ा करने जाते। आकर्षण सिर्फ यही नहीं था कि कि उसने ज़रूरत के समय पिता से हमारे जूते बना देने का वादा किया था बल्कि हमारे बार-बार के तकाज़ों से बचने के लिए उसने यह भी कहा था कि हमें बढ़िया अँग्रेज़ी जूते बनाकर देगा।

आखिर जब उसके लिए झूठे वादे करना असम्भव हो गया और औज़ार खरीदने के लिए काफी पैसा भी न कमा पाया तो वह एक दिन नौशहरा के बाज़ार में गया और अपनी मामूली बचत से हमारे लिए सस्ते देशी जूते खरीद लाया। जिस बाबू ने उसे चौराहे पर बैठकर जीविका कमाने की आज्ञा ले दी थी और जो इस आज्ञा को रद्द करके वापस गाँव भी भिजवा सकता था, उसके बेटों के तकाज़ों को मोची ने यों पूरा किया। पर जब वह इन्हें लेकर हमारे मकान पर आया तो हम देशी भद्दे जूते देखते ही आगबबूला हो गए और हमने उन्हें पहनकर देखने तक से इनकार कर दिया। इस तथ्य को समझते हुए कि रिश्वत ले और फिर यह भी चाहे कि वह उसके बच्चों की रुचि के अनुसार हो, जैसा कि दूसरे साहसी रिश्वखोर कर सकते थे, पिता ने अपनी गर्जन-तर्जन से हमें शान्त किया। जूते ज़रा तंग थे। हम कई दिन तक फुसफुसाते और बड़बड़ाते रहे। आखिर जब गणेश की खूब मरम्मत हुई और मेरे मुँह पर एक चपत लगी तक कहीं हमारा विरोध समाप्त हुआ।

हमने जूते चुपचाप पहन लिए, पर उनसे हमारे पाँव सूजने लगे। इस पर जूते शहर ले जाकर खुलवाए गए और वह पैसा पिता की जेब से खर्च हुआ।

इसके बाद वे पाँव में ठीक आते थे। तेल लगाकर उनका चमड़ा नर्म करने के खेल में हम ऐसे रम गए कि पाँव के घाव और मन के घाव भूल गए और स्वभाव ने कटुता के धब्बे भी धो डाले।

पर हमारे घर की शान्ति हमेशा भंग हो जाती थी। जब हमारे माता-पिता और बाहर के लोगों में अथवा माता-पिता और हम बच्चों में कोई झगड़ा न होता तो हमारी अपनी लड़ाइयों से दीवारें गूँज उठतीं। गणेश और मुझमें जो परस्पर स्पर्धा थी उसने अब खुली शत्रुता का रूप धारण कर लिया था। हम अपनी गाली-गलौच और मार-पीट से घर-भर को सिर पर उठाए रखते।

इसके लिए गणेश और मैं बराबर जिम्मेदार नहीं थे। मैं स्वीकार करूँगा कि दोष अधिक मेरा ही था। बीमार होने के नाते मुझे जो छूट मिलती थी उसने मुझे स्वेच्छाचारी बना दिया था। परिणामस्वरूप मैं स्वच्छन्द, अहंकारी, घमंडी और मुँहफट बनता जा रहा था और दूसरों को नीचा दिखाकर आत्मप्रदर्शन करता था।

माँ के स्नेह ने इस प्रवृत्ति को प्रोत्साहित किया। मेरी निरीह कल्पना, मेरे खेलों और चालाकियों पर उसे इतना गर्व था कि उसने अक्सर मेरी शरारतों में दैवी रहस्य देखना शुरू किया। इस पक्षपात से गणेश स्वभावतः चिढ़ता था।

उदाहरण के लिए जब मैंने पेड़ की एक तिकोनी टहनी से गोफिया बनाया तो माँ ने कहा कि भगवान ने मुझे वही अस्त्र बनाने की प्रेरणा दी है जिससे कनिंघम साहब ने मुझे घायल किया था ताकि मैं उससे बदला चुका सकूँ।

मैं गर्मी की शान्त दोपहरी में कमरे से निकल आता और बरामदे के एक कोने में बैठकर साहबों के बंगलों जैसा अपने लिए एक बंगला बनाता। मैं एक टूटी हुई कुर्सी मध्य में रखकर और ह्वाइटवे लेडला एण्ड कम्पनी की पुरानी सूचियाँ इधर-उधर बिखेरकर आवश्यक वातावरण उत्पन्न करता। इससे भी आगे, बरामदे में जो पुराना सन्दूक पड़ा था उसे पाखाना बनाने में मैं कोई हर्ज न समझता, हालाँकि उसमें कमोड नहीं था। मैं इस विश्वास के साथ अँग्रेज़ी ढंग का वह मकान बनाता कि बढ़ईगिरी में थोड़े दिनों के अभ्यास के बाद सचमुच का बंगला निर्माण कर लूँगा। गर्मी और पसीना निर्माणकार्य की प्रसन्नता और स्वच्छन्दता में बाधक न बनते। अलबत्ता गणेश के बीच में कूद पड़ने का भय और खेल के दर्मियान में पकड़े जाने की लज्जा आनन्द में अवश्य मिश्रित रहती।

मुझे छिपकर खेलना विशेषकर इसलिए पसन्द था कि मैं एक अदृश्य साथी—अपनी कल्पना की एक लड़की से बातें किया करता था। मेरा ख्याल है कि मैंने माँ को किसी से बातें करते सुना था कि मैं बड़ा होकर एक सुन्दर मेम के साथ शादी करूँगा, यह बात मेरी कल्पना का आधार बन गई और मैंने साहब के जीवन

को प्रतीक बनाकर इसे साकार रूप देना शुरू किया। ''हैलो!'' मैं अपने साथी को सम्बोधित करता। यही एक अँग्रेज़ी शब्द था जो मुझे उस समय तक आता था और फिर सिपाहियों की अँग्रेज़ी भाषा में बात जारी रखता—''टिश-मिश, टिश-मिश, बिश...'' मैं बरामदे में उसके पीछे दौड़ता, अगर वह चिल्लाती तो उसके प्यारे सुनहरे बालों को सहलाता और उसके मुख पर चुम्बन अंकित करता।...एक दिन माँ ने मुझे यह खेल खेलते देख लिया और दैवी शक्ति में दृढ़ विश्वास के कारण वह आश्चर्यचकित सोचने लगी कि मैं वास्तव में कुछ देख रहा हूँ अथवा यह कल्पना-मात्र है। अगर मुझमें वाकई वह कुछ देखने की शक्ति हो जो दूसरों के लिए अदृश्य हो तो मैं एक अलौकिक जीव हूँ जिसने उसकी कोख से जन्म लिया है। निश्चित रूप से मैं भगवान कृष्ण बनकर गोपियों के संग खेल रहा हूँ! पर मैंने जो सम्पत्ति बटोरी होती, उसमें से कुछ अपनी बताकर गणेश रंग में भंग डाल देता और जब माँ पिता से मेरी लीला का उल्लेख करती तो वे अवज्ञा से मुस्करा देते।

मेरे 'अवतार' होने के अलावा, जिसकी मनोवृत्तियों को यह आध्यात्मिक शकुन समझती थी, माँ मुझे अपनी सन्तान के नाते स्वाभाविक प्रेम भी करती थी जो उसे अपने ग्रामीण पूर्वजों से विरासत में मिला था। वह खुद प्रकृति की एक शक्ति थी, जो विवाह द्वारा प्राप्त प्रतिष्ठा से सिर्फ ऊपरी ढंग से नियन्त्रित थी। उसने हमें प्राकृतिक जीवों की तरह धूल में पलने दिया। वह सिर्फ हमें कभी-कभी अछूत और नीच वर्ग के बच्चों से बचने के लिए कहा करती थी। जब वह मुझे अपने अत्यन्त विध्वंसकारी, पैशाची और विद्रोही रूप में देखती तो दो-चार गालियाँ देकर चली जाती। मेरे हठ में उसे चरित्र की दृढ़ता और शक्ति के कीटाणु, मेरी लम्पटता में जीवन की भावी विपत्तियों के विरुद्ध संघर्ष करने का उत्साह और सुगमता और मेरी असीम प्रसन्नता में उसे सन्तों की दया नज़र आती, जो जीवन के दु:ख-विषाद में खुद उसका अपना सहारा बन जाती।

जब मैं पढ़ा हुआ पाठ और कविता तोते की तरह दोहरा देता था, गणेश ने मेरी स्मरण-शक्ति की श्रेष्ठता का सिक्का उसी समय से मान लिया था। फिर मेरे महत्त्व को माँ के पक्षपात ने बढ़ा दिया था, इसलिए मैं जान-बूझकर गणेश को सताता और उसे लड़ने के लिए उकसाता था। मैं जानता था कि अगर हमारा मुकदमा माता-पिता के सुप्रीम कोर्ट में पेश हुआ तो क्षीण स्वास्थ्य के कारण निर्णय मेरे पक्ष में होगा।

मुझे मालूम हो गया था कि भाई का क्रोध भड़काने का निश्चित ढंग उसकी सम्पत्ति पर कब्ज़ा कर लेना था।

चीज़ों के इस्तेमाल में चौकस और सावधान होने के कारण गणेश ने बहुत-सी कापियाँ, लाल-नीली पैसिलें, लाल फीते और निब आदि जमा कर लिए थे। पिता दफ्तर में स्टेशनरी के इन्चार्ज थे। ये सब चीज़ें वही हमें देते थे। पर अपनी लापरवाही से मैं अपने हिस्से की चीज़ें योंही इधर-उधर बिखेर देता था और बाद में भाई का खज़ाना देख उससे ईर्ष्या करता था।

एक दिन दोपहर बाद गणेश किसी काम से बाहर गया हुआ था, मैंने एक सन्दूक के पीछे उसके स्टोर का पता लगा लिया। मैंने उस पर हल्ला बोल दिया। दो लाल और दो नीली बढ़िया पैंसिलें, एक कापी और कुछ दूसरी छोटी चीज़ें चुरा लीं।

और मैंने तुरन्त पैन्सिलों से कापी में लिखना और चित्र बनाना शुरू किया। मैं अपने बाल-स्वभाव से इतने बड़े और मोटे-मोटे अक्षर बनाता था कि एक अक्षर से पूरा पृष्ठ भर जाता था। चित्र तो एक पृष्ठ से दूसरे तक फैला होता था।

जब मैं अपना सिर हाथों में थामे अपनी कला-कृतियों को हर पहलू से देख रहा था, जैसे कोई निपुण चित्रकार अपने ईज़ल से दूर हटकर फासले से अपने चित्र को साफ-साफ देख रहा है, तो गणेश उस समय अचानक आ गया। अपनी पैन्सिल और कापी पहचानकर वह मुझपर उसी क्रोध और अधीरता से झपटा जो उसका स्वभाव था।

"बात क्या है? तुम लड़ते क्यों हो?" माँ ने रसोई से पूछा।

"माँ, देखो तो सही इसने क्या किया है!" गणेश क्रोध से चिल्लाया।

मुझे पिटता देख शिव रोने लगा हालाँकि पल्ला मेरा भारी था। जबकि गणेश ने पैरों और कुहनियों से ठोकरें मारी थीं, मैंने जहाँ भी हो सकता नाखून मारे और दाँत काटे थे।

माँ हमें अलग-अलग करने के लिए दौड़ी आई।

"माँ, देखो!" गणेश ने अपनी घायल निरीहता को अंकित करने के लिए मुँह बनाया और माँ को देखते ही मुझे छोड़कर अलग हो गया।

"खसमखाने, उसने क्या किया है कि तुमने घर-भर सिर पर उठा लिया है?" माँ ने उसे झिड़का।

"इसने मेरी पेन्सिलें चुराई हैं और यह मेरी कापियाँ खराब कर रहा है," गणेश ने कहा।

"मैं सिर्फ उसके कुरूप चेहरे का चित्र बना रहा था। उसके बड़े-बड़े कान तो देखो।" मैंने कहा।

माँ ने चित्र की ओर देखकर सिर्फ इतना कहा, "लड़के, अपने भाई का मज़ाक मत उड़ा। उसे उसकी पैन्सिलें दे दे, खसमखाने! मैं तुझे और मँगवा दूँगी।"

''माँ, चित्र में यह तुम हो और यह पिताजी,'' मैंने बड़े कार्टूनों की ओर संकेत किया।

''लाओ मैं देखूँ'' माँ ने कहा और कोई खास शकल पहचाने बिना ही मेरा उत्साह बढ़ाया, ''बहुत अच्छे। जब तुम्हारे पिता घर आएँ तो उन्हें दिखाना।''

माँ ने पैन्सिलों का वादा कर दिया इसलिए मैंने लूट का माल लौटा दिया। पर कापी का तो अब कुछ नहीं हो सकता था।

जब मेरा दोष हो तब मानो वह देवताओं के क्रोध का भागी बनने के लिए अभिशप्त था, इसलिए पिता जब शाम को घर लौटे तो गणेश ने उनसे मेरी शिकायत की। वे हम दोनों पर बरस पड़े, ''सूअर के बच्चो, अगर तुम लड़ना बंद नहीं करोगे तो मैं तुम्हारी हड्डियाँ तोड़कर रख दूँगा! क्या दफ्तर में कुछ कम परेशानी होती है कि घर आते ही तुम मेरा मगज़ खाने लगते हो? तुमने मेरा जीना दूभर कर रखा है! मैं तुम सबकी रोज़ी कमाने के लिए अपना सिर खपाता हूँ और उसका फल मुझे यह मिलता है। मादर...!''

''माँ को कोसते हो, उसका क्या कसूर है।'' माँ ने विरोध किया, ''और तुम खुद क्यों सूअर बनते हो?''

''जो चीज़ें उन्हें दी जाती हैं आपस में बाँटते क्यों नहीं?'' पिता चिल्लाए, ''जब मैं मर जाऊँगा तो क्या ये मेरी सम्पत्ति के लिए भी इसी तरह लड़ेंगे? अगर ये इसी प्रकार लड़ेंगे और परिवार की मर्यादा का पालन नहीं करेंगे तो मैं इन्हें छोड़कर अपनी सारी सम्पत्ति धर्मशाला के नाम कर दूँगा...।'' तब उनकी आवाज़ धीमी पड़ गई और वे करुणा के स्वर में बोले, ''इस निकम्मी सन्तान के लिए इस कुत्ती सरकार की सेवा करने से क्या लाभ? उस बड़े सूअर, हरीश को देखो! उसकी कृतघ्नता देखो!...''

इस बारे में माता और पिता दोनों सहमत थे। यों उनकी बातचीत एक अनिवार्य लक्ष्य पर पहुँच गई और वे हमारी व्यर्थ की लड़ाई को भूल गए।

10

आजकल मुझे कोई बच्चा मुश्किल ही से ऐसा दिखाई देता है जो इस बात पर आश्चर्यचकित न हो कि उसका मन किस रहस्यमय मार्ग अथवा हिंसक कार्य की ओर भटक रहा है, वह किन विचित्र और अनदेखे साहसी कार्यों पर विचार कर रहा है और उसकी आत्मा के रंग कैसे बदल रहे हैं। जब मैं अपने अर्ध-अचेतन बचपन के प्रारम्भिक सात सालों पर दृष्टि डालता हूँ तो छावनी के कठोर,

अनुशासित और संकीर्ण वातावरण के बावजूद मैं अपने-आपको बहती हुई नदी के सदृश पाता हूँ। यह कभी इसमें प्रतिबिम्बित होनेवाली किरणों से उज्ज्वल और प्रफुल्ल और कभी मेरे विषाद के आँसुओं से मलिन होती है; पर हमेशा बहती रहती है। मार्ग में जो बाधाएँ और रुकावटें पड़ती हैं, कभी उनसे धीरे-धीरे गुज़रती है और कभी तीव्र प्रवाह से तोड़ने-ढहाने का प्रयत्न करती है। कभी प्रचंड धूप में क्षीण हो जाती है और कभी बरसात में उफन पड़ती हैं, पर थमती कभी नहीं। अलबत्ता मैं अपने बहाव की दिशा से अवगत नहीं था और अक्सर अपना मार्ग बदल लेता था। पर मुख्य रूप से मैं अपने निकट बहनेवाली दूसरी नदियों के साथ-साथ बहता था। मुझमें जो रचनात्मक प्रेरणाएँ थीं, वे एक-दूसरी के प्रति आन्तरिक आकर्षण और थोड़ी ही दूर बहनेवाली जीवन की विशाल विस्तृत नदी के कारण थीं।

उन नीरस और निरानन्द दिनों के अभावों में जब मनुष्य शैशव से बचपन की ओर बढ़ता है ये रचनात्मक प्रेरणाएँ ही मेरी जीवन-शक्ति थीं। यों जब मैं मियाँ मीर और नौशहरा छावनी के बारे में सोचता हूँ तो मुझे वे अनेक साहसी कार्य भी स्मरण हो आते हैं, जो मैंने सिर्फ अपने सपनों और कल्पनाओं ही में नहीं, बल्कि बाहरी दुनिया में सरअंजाम दिए थे। कुछ क्षण, जो अत्यंत उज्ज्वल कहलाते हैं, वे इन दिनों को यहाँ तक जगमगा देते हैं कि मेरे बचपन के प्रथम क्रीड़ास्थल मेरे जीवन के प्रसन्नतम भाग जान पड़ते हैं, शायद इसलिए कि वे अत्यन्त निरीह और भावुकतापूर्ण थे।

मुझे वे मोहक क्षण याद नहीं जब मेरी इन्द्रियों और मेरे हृदय ने सीमान्त प्रदेश-सी भूमि की सुन्दरता और भयंकरता को अनुभव करना शुरू किया। पर मैं यह जानता हूँ कि जब मेरी अवस्था सात साल की हुई कुछ दृश्य और कुछ ध्वनियाँ मेरे मस्तिष्क पर इतनी गहरी अंकित हो चुकी थीं कि वे मेरे बाद के जीवन की समस्त स्मृतियों की स्थायी पृष्ठभूमि बन गईं। ये दृश्य इतने स्पष्ट हैं कि अगर मैं अब भी अपनी आँखें बन्द कर लूँ तो नौशहरा छावनी में दोपहर का पूर्ण वातावरण देख सकता हूँ, जिसमें प्रकाश के सतरंगे अणु मेरी आँखों के सामने यों घूमते होंगे जैसे केलाइडोस्कोप में घूमते हैं। अलबत्ता इस धरती की बड़ी-बड़ी वस्तुएँ मेरी प्रारम्भिक कल्पना की कहानियाँ-सी जान पड़ती हैं जो बार-बार दोहराने से भी पुरानी नहीं होतीं।

उन दिनों की दुनिया में क्या-कुछ नहीं था। पर इन वस्तुओं के विपुल भंडार से कुछ प्रमुख नायक याद आते हैं।

उदाहरण के लिए वहाँ भूरे ताम्र रंग के पहाड़ अर्थात् स्वर्ग की सीढ़ियाँ

थीं। वे नदी के सूखे पाट से परे मालाकंड बारकों की नुक्कड़ पर फैली हुई थीं। वे निकट ही से ऊपर उठनी शुरू हुई थीं पर उनकी चोटियाँ ऊँची, ऊँची—इतनी ऊँची थीं कि उस धुंध में खो गई थीं, जिसे हिन्दुकुश की पर्वतमाला कहा जाता था। भूरी चोटियों के बीच जो थोड़ा अन्तर था उसमें पठानों की झोपड़ियाँ थीं, जो पहाड़ियों ही का अंग मालूम होती थीं। इन झोपड़ियों के काले दरवाज़ों में से धुँआ निकलता रहता था। पहाड़ियों और चोटियों के दर्मियान जहाँ कहीं समतल भूमि के छोटे-छोटे टुकड़े होते थे वहाँ गेहूँ और मकई की खेती होती थी, जिसमें एक बाँस पर फटा-पुराना हैट टाँगकर 'डरना' बनाया जाता था। मुझे बताया गया था कि पठान जिन टामियों को युद्ध में मार डालते हैं, उनकी प्रेतात्माएँ इन 'डरनों' में बन्द कर देते हैं, इसलिए मुझे इससे भय आता था।

लुंडा नदी के साथ-साथ सड़क पर हमेशा गधों, ऊँटों और आदमियों के कारवाँ चलते रहते थे। ये पशु खालों, ईंटों, अनाज अथवा कपड़े से लदे होते थे जबकि फटे कुर्तोंवाले सारवान इन्हें अपने डंडों से हाँकते थे, ये धूल के बादल अपने पीछे छोड़ जाते थे। लाल सलवारें और काले कुर्तोंवाली पठान स्त्रियाँ अपने सिरों पर पानी के मटके अथवा ईंधन रखे गुज़रती थीं। वे अपनी बाज़ जैसी आँखों और बाज़ जैसी नाकों के साथ ऊपर से अपने पुरुषों की तरह भयंकर लगती थीं, पर भीतर से अपनी सन्तानों के प्रति और मेरे जैसे बालकों के प्रति सहृदय और कोमल थीं जिन्हें वे रोटी के बड़े-बड़े टुकड़े और अचार खाने को देती थीं। भेड़-बकरियों के बूढ़े गड़रिये जिनकी कमरें बुढ़ापे से झुक गई थीं, मुझे खास तौर पर पसन्द थे क्योंकि दुर्बलता के कारण उनसे किसी हानि की अपेक्षा नहीं थी चाहे मुझे घर पर हमेशा यह चेतावनी दी जाती थी कि अगर मैं उनके साथ अकेला घूमूँगा तो वे निश्चित रूप से मेरा अपहरण करके ले जाएँगे।

मेरे उस समय के भौगोलिक ज्ञान के अनुसार पहाड़ों के आदिम दृश्य से परे, पेशावर से परे जहाँ मेरा जन्म हुआ था और खैबर से परे जहाँ मेरे पिता हो आए थे, काबुल के बादशाह का शासन था, जिसका राज्य अफगानिस्तान के साथ ग्रांड ट्रंक रोड से सम्बन्धित था। इस सड़क के किनारे, रेलवेस्टेशन के सामने और लुंडा नदी के उस पार लकड़ी की दुकानों के पास शहर के दरिद्र जनों की झोंपड़ियाँ थीं। यह एक दूसरी दुनिया थी जिसने मेरी स्मृति पर अमिट प्रभाव डाला था।

वहाँ पहियों की लकीरोंवाले खुले कोने में जहाँ से एक छोटी सड़क सदर बाज़ार को जाती थी, ताँगे अव्यवस्थित ढंग से जहाँ-तहाँ खड़े रहते थे। वातावरण घोड़ों की लीद और सड़ी हुई घास की बदबू से भरा रहता पर ग्राहकों और कोचवानों की तकरार, घोड़ों की हिनहिनाट और हर प्रकार के लद्दू पशुओं के खुरों और

नालबन्दी करनेवाले लोहार की ठक-ठक उसे मुखरित करती। मुझे याद है कि जब हम उनके निकट से गुज़रते और अपने चेहरे से थकान के कुछ भी चिह्न प्रकट करते तो कोचवान चिल्लाते हुए आगे बढ़ते और उनमें से हर एक पिता को अपने ताँगे की ओर खींचता और साथ ही किराया ठहराने की बात भी करता। मगर पिता कभी-कभार ही उसकी बात मानते वरना इस बहाने कि चलो थोड़ी-सी सैर और हो जाएगी अथवा बाज़ार में कुछ खरीदेंगे, हम पैदल ही घर लौटते। मैं जानता था कि वास्तविक प्रयोजन यहाँ से मालकंड बारकों तक किराया बचाना होता था।

हम जल्दी-जल्दी बाज़ार की ओर बढ़ते। वहाँ छोटे बाज़ार में दुकानों पर फलों के ढेर और टोकरे के टोकरे देखकर मेरा मन खुशी से बल्लियों उछलने लगता। गुलाब जैसे सुर्ख सेब, लकड़ी के भद्दे गोल सन्दूकों के अन्दर रूई में लपेटकर रखे हुए अँगूरों के स्वादिष्ट सुन्दर गुच्छे, कंधारी अनार और फिर सूखे बेर, आड़ू, खजूरें, बादाम और अखरोट! इन्हें देख-देख मुँह में पानी भर आता और मैं मन-ही-मन 'मैं खाऊँगा...मैं खाऊँगा...' का पाठ करता। अगर पिता कभी खरीदने के लिए सहमत हो जाते तो मैं खुशी से चिल्ला उठता और झूंगे में मिले फल सारे रास्ते बड़ी उत्सुकता से उठाए घर लौटता।

मैं बन्द मीट-मार्केट को कभी नहीं भूल सकता, जिसमें मुसलमानों की भीड़ लोहे के हुकों से लटके हुए भेड़ों के शव टटोला करती थी। हमारा परिवार हिन्दू होते हुए भी आगाखाँ इस्माइली सम्प्रदाय के प्रति अपनी निष्ठा बनाए हुए था और सिर्फ उन्हीं पशुओं का मांस खरीदता था जो मुस्लिम धर्म के अनुसार कलमा पढ़कर मारे जाते थे। हम चूँकि इस नियम का पालन करते थे इसलिए सदर बाज़ार मीट-मार्केट में सिर्फ मैं दफ्तर के अर्दली अथवा किसी मुसलमान बाजेवाले के साथ जाया करता था क्योंकि मांस मेरा मनभाता खाना था।

मार्केट में जाते रहने के कारण मैं बाज़ार की तन्दूरी दुनिया से भी भली भाँति परिचित हो गया था, जहाँ नॉन के ढेर और पुलाव और मिठाइयों के अम्बार लगे रहते थे। इन पर मक्खियाँ भिनभिनातीं और तन्दूर के धुएँ से काले भी पड़ गए होते, पर उनमें पड़े मसालों के कारण इतनी तेज़ सुगन्ध आती कि अब भी जब कभी मैं इस प्रकार की किसी दुकान के करीब से गुज़रता हूँ तो मेरे मुँह में पानी भर आता है।

मैं समझता हूँ कि मेरी आँखें बहुत बड़ी-बड़ी थीं क्योंकि मैं हर एक चीज देख सकता था। छोटी-छोटी दुकानों में बैठे हुए नाई पठानों के सिर मूंड़ते थे, उनकी मूंछें और दाढ़ियाँ कतरते थे और भयंकर प्रतीत होनेवाली नहरनियों से उनके नाखून काटते थे। रास्ते में बैठी हुई वेश्याओं के चेहरे मुझे साफ-साफ याद हैं

वे अपने गालों पर लाल भद्दा रंग लगाए रखती थीं और उनके कानों और गले में चाँदी के ज़ेवर होते थे। मैं चिथड़ों में लिपटे गन्दे कोढ़ियों और अर्धनग्न भिखारियों को भली प्रकार पहचानता था। वे शरीर और आत्मा से दुर्बल एक-एक पैसे के लिए गिड़गिड़ाते पथिकों को बराबर आशीर्वाद देते और अपने हाथ और मुँह के घावों से मक्खियाँ भी उड़ाते रहते थे।

जब मैं छोटी गलियों और छोटे बाज़ार की गन्दगी की तुलना ग्रांड ट्रंक रोड पर पारसियों के बड़े ब्लाक से, जहाँ यूरोपियन साहब जाते थे और सदर बाज़ार की हिन्दू दुकानों से करता हूँ जहाँ सिपाही और साफ-सुथरे समृद्ध व्यक्ति सौदा खरीदते थे तो मुझे एक श्रेष्ठ जाति के होने के नाते अपने वैभव पर गर्व अनुभव होता था। डनलप टायर, सिंगर सिलाई मशीन और पीर्यसन साबुन के पोस्टरों, जिलेट ब्लेडों और साहबों और बाबुओं के जीवन की अन्य सामग्री की मैं पूजा करता और इस जन्मगत श्रेष्ठता को पिछले जन्म के पुण्य कर्मों का फल समझता था।...

बचपन ग्रहण करने की अवस्था होती है। इसलिए सिपाहियों को दुकानों लूटकर प्रसन्न होते देख मैं भी प्रसन्न होता, इस छोटे शहर में यों घूमता जैसे मैं ही उसका स्वामी हूँ, जब स्थानीय व्यापारी पिता का अभिवादन करते और हम छावनी में रहनेवाले बच्चों को ढेरों उपहार मिलते तो मेरा मन खिल उठता।

मगर हर्ष, उल्लास और विषाद के ये दिन बहुत लम्बे नहीं थे।

एक दिन पिता हम सबको पिकनिक पर ले गए जिसकी व्यवस्था उनके मित्रों ने लुंडा नदी के किनारे की थी। जब माँ, गणेश, शिव और मैं नाव के पुल पर बैठे दोपहर का स्वादिष्ट भोजन कर रहे थे और ठंडी बर्फीली हवा खा रहे थे जो नदी के पानी पर बहती हुई तपते हुए मैदानों की ओर आ रही थी, तो सहसा एक अर्दली पलटन से आया। उसकी साँस फूली हुई थी और वह पसीने से सराबोर था। उसने आते ही पिता से कहा कि साहब उन्हें बंगले पर बुला रहा है।

"ओह, यह कुत्ती सरकार!" पिता बड़बड़ाए। "इस गर्मी में भी वह सुख की साँस नहीं लेने देती। शाम के इस वक्त उन्होंने मुझे क्यों बुलाया है?"

"वे कहते हैं कि विलायत में युद्ध छिड़ गया, बाबूजी!" अर्दली ने हकलाते हुए कहा।

"कैसा युद्ध!" मेरे पिता ने उसके चेहरे पर आँखें गड़ाकर पूछा।

"जंग! जंग! लड़ाई!" सिपाही बोला।

पिता चौंककर उठ खड़े हुए। उनका रंग लाल-पीला पड़ गया। मित्रों से

विदा लेते हुए उन्होंने मेरी माँ से कहा, ''हरीश की माँ, तुम लड़कों को घर ले जाना।''

''हम तबाह हो गए,'' माँ ने हमें चलने को तैयार करते हुए कहा। उसने अपने मित्रों से विदा ली और घर को चल पड़ी।

जब हम रेंकते हुए गधों को ताँगों से जुते हिनहिनाते हुए घोड़ों और बिना तेल के चरचराते हुए छकड़ों में से और उस आग के धुएँ में से जो कारवान के पठानों और उनकी लाल गालोंवाली पत्नियों ने हुक्के भरने के लिए जला रखी थी, गर्द से धुँधली सड़क के किनारे पहुँचे तो हमें मुनादी की मनहूस आवाज़ सुनाई दी जिसके बाद घोषणा हो रही थी—''जंग! जंग! छिड़ गई! जंग, लड़ाई!''

मेरी माँ ने पश्चिमी आकाश पर हत्या का उत्सव मनाकर अस्त हो रहे सूर्य की ओर देखकर कहा, ''कलियुग का अन्त निकट है।''

लुंडा नदी पर पिकनिक करते समय अर्दली ने जो सूचना हमें दी थी, करनेल साहब ने और अगली सुबह आर्मी हैडक्वाटर के आदेशों ने उसकी पुष्टि कर दी। आधी 38वीं डोगरा पलटन को 41वीं डोगरा पलटन में मिला दिया गया। उसे लाहौर डिवीज़न के साथ युद्ध के लिए जाना था। बाकी आधी को चित्राल में उत्तर-पश्चिमी सीमा की दूरस्थ छावनी मालकंड को जाना था ताकि अफगानिस्तान के रास्ते आक्रमण के विरुद्ध सीमा को दृढ़ किया जा सके।

इस आदेश के पहुँचते ही तमाम पलटन पर अवसाद छा गया और हरएक को यह चिन्ता पड़ गई कि देखें उसके भाग्य का क्या निर्णय होता है और उसे कहाँ जाना पड़ता है। क्योंकि यह फैसला होने में कि कौन-कौन सी कम्पनियाँ समुद्र-पार जाएँगी और कौन-कौन-सी डिपो में रहेंगी, कुछ विलम्ब हो गया।

पलटन में लगभग आधे आदमी पेचिश से बीमार पड़ गए। कुछ वाकई बीमार थे और कुछ दवाई खाकर बीमार पड़ गए थे ताकि डाक्टरी तौर पर युद्ध-क्षेत्र में भेजे जाने के अयोग्य घोषित हो सकें। उनमें से कुछेक ने अपनी या अपने सम्बन्धियों की ज़मीन बेच डाली ताकि रिश्वत देकर समुद्र-पार जानेवाले दस्तों में से अपना नाम कटवा सकें।

मेरे पिता भी घबराए हुए थे क्योंकि पता नहीं था कि क्या हो। बाबू चत्तरसिंह को बुखार आ गया और हमारे दोनों परिवारों के सम्बन्ध सहसा अच्छे हो गए। हमारे माता-पिता दिन में दो बार गुरदेवी के घर जाते थे। हम बच्चों को दोनों घरों के सन्दूकों में से 'ओह कुछ' ढेरों मिलने लगा।

''करनेल साहब डिपो में रहेंगे,'' पिता ने एक दिन रसोई में सुबह का खाना खाते और अपने भाग्य के बारे में सोचते हुए कहा, ''और वे मुझे चाहते हैं। इसलिए

यह सम्भावना है कि वे मुझे अपने साथ रखेंगे। दूसरी और अजीटन साहब, मेजर कार ने युद्ध में जाने का निर्णय किया है। वे भी मुझे चाहते हैं। शायद वे करनेल साहब को मुझे अपने साथ भेजने के लिए तैयार कर लें...''

लार्ड हार्डिंगवाली दुर्घटना के बाद जहाँ वे यह प्रार्थना करते थे कि वह साहबों की कृपादृष्टि से न गिर जाएँ, उसके विपरीत अब वे मन से चाहते थे कि वे उन्हें बरखास्त कर दें अथवा अवकाश प्राप्त करने को कहें।

पर यदि 'इच्छाएँ' पूरी हों तो किसान बादशाह बन जाएँ।' वे बहुत दिनों तक दुविधा में पड़े रहे। आर्मी हैडक्वार्ट्र्स की चिट्ठियाँ और सर्कूलर चूँकि पहले वे ही खोलते थे, इसलिए बहुत घबराए हुए थे। उनके और सिपाहियों के मन में युद्ध का जो भय था, उसका वे देश के नागरिकों के आशावाद से सामंजस्य स्थापित नहीं कर पाते थे।

''राजा-महाराजा सरकार को अपनी सेवाएँ अर्पित करने में एक-दूसरे पर गिरे पड़ते हैं,'' उन्होंने मेरी माँ को बताया, ''आगाखाँ ने लिखा है कि उसे पहला आदमी भर्ती किया जाए। एक राजा जिसकी उम्र सत्तर साल है, युद्धक्षेत्र में जाने को तैयार है। बड़ी अजीब बात है।''

''बाजी, जंग कहाँ हो रही है?'' मैंने पूछा, क्योंकि मैं पास बैठा उनकी बातें सुन रहा था।

''बच्चे, यह विलायत में हो रही है,'' पिता ने उत्तर दिया।

''यह क्यों हो रही है?'' मैंने पूछताछ जारी रखी।

''बेटा, जर्मनी का कैसर, तुर्की का सुलतान और आस्ट्रिया का बादशाह एक ओर हैं और अँग्रेज़ और सारी दुनिया दूसरी ओर है।''

''यह फिर महाभारत के कौरवों और पांडवों का युद्ध है,'' माँ ने लकड़ी से लकड़ी टकराकर चूल्हे में आग तेज़ करते हुए कहा। वह एक क्षण रुकी, अपनी आँखों से धुआँ पोंछा और एक लम्बी साँस छोड़कर फिर बोली, ''यह जंग कितनी भयंकर है! लेकिन अगर आगाखाँ अँग्रेज़ के साथ हैं तो अँग्रेज़ अवश्य जीतेगा क्योंकि वे श्रीकृष्णजी महाराज के अवतार हैं...''

''हुँ, आगाखाँ जैसे वह खुदा हो!...'' पिता ने प्रतिवाद किया।

''तुम ईश्वर-निन्दा का पाप अपने ऊपर मत लो,'' माँ ने कहा। ''आगाखाँ की चमत्कारी शक्तियों को कौन समझ सकता है? और कौन जानता है कि इस युद्ध में कौन-सी मायावी शक्तियाँ काम कर रही हैं?...''

''लेकिन माँ, पांडव सिर्फ पाँच थे जबकि कौरव सौ थे,'' मैंने अपनी बुद्धि के अनुसार बात कही, ''अगर आगाखाँ श्रीकृष्ण के अवतार हैं तो उन्हें अँग्रेज़ों के बजाय कैसर का साथ देना चाहिए।''

मेरे इस अकाट्य तर्क पर पिता मुस्कराए।

''हवलदार मौला बक्स कहता है,'' गणेश ने प्रसंग में भाग लेने के लिए बात शुरू की, ''कि तुर्की का सुलतान तैमूरलंग है और उसने दुनिया में इस्लाम फैलाने के लिए जिहाद शुरू किया है...''

''ओह, पलटन की गप्पें मत सुना करो,'' पिता ने उसे डाँटा, ''साहब लोग इन दिनों अफवाहों के बड़े खिलाफ हैं।...''

''अच्छा, जब भी वह मुँह खोलता है उसे यों मत झिड़का करो,'' माँ ने प्रतिवाद किया, ''वह जो कह रहा है उसमें भी कुछ तथ्य होगा।''

''मूर्खता की बात मत करो,'' पिता ने चिढ़कर कहा।

''तुम चाहे जो कहो,'' माँ ने आध्यात्मिक व्याख्या शुरू की, ''दुनिया नन्दी के सींगों पर थरथरा रही है। श्रीकृष्ण महाराज अपनी लीला दिखाएँगे। शायद प्रलय आ जाए। पुण्य पर पाप छा रहा है। यह सब इन फिरंगियों का दोष है जिन्होंने इन्जन बनाए...और जो भगवान को भी कुछ नहीं समझते...''

''तुम पागल हो,'' पिता ने कहा। ''इससे भगवान का कोई सम्बन्ध नहीं।''

''तुम मुझे पागल कह सकते हो,'' माँ ने कहा, ''पर युद्ध दुनिया में पाप के बढ़ जाने से होता है। शास्त्रों ने पहले ही इस युद्ध के बारे में लिख दिया था कि कलियुग में एक भयंकर आग तमाम दुनिया को झुलस देगी। इसके बाद नई सृष्टि होगी और फिर से पुण्य स्थापित होगा।''

''माँ जो कह रही है क्या यह सच है?'' मैंने पिता से पूछा।

''नहीं बेटा, वह यों ही भूँक रही है,'' उन्होंने उत्तर दिया।

''अच्छा, जब तुम आग में झुलसोगे, तब तुम्हें पता चलेगा।''

प्रत्यक्ष रूप में माँ की भविष्यवाणी सही सिद्ध नहीं हुई, क्योंकि पिता को मालकण्ड के डिपो में जाने का आदेश मिला। इससे पिता को तनिक निराशा हुई क्योंकि वे जानते थे कि अगर वे समुद्र-पार से लौटते तो उनकी युद्ध-सेवाओं का बड़ा महत्त्व होता। दरअसल अब उन्हें किसी बात की परवाह नहीं थी। इतना ही बहुत था कि इस खबर ने दुविधा और आशंका समाप्त कर दी थी। घटना ने जो स्थिति उत्पन्न कर दी थी, उसे उन्होंने स्वीकार कर लिया।

मैंने दुनिया की भावी महान घटनाओं का कुछ-कुछ अनुमान लगाया, पर इसका मूलाधार माँ से सुनी हुई पौराणिक कथाएँ और कहानियाँ थीं। इसके अतिरिक्त हम बिना किसी संकोच और भय के सेना की गतिविधि आँखें फाड़-फाड़कर देखा करते और सूरज की तेज़ धूप में अपना सामान बँधते देखते, जो जब और सब रो रहे थे तब सिर्फ वही एक मुस्करा रहा जान पड़ता था। और हमारी भीरु, अचेत आत्माएँ हमारे सिरों के सदृश विषाद में झुकी हुई थीं। इस दुःख और विषाद

में प्रसन्नता की बात यह थी कि हम माँ के साथ अमृतसर जाने और वहाँ स्कूल में पढ़ने की सोच रहे थे। मुझे, जो अपने हम-उम्रों के साथ खेलने के लिए तरसता रहता था, यों लगा जैसे मैं एक नई शानदार दुनिया को जा रहा हूँ, जहाँ चाची देवकी और चाचा प्रताप रहते हैं, जिन्होंने मुझे मांस खाना सिखाया था और जहाँ हमारा अपना मकान था। मेरे मस्तिष्क में गुरु की अद्‌भुत नगरी—अमृतसर का सारा वैभव उभर आया, इसमें नये के प्रति कौतूहल और हर्ष का मिश्रण था जो मेरी आँखों के सामने दूर तक फैलता चला गया था।

❑❑❑